BETTINA SZRAMA

Die Giftmischerin

DER ENGEL VON BREMEN In ärmlichen Verhältnissen aufgewachsen, intelligent und schön, sehnt sich die junge Gesche Margarethe Timm nach Glanz und Reichtum. Um dieses Ziel zu erreichen, ist ihr jedes Mittel recht. Sie versteht es hervorragend, Menschen in ihrer Umgebung zu manipulieren. Nach ihrer Heirat mit dem wohlhabenden Sattlermeister Johann Miltenberg, bietet sich ihr ein ausschweifendes und verschwenderisches Leben. Doch Miltenberg verkehrt in Hurenhäusern – und wird ihr erstes Mordopfer. Ihr Lebensstil in der privilegierten Gesellschaft Bremens, führt sie immer wieder an den Rand des Ruins. Um diesem zu entgehen, vergiftet sie ihre Opfer kaltblütig mit Arsenik und pflegt sie aufopferungsvoll – bis zum Tod. So bleibt sie über Jahrzehnte unentdeckt. Vierzehn Jahre lang gelingt es ihr, mit ihrem Äußeren, ihrem Charme und ihrer Intelligenz, Gerüchte bereits im Keim zu ersticken, bis ihr Vermieter Johann Christoph Rumpff misstrauisch wird …

© privat

Geboren und aufgewachsen in Meißen, entdeckte Bettina Szrama früh ihre Begeisterung für Literatur und Geschichte. Nach der Wende weckte die Arbeit in einem renommierten Reitbetrieb in Hannover ihre Liebe zum Schreiben. Mit einer Geschichte über ihre reiterlichen Erfahrungen hatte sie ersten Erfolg und vertiefte ihr Können in einem Privatstudium an der Axel Andersson Akademie in Hamburg. Es folgten journalistische Arbeiten für Regionalzeitungen und Tierzeitschriften. Beim »Internationalen Schriftstellerwettbewerb WRITEMOVIS« in Hollywood wurde sie in die Top Ten gewählt. Ein Besuch in Lemgo inspirierte sie zu ihrem ersten historischen Roman, der ihre Karriere als Autorin begründete. Heute lebt und schreibt Bettina Szrama in Magdeburg.

BETTINA SZRAMA

Die Giftmischerin

Historischer Kriminalroman

GMEINER

Bei Fragen zur Produktsicherheit gemäß der Verordnung über die allgemeine Produktsicherheit (GPSR) wenden Sie sich bitte an den Verlag.

Dieses Buch wurde vermittelt durch die Literaturagentur erzähl:perspektive, München (www.erzaehlperspektive.de).

Im Ehnried 5, 88605 Meßkirch
Telefon 07575/2095-0
info@gmeiner-verlag.de

1. Neuausgabe 2025

Lektorat: Claudia Senghaas, Kirchardt
Satz: Mirjam Hecht
Umschlaggestaltung: U.O.R.G. Lutz Eberle, Stuttgart
unter Verwendung der Bilder von: © https://commons.wikimedia.org/wiki/File:Roland%27s_Monument,_Bremen,_Germany-LCCN2002713655.jpg; Gesche Margarethe Gottfried Objekt #549856 Universitätsbibliothek Heidelberg Inv.Nr./Signatur Graph. Sig. P_0750
Druck: CPI books GmbH, Leck
Printed in Germany
ISBN 978-3-8392-0858-8

Inhalt

Das Bild der altehrwürdigen Hansestadt Bremen prägt seit vielen Jahrhunderten der Dom St. Petri. Ungefähr 20 Meter vor dessen Nordwand, gegenüber dem Brautportal, erinnert ein unscheinbarer Granitstein mit einem Kreuz in der Mitte an das Blutgerüst, welches einst genau an dieser Stelle stand und auf dem die Giftmörderin Gesche Gottfried mit einem Schwertstreich vom Leben zum Tode befördert wurde. Noch heute spucken die Menschen voll Abscheu vor den Gräueltaten Gesches auf diesen Stein, sodass er niemals trocken wird.

Eine Mörderin wird geboren

In einer frostklaren Märznacht des Jahres 1785 brannte hinter einem mit einem leichten Vorhang bedeckten Fenster im kleinen Fachwerkhaus am Jakobi Kirchhof noch helles Licht. Der Grund für die ungewöhnliche Beleuchtung zu so später Stunde war die bevorstehende Geburt des ersten Kindes von Schneidermeister Timm und dessen blutjunger Ehefrau. Das von den Anstrengungen blasse Weib saß breitbeinig auf dem Rand des Ehebetts inmitten des bescheidenen Hausstands ihres unlängst erworbenen Heims und schwitzte heftig. Bei jedem neuerlichen Röcheln aus ihrem leicht geöffneten Mund drückte ihr Gatte Johann beruhigend ihre Hand und tupfte ihr mit einem Tuch liebevoll die Schweißperlen von der Stirn. Unterdessen zeichnete sich auf dem Gesicht des herbeigerufenen Doktors, der vor der Gebärenden auf dem gescheuerten Holzboden kniete, eine steile Sorgenfalte ab. Die wollenen Kleider der Wöchnerin waren nach oben gerafft. Darunter wölbte sich der Leib nach vorn, einem riesigen Kürbis gleich. Die schweißnassen Oberschenkel schimmerten weiß im Dämmerlicht.

Es war ungewöhnlich, dass bei der Geburt der Doktor zugegen war und nicht die Hebamme. Aber die Wollnäherin hatte schon seit Tagen nicht mehr an der Nähmaschine sitzen können. Zu stark war der Leib angeschwollen und trieb das Wasser in die Beine, sodass der altbewährte Doktor Asbrandt, ein guter Freund des Hauses, Komplikationen befürchtete. Deshalb war er auch ohne zu zögern auf den Wagen gestiegen, als der junge Johann barhäuptig und mit wehenden Haaren vor seinem Haus hielt und ängstlich gegen den Sturm anschrie:

»Doktor, bitte kommen Sie schnell! Es will nicht mehr warten. Margarethe, mein Eheweib, windet sich in den Wehen!«

Jetzt, hier in der Stube, übertönte die kräftige Stimme des Arztes den Sturm, der mit aller Macht an den dünnen Fensterscheiben rüttelte: »Es ist das Kind, das Eurer Gattin ein so starkes Übel bereitet. Es dreht sich immer wieder weg, so als wolle es nicht auf die Welt.« Die Gebärende ließ bei jedem seiner Worte ein vernehmliches Wimmern hören.

»Ich brauche heißes Wasser und Tücher!«, befahl er der Magd, die gerade zur Tür hereinkam, und krempelte nun hastig die Ärmel des Hemdes bis zur Schulter hoch. »Madame, wir werden es gemeinsam schaffen!«, beruhigte er die Wöchnerin und beobachtete besorgt ihr Gesicht. »Ihr müsst nur kräftig pressen. Den Rest erledige ich.«

Doch das junge Weib schien ihn nicht zu hören und jammerte stattdessen nur noch lauter. Ihrer Jugend zum Trotz war sie nicht sehr kräftig, was die Sache erschwerte. Voller Angst hielt sie die Hand ihres Gatten umklammert.

»Lasst Johanns Hand einen Moment los, damit ich Euch den Puls fühlen kann«, beruhigte er sie und strich ihr sanft über den gewölbten Leib, während er mit ernster Miene die Pulsschläge an ihrem Handgelenk zählte. Sie waren unregelmäßig und schwach. Als der Doktor damit fertig war, ließ er die Magd Wein holen, mit dem er der Wöchnerin Stirn und Schläfen abtupfte. Dann hockte er sich wieder vor die Frau, ließ sich ein frisches, in heißes Wasser getauchtes Tuch reichen und begann, den Bereich um die Schamlippen zu säubern. Plötzlich stöhnte die Schwangere heftig. Eine Wehe durchzuckte ihren Leib. Sie presste. Der Doktor beobachtete, wie sich die Vagina faustgroß öffnete und ein runder Körperteil mit hellem Flaum sichtbar wurde: das Köpfchen des Kindes. Die Wehe ging vorüber, der Spalt wurde wieder schmaler. Da machte er seine Hand so klein wie möglich und rief: »Nicht aufhören, weiter pressen, Madame!« Im gleichen Moment entrang sich der Wöchnerin ein furchtbarer Schrei, der viel Ähnlichkeit mit demjenigen des sterbenden Käuzchens hatte, das vom Sturm gegen das Fensterkreuz geschleudert wurde. Als der Schmerz verebbte und die Frau ermattet die Augen aufschlug, zappelte am Arm des Doktors ein kleines, blutiges Bündel. Der Arzt hielt es mit dem Köpfchen nach unten und schlug ihm mit der flachen Hand auf das Hinterteil, so lange, bis sein dünnes Schreien von den Wänden widerhallte. Es war der Schrei eines kleinen Mädchens. Als er sah, dass sich die Züge der Wöchnerin entspannten, legte er ihr das Neugeborene in den Arm. »Gott will, dass Ihr Euren Gatten mit zweifachem Segen beschenkt«, sagte er eilig und begab sich zurück in die kniende Stellung. Sanft drückte er die weißen Schenkel der Wöchnerin erneut auseinander. »Ihr müsst noch einmal pressen, Madame«, befahl er ihr.

Das Blut, das ihre blassen Wangen beim Anblick des gesunden Kindes in heller Freude gerötet hatte, wich nun von Neuem aus ihrem Gesicht. Verflogen war das kurze Aufflackern von Glück über das Mädchen, das der Mutter im Haushalt zur Hand gehen kann. Stattdessen entrangen sich ihr zwischen zwei langen Seufzern die verzweifelten Worte: »Oh, mein Gott, wie soll ich denn zwei Kinder satt bekommen und erziehen!«

Es verging keine Viertelstunde, da gebar Margarethe Timm einen Sohn. Doch als ob Gott ihr Klagen erhört hatte, versiegte nach dem Anlegen des Knaben die Milch. Als der Doktor ihr nun das Mädchen zum Stillen an die Brust legte, sah er, wie die Wangen der Mutter fleckig wurden und ihr Körper sich heftig, wie im Fieber, aufbäumte. Erschrocken legte er ihr die schwielige Hand auf die heiße Stirn und sagte zu Johann, der mit bangen Blicken an seinem Gesicht hing: »Sie hat es noch nicht überstanden. Es scheint, als bekomme sie das Fieber. In ihrem Zustand kann sie nur ein Kind nähren.« Mit einem langen Blick auf den satten, rosigen Jungen in der Wiege fügte er nachdenklich hinzu: »Gottes Wege sind seltsam. Den Zweitgeborenen nährt er, und die erstgeborene Tochter will er zurück.«

Auch Margarethe hatte diese Worte vernommen und richtete sich daraufhin mühsam auf. Rasch nahm ihr der Gatte das schreiende Bündel aus den Armen, während der Doktor die Kraftlose in seinen Armen auffing. Er drückte sie behutsam zurück auf das frisch bezogene Bett, von wo aus sie ihn mit tonloser Stimme anflehte: »Bitte, Herr Doktor! Ich will es behalten. Um jeden Preis. Es ist ein so schönes Mädchen.« Das Gesicht des Arztes umschattete sich. Ernst ergriff er die kalten Hände der jungen Mutter. Die Entscheidung fiel ihm nicht leicht. »Sie werden viel Freude an dem Jungen haben. Das Mädchen aber sollten wir Gott anvertrauen, so es sein Wille ist«, riet er ihr leise.

»Wir könnten für das Kind eine Amme einstellen, die es nährt«, wandte Johann zaghaft ein. Als er das vor Hunger brüllende Kind in Margarethes Arme zurücklegte, presste die es sogleich ängstlich an die leere Brust.

»Die können wir nicht bezahlen, mein lieber Mann«, hauchte die Gattin mit blutleeren Lippen. »Aber vielleicht kann ja die Zigeunerin helfen?«

Die Zigeunerin war eine zugewanderte Jungfrau aus der Neustadt, bei der sich Margarethe oft heimlich aus der Hand lesen ließ. Johann mochte die liederliche Frau mit den vielen Warzen im Gesicht und dem auffälligen Zeichen auf den Händen nicht besonders, zumal niemand wusste, in welchem Land dieses Weib zu Hause war und woher sie die seltsame Gabe wahrzusagen nahm. Von einem zwanghaften Aberglauben beherrscht, versuchte er, sie von seinem Hause fernzuhalten – ein Vorhaben, das schon einmal deshalb zum Scheitern verurteilt war, weil sein Weib ihre Kleider bei ihr nähen ließ. Man munkelte, sie sei eine abgelegte Mätresse, die sich mit allerlei Budenzauber durchs Leben schlug.

Johann atmete tief durch und küsste seine Frau besorgt auf die Stirn. »Wenn du es wünschst, werde ich sie holen«, beruhigte er sie und hoffte insgeheim, sie werde ihre Absicht noch ändern. Doch Margarethe nickte nur schwach, während das Mädchen sein Zögern mit so kräftiger Stimme beantwortete, dass er Furcht bekam, das Kind würde an seinem eigenen Schrei ersticken.

»Ich wüsste noch jemanden, der Euer Kind nähren könnte. Aber es ist kein gottesfürchtiges Weib«, hielt ihn der Doktor nach kurzem Zögern zurück und kramte im Instrumentenkoffer, bis er gefunden hatte, wonach er suchte. Er holte Papier und Feder hervor und kritzelte eilig einen Namen und eine Adresse darauf. Dann stülpte er sich den Zylinder über das weiße Haar und reichte Johann das Blatt. »Sie ist noch in der Strafanstalt untergebracht.«

»Im Zuchthaus?« Johann, bereits in Mantel und Hut, blickte entsetzt auf das Papier in der Hand des Doktors.

»Ja. Es ist eine Negerin. Ein Weib, von dem man sagt, es habe Unzucht getrieben und gemordet. Sie ist nur knapp dem Todesurteil entronnen. Aber ihre Brüste sind voll mit Milch, denn sie hat im Zuchthaus ein totes Kind geboren. Für eine Unterkunft außerhalb ihrer Gefangenschaft wird sie das Kind sicherlich nähren und Eurem Eheweib so lange im Haus zur Hand gehen, bis Ihr ihrer Hilfe nicht mehr bedürft.«

»Aber ihre Milch …?« Johann öffnete dem Doktor die Tür, nachdem der Arzt noch einmal Margarethes Puls gefühlt hatte und sich nun für diese Nacht empfahl. Heftige Bedenken plagten ihn.

»Ich weiß, welche bange Frage auf Eurer Seele lastet.« Der Arzt lächelte beruhigend. »Aber keine Angst. Morgen werde ich wieder nach Eurer Frau und den Kindern sehen. Ihr müsst nur das schwarze Weib im Auge behalten. In ihrem Zeugnis steht, sie sei von heftiger Gemütsart. Aber Milch ist Milch. Sie wird dem Mädchen guttun.«

Im Türrahmen drehte er sich ein letztes Mal um und drückte Johann die Hand: »Wenn Ihr das Mädchen durchbringen wollt, Johann, so müsst Ihr Euch beeilen und die Amme umgehend in Euer Haus holen. Am besten noch heute in den frühen Morgenstunden.«

Auf dem Treppenabsatz fiel ihm ein, dass er Johann gar nicht nach den Namen der Kinder gefragt hatte. Er wandte sich um und rief von der Diele aus: »Wie sollen die beiden denn heißen?«

»Der Junge Johann Christoph und das Mädchen Gesche Margarethe.«

Unheilvolle Wurzeln

»Mein Sohn, warum enttäuschst du mich so? Habe ich es dir jemals an Speise und Trank fehlen lassen? Nach welchen Wünschen, mein Sohn, sehnt sich plötzlich dein Herz? Haben wir dich nicht Gehorsam und Gottesfurcht gelehrt, dir immer wieder eingeschärft, nicht nach Dingen zu verlangen, die einfach nicht für dich gedacht sind?«

Johann Timm stand am Fenster der Schneiderwerkstatt zwischen unfertigen Schnürbrüsten, Tuchballen und Bügelblöcken und blickte mit sorgenvollem Gesicht hinaus auf die belebte Straße. Man schrieb den ersten Sonntag im Mai. Die wohlhabenden Bürger in der Pelzerstraße flanierten nach dem Kirchgang unter seinem Fenster vorbei und genossen die wärmenden Sonnenstrahlen. Nicht ohne fachliches Interesse betrachtete Schneidermeister Timm die eleganten englischen Roben, die dunkelfarbigen Röcke, die weich fließenden, unter der Brust gebundenen Gewänder aus feinster Seide und Musselin, die die Damen trugen. Ein sündiger Wohlstand, der ihm Kopfzerbrechen bereitete. Er und sein Weib galten als ehrbare Leute, einfach zwar, stets jedoch rechtschaffen und gläubig. Mit dem sonntäglichen Kirchgang allerdings nahmen sie es nicht so genau. Für Timm war es nahezu selbstverständlich, dass er und seine Gesellen auch die Sonntage zur Arbeit nutzten, um den Kunden die bestellten Mäntel, Hosen und Westen termingerecht liefern zu können. Zudem hielt er nicht allzu viel von zur Schau getragener Frömmigkeit. Die Arbeit ging vor. Nicht umsonst sagten die Nachbarn über ihn, er sei so bienenfleißig in seinem Berufe, dass er beim Nähen sogar den

Atem anhalte, um die Anzahl der Nadelstiche pro Minute zu steigern. Diese redliche Arbeitsamkeit und seine Sparsamkeit hatten ihn letztlich aus der Armut herausgeholt und ihm zu einem bescheidenen Wohlstand verholfen. Umso schmerzlicher war nun die bittere Erkenntnis, dass der geliebte Sohn den Verlockungen der sündhaften Habgier verfiel und sich bereits seit Längerem heimlich aus der Haushaltskasse bediente. Nun hatte er seine Diebereien sogar bis auf die Mamsell Stubing im Haus ausgeweitet.

»Herr Vater …«, druckste Christoph leise, den Blick schamvoll gen Dielenboden gesenkt. »Niemals würde ich es wagen, die Hand wider die Gebote Gottes zu erheben. Niemals würde ich es wagen, Ihnen derartigen Kummer zu bereiten.«

»Mein Sohn! Du wagst es auch noch zu leugnen?« Mit einem Seufzer drehte sich Timm vom Fenster weg. Traurig und in maßloser Enttäuschung heftete er die Augen auf den geliebten Spross. Seltsam, dachte er bei sich. Dabei wanderte sein strenger Blick vom blonden Schopf abwärts zur hellen Leinenhose und den abgenutzten Husarenstiefeln, deren langer Schaft das magere Bein bis zum Knie verdeckte. Es war ein Schuhwerk, wie es die Husaren in den napoleonischen Korps trugen, und dem Vater galt es als sicher, dass Christoph die gestohlenen Taler dazu verwendet hatte, seiner offensichtlichen Eitelkeit zu frönen. Beim Gedanken an die Zukunft krampfte sich sein Magen zusammen.

»Knie nieder, mein Sohn, und empfange meine Strafe! Wie ich sehe, stand dir der Sinn nach Husarenstiefeln. Eine Verführung des Bösen, gut genug zum Prahlen vor deinesgleichen. Dabei hätte Schuster Hermann an der Ecke dir sicherlich ein paar ebenso gute Galoschen genäht. Du aber bestiehlst die gute Mamsell und lässt es dann auch noch zu, dass die Mutter und die Gesche auf der Suche nach dem vermissten Taler das ganze Haus durchstreifen. Frevelhafter noch, versuchst du gar den Eindruck zu erwecken, deine Schwester wäre der Dieb gewesen!«, polterte Timm, während er einen liebevollen Blick auf das blasse Mädchen an seiner Seite warf. Es bedrückte ihn, dass Christoph sich so ganz anders als Gesche entwickelte. Schon seit Längerem zeigte er sich still, ja, beinahe verstockt. Nicht einmal der kleinste Widerspruch kam über seine Lippen, während seine temperamentvolle Schwester der Mutter bei jeder Gelegenheit aufs Heftigste widersprach.

Unter dem Blick des Vaters schlug Gesche züchtig die Augen nieder. Als Timm einen Schritt auf sie zu trat, ergriff sie seine Hände und benetzte sie mit ihren Tränen: »Vater! Bitte tut dem Christoph nicht weh. Er ist kein Sünder. Er ist mein Bruder, und ich werde diese Sünde gerne auf mich nehmen, wenn ich Sie damit wieder froh machen kann.« Das war seine kluge Gesche. Die Tränen liefen ihr über die rosigen Wangen, während sie sich um der väterlichen Liebe willen mit fremder Schuld belud. Am liebsten hätte Timm die Tochter vor Rührung an sein ergriffenes Vaterherz gedrückt. Doch unterbrachen ein paar unbequeme Worte Margarethes diesen spontanen Impuls.

»Ruhig Blut, Johann, ich werde schon noch hinter die Wahrheit kommen. Just in dieser Sache habe ich mir diesen Morgen die Karten legen lassen. Nachdem ich der weisen Frau meine Not geklagt hatte, zog diese einen Spiegel hervor, und wie ich hineinsehe, oh Schreck, steht doch der Dieb direkt hinter mir und guckt mir frech über die Schulter.«

Argwöhnisch musterte Margarethe ihre Tochter, deren Wangen sich nun, da sie sich ertappt fühlte, dunkelrot färbten. Lange schon hatte die Mutter Mittel und Wege ersonnen, die Tochter, die sie der Taten verdächtigte, zu überführen. Wie ein Schwert drangen nun die Worte der Älteren in Gesches beinahe noch kindliches Herz. Dass sich die Mutter wieder einmal bei der Zigeunerin Rat geholt hatte, war ihr entgangen. Innerlich zu Tode darüber erschrocken, dass das Gesicht im Spiegel möglicherweise ihre Züge getragen hatte und ihre Taten nun entdeckt worden waren, schwor sie bei sich augenblicklich 1.000 Eide, die Mutter nie wieder zu bestehlen. Im Verstellen aber bereits eine kleine Meisterin, blieb sie nach außen hin gelassen und mimte listig die Unschuldige. »Mutter, ich stehe mit reinem Herzen vor Ihnen. Warum misstrauen Sie mir? Sollte sich in meinem Herzen das Böse eingenistet haben, so will ich nicht länger Ihre Tochter sein, und Gott wird mich auf der Stelle strafen.«

Ein wenig ängstlich ob dieser Lüge, innerlich aber dennoch frohlockend, die schmalen Hände artig vor der Brust gefaltet, erreichte sie, dass der geliebte Vater ihr nun beisprang. Überzeugt von ihrer Unschuld, wies er Margarethe zurecht: »Weib, du wirst doch einer Hexe nicht mehr Glauben schenken als deiner eigenen Tochter! Wenn Gesche eine Diebin wäre, so hätte ich es doch wohl zuerst bemerkt. Würden denn dann nicht die Groten weniger werden, die ich im Topf überm Bett für ihre Aussteuer spare? Nein, Mutter, sieh es dir doch nur an, unser zartes Kind: Sind diese sanften blauen Augen die Augen einer Lügnerin?« Von seinen eignen Worten gerührt, strich er über den blonden Schopf der Tochter.

Verunsichert schaute Margarethe nun vom Sohn zur Tochter und suchte letztlich in den gütigen Augen der grauhaarigen Mamsell, deren rundes Gesicht nun im Türrahmen erschien, nach des Rätsels Lösung. Doch Mamsell Stubing zog nur bedeutungsvoll die rechte Augenbraue etwas hoch und schloss leise die Tür hinter sich. Da fasste Margarethe die vermeintliche Diebin mit den Fingerspitzen fest am Kinn, schaute ihr unverwandt in die Augen und sagte: »Dann hat sich der Spiegel wohl geirrt, und ich muss Gott um Verzeihung bitten, dass ich meine unschuldige Tochter des Diebstahls verdächtigt habe.«

Im selben Moment bedeutete sie ihrem Gatten mit einer Geste, ihr zu einer Unterredung ein Stockwerk höher in die gute Stube zu folgen. Johann ging hinter ihr über eine schmale Treppe in das bescheiden ausgestattete Wohnzimmer. Vor einem ausladenden Schrank mit kleinen eingearbeiteten Schubladen ließ er sich nieder und erwartete mit ernster Miene, was ihm die Gattin Wichtiges zu sagen hatte.

Margarethe befreite sich zunächst vom Maßband auf ihren Schultern und legte es zu der Schneiderkreide auf den Tisch. »Gott möge mir verzeihen, Johann, wenn ich unsere Gesche verdächtige, diese kleinen Betrügereien begangen zu haben. Aber ich beobachte schon länger eine beunruhigende Entwicklung unserer geliebten Tochter, und ich mache mir ernsthafte Vorwürfe, dass wir damals keine bessere Amme für unser Kind gesucht haben. Gegen das Böse in der Milch der Verbrecherin kommt wohl selbst der Religionsunterricht bei Pastor Vogt nicht an. Allem Anschein nach hat er ihr Herz unberührt gelassen. Das Kind hat nicht die allerkleinste Achtung vor Gott und den Menschen, Johann.«

»Aber Mutter, warum siehst du die Dinge so schwarz?« Johann war aufgestanden und zog seine erregte Gattin an die Brust. Eine Geste, die er sich selten erlaubte, obwohl er Margarethe doch über alles liebte. Als rechtschaffene Leute führten sie ein Leben in gesetzmäßiger Strenge, und bei aller Liebe zu den Kindern stand die Sorge um den Lebensunterhalt eben immer im Vordergrund. Johann Timm fragte sich so manches Mal, ob er seinen Kindern nicht ein wenig zu viel abverlangte. »Vielleicht haben wir Gesche zu früh von der Schule genommen und zu viel in Haus und Werkstatt arbeiten lassen?«

»Für diese Arbeit wird sie reichlich entlohnt. Außerdem macht sie ihr Spaß. Das intelligente Kind nutzt ja sogar seine Lese- und Schreibkünste für deine Kassenabschlüsse. Ohne sie geht es hier einfach nicht mehr. Außerdem hat sie durch die Arbeit bisher viele Taler einsparen können.«

»Aber seit unserer Entscheidung, sie das Handwerk des Kleidermachens zu lehren, leidet sie zusehends an einer Augenschwäche und bekommt häufig Drüsenentzündungen. Überhaupt wird sie immer zarter und magerer«, verteidigte Johann seine geliebte Gesche. Auf die Tochter ließ er nun mal nichts kommen. Es fehlte ihm einfach die Vorstellungskraft, in dem sanften Kind könne etwas Böses, ja, vielleicht sogar etwas Bedrohliches schlummern.

Margarethe, die wiederum den Sohn selbst genährt und ihn wahrscheinlich schon deshalb ein wenig mehr ins Herz geschlossen hatte, entzog sich Timm. Die Hände in die ausladenden Hüften gestemmt, belehrte sie ihn: »Daran liegt es auch nicht. Gesche wird nur an drei Tagen der Woche zum Wollnähen herangezogen, eine Fertigkeit, in welcher Majorin Köhnen sie mit viel Hinwendung und Ausdauer unterrichtet. Eben gerade, weil ihr aufgrund dieser Augenschwäche das Erlernen jeder feineren Handarbeit unmöglich ist. Allerdings konnte sie sehr gut sehen, als sie mich einst beim Weißbrotholen bestahl und sich dabei unentdeckt wähnte. Damals schon hätte ich sie zurechtweisen sollen, dann hätte sie vielleicht nie damit begonnen, heimlich aus meiner Tasche erst einen, dann zwei und später drei Groten zu entwenden, bis sie bei zwölfen angelangt war. Zunächst zweifelte auch ich, ob nicht doch auch Christoph dahinterstecken könne. Aber die bestohlene Mamsell hat mich in meinem Verdacht bestärkt.«

»Nicht die Mamsell war es, Margarethe. Das unheilige Weib, diese Zigeunerin, hat dich wider unsere Tochter aufgehetzt und dir die Augen verblendet. Seit der Geburt der Zwillinge liebst du Christoph mehr als Gesche, gib es doch endlich zu.« Enttäuscht sprach Johann jetzt lauter, als er es beabsichtigt hatte. Nie tat er etwas unüberlegt, und immer war er sich eins mit seinem Weibe. Aber dieses Mal verlor er schlicht die Beherrschung und überschüttete sie geradezu mit Vorwürfen, weil er den Eindruck hatte, dass Margarethe der geliebten Tochter zutiefst Unrecht tat. Als er der schroffen Wirkung seines unbeabsichtigten Gefühlsausbruchs gewahr wurde, vergewisserte er sich zunächst, dass ihn niemand im Hause gehört hatte, und schlug einen leiseren Ton an. Die Hände auf dem Rücken und den Kneifer im Auge, begann er, mit kurzen Schritten nervös vor Margarethe auf und ab zu laufen.

»Aber Mutter!«, verfiel er wieder in die übliche liebevolle Anrede und blieb vor Margarethe stehen. »Wir haben die Kinder doch zur Einfachheit erzogen. Schon das Geschenk eines Kreuzbrotes kann unsere Gesche ebenso erfreuen wie die kostbarste Gabe. Nie ist Traurigkeit in ihrem Gesicht zu lesen, immer leuchtet ein kleines Lächeln in ihren Augen, und bereitwillig, fast schon glücklich, trägt sie deine abgelegte Kleidung. Margarethe, ich bitte dich, entsinne dich doch einmal, wie sie sich über ihr erstes eigenes Seidenkleid zur Konfirmation gefreut hat. Überglücklich war das Kind. Seitdem beschenkt sie jeden Mittwoch und jeden Freitag die Armen mit übrig gebliebenen Speisen, alten Kleidern oder auch mal einem Groten. Denk nur an das vielstimmige Lob auf unsere liebliche, sanfte Gesche aus den Mündern dieser armen Leute. Sie reden sogar schon von einem Schatz, den wir uns im Hause großziehen. Denk daran, dass dieses Kind vor Mitleid bittere Tränen vergießt, wenn es eine tote Wespe im Honig findet oder der Hofhund an Altersschwäche stirbt. Bist du nun etwa immer noch davon überzeugt, dass so ein wundervoller Mensch die Eltern bestiehlt?«

Auf Margarethes Gesicht breitete sich ein warmes Lächeln aus. Oh, wie sehr sie ihren Johann doch liebte! Mit seiner Herzenswärme und seinem Verstand hatte er es wieder einmal geschafft, ihr sämtliche Zweifel von der Seele zu reden.

»Wir werden es noch einmal genau überdenken. Vielleicht ist der Dieb auch unter den Gesellen zu suchen, und wir beschuldigen unsere Kinder zu Unrecht. Du hast recht, Vater! Wir haben uns nichts vorzuwerfen. Unsere Kinder bekommen die beste Erziehung, die wir ihnen nur geben können. Alles andere wird Gott richten.«

Ein paar Jahre später, gegen Mitternacht: Der Nachtwächter lief durch die Gassen und läutete die Schlafenszeit ein. Mit dem letzten Glockenschlag der Kirchturmuhr löschte er die Straßenlaternen. Da die Pfähle der Öllampen viel zu hoch für ihn waren, musste er sich weit nach oben strecken, und es dauerte eine Weile, bis auch das letzte Lampenglas erlosch. Nur in den Lesezimmern des englischen Klubs und in einem der Kasinos um die Ecke brannte nun noch schummriges Licht. Ab und zu, wenn die Tür sich öffnete, zerrissen ein paar Männerstimmen die Stille, und Gesprächsfetzen drangen hinaus auf die Straße bis hin zur Schneiderwerkstatt. Hier saß die Jungfer Gesche auf einem Schneiderpodest und trug im trüben Schein der Öllampe die Verdienste des Vaters und die Haushaltsausgaben der Mutter mit einer Feder in das vor ihr liegende Wirtschaftsbuch ein. Für Butter, Brot, Torf und Wintergemüse zählte sie für die Mutter das Geld im Voraus ab und wickelte es in ein Papier, worauf sie mit fein säuberlicher Schrift die jeweilige Bestimmung vermerkte. Die frühen Nachmittagsstunden hatte Gesche in der Kirchspielschule mit Rechnen verbracht. Danach war ihr es vergönnt gewesen, ein paar Minuten in ihrem Lieblingsbuch zu lesen. Von dieser Lektüre noch völlig in den Bann gezogen und im Herzen stark berührt, unterbrach sie die Arbeit und ließ den Blick träumerisch in die Ferne schweifen. In diesem Moment betrat ihr Bruder Christoph die Werkstatt, mit schneeweißen Händen, die wilden, sonst ungebändigten Haare im Nacken zum Zopf gebunden, den er mit einer dunklen Schleife auf dem Scheitel befestigt hatte. Eine Weile lang sah er ihr beim Träumen zu, bevor er sie kopfschüttelnd fragte: »Was machst du hier noch zu so später Stunde, Schwester?«

Als er keine Antwort erhielt, huschte ein kaum merkliches Grinsen über das Gesicht des jungen Mannes. Das Schicksal schien es gut mit ihm zu meinen und gab ihm offenbar die Möglichkeit, sich hier nun wenigstens etwas für die vielen zu Unrecht erlittenen Beschuldigungen zu rächen. Blitzschnell fuhr seine Hand über den Tisch und schob eine Reihe aufgestapelter Groten vom Tisch, die daraufhin klirrend zu Boden rollten. Gesche entfuhr ein spitzer Schrei, doch fing sie die Münzen geschickt mit den Händen an der Tischkante auf.

Unwirsch tadelte sie den Bruder: »Warum störst du mich bei der Arbeit und bringst alles in Unordnung?«

Auf den ebenmäßigen, wie von der Hand eines Bildhauers geschaffenen Zügen lag ein sanfter Vorwurf. In den blauen Augen hinter der grauen Arbeitsbrille schimmerte es feucht. »Du weißt doch, dass die Mutter und der Vater meiner Hilfe in der Buchführung so dringend bedürfen. Also lass mich nun bitte schnell noch die offenen Einnahmen ins Buch eintragen, ja?«

Rasch sammelte sie die restlichen Geldstücke ein. Als sie die Feder in das Tintenfässchen tauchte, um eine weitere Papierrolle zu beschriften, umschloss Christophs starke Rechte ihr zartes Handgelenk. Kritisch zog er die blonden Brauen nach oben. »Der Vater hat dir verboten, bis in die Nachtstunden hinein zu arbeiten. Er sorgt sich um deine Gesundheit. Wie lange willst du eigentlich den Eltern noch diesen Kummer bereiten?«

Tapfer hielt Gesche dem Blick des Bruders stand, während sie seiner Umklammerung einen schwachen Widerstand entgegensetzte. Doch die Hand des Schneiders war stark. Er drückte fester zu und näherte sich ihrem Gesicht. Unnachgiebig zwang er sie, ihm in die Augen zu sehen.

»Du arbeitest doch nicht aus Freude, so wie es die Eltern vermuten. Gib es zu, es ist das Wirtschaftsgeld, von dem du dir erhoffst, deine kleinen Eitelkeiten zu finanzieren!«, versuchte er, sie aus der Reserve zu locken, während sein Griff fester wurde und die zarte, weiße Haut am Handgelenk sich rötete.

»Die Leute vermagst du zu täuschen mit deiner freundlichen Offenheit, deiner Tüchtigkeit und deiner ach so göttlichen Freigebigkeit. Aber mich, holde Schwester, mich kannst du nicht täuschen. Ich bin dein Zwilling, vergiss das nicht. Ich weiß genau, was in dir vorgeht, was an Boshaftigkeit in dir schlummert; Schlechtigkeiten, die von den Eltern in ihrer Einfalt und Ehrbarkeit noch genährt werden. Jahrelang hast du die Mutter bestohlen, und immer wieder hast du es verstanden, den Verdacht geschickt auf mich zu lenken.«

Flink hob er sie vom Schneiderpodest und zog sie vor den einzigen großen Schneiderspiegel in die hinterste Ecke der Werkstatt. »Hier siehst du, Schwester: Hier steht ein Engel. Ein wahrhaft göttliches Wesen mit einer wahrhaft teuflischen Seele!«

Rasch lockerte er den Griff und schlang die Arme von hinten um ihre Brust. Sein Mund lag nun an ihrem Ohr und sie spürte seinen warmen Atem, als sie den Widerstand aufgab und den Kopf mit den aufgetürmten Locken kokett an seine Wange schmiegte. Eng an ihn geschmiegt, fühlte sie seinen weichen Körper und eine bisher nie gekannte Erregung. Während ihrer Rangelei war ihr die Brille von der Nase gefallen und unter dem Fuß zerbrochen. Ohne Brille noch hübscher, lächelte sie ihrem Spiegelbild zu, erst zaghaft, dann etwas selbstgefälliger. Den Kopf auf Christophs Schulter, das Gesicht an seiner Wange, stellte sie sich die Burschen vor, die sie umschwärmten und die mit dem Bruder jetzt gern tauschen würden. Der blonde Hubertus, den sie unlängst auf dem Korporalsball kennengelernt hatte, wäre ein Mann nach ihrem Geschmack gewesen. Dem wohlhabenden, gut aussehenden Schneidermeister hätte sie liebend gern ihre Hand gegeben. Doch der Vater, in der Hoffnung, seine Kinder würden das Geschäft später einmal weiterführen, hatte ihn abgewiesen, weil er befürchtete, es käme dann zwischen ihr und Christoph zum Brotneid. Und auf drei weitere Anträge, die dem Vater wiederum recht waren, hatte sie nur lachend geantwortet, dass sie ja doch noch ein Kind sei, das kaum kochen und noch viel weniger einem Hauswesen vorstehen könne, weshalb sie aufs Heiraten nun wirklich noch keinerlei Gedanken verschwende.

Selbstverliebt drehte sie ihr Gesicht zur Seite und hauchte Christoph einen Kuss auf die Wange. Mit weiblicher List flötete sie: »Ach Christoph, was denkst du nur von deiner Schwester? Ich verstehe deine Worte nicht. Gott möge mich strafen, wenn auch nur eine Silbe deines Vorwurfes wahr ist.«

»Liebe Gesche, beruf dich doch nicht ständig auf den Herrgott. Hier glaubt dir ja ohnehin keiner mehr, dass er dich auf der Stelle für deine Sünden bestraft. Oder wie war das, als du damals deine französischen Übungsarbeiten von Diedrich, dem Tischlergesellen aus der Nachbarschaft, ausarbeiten ließest, obwohl der Vater für den Französischunterricht stolze 100 Taler bezahlte.« Christoph lockerte die Umarmung, drehte Gesche so, dass sie ihm geradewegs in die blauen Augen sehen musste, und umschloss ihr Gesicht mit beiden Händen. Er überragte sie um eine Kopfeslänge. Sein Mund umspielte ein überlegenes Lächeln. Das Lächeln des heranwachsenden Mannes, der die schlummernde Frau in ihr wachrief. Die wohlgestalteten Gesichtszüge kamen ihr plötzlich erwachsener vor als sonst, und der süße Duft, der seinen Händen entströmte, verwirrte sie ein wenig. Für einen Augenblick bedauerte sie es, dass dieser so ganz andere Christoph ihr Bruder war. Eher käme er ihrer Vorstellung von einem Ehemann nahe. Aber solcherlei Gedanken waren sündiger Natur, und so senkte sie züchtig den Blick und holte sich schnell eines derjenigen Gebete ins Gedächtnis zurück, welches die Mutter die Kinder beim samstäglichen Wäschewechsel auswendig hersagen ließ, um Zucht und Schamhaftigkeit beständig in Erinnerung zu rufen.

Christoph bemerkte es amüsiert, zog die Hand der Schwester an seine Lippen und hauchte sanft einen Kuss darauf. Er verharrte einen Moment gedankenverloren und versenkte den Blick in das hübsche Mädchengesicht. Es bedrückte ihn auf einmal, dass er vorhatte, die Schwester zu verlassen. Aber seine nach Freiheit dürstende Seele hielt es in der kleinbürgerlichen Enge der Schneidermeisterei einfach nicht mehr aus. Die überschwängliche Liebe der Eltern erdrückte ihn ebenso wie deren sagenhafter Geiz.

»Ich habe mich bei den französischen Husaren einschreiben lassen«, sagte er leise, erleichtert, dass es nun heraus war.

Gesche erschrak. Weshalb, vermochte sie sich nicht zu erklären. Oft genug war sie eifersüchtig auf ihn gewesen und hatte ihn heimlich zum Teufel gewünscht, um in den Genuss der Aufmerksamkeiten zu kommen, die ihm von der Mutter mehr zuteilwurden als ihr. Jetzt aber brach es ihr beinahe das Herz, und sie rief zutiefst verwirrt: »Was willst du? Wissen es die Eltern schon?«

Gleichzeitig griff sie sich an die Stirn und täuschte eine beginnende Ohnmacht vor. Kraftlos und mit blassen Wangen stürzte sie in seine Arme und hauchte hilflos: »Oh, mon dieu, Christoph! Wie kannst du mir das antun?« Über die blauen Augen schien sich ein Schleier zu legen.

Es war nicht das erste Mal, dass Christoph sich von ihr täuschen ließ. Erschrocken über die drohende Ohnmacht, drückte er sie sanft zurück auf den Stuhl, hob ihre Füße an und schob eine Fußbank darunter. Dann griff er nach der Glaskaraffe auf der Fensterbank, um ihr die Stirn mit Wein zu benetzen. Doch Gesche erholte sich schnell wieder, schob ihn heftig zurück und wendete sich wieder den ungezählten Münzen zu. Während er noch mit dem Weinkrug in der Hand unschlüssig ihren geschickten Fingern zusah, die flink, als hätten sie nie etwas anderes getan, immer genau 13 Groten übereinanderstapelten, mimte sie die Beleidigte und strafte ihn mit ablehnendem Schweigen.

Als sie die errechnete Summe von exakt einem Taler mit etwas ungelenken Schriftzügen in das Buch eintrug, trat er von hinten an sie heran und legte ihr sanft die Hand auf die schmale Schulter. An deren leichtem Zucken spürte er, dass sie leise weinte. Gesche weinte oft. Er wusste, dass sie zu großen, beinahe theatralisch zu nennenden Gefühlen fähig war, und war sich wieder einmal nicht sicher, ob seine Schwester nicht im Grunde vielleicht doch ein weiches Herz hatte.

»Nimm es doch nicht so schwer, Gesche«, versuchte er ein paar tröstende Worte und küsste den schlanken blonden Nacken. »Was haben wir denn im Elternhaus bisher von unserem jungen Leben gehabt außer Arbeit? Im Grunde genommen taugen wir doch beide nicht für das Schneiderhandwerk.

Du bist viel zu hübsch, um dir die Finger zu zerstechen und dein Augenlicht für die Liebe der Eltern zu opfern. Ich dagegen habe im letzten Jahr meiner Wanderschaft viel gesehen und für mich beschlossen, in die Welt hinauszuziehen. Napoleon wird die Welt erobern, und ich kann später von mir sagen, ich sei dabei gewesen. Dann habe ich die ganze große Welt kennengelernt und kehre als reicher Mann zurück.«

Gesche hatte ihm mit gesenktem Haupt zugehört. Nun tupfte sie sich mit einem Tuch eine Träne von der Wange und wandte ihm dann das Gesicht wieder zu. Die Augen, eben noch voller Traurigkeit, sprühten nun geradezu vor Begeisterung. So hätte ihn der Vater mal erleben müssen, dachte sie bei sich und staunte über das Leuchten in seinen Augen und die wie im Fieber geröteten Wangen. Die euphorischen, mit Leichtigkeit gewählten Worte sprachen auch ihre Sehnsüchte an. Nachdenklich besah sie sich den Groten in ihrer Hand. Spielerisch ließ sie ihn zwischen den Fingern hin und her gleiten. Christoph sprach eindeutig die Wahrheit. Wann hatte sie jemals, außer damals zur Konfirmation, ein Seidenkleid getragen? Wann hatte sie jemals die Freuden eines Balls genossen, abgesehen von den Annehmlichkeiten der kleinen Gesellschaft, die einmal jährlich das stille, ehrbare Elternhaus aufheiterte? Sie erinnerte sich dunkel an die kleine Feier, die zum Beginn der Gesellenarbeit stattfand und auf der sie bisher lediglich der traditionelle Kräuselbraten erfreut hatte. Beschämt sah sie an sich herab, herab am schmucklosen grauen Schultertuch und dem Rock aus dunklem Wollstoff. Dann wanderte ihr Blick mit einem Ausdruck unstillbarer Sehnsucht zum Fenster hinaus in die Nacht. Und Christoph erriet ihre Gedanken.

»So ein Leben wie das des reichen Miltenberg würde dir gefallen, was, Schwesterchen?«, fragte er und öffnete dabei für sie das Fenster. Rasch zog er sie an seine Seite und legte den Arm um ihre Hüfte. Als er bemerkte, dass sie an der kalten Nachtluft fror, zog er rasch den Rock aus und legte ihn ihr um die fröstelnden Schultern. Dann musterte er nachdenklich die hell erleuchteten Fenster des herrschaftlichen Steinhauses gegenüber. »Genau aus diesem Grunde möchte ich die häusliche Enge hier verlassen, die mir solche Freuden ein Leben lang vorenthalten wird«, äußerte er verträumt. »Ich werde bald ein Mann sein, und da draußen liegt das ganze Leben vor mir wie ein einziges großes Abenteuer. Du, liebe Gesche, solltest deine Tugenden nutzen, so wie ich die meinen. Vielleicht gelingt es dir ja mit List und Schläue, deinen Weg mit goldenen Talern zu pflastern. Taler, die uns die Eltern vorenthalten. Mit deiner Schönheit und deinem guten Ruf bist du für die Freier da draußen wahrlich keine schlechte Partie. Der junge Miltenberg im Haus gegenüber ist wieder frei. Du solltest diese von Gott gegebene Chance ergreifen. Der wohlhabende Sattlersohn hat eine schlechte Ehe hinter sich und wird sich nach einer Frau wie dir alle zehn Finger lecken. Erinnerst du dich, wie er vor ein paar Jahren seiner ehrlosen Konkubine das Jawort vor unserem göttlichen Richter gegeben hat?«

Stolz darauf, sich vor der Schwester mit dem neuesten Klatsch brüsten zu können, fuhr er mit verschwörerischer Miene fort: »Nun stell dir vor, bereits kurz nach der Hochzeit soll es einen entsetzlichen Skandal um dieses Frauenzimmer gegeben haben! Angeblich soll sie deutlich älter gewesen sein, als man zunächst vorgab, und auch ihr sogenannter Brautschatz, mit dem sie überall prahlte, bezog sich auf lächerliche 1.000 Taler. Madame Miltenberg war damals schon 30 Jahre alt und im fortgeschrittenen Alter mit allen sinnlichen Lüsten bestens vertraut. Außerdem soll sie eine Trinkerin gewesen sein und von Eifersucht geradezu zerfressen. Die Zeitungen berichteten, dass ihre grenzenlose Unordnung seinen Geschäftsbetrieb und ebenso den väterlichen Haushalt völlig durcheinandergebracht hat. Veruntreuungen und andere sittliche Verfehlungen sollen seitdem bei den Mägden und Knechten an der Tagesordnung sein. Der junge Miltenberg hat daraufhin auf der Flucht vor seiner übermächtigen, ewig betrunkenen Gattin auf diversen zweifelhaften Vergnügungen sein Heil gesucht. Hast du denn nichts von dem Skandal in der Komödie gelesen, Schwesterchen?«

Gesche hielt den Kopf geneigt und hing erwartungsvoll an den Lippen des Bruders. Ihre Augen saugten sich förmlich an ihnen fest. Bisher hatten sie die Eltern von derartigen Ereignissen bewusst ferngehalten. Jetzt bewunderte sie das Weltmännische ihres sonst so menschenscheuen Bruders zutiefst. Der grinste selbstbewusst. »Stell dir vor, das Weib ist ihm in seiner Trunkenheit gar in die Komödie gefolgt und hat ihn dort vor allen Freunden bloßgestellt, indem sie sich zunächst bewusstlos soff und ihn und sich dann vor der feinen Gesellschaft auch noch verunreinigte. Na ja, der Krug geht so lange zum Brunnen, bis er bricht! Jedenfalls hat sich das Weib beim Saufen die Schwindsucht geholt und ihren Mann nach fünf Jahren Ehehölle endlich für immer verlassen.«

Versteckte Schadenfreude umspielte Gesches Mundwinkel. »Dann wäre ja der Weg für mich frei! Wie sehr wird es einen Witwer wohl entzücken, nach Jahren der Hölle nun in den Himmel aufzusteigen?«, antwortete sie belustigt.

Die ungewohnte Wandlungsfähigkeit ihres Wesens, eben noch todtraurig und nun wieder heiter und fröhlich, bestätigten Christophs Vermutungen: Unter der schönen Oberfläche war Gesche klug und listig.

»Bist du denn dem Herrn Gerhard Miltenberg schon einmal begegnet?« Aufmerksam versuchte er, die Antwort auf diese Frage mit ein wenig geschwisterlicher Eifersucht in ihren Augen zu lesen. Doch Gesche antwortete verschämt: »Was denkst du denn von mir, Bruderherz? Würde ein so reicher Mann wohl ausgerechnet mich, die unbedeutende Tochter eines einfachen Schneiders, je beachten, wo er doch jederzeit eine deutlich bessere Partie bekommen kann?«

»Vielleicht hilft ja der Herrgott in dieser Sache ein wenig nach. Mir ist nämlich zu Ohren gekommen, dass der junge

Herr Miltenberg beim Vater ein prachtvolles Damenkleid in Auftrag gegeben hat. Ein aufwendiges Seidenkleid mit einem tiefen Ausschnitt, edler Spitze und mit reichem Zierrat. Man munkelt, er habe dich auf dem Korporalsball heimlich beobachtet.«

»Du glaubst doch nicht etwa …?« Angesichts seiner Worte merkte Gesche, wie sie mit einem Mal feuerrot im Gesicht wurde.

»… dass du den Miltenberg mit deinem Liebreiz tief beeindruckt hast. Jawohl, genau das glaube ich, mein Schwesterherz.«

»Er hat sich mir noch gar nicht vorgestellt. Ist er denn ein hübscher Mann?«

Gesche hörte ihr Herz bis zum Hals schlagen. Sehnsüchtig dachte sie zurück an die einzige rauschende Festlichkeit ihres Lebens, zu der sie den Vater erstmals begleiten durfte. Das Gelage hatte in einem öffentlichen Wirtshaus stattgefunden und ganze drei Tage gedauert.

»Gesche! Vor allem ist er zunächst einmal der reichste Witwer unserer Straße. Und dass er sich dir nicht persönlich vorgestellt hat, lag an der strengen Aufsicht von Mutter und Vater. Außerdem hast du ja selbst alle Tänzer abgewiesen und nur mit der Marie getanzt.«

Gesche nickte und dachte an ihren unbescholtenen Ruf, den sie unbedingt mit in eine für sie lohnenswerte Ehe nehmen wollte. Gleichzeitig aber träumte sie wachen Auges von rauschenden Empfängen, schönen Kleidern und wohlhabenden Freiern. Mitten in ihre Gedanken hinein fuhr plötzlich die jähe Erinnerung an einen schmerzlichen Verlust: eine schwärmerische Mädchenliebe, die seinerzeit ihren Anfang in *Marks Plantage*, einem Vergnügungshort der Vorstadt, nahm. Unter den vielen Herren, die ihr hier beim Lustwandeln bewundernde Blicke schenkten, war ihr damals ziemlich rasch ein besonders fescher Offizier aufgefallen. Viktor mit Namen. Marie, die treue Seele, holte rasch Erkundigungen über den Korporal ein, was ihn wiederum veranlasste, sich Gesche bald darauf mit einer artigen Unterhaltung zu nähern.

Viktor hatte ihr ungemein gut gefallen. Groß, schneidig, mit zigeunerhaft dunklem Haar und von einer charmanten Beredtheit, die ihr bei jeder Begegnung das Blut in die Wangen trieb. Schnell begannen sich ihre Wege immer dann zu kreuzen, wenn sie sich auf dem Heimweg von der Freundin befand. Der schneidige Offizier war kein Freund großer Worte. Schon beim zweiten Zusammentreffen hakte er sich keck bei ihr unter und überschüttete sie geradezu mit Liebesbezeugungen. So war es nur allzu verständlich, dass die Sehnsucht, sich den Verführungskünsten des jungen Verehrers gänzlich hinzugeben, umso stärker in ihr wuchs, je öfter er von einer ehelichen Verbindung zu ihr sprach. Ihre keusche Seele flog ihm entgegen, und sie wünschte sich nichts sehnlicher, als dass ihr Viktor neben seiner Schönheit und Galanterie auch über ein nennenswertes Vermögen verfüge, damit ihr Vater vielleicht doch noch die Verbindung mit einem Offizier zulasse. Als sie Marie davon erzählte und sie in ihrer Not um Rat bat, hätte sie sich deshalb um ein Haar mit der Freundin zerstritten. Denn Marie, die hinter Viktors eifrigem Werben nichts Gutes argwöhnte, begann heimlich, nähere Informationen über ihn einzuholen. Dabei förderte sie die Erkenntnis zutage, dass der leichtsinnige Herr Offizier so gut wie jedem hübschen Mädchen der Stadt nachstellte. Daraufhin musste Gesche der Freundin versprechen, Viktor niemals wiederzusehen. Doch das Gefühl, dem Geliebten mit einem neuen Mädchen im Arm in der Stadt zu begegnen, schmerzte noch lange Zeit danach.

Christoph schloss leise das Fenster und überließ Gesche ihren Erinnerungen. Sein feiner Instinkt verriet ihm, dass nun der Augenblick gekommen war, die Schwester für immer zu verlassen. Sanft, mit Wehmut im Herzen, küsste er sie ein letztes Mal auf den Nacken. Dann zog er geräuschlos die Tür hinter sich zu.

Etwa zur gleichen Stunde saß Stadtsyndikus Wolfgang von Post an seinem Schreibtisch und blätterte in den Akten, als plötzlich die Tür aufgerissen wurde und ein Sattlergeselle der Miltenbergs mit verschwitztem Gesicht und zerzausten Haaren im Rahmen stand. Ohne einen Gruß auf den Lippen rief er aufgeregt: »Herr von Post! Eilen Sie bitte. Sie müssen das Schlimmste verhindern. Der alte Herr Miltenberg will seinen Sohn töten!«

Da Wolfgang von Post solche täglichen Auseinandersetzungen zwischen den beiden Miltenbergs kannte und es seit dem Tod der Ehefrau des jüngeren sowieso recht turbulent im Haus des Freundes zuging, ordnete er zunächst Schreibkiel und Akten, bevor er in die graue Robe schlüpfte, den Zylinder auf das gepuderte Haar stülpte, um dann mit einem schwarzen Lederkoffer in der Hand dem Gesellen zu folgen.

Angelangt im Miltenberg'schen Hause, nahm er mit drei Sätzen die Stufen zur Freitreppe, als ihn von oben ohrenbetäubendes Geschrei empfing. Rasch riss er die Tür zum Wohnzimmer auf und erfasste mit einem einzigen Blick die Situation vor sich. In dem prunkvoll ausgestatteten Herrenzimmer, auf dem Perserteppich, der mit seinem dichten Flor jedes Geräusch schluckte, standen sich die zwei Kampfhähne mit hochroten Gesichtern gegenüber. Der Jüngere, in einem dunkelblauen, zweireihig geknöpften Anzug, zerschlissenem Ärmel und einer blutbespritzten Hose, hielt sich den Älteren mit dem Degen vom Leib, wobei er aufgebracht schrie: »Ich werde dich töten, Vater. Jetzt, auf der Stelle. Dann hat das Leid endlich ein Ende!«

Der alte Miltenberg, eingeschnürt in eine auffällig gelbgrün gestreifte Weste, in langer heller Hose und Schuhen, dessen Gamaschen Blutstropfen zierten, wehrte sich mit einem eisernen Feuerhaken. Um seine Füße wickelte sich ein verschmutzter ärmelloser Mantel.

Von Post sah, dass er stolperte und unweigerlich in die Degenspitze fallen musste. Mit den Worten: »Aber meine Herren, das kann man doch anders regeln«, warf er sich flugs zwischen die Streitenden. Während er den jungen Miltenberg an den Schultern zurückhielt, überschrie der Alte den Sohn: »Versuche nur weiter, die Hand gegen deinen Vater zu erheben! Ich habe längst beschlossen, Haus und Habe zu verkaufen und dir nicht mehr als fünf Taler zu vermachen. Du Hurenbock!«

Der Stadtsyndikus gab dem Gesellen ein Zeichen, der daraufhin am alten Miltenberg Hand anlegte, bis dessen Jähzorn etwas verraucht war. Von Post vermutete, dass die beiden Miltenbergs vor Kurzem noch außer Haus gewesen waren. Der Sohn, sicher gerade aus irgendeinem dieser anrüchigen Frauenhäuser gekommen, war wahrscheinlich in dem Moment auf den Vater getroffen, als der wieder versucht hatte, den drohenden Vermögensverfall zu retten. Danach war der alte Miltenberg auf den Sohn nie gut zu sprechen.

»Meine Herren, ich beschwöre Sie, es gibt nichts auf der Welt, was ein Verbrechen wie dieses rechtfertigen würde. Denken Sie nur an die Bibel, an Kain und Abel. Oder wollen Sie Ihr Leben für alle Ewigkeiten im Zuchthaus verbringen?«

Heinrich Miltenberg keuchte noch einen Moment und schleuderte dann seinem Sohn einen wütenden Blick zu. Dann hob er den verschmutzten Mantel vom Boden auf und begab sich steifbeinig zu seinem Sekretär, einem Glanzstück von Rieseners französischer Schreinerarbeit. Noch immer sichtlich erregt, entnahm er mit zitternden Fingern einer der Schubladen mehrere verschiedene Schuldscheine und warf sie mit einer wütenden Handbewegung auf den Tisch.

»Hier, mein Sohn, alles neue Schuldverschreibungen«, sagte er mit seltsam ruhiger Stimme. »Das Kasino, die Komödie, falsche Spekulationen. Ganz zu schweigen von deinen sinnlichen Begierden. Hierfür hast du kürzlich sogar einen unserer vier Höfe verwettet. Und was uns in den Ruin treibt, Herr von Post«, wandte er sich an den Advokaten, »dieses vermaledeite alte Weib erdreistet sich und verlangt für die missratene ...«, hier bekreuzigte er sich rasch, »schwindsüchtig verstorbene Tochter die 1.000 Reichstaler Mitgift sofort zurück.«

Fast ein wenig hilflos fuhr er sich mit der Hand durch das bei dem Kampf in Unordnung geratene Haar. Dabei ruhte sein Blick auf dem Advokaten, als erwarte er von ihm eine schnelle Lösung. »Ich war gezwungen, dem Senator Schmidt bereits zwei meiner wertvollen Ölgemälde zu verkaufen. Wenn mein missratener Sohn nicht bald heiratet und diesmal eine vernünftige eheliche Verbindung anstrebt, die uns allen von Nutzen ist, dann ist mein finanzieller Ruin nicht mehr zu verhindern.«

Von Post kratzte sich nachdenklich am Backenbart. »Sie wollten der Unglücklichen keine Kost und Logis mehr gewähren, und Euer Sohn Gerhard hat sie leider mit einem unrühmlichen Fußtritt aus dem Haus gejagt. Das hat die Unglückliche, welche doch die Schwiegermutter war, stark gegen Sie erzürnt. Obwohl sie recht brav über Sie, den Vater, geredet hat. Ich habe mich der Tränen der Unglücklichen angenommen und mir erlaubt, die Reichstaler ganz in Ihrem Sinne zu retten. Sie brauchen also nichts mehr zu befürchten. Was erzürnt Sie dann so sehr, dass Sie Ihren Sohn töten wollten?«

Vom Reden durstig geworden, schritt Herr von Post rasch zur Vitrine im Ostteil des Salons und öffnete die Kristalltür, hinter der er eine Karaffe mit dunklem Wein entdeckt hatte. Seitdem Gerhard Miltenberg einst seine Wohnung tapeziert hatte, ging er wie ein guter Freund im Miltenberg'schen Hause ein und aus. Deshalb kannte er die Gepflogenheiten in der Wohnung. Rasch stellte er drei Gläser auf den Tisch und schenkte ein. »Ein guter Jahrgang«, lobte er Miltenberg nach einem kräftigen Schluck und prostete dem Alten zu.

Heinrich Miltenberg, ein wenig lädiert von der Auseinandersetzung mit dem Sohn, hatte sich in der Mitte des Salons am Esstisch auf einem Stuhl niedergelassen. Die Arme auf die Lehne gestützt, schielte er grimmig auf den Sohn, der, die Beine in den langen Stiefeln weit von sich gestreckt, am Weinglas nippte und entspannt im Lehnsessel fläzte.

»Für diesen hochachtungsvollen Dienst, Wolfgang, danke ich Ihnen von Herzen. Sie sind ein wahrer Freund, und manchmal wüsste ich nicht, was ich ohne Sie anfangen sollte. Ach, wäre mein Sohn nur halb so gütig und schlau wie Sie, dann könnte ich mich an ihm erfreuen und ihn lieben, wie man einen Sohn liebt. Nicht nur, dass er seine Wanderschaft in Braunschweig abgebrochen hat und von dort dieses liederliche Frauenzimmer in unser Haus mitgebracht hat, jetzt säuft und hurt er genauso wie sie umher und schert sich einen Dreck um die Zukunft unseres Hauses. Seine Mutter, Gott habe sie selig, hat ihm ein Vermögen hinterlassen, das er nun in Windeseile im Müßiggang verjubelt. Sehen Sie mich doch an, Wolfgang. Bald ist meine Zeit vorbei, und ich bedarf alsbald der Pflege. Aber bevor er unser gesamtes Vermögen bei Saufgelagen in Häusern der niedrigsten Verworfenheit verprasst, enterbe ich ihn zu Lebzeiten und ziehe auf meinen Landsitz.«

»Urteilen Sie nicht so hart, mein Freund«, versuchte von Post Heinrich Miltenberg zu beschwichtigen, nachdem der Alkohol für eine angenehmere Atmosphäre sorgte, die nun fast in eine heitere Stimmung umschlug. Denn nun meldete sich Gerhard zu Wort. Dabei blieb er zunächst in seiner entspannten Haltung sitzen und prüfte mit kritischem Blick sein Glas. Irgendwie verstand von Post die Frauen, die sich scharenweise von ihm aushalten ließen. Nicht zum ersten Mal war er ihm in anrüchigen Spelunken begegnet, halb nackt, mit mehreren Weibern gleichzeitig im Arm. Gerhard Miltenberg war nicht unansehnlich. Der Wein, der nun die blassen Wangen mit einer leichten Röte überzog, verstärkte diesen Eindruck zusätzlich. Doch der ausschweifende Lebenswandel des Mannes hinterließ bereits seine ersten Spuren. Das helle Haar bereits schütter, nach neuster Mode dicht an den Kopf gelegt und nach vorn gekämmt, verlieh dem schmalen Gesicht mit den braunen Augen und der ewigen, unstillbaren Sehnsucht darin eine gewisse Verwegenheit. Aber seine Züge waren verweichlicht und wirkten verschwommen. Hinzu kam, dass Gerhard Miltenberg um die Taille herum zur Fülle neigte.

»Was träumen Sie, Herr Magister?«, bemerkte der junge

Mann schmunzelnd. »Trauen Sie mir nicht zu, dass ich eine Ehefrau für mich finde?«

Lauernd erhob er sich. Er trat an den Tisch heran und forderte von Post auf, ihm das Glas zu füllen. Groß gewachsen, mit dem Glas in der Hand, stand er vor ihm. Den Vater neben sich ignorierte er, als ob er gar nicht anwesend wäre. »Aber ich will keine Ehefrau. Ich kann jedes Weib haben. So ein faules, fettes Luder will ich mir nicht noch einmal in mein Haus holen. Ich habe Freudensprünge getan, als der Herrgott mich endlich von diesem Ehedrachen erlöste. Auch wenn der Herrgott mich dafür bestrafen wird. Denn seitdem lebe ich in der Furcht, mein Weib könnte als Leiche wiederauferstehen und mir das Leben erneut zur Hölle machen. Aber dieser verbohrte alte Herr«, er wies mit dem Finger anklagend auf den Vater, »erdreistet sich und will mich mit aller Macht zu einer neuen Heirat zwingen.«

»Und wie ich dich zwingen werde, du Säufer!« Heinrich Miltenberg war bei den letzten Worten aufgesprungen und machte Anstalten, sich erneut auf den Sohn zu stürzen. Doch von Post war schneller. Er hatte dem jungen Miltenberg ruhig zugehört und dirigierte ihn nun mit den Worten »Um was für eine interessante Ehe handelt es sich denn, um die hier so eifrig gestritten wird?« sanft auf den Stuhl zurück. Sein Interesse an den Neuigkeiten bewirkte, dass sich die beiden Miltenbergs gemeinsam an den Tisch setzten und Heinrich sogleich begeistert loslegte: »Es ist die Jungfer Timm, die mir in Gedanken vorschwebt. Sie ist schön und tugendhaft, und ihr geht der beste Leumund voraus. Außerdem soll sie sehr arbeitsam und in vielen Künsten bewandert sein. Sie wäre die rechte Ehefrau, um die gräuliche Unordnung in unserem Hauswesen wieder zu ordnen. Zumal mein liederlicher Sohn der Jungfer schon begegnet ist und sie ihm sehr gefallen hat.«

»Übertreibe nicht, Vater«, fiel ihm Gerhard ins Wort. Doch von Post sah sehr wohl, dass dem Sohn diese Verbindung nicht missfallen würde.

»Sie müssen verstehen, Herr Magister«, redete der Vater weiter, »dass ich mich schäme, für meinen Sohn als Brautwerber aufzutreten.«

»Ich würde mich dem Mädchen schon gern vorstellen, aber wie? Auf dem Korporalsball ist sie mir angenehm aufgefallen. Aber es war kein Herankommen. Die Schöne wurde von ihrer Familie bewacht wie ein seltenes Kleinod. Sie tanzte nicht einmal, obwohl es viele Männer gab, die das Glück gern gehabt hätten. Stattdessen drehte sie sich immerfort nur mit Marie im Kreise, der einzigen Tochter des Klavierlehrers.«

»Die beiden Familien sind miteinander befreundet. Ich kenne das Mädchen«, ergänzte von Post den jungen Miltenberg. »Ich mache Ihnen einen Vorschlag, meine Herren. Wie wäre es, wenn ich in Gerhards Namen als Freiwerber bei dem Schneidermeister Timm vorspreche, damit das mörderische Streiten endlich ein Ende hat und wieder Frieden in dieses schöne Haus einzieht. Ich schließe mich da ganz Ihrer Meinung an und finde auch, dass die liebliche Gesche Timm der Retter für das Miltenberg'sche Hauswesen ist. Ihr Vater ist ein einfacher Schneidermeister. Er gilt als arm, aber nicht unbedingt als gänzlich unvermögend. Allerdings würde ich Ihnen, Gerhard, raten, die Jungfer näher kennenzulernen. Denn nichts gedeiht ohne Liebe. Vielleicht mag Sie die Jungfer ja gar nicht und weist Ihr Werben zurück.«

»Das Mädchen wird doch nicht so dumm sein, ein Vermögen auszuschlagen.« Heinrich Miltenberg vermochte sich nicht vorzustellen, dass irgendjemand die Armut dem Reichtum vorziehen könnte.

»Eben sagten Sie noch, dass der finanzielle Ruin näher rücke?«, grinste von Post und winkte Gerhard heran. Wie Verschwörer steckten sie nun die Köpfe zusammen. »Ich würde vorschlagen, dass Sie das Kleid, welches Ihre verstorbene Ehefrau einst bei dem Schneidermeister Timm hat anfertigen lassen, der Jungfer Timm verehren und sie gleichzeitig mit zwei Theaterkarten beglücken. Dort sollte es Ihnen nicht schwerfallen, mit der schönen Gesche ein Gespräch über die Kunst und das Theater zu beginnen«, riet er dem Sohn und fasste ihn scharf ins Auge. »Danach bleibt Ihnen noch eine ganze Woche Zeit, um ihre Gunst zu buhlen, was Euch Schwerenöter ja nicht schwerfallen dürfte. Ich werde mich dann am kommenden Sonntag, Anfang Februar, als Freiwerber bei dem Schneidermeister Timm vorstellen.« Rasch streckte er die Hand aus und sagte abschließend: »Ihre Hand darauf, meine Herren. Machen wir eine Wette, dass schon im nächsten Monat März die jungen Leute vor dem Traualtar stehen werden.«

Die eben noch miteinander verfeindeten Herren Miltenberg erinnerten sich plötzlich wieder, dass sie Vater und Sohn waren. Ihre Gesichter glühten, und beide lobten ziemlich redselig die Vorzüge der schönen Gesche. Nachdem sie in die Hand des Magisters einschlugen, umarmten sie sich unter Tränen in nie gekannter Einigkeit, bis von Post, um nicht zu stören, sich leise auf Zehenspitzen rücklings mit einem verschmitzten Lächeln aus dem Zimmer schlich.

Mit klopfendem Herzen, vorsichtig einen Fuß vor den anderen setzend, schritt Gesche die breiten, mit Teppichen ausgelegten Stufen zu den Rängen hinauf. Die kleinen Füße versanken in dem weichen dunkelroten Flor und vermischten sich im Licht der Foyerbeleuchtung mit dem Rot ihrer Wangen, während ihre Augen neugierig die festlichen Roben der Besucher betrachteten. Dabei senkte sie bei jedem bewundernden Blick der anwesenden Herren verlegen die Lider. Insgeheim jedoch genoss sie die Aufmerksamkeit, die ihr, je näher sie dem Saal kam, zuteilwurde.

»Ich bin so aufgeregt«, flüsterte sie der Freundin zu, die beruhigend ihre Hand drückte.

»Keine Angst, Gesche«, antwortete Marie und schaute sich suchend um. »Dein Herr Vater wird dich schon nicht aus den Augen lassen.« Es sollte ein belustigender Hinweis darauf sein, dass Gesche mit ihren 21 Jahren keinen Schritt ohne die strenge

Aufsicht der Eltern unternahm. »Wo ist dein Bruder, Gesche?«, fragte sie, während sie nach dem feschen Husaren unter den Theatergästen Ausschau hielt. Schon geraume Zeit betete sie Gesches Bruder heimlich an und hätte es sich gewünscht, dass er um sie freite.

»Sein Regiment, bei dem er sich hat einschreiben lassen, ist gestern nach Paris abgerückt. Mach dir keine Hoffnungen, liebe Marie. Mein Bruder Christoph genießt das Abenteuer. Er wird nie ein biederer Ehemann werden. Verschwende deine Aufmerksamkeit besser an die vielen unverheirateten Herren hier in der Komödie. Ist es nicht wunderschön? Hier finden wir bestimmt einen wohlhabenden Ehemann.«

»Für dich, Gesche hält sich hier sicher ein Freier verborgen. Woher sollten sonst die Karten für die teure Loge herkommen? Oder dein wunderschönes Kleid.«

Sie blickte ein wenig neidvoll auf Gesche und dann seufzend an sich herunter. »Heute schauen alle Menschen nur auf dich. Genieße es, Gesche. Ich bin gegen dich nur ein schwarzes, unbedeutendes Schäfchen.«

»Deine Worte machen mich traurig, Marie«, antwortete Gesche betrübt und blieb am Treppenabsatz stehen. »Wir ergänzen uns doch wie Geschwister.« Sie sah der dunkelhaarigen Marie herausfordernd in die rehbraunen Augen und strich ihr eine Locke aus der Stirn. »Du bist doch das Gegenstück zu mir, dunkel und feurig, wie eine rote Rose. Nein, nein, die Blicke der schneidigen Herren gelten eher dir als mir. Wenn sie mich ansehen, dann schauen sie nur wegen des aufwendigen Kleides. Es ist aber auch zu schön«, sinnierte sie und drehte sich kokett vor der goldenen Spiegelwand. Zum ersten Mal in ihrem jungen Leben trug sie kein Schultertuch aus Leinen, und sie betrachtete entzückt ihre runden Schultern, die sich im gedämpften Licht von der rot-goldenen Samttapete des Foyers weiß wie Alabaster abhoben. Die blonden Locken hatte ihr die Mutter in kleinen Löckchen kunstvoll zu einer kleinen Krone aufgetürmt und mit einem zum Kleid passenden

Diamanthaarband festgesteckt. Zu dem lang fließenden Kleid aus romantischer zartroter Seide und heller Spitze trug sie elegante lange Handschuhe, die bis zum Ellbogen reichten. Dazu hatte sie die Taille zum ersten Mal geschnürt, was ihre kleinen weißen Brüste geheimnisvoll hervorhob.

»Du bist wunderschön, Gesche«, gestand ihr Marie neidlos zu. »Wenn man bedenkt, dass dieses Kleid einst für eine andere Trägerin genäht wurde und nun deinen herrlichen Körper schmückt. Du bist ein Glückspilz, man kann dir nur gratulieren, Gesche.«

»Wenn ich nur wüsste, wer mir dieses Kleinod geschenkt hat.« Gesche betrachtete ungeduldig drei Herren an der Getränketafel, die lautstark den hauseigenen Wein lobten. »Christoph kann es nicht gewesen sein. So viel Groten besitzt er nicht.«

»Das Kleid ist mindestens mehrere Reichstaler wert. So etwas kann nur ein wohlhabender Freier«, antwortete ihr Marie und zupfte an dem in Falten gelegten Überwurf aus kostbarem Atlas. »Aber wer?«, sinnierte Gesche. »Vater sagte, das Kleid hatte einst eine reiche Dame bei ihm in Auftrag gegeben.«

»Und dann nicht abgeholt ...«, grinste Marie und zog Gesche vom Spiegel weg zu den Eingängen. Die hohen, mit Gold beschlagenen Türen standen offen, und vor jedem Eingang empfing ein junger Lakai in einer blauen Livree die Herrschaften. Gesche staunte und hielt, unschlüssig, zu welcher Tür sie sich wenden sollte, Marie am Arm zurück. »Welche Loge ist es?«, fragte sie ängstlich.

Marie wusste, es war ihr peinlich, ohne die Brille nichts auf dem Billett erkennen zu können.

Im gleichen Augenblick trat einer der französischen Lakaien auf sie zu, verbeugte sich bis zur Erde und fragte: »Darf ich die Damen zu ihrem Platz geleiten?«

Doch ein junger Herr im Zylinder, mit Haaren so schwarz und wild wie sein Anzug, schälte sich aus der Gruppe an der Getränketafel und kam ihm zuvor.

»Ich sehe, die Damen sind unschlüssig …?«, fragte der rasch Herbeigeeilte höflich und trennte die Freundinnen, indem er mit einer galanten Verbeugung jeweils einen zarten Kuss auf die dargebotenen Fingerspitzen hauchte.

»Peter Kassow ist mein Name. Darf ich mir erlauben, die jungen Damen in meine Loge zu bitten?« Er verbeugte sich abermals artig, während er die Hacken ein wenig zusammenstieß und Gesches Figur mit einem feurigen Blick aus seinen tiefschwarzen Augen umfasste.

Gesche kämpfte erneut gegen ihre Verlegenheit, und flinker als Marie antwortete sie: »Es ist uns eine Ehre, mein Herr.« Keusch senkte sie dabei den Blick zu Boden, als sie bemerkte, dass Kassow ihr die größere Aufmerksamkeit zuteilwerden ließ.

»Sind die Damen das erste Mal in der Komödie?«, fragte er neugierig und hakte sich bei beiden unter. Gleich darauf promenierte er zwischen ihren raschelnden Gewändern.

Gesche nickte, und von seiner lockeren Art angetan, fragte sie neugierig: »Sind Sie Russe, Herr Kassow?«

»Sogar ein waschechter, mein Fräulein«, antwortete Kassow und zwirbelte sein schwarzes Oberlippenbärtchen, als sie vor der letzten Tür stehen blieben.

Die Augen auf ihr Dekolleté gerichtet, in freudiger Erwartung auf ein zartes Liebesabenteuer, schnitt er nun ein Thema an, das zurzeit in den Salons heftig diskutiert wurde und ihm die Bewunderung der Damen einbrachte.

»Seitdem Großbritannien und mein Mütterlein Russland vorhaben, die Schweiz und Holland aus der Gewalt Napoleons zu befreien, gilt für einen Weinhändler wie mich nur eines: schnellstens meine Geschäfte mit England zu retten, bevor der Wahnsinnige«, hier kam er Gesches Ohr sehr nahe, »was mir aus vertrauter Quelle zugetragen wurde, gemeinsam mit den Spaniern und den Briten den Krieg zur See eröffnet.«

»Mein Herr, Sie sind wohl kein Freund unseres französischen Kaisers Napoleon?«

Mehr überrascht als erschrocken schaute Gesche auf den hochgewachsenen blonden Herrn, der leise hinter sie getreten war und sich ohne Aufforderung am Gespräch beteiligte.

»Ein so mächtiger Herrscher, der uns eine ganz neue Welt mit außergewöhnlichen Bildungs-, Verwaltungs- und Finanzreformen verspricht. Meine Damen, wollen Sie einen solchen Propheten des Fortschritts wegen ein paar kleiner kriegerischer Auseinandersetzungen von unserem Herrn Kassow denunzieren lassen?«, versuchte er den Russen vor den Damen auszustechen, um die Aufmerksamkeit des schönen Geschlechts auf sich zu lenken.

»Kleine Kriege? Aber Herr Miltenberg, was soll das, in der Gegenwart zweier so schöner, sanfter Geschöpfe die Gefahr zu beschönigen? Glauben Sie, die Damen sind nicht informiert?«, rechtfertigte sich Kassow ob der Störung und zwinkerte Gesche zu.

Gerard Miltenberg überhörte den Einwurf. Auch er hatte nur Augen für die schöne Gesche. Aufmerksam beugte er sich über die dargebotene Hand, während Kassow seine Meinung vor den Damen erneut verteidigte.

»Stellen Sie sich nur vor, dieser verrückte Korse hat die Sklaverei wieder eingeführt. Oder denken Sie an die unlängst standrechtliche Erschießung des Herzogs von Enghien im März 1804, was das für uns Deutsche für Folgen haben wird. Zu allem Unglück hat der Wahnsinnige sich jetzt auch noch zum Kaiser krönen lassen.«

Gerhard Miltenbergs Gesicht überzog ein gelangweiltes Lächeln. Gesche mit den Augen heftige Avancen machend, versuchte er, dem Gespräch ein Ende zu setzen.

»Gehen Sie zu Ihrem Mütterchen Russland zurück, Kassow! Es wird Sie bald nötiger brauchen als Ihre englischen Geschäfte.«

Kassow wendete sich ihm jetzt mit hochrotem Gesicht zu und musterte ihn ärgerlich aus schmalen Augenschlitzen. Brachte Miltenberg sein Mütterchen Russland mit ins Streitgespräch, dann ging sein hitziges Temperament mit ihm durch. Die Hand am Degenknauf, suchte er nach Worten, um die verletzte Ehre vor den Damen wiederherzustellen.

Miltenberg bemerkte es und versuchte nun, mit Charme und Witz einzulenken. Ein Duell hier an diesem Ort, ausgerechnet vor seiner Auserwählten, war nicht in seinem Interesse. Außerdem hatte er das Weinlager des Weinaufsehers, das seinem Haus nur wenige Meter schräg gegenüberlag, längst als einen unversieglichen Quell unentgeltlichen Weingenusses entdeckt.

»Herr Kassow hat seinen Logenplatz bereits einer schon lange von ihm verehrten Schönheit angeboten, wie er mir gestern Abend im Spielsalon heimlich gestand«, log er mit einem listigen Augenzwinkern, Kassow dabei im Auge behaltend. Sein Blick bat ihn dabei heimlich um Verständnis. »So wird mir das Glück zuteil, die Damen in meine bescheidene Loge zu bitten.«

Artig beugte er sich zum Kuss über Gesches Hand, nicht ohne sie aus den Augen zu lassen, während diese etwas verständnislos von einem zum anderen sah, was wiederum sein Herz entzückte. Die Jungfer in ihrer Hilflosigkeit wirkte noch viel schöner und zarter, als er es sich erträumt hatte.

Gesche betrachtete derweil nachdenklich Miltenbergs elegante Erscheinung im dunkelbraunen zweireihig geknöpften Frack. Blitzschnell kehrte das Gespräch mit Christoph in ihr Gedächtnis zurück. Miltenberg war nicht uninteressant, er gefiel ihr, obwohl sein werbender Blick nicht die gleiche Erregung in ihr entfachte wie der glutvolle von Kassow. Dafür faszinierte sie der aufwendige Stil seiner Kleidung umso mehr.

»Mit Freuden werden wir Ihr Angebot annehmen, mein Herr«, kokettierte sie und reichte Miltenberg zum Einverständnis den Arm. Den ungewollten Seufzer, der ihr dabei entfuhr, quittierte sie bei sich mit einem Lächeln. Viel lieber hätte sie die charmante Einladung Kassows angenommen und beobachtete verstohlen, versteckt hinter ihrem seidenen Fächer, den

Russen, der sich nun mit ihrer Freundin Marie tröstete. Noch einmal wollte es der Zufall, dass sie ein Blick aus seinen glutschwarzen Augen traf. Doch tapfer bekämpfte sie das Klopfen ihres Herzens und lächelte Miltenberg auffordernd zu, der es geschickt verstand, ihre Aufmerksamkeit auf sich zu lenken.

»Ihr seufzt, Demoiselle, ist Euch meine Aufdringlichkeit unangenehm?«, fragte er, während Gesche rasch das Versäumnis nachholte, sich vorzustellen.

»Demoiselle Gesine, mein Herr«, beeilte sie sich hinzuzufügen.

»Ein wunderschöner Name, Demoiselle Timm«, schmeichelte ihr Miltenberg. »So schön wie Eure Augen und Euer goldenes Haar«, verzauberte er sie, während sie ihm, betört von seinen Worten, gnädig die Hand überließ. Die Worte überdeckten das fehlende Gefühl in ihrem Herzen und nährten geschickt den Stachel der Eitelkeit.

Stolz wie eine Königin schritt sie nun neben ihm durch die Gänge eines Seitenflügels. An dessen Ende erwartete sie der Theatersaal mit einem ovalen Zuschauerraum und einer ziemlich tiefen Bühne. In seiner Loge bot er ihr mit einer galanten Bewegung den Stuhl neben sich an. Marie hatte in der Nachbarloge Platz genommen und unterhielt sich angeregt mit Kassow. Die unterhaltsame Art des Russen brachte die Freundin zum Lachen, was sich anhörte wie das leise Gurren eines Täubchens. Für einen Augenblick verspürte Gesche heimliche Eifersucht. Dann wurde sie betäubt von dem barocken Schein, der sie umgab, den vielen Zuschauern, welche zu den Rängen strömten, den glitzernden Roben der Damen, den farbenfrohen Gemälden an den Wänden und den auf Säulen kunstvoll kreierten Wasserspielen. Der dunkelrote Samtvorhang war geöffnet. Die Kulissen stellten eine bürgerliche Wohnung dar, die so raffiniert gemalt war, dass man nicht den Eindruck hatte, auf Wände aus Leinwand und Pappe zu sehen, sondern wirklich in einem Raum mit englischen Stilmöbeln, fein gewebten Spitzendeckchen und echtem Porzellan zu sein. Bei so viel strahlendem Glanz vergaß sie rasch den wohlhabenden Gerhard Miltenberg an ihrer Seite. Sie spürte weder seine Fingerspitzen, die sanft ihren Arm hinaufstrichen, noch vernahm sie seine geistreichen Erklärungen über das Trauerspiel, welches sich in fünf Akten vor ihr auf der Bühne abspielte. Ihre weiche Seele, schon von Kindesbeinen an dem Theaterspielen zugetan, versank in einer für sie völlig neuen Sphäre. Ergriffen und mit Tränen in den Augen verfolgte sie die tragische Liebe zwischen dem adligen Ferdinand und der Musikertochter Luise. Insbesondere die Figur der Luise hatte es ihr angetan. Sie mochte die Augen nicht einen Moment von deren Schönheit lassen und identifizierte sich so sehr mit ihrem Schicksal, dass sie zum Schluss fast in Tränen aufgelöst in Miltenbergs Arme sank, während dieser, mutig geworden, sie leise mit den Worten tröstete: »Demoiselle Gesine, es ist doch nur ein Trauerspiel aus der Feder unseres hoch geschätzten Herrn Friedrich Schiller. Es ist nicht die Wirklichkeit. Ich aber, liebe Gesche, möchte Ihnen, wenn Sie mir die Gelegenheit dazu geben, ein heiteres Stück für Ihr Leben schreiben. Ein Stück, in dem nur wir beide mitspielen. Ich würde Ihnen die Welt zu Ihren kleinen Füßen legen, meinen Wohlstand und meine Liebe dazu, um niemals wieder Tränen in Ihren schönen Augen sehen zu müssen …«

Am nächsten Morgen brannte Gesche darauf, ihr Glück mit der Mutter zu teilen. Überglücklich lief sie hinunter in die Schneiderwerkstatt. Margarethe stand mit einem Gürtel voller Nadeln um die Hüften und hochgeschlagenen Ärmeln vor einer Schneiderpuppe und versuchte gerade, einen Tuchballen von mehreren Fuß über das Podest zu ziehen. Nachdem sie ihn endlich in die richtige Lage gebracht hatte, griff sie nach dem Gewicht zum Falteneinpressen. Doch die Tochter kam ihr zuvor und nahm ihr das Eisen übermütig aus der Hand. Die Neuigkeit war ihr wichtiger als der Wollstoff.

»Mutter, stell dir vor, gestern Abend hat mich der junge Herr Miltenberg vom Theater nach Hause gebracht. Er ist ein recht feiner Herr, und, Mutter, er ist wohlhabend, so reich, reich«, sprudelte es aus ihr heraus.

Jubelnd umfasste sie die Hüften der Mutter und schwenkte sie einmal im Halbkreis herum. »Ach Mamachen, deine Finger werden nie wieder zerstochen sein. Sonntags werden wir, in Samt und Seide gekleidet, in den Parks spazieren gehen und uns auf großen Festlichkeiten bewundern lassen. Wir werden Pferde haben, eine eigene Kutsche und ein großes Haus. Oh, wie werden uns die Nachbarn um dieses Glück beneiden und erst meine Freundinnen.« Von Gefühlen für den Herrn Miltenberg sprach Gesche dabei nicht, bis Margarethe sie mit den Worten aus ihren Träumen riss: »Es ist wichtig, dass ihr immer Brot habt. Aber Kind, gefallen muss dir der junge Herr auch. Wo bleibt in deinen Träumen die Liebe?«

Obwohl die Frage etwas unerwartet kam, hatte sie sofort eine Antwort auf den Lippen. Sie ließ die Mutter plötzlich los, sodass diese sich an einer Schneiderpuppe festhalten musste, und antwortete ihr ungeduldig: »Die wird sich mit der Zeit schon einstellen. Warum sollte ich einen Mann nicht lieben lernen, der mir Glück und Reichtum verspricht.«

Einen Augenblick lang beobachtete sie schweigend die Wirkung ihrer Worte, bevor sie sich sogleich wieder lachend und trällernd ein fertiges Kleid einer Schneiderpuppe über den Kopf zog. »Wie steht mir das?«, fragte sie und drehte sich damit kokett vor dem Spiegel.

»Gut, mein Kind. Die Farbe passt gut zu deinem blonden Haar und deiner grazilen Figur. Aber hänge das Kleid wieder zurück auf das Podest. Frau Geheimrätin wird sonst nie wieder ein schwarzes Taftkleid bei uns bestellen, wenn du es zerdrückst.« Sie nahm es ihr vorsichtig aus den Händen und stülpte es raschelnd über die weißen Batistunterhöschen. Dann zupfte sie eine Weile schweigend an den Unterröcken und Volants herum, bis sie in Gedanken äußerte: »Du solltest lieber Weiß tragen, niemals ein Trauerkleid.« Mit den Nadeln im Mundwinkel sah sie Gesche nachdenklich an. Dann stellte sie plötzlich die eigentlich wichtigste Frage: »Bist du dir auch sicher, dass der Herr Miltenberg als Brautwerber beim Vater um deine Hand anhalten wird?«

Jetzt wich alle Freude aus dem hübschen Mädchengesicht. Wie so oft wollte die Mutter sie wieder einmal nicht verstehen, und die Enttäuschung löste sich in einem Tränenstrom. »Du gönnst mir mein Glück nicht, Mutter. Nie gönnst du mir etwas. Aber ich bin ja auch nicht Christoph, den du im Herzen mehr liebst als mich«, schluchzte sie und stampfte wütend mit dem Fuß auf. »Wie kannst du überhaupt solche Bedenken hegen. Natürlich wird Gerhard Miltenberg beim Vater vorsprechen. Er hat es mir versprochen.«

»Was hat denn meine Liebe zu Christoph mit deinem Glück zu tun, Gesche«, wendete Margarethe geduldig ein. »Du weißt genau, dass er, seit er in die weite Welt hinausgezogen ist, allzu schnell der verblendenden Lust und Verführung verfallen ist. Alle unsere von Tränen und blutenden Herzen erfüllten Briefe, die ihn in ein ordentliches Leben zurückholen sollen, erreichen ihn nicht, nur für die Taler, die wir ihm schicken, hat er eine offene Hand. Ein undankbarer Sohn ist er, der seinen Eltern Kummer bereitet. Gerade deshalb wünsche ich mir für dich das allergrößte Glück auf dieser Erde. Ich hoffe, dir ist auch bekannt, was für ein unseliger Ruf dem Herrn Miltenberg vorausgeht.«

»Ach, alle die üblen Nachreden über den geschätzten Herrn Miltenberg sind nur infame Lügen der neidischen Nachbarn«, versuchte sie die Bedenken der Mutter zu entkräften. Dabei war ihr nicht wohl, wusste sie doch genau, dass die Mutter recht hatte. Aber ihre Gedanken kreisten immer wieder zu den vielen schönen Kleidern und dem großen Haus zurück, in dem sie künftig leben würde, und diesen Traum wollte sie sich nicht zerreden lassen.

In den nächsten Tagen geschah es ab und an, dass Gerhard Miltenberg der Jungfer Gesche ausgerechnet dann begegnete, wenn sie gerade vor dem Haus die Straße fegte. Jedes Mal grüßte er freundlich und stieg vom Wagen. Er fragte interessiert nach ihrem Befinden, und wenn sie ihm mit geröteten Wangen schlau antwortete: »Gut, Herr Miltenberg. Jetzt geht es mir noch besser«, lobte er ihre Arbeit und äußerte sich artig über ihre Schönheit und ihre Tugend. Dabei verschlang er sie mit den Augen und konnte sich manchmal kleinerer frivoler Bemerkungen, wie sie unter Verliebten üblich sind, nicht enthalten. Seit der Begegnung in der Komödie hatte die schöne Gesche seine Sinne so weit berauscht, dass er, die Hölle seiner Ehe allmählich vergessend, allen Ausschweifungen entsagte und nur noch mit ihrem Bild im Herzen lebte und sich nichts sehnlicher wünschte, als ihren holden Körper endlich in seinen Armen halten zu können.

An einem Sonntag, morgens um zehn Uhr, wurde dann der folgenschwere Gang des Freiwerbers von Post nach dem Haus des Schneidermeisters angetreten. Gerhard Miltenberg lief derweil ungeduldig vor dem Haus auf und ab, während der Magister den Vater Timm zu sprechen wünschte. Gesche stand in der Küche und wusch die Schüsseln. Beim Anblick des ganz in Schwarz gekleideten Magisters lief sie rasch zum Vater und sagte: »Vater, komm doch mal, da ist ein Herr, ich glaube, es ist ein junger Prediger, ganz schwarz gekleidet und von feinem Aussehen.« In ihrer Aufregung lief sie auf zitternden Beinen hinauf in ihr Zimmer, setzte sich mit klopfendem Herzen auf das Bett und faltete die Hände zum Gebet. »Bitte, Herrgott«, flehte sie mit feuchten Augen, »mach, dass alles gut wird und der Vater einer Hochzeit zustimmt.« Dann lauschte sie mit einem Ohr an der Wand, wie der Vater den Brautwerber in die Stube bat und die Mutter rief, sie sollte doch für den Herrn von Post aus der Küche ein wenig Gänseleberpastete und eine Flasche vom besten Wein aus dem Keller bringen. Bei so viel Freigebigkeit wusste sie, dass der Vater den Brautwerber mit allen Ehren empfing. Sie lächelte vor sich hin. Als der große Zeiger der Küchenuhr sich über den kleinen schob, war es zwölf Uhr, und Gesche wurde vom Vater in die Wohnstube gerufen. Am Tisch vor den halb gefüllten Gläsern und dem Porzellangeschirr, das nur sonntags aus dem Schrank geholt wurde, saßen der Herr von Post, der Vater und Mutter Timm mit einem gewissen Ernst auf den Gesichtern, blickten aber auch wohlwollend, als sie Gesches Unsicherheit bemerkten. Vater Timm wies auf den freien Stuhl ihm gegenüber und forderte sie feierlich auf: »Setz dich, mein Kind! Falte deine Hände, wie es bei Tisch schicklich ist, und vernimm, was wir dir zu sagen haben. Der Herr von Post ist gekommen und hat für den einzigen Sohn und Erben des Hauses Miltenberg, Gerhard, bei mir um deine Hand angehalten. Für diese große Ehre solltest du zehn Vaterunser beten und dem Herrgott danken. Der junge Herr, dein zukünftiger Ehemann, ist nämlich der Erbe des größten Hauses in der Pelzerstraße, einschließlich der sieben Nebenhäuser zur Rechten und zur Linken mit einem Wert von 20.000 Talern.« Ergriffen von seinen eigenen Worten, wischte er sich verstohlen eine Träne aus den Augen. »Obendrein erbt er das gesamte köstliche Mobiliar und die wertvolle Gemäldesammlung, worunter sich Stücke von 300 Taler Wert befinden. Also bedenke gut, mein Kind, welches Glück dich in diesem Moment trifft und welche Antwort du dem Herrn Magister gibst.«

Gesche sah die leuchtenden Augen des Vaters und die Mutter, wie sie vor Ergriffenheit in das Taschentuch schnupfte. Längst hatte sie die Entscheidung in den Augen des Vaters gelesen. Niemals würde sie es wagen, diese anzuzweifeln. Als sie mit zitternden Lippen zu einem »Ja« ansetzte, ergänzte von Post, dessen Blicke während der Rede des Vaters ruhig auf ihrem Gesicht gelegen hatten: »Nicht zu vergessen allerdings wäre eine kleine Hypothek von 1.000 Talern, welche das Haus belastet. Dass deine Eltern, wie sie vorhin ängstlich sagten, dir kein Vermögen mitgeben können, sollte dich nicht betrüben, mein Kind. Deine Schönheit und Tugend sind für unseren geschätzten Gerhard Miltenberg mehr wert als alle

Taler auf dieser Welt. Denn dieser junge Mann will einzig und allein dich, mein Kind.« Er hoffte, damit ihre Entscheidung zu würdigen, um nicht den Eindruck zu hinterlassen, es ginge ihm nur um das Geschäftliche.

Gesche erhob sich, umarmte den Vater und verbeugte sich manierlich vor dem Advokaten. »Monsieur von Post, ich empfinde es als eine Ehre.« Ein Strom von Tränen hinderte sie am Weitersprechen. Von Post, auf diese Art von ihrer Jungfräulichkeit überzeugt, wertete es als Erfolg seiner Mission. Denn Gesche hauchte mit letzter Beherrschung einen Kuss auf seinen Handschuh. Dann stürzte sie, vom Glück übermannt, zur Tür hinaus, rannte die Stufen zu ihrer Kammer hinauf und warf sich bäuchlings auf das Bett. Gleich darauf floss ein Strom Tränen aus ihr heraus und benetzte ihre Kissen. Die folgende Nacht verbrachte sie schlaflos in ihrem Bett, mit Träumen und Beten, unterbrochen von immer wiederkehrenden heftigen Tränenausbrüchen.

Die Leiden einer Ehe

»Es war ein so wunderschönes Fest, Kind. Noch nie habe ich vor Glück so geweint wie auf deiner Hochzeit«, wisperte Margarethe, die Nadel zwischen den Lippen, mit der sie geschickt Gesches Haar vom Knoten löste. Seit einer Stunde war sie bei der Tochter, um ihr beim Auskleiden zu helfen. Auf den Samtbezügen der Stühle lagen die Mieder und Unterröcke, während die Mägde geschäftig im Zimmer umherliefen, um die übrigen Hochzeitskleider in den Schränken und Truhen zu verstauen.

»Was geschieht zwischen einem Mann und seiner Ehefrau?«, fragte Gesche leise die Mutter. Sie fühlte sich nicht wohl dabei.

Bisher war der schönste Tag in ihrem Leben ganz nach ihren Wünschen gelaufen. Marie hatte sie morgens in aller Herrgottsfrühe mit schwerem Herzen angekleidet und auf dem Zimmer des Schwiegervaters wie eine Königin geschmückt. Dabei war ihr so manche Träne in den Brautstrauß gefallen, und sie hatte mehr als einmal die Prozedur mit dem Herrichten eines Opferlamms verglichen. Um acht Uhr kamen Vater und Mutter. Beide vergossen Tränen, als sie Gesche in dem weiten weißen Brautkleid sahen, und schlossen sie gerührt in ihre Arme. Gesche lachte leise vor sich hin. Ach, wie sehr hatte sie sich über Christophs Geschenk, ein Paar silberne Schuhe und ein Paar Seidenstrümpfe aus Hamburg, gefreut. Oh, wenn er sie doch hätte nur sehen können, in ihrem weißen Hochzeitskleid mit den Schuhen, die so gut zu den feinen Seidenstrümpfen passten. Die Trauung wurde im Miltenberg'schen Hause vollzogen, in der großen Hinterstube mit den wertvollen Ölgemälden. Pastor Horn hatte ihren Bund unter dem Bildnis der

Mutter Jesu mit dem Kinde gesegnet. 30 der feinsten Herrschaften waren gekommen und hatten zu Abend gegessen. Bis um zwei Uhr nachts hatten sie getanzt und gelacht, und ihr Ehemann hatte nicht mit Komplimenten über ihre Schönheit gespart. Obwohl er mit Herrn von Post gewettet hatte, dass er nicht weinen würde, waren ihm die Tränen über die Wangen geflossen, als er zärtlich ihre Hände berührte und sie sanft auf den Mund geküsst hatte. Noch während sie speisten, hatte sie seine Finger auf ihrem Nacken gespürt. Kühle Finger, die ein seltsames Kribbeln hervorriefen. Heiß dagegen brannte sein Brautgeschenk, die goldene Halskette mit dem glitzernden Diamanten, auf ihrer weißen Brust. Jetzt lag er seltsam kalt zwischen ihren Brüsten. Sie nahm das Geschmeide zwischen ihre Finger und schloss die Augen. Dabei versuchte sie sich vorzustellen, was sie in diesem Augenblick für ihren Ehemann empfand. Doch so sehr sie es sich auch wünschte, es wollte kein Gefühl für ihn aufkommen. In ihrem Herzen gab es keine Regung, es blieb kalt, so kalt wie der Stein in ihrer Hand. Zu der anfänglichen Euphorie gesellte sich jetzt Angst, und sie bedauerte es lediglich, dass er sie nicht ein einziges Mal zum Tanze geführt hatte. Doch der Anblick ihres Spiegelbildes beruhigte sie wieder. Sie war stolz auf sich. Stolz auf ihre Schönheit, der alle Gäste, selbst der alte Herr Miltenberg, an diesem, ihrem schönsten Tag, gehuldigt hatten.

»Bring deinem Ehemann den Gehorsam entgegen, den du uns, deinen Eltern, entgegengebracht hast. Alles andere findet sich von selbst«, wurde sie von Margarethe aus den Gedanken gerissen.

Verwirrt schaute sie der Mutter ins Gesicht und erinnerte sich plötzlich an den Vater, wie er am Tag zuvor in ernstem Ton zu ihr geredet hatte, ihren Mann für alle Zeit treu zu lieben, ihn mit Fleiß und Ordnungsliebe zu erfreuen, fleißig in die Kirche zu gehen und den alten Schwiegervater zu ehren. Ihm ja immer die Speisen zu geben, deren sein kranker Körper bedurfte. »Darf ich keine Wünsche hegen, liebe Mutter?«, fragte sie plötzlich und nahm Margarethe den Kamm, mit dem sie ihr langes Haar glatt strich, aus der Hand.

Margarethe schüttelte den Kopf. »Eine Frau hat ihrem Mann zu gehorchen. Du wirst ihn schon lieben, mein Kind, es sind deine eigenen Worte, erinnerst du dich …«, fügte sie etwas sanfter hinzu. »Bedenke, er ist ein sehr wohlhabender und schöner Mann. Schon das sind Gründe genug. Er wird dir die Welt zu Füßen legen, wenn du es nur verstehst, ihn an dich zu binden.«

»Aber wie ist sie, die Liebe zwischen Mann und Frau, Mutter?« Gesche erinnerte sich an die tragische und zarte Liebe zwischen ihren Lieblingsfiguren Ferdinand und Luise. Seitdem träumte sie von ebenso romantischen Gefühlen. »Wird er zärtlich zu mir sein, Mutter?«

»Als Ehefrau hast du deinem Mann Kinder zu gebären, Gesche. Einzig und allein deswegen wirst du diese Nacht bei deinem Gatten liegen. Allein deine jungfräuliche Tugendhaftigkeit ist entscheidend für dein weiteres Leben mit ihm als seine Ehefrau und Mutter seiner Kinder.«

Gesche sah, wie sie sich mühte, die schwere Bettpfanne unter das Laken zu schieben, mit einem verschmitzten Lächeln auf dem zu früh gealterten Gesicht. Noch nie war es ihr so deutlich geworden, wie rissig ihre Lippen vom ewigen Nadelhalten waren und wie sehr das Wollnähen ihre einst so klaren braunen Augen vorzeitig getrübt hatte. Sie spürte, dass die Mutter ihrer Frage auswich, und umfasste die über das Bett gebeugte Gestalt mit einem langen, nachdenklichen Blick.

Ihr Kopf lag auf dem seidenen Kissen, zwischen Spitzenvolants und Daunenkissen, umgeben von der Flut ihrer blonden Haare. Leise hatten die Mutter und die Mägde den Raum verlassen, nicht ohne noch vorher die Bettpfanne zu entfernen und die Kerzen auf den silbernen Leuchtern an den Wänden auszulöschen. Nun blickte sie mit klopfendem Herzen hinauf zu den Schnitzereien am Baldachin.

Jedes Geräusch, selbst das leise Piepsen einer verirrten Maus, verursachte ihr plötzlich Qualen banger Erwartung. Mit einem Mal war der Lärm der rauschenden Festlichkeit verklungen, und es herrschte wieder Stille im Haus. Eine lähmende Stille, die ihr große Angst einjagte. Die meisten Gäste waren spät wieder abgefahren oder schliefen, vom Wein berauscht, in den Zimmern. Eben noch von Vater und Mutter behütet wie ein Kleinod, spürte sie sich plötzlich in der Einsamkeit ausgestoßen wie ein Kuckuck aus dem warmen Nest. Schließlich wurde es ihr kalt, und sie zog die Bettdecke hinauf bis an das Kinn. Der seidene Stoff wärmte nicht, er fühlte sich kühl an, wie ein Totenlaken. Um sich abzulenken, versuchte sie, sich die letzten Stunden ins Gedächtnis zu rufen. Leichtfüßig wiegte sie sich noch einmal in den Armen der Offiziere unter den bewundernden Blicken der Zuschauer. Bei dem Gedanken an die vielen Geschenke, die sie bekommen hatte, begannen ihre Augen erneut zu glänzen. Marie, die den ganzen Tag nicht von ihrer Seite gewichen war, hatte sie zum Dank einen wertvollen goldenen Ring geschenkt, von denen sie nun im Überfluss hatte. Zu dumm nur, dass Marie ihr unter Tränen die Großzügigkeit mit einem Gegengeschenk vergalt, einer kleinen goldenen Mundtasse. Als sich später beim Vergleich der köstlichen Metalle herausstellte, dass der Ring eine falsche, wertlose Komposition war, verließ Marie die Festlichkeit wütend und enttäuscht. Bei dem Gedanken, dies könnte ein böses Omen für ihre Zukunft bedeuten, fror sie noch stärker. Wehmütig dachte sie an den Vater. Oh ja, den Vater hatte sie zu Recht stolz und glücklich gemacht. Richtig traurig war es ihr beim Abschied zumute gewesen, und sie wäre am liebsten wieder mit ihm nach Hause gegangen. Wie ihr so in diesem Moment die Tränen über die Wangen liefen, raschelte es hinter dem schweren Türvorhang und Gerhard trat in das Zimmer. Er stand im Halbdunkel, und sie vernahm vorerst nur seine schweren Schritte. Mehrmals verhielt er im Schritt, und es war wieder still. Dann hörte sie, wie er eine Schranktür öffnete und wie sein Kehlkopf glucksend auf und nieder hüpfte.

Ihre Finger verkrampften sich in der Bettdecke. Der Vater trank nie. Er ehrte Gottes Gebote. Dass Gerhard dem Wein reichlich zusprach, davon redete die ganze Stadt. Der Geruch wurde stärker und kitzelte ihre Nase. Gerhard stand vor dem Bett. Er hielt eine silberne Lampe in der Hand. Das Licht flackerte leicht, als er sich zu ihr auf den Bettrand setzte. Sie sah, dass auch seine Hände leicht zitterten. In dem seidenen Nachthemd, mit der nackten Brust, kam er ihr fremd vor, und der ungewohnte Anblick entlockte ihr ein schwaches Lächeln. Ängstlich und zugleich in neugieriger Erwartung auf das, was nun kommen würde, wich sie ein Stück vor ihm zurück. Das schummrige Licht verhinderte, dass sie in seine Augen sehen konnte, trotzdem spürte sie seinen Blick, wie er eindringlich prüfend über die Bettdecke glitt und an den Formen ihres Körpers hängen blieb.

»Du bist so wunderschön«, hörte sie seine Stimme. Sie klang rau und ging in ein Keuchen über. »Schön wie eine seltene Blume, die man nicht pflücken sollte, um ihren Liebreiz nicht zu zerstören.«

Er schmeichelte ihr, während seine Hand langsam, erst sanft, dann fest knetend, die Formen ihres Körpers nachzuzeichnen begann, seine Hand verhielt einen Moment auf ihrem Schoß. Dann setzte er die Lampe auf dem Nachttisch ab. Plötzlich ging sein Atem schneller, wurde hastiger und überschlug sich. Dann vermischte sich der Geruch des Alkohols mit seinem Schweiß. Sein Gesicht war dicht über ihr. »Hast du Angst?«, fragte er mit heiserer Stimme.

Sie nickte.

»Musst du nicht haben«, keuchte er. »Ich tu dir nicht weh.«

Plötzlich spürte sie, wie seine Hand nach der Decke fasste. Fast brutal riss er sie mit einer einzigen Bewegung zur Seite. Im gleichen Augenblick warf er sich auf sie. Der schwere Körper wollte sie erdrücken, und sie bekam keine Luft. Plötzlich waren seine Finger überall. In roher Begierde kneteten und quetschten sie, verursachten Schmerzen.

Verwirrt schloss sie die Augen und dachte an Christoph, an Viktor, an seine Küsse und an den Vater, der ihr zum Abschied noch einmal ans Herz gelegt hatte: »Liebe deinen Mann und ehre deinen Schwiegervater!«

Dann war es plötzlich ganz still. Der schwere Körper war von ihr heruntergerollt und lag nun neben ihr im Bett. Angespannt lauschte sie in die Dunkelheit. Sie spürte nichts mehr. Alles war vorbei. Gestorben war die Illusion von den romantischen Gefühlen zwischen Mann und Weib, dem zärtlichen Werben um die Geliebte, von dem sie heimlich so viel in den Romanen gelesen hatte. Zerbrochen an roher Begehrlichkeit.

Vorsichtig begann sie, ihre Beine zu bewegen. Erst die Zehen, dann den Fuß, dann das Bein. Der Schmerz kam wieder. Es war ein schmerzhaftes Ziehen, irgendwo im Schoß. Erschrocken richtete sie sich auf. Mit zitternden Fingern griff sie nach dem Leuchter und hielt die Lampe so, dass der Lichtschein zwischen die geöffneten Schenkel fiel. Auf dem Laken aus weißem Batist ein roter Blutfleck. Neugierig zog sie die Beine an und rieb mit dem Hacken darauf umher. Hartnäckig blieb der Fleck. Das beunruhigte sie nicht, die Mutter hatte sie vorbereitet. Dann leuchtete sie hinüber zu ihrem Ehemann. Gerhard lag auf dem Rücken und hielt das Gesicht unter dem Arm verborgen. Seine Atemzüge hörten sich ruhig und gleichmäßig an. Trotzdem war sie sich nicht sicher, ob er schlief, und so wagte sie sich noch ein Stück weiter. Was sie dann sah, entlockte ihr einen unterdrückten Schreckenslaut, und sie wünschte sich, ihrer Neugierde niemals nachgegeben zu haben. Rasch betete sie mit geschlossenen Augen, in der Hoffnung, dass Gott sie nicht dafür bestrafte, was sie eben so leichtsinnigerweise in Augenschein genommen hatte. Gerhards Betttuch war verrutscht und gab einen Teil der entblößten Hüften frei. Auch wenn ihr Glaube und die Schamhaftigkeit ihr strengstens geboten, den Blick von dem männlichen Schoß abzuwenden, heftete sie jetzt den Blick wie gebannt auf Gerhards Unterbauch. Ein kleiner nierenförmiger Knoten, in der Nähe der Leiste, groß wie eine Erbse unter der weißen Haut, zog sie magisch an. Gleichzeitig fürchtete sie sich vor der Mutter, die in ihrem Geiste gebietend den Finger erhob. Doch wie von einer unsichtbaren Macht getrieben, leuchtete sie weiter suchend die kräftigen Oberschenkel hinab, bis ihr an der weißen Innenhaut eine ähnliche Geschwulst auffiel. Sie hatte sich geöffnet und nässte. Der üble Geruch reizte ihre feine Nase. Erschrocken, die Hand vor der Nase, richtete sie das Glas der Lampe nun auf Gerhards Unterarme. Das weiße Fleisch vom Handknöchel bis zum Ellenbogen war übersät von seltsamen blauroten Flecken.

Trotz des Ekels, den sie nun vor der seltsamen Krankheit empfand, war sie doch nun Miltenbergs Ehefrau, bis der Tod sie schied. So war es nicht verwunderlich, dass sie sich plötzlich ernsthaft um ihn Sorgen machte und ihn sogleich sanft an der Schulter rüttelte. »Mein Ehemann, mon aimé …«, rief sie ängstlich und schüttelte ihn heftiger, als er nicht gleich reagierte.

Der reichliche Alkoholgenuss erschwerte es Gerhard, die müden Lider zu öffnen. Als er einige Sekunden später mit weit aufgerissenen Augen verwirrt um sich starrte, war ihr Gefühl für ihn nur noch von Ekel und Selbstmitleid geprägt. Dieser fremde Körper aus Haaren, weißem Fleisch und Pusteln sollte fortan als ihr Ehemann neben ihr liegen? Strafte sie der Herrgott jetzt etwa auf diese Weise für die kleinen Diebereien der Kinderzeit, indem er ihr Verfall und Siechtum in das Bett legte? Verzweifelt schlug sie die Hände vor das Gesicht und begann, leise mit dem Schicksal zu hadern. Erst als Gerhard, bemüht, die Blöße vor ihr zu bedecken, vor ihr stand, sah sie zu ihm auf.

Verwirrt fuhr er sich mit den Händen durch das zerwühlte blonde Haar: »Ich hatte Gott gebeten, es vor dir zu verbergen. Aber er hat mein Beten nicht erhört.« Als sie keine Antwort gab, ließ er sich zu ihren Füßen nieder. Mit einer hilflosen Bewegung legte er ihr ein weißes Taschentuch in den Schoß und umfasste zaghaft ihre Knie. Unschlüssig, wie er sich verhalten sollte, kniete er vor ihr auf dem Boden und bettelte mit den Augen um einen Blick von ihr.

»Wenn du meine Hand ausgeschlagen hättest, oh Gesche, dann hätte ich Bremen für immer verlassen und wäre in die Fremde gezogen. Denn dir dann jemals wieder zu begegnen, hätte mir furchtbare Schmerzen bereitet. Dein Jawort hat mich so glücklich gemacht, dass ich darauf vor Freude dem bei meinem Oheim versammelten Sattleramt gleich zwei Bohlen Punsch zum Besten gegeben habe. Verachte mich nicht und bleib bei mir, Gesche«, bat er. »Auch wenn der Herrgott mich nun für mein liederliches Leben mit einer Lustkrankheit bestraft hat. Ich schwöre dir, ich werde mein Versprechen halten und es dir nie an etwas fehlen lassen und dich in meine Welt als eine Dame einführen.«

Noch verwirrt von der rohen Begierde und geschmeichelt von der plötzlichen liebevollen Anbetung, überwand Gesche ihren Ekel. Bei dem Gedanken an ihr bisheriges Leben streckte sie die Arme nach ihm aus und zog ihn mit einem neu gewonnenen Gefühl der Macht über ihn an ihre Brust.

*

Einige Wochen später.

Margarethe trat hilflos von einem Fuß auf den anderen. Sie stand hinter der Stuhllehne und schaute unschlüssig auf die Tochter herab. Gesche saß vor ihr über den Tisch gebeugt und hatte das Gesicht in der Armbeuge vergraben. Leise schluchzte sie vor sich hin. Hilflos musste Margarethe zusehen, wie die schmalen Schultern unter dem Seidentuch auf und nieder zuckten. Dabei hätte sie die Tochter zu gern in die Arme genommen und sie getröstet. Doch Gesche hatte sich in den wenigen Wochen ihrer Ehe verändert. Sie schien zurückhaltender in ihrer Liebe zu den Eltern geworden zu sein. Schon seit Längerem hegte Margarethe den Verdacht, dass ihr geliebtes Kind wenig Freude in der Ehe fand, und machte sich deshalb die heftigsten Vorwürfe. Immer wenn sie Gesche besuchten und sie freudestrahlend von ihr durch das Miltenberg'sche Haus geführt wurden, dann vergaßen sie bei all ihrem Stolz auf die junge Hausfrau, welche das neue Hauswesen mit Geschick und Klugheit führte, dass sie heimlich leiden könnte. Denn Miltenberg, glücklich über die neue Haus- und Küchenordnung, überhäufte sein Weib in ihrer Nähe mit teuren Geschenken und ließ es nie an verliebten Schmeicheleien fehlen. »Wie sollen wir dir helfen, liebes Kind, wenn du mir nicht sagst, was dein Herz bedrückt?«, unternahm sie einen erneuten Versuch, Gesche zum Reden zu bewegen. Sanft berührte sie dabei ihre Schulter und überlegte, womit sie sie erfreuen könnte. »Soll ich dir eine heiße Schokolade bringen lassen?«, fragte sie und ließ sich nun auf dem Stuhl ihr gegenüber nieder. Die Beine machten schon lange nicht mehr mit und schmerzten beim längeren Stehen. »Du mochtest doch immer so gern heiße Schokolade?«

Das Angebot verfehlte die Wirkung nicht, und Gesche hob den Kopf. Blinzelnd, mit roten Augen schaute sie die Mutter an. Die vom Weinen angeschwollenen Augen mit den verwischten Tränenspuren auf der durchsichtigen Haut berührten das Mutterherz. Doch geschickt wusste sie ihr Mitgefühl über das veränderte Aussehen vor der Tochter zu verbergen. Tröstend, mit einem Lächeln auf dem Gesicht, sagte sie: »Na, siehst du. Ich bin doch deine Mutter und weiß, was dich aufheitert.«

»Nichts weißt du, Mutter«, schluchzte Gesche, »überhaupt nichts.«

Zumindest hatte sie nicht verlernt zu widersprechen, stellte Margarethe nun ernüchtert fest. Sie erwartete eine Erklärung und suchte in ihrem Ledertäschchen nach einem Taschentuch. Als sie es gefunden hatte, reichte sie es der Tochter mit den Worten: »Nun wische dir erst einmal die verlaufene Schminke vom Gesicht, Kind. Du siehst ja aus wie eine aus diesen Häusern …«

»Ja, sprich es ruhig aus. Ich sehe aus wie eine seiner Huren, und es ist mir sogar egal«, jammerte Gesche. Sie zerfloss weiterhin vor Selbstmitleid und gab ihr das bestickte Taschentuch zurück. »Seit Wochen meidet Miltenberg das Alleinsein mit mir. Bis spätabends ist er außer Haus und sucht sein Vergnügen bei Spiel und Trank in anrüchigen Etablissements. Vor ein paar Tagen erst hat ihn die Schwiegermutter, die er angeblich hasst, gebeten, ihn bei ihrer Abreise nach Braunschweig zu begleiten. Und Miltenberg hat nichts Eiligeres zu tun gehabt, als ihr zu folgen. Stell dir vor, der Mutter, jener Frau, die ihn einst fast ruiniert hat. Daraufhin habe ich voller Sehnsucht auf seine Rückkehr gewartet, in der Hoffnung, die kurze Trennung würde ihm vielleicht guttun und in meine Arme zurückführen. Aber Miltenberg hat sich nicht geändert. Er treibt es jetzt nur noch schlimmer als zuvor«, schluchzte sie hörbar.

»Du bist ihm doch eine gute Ehefrau? Ist er vielleicht krank, dein Ehemann?«, fragte Margarethe, neugierig geworden, und nahm der Magd das Tablett mit der Schokolade aus den Händen. Mit einem kleinen Silberlöffel rührte sie das dampfende Getränk um und reichte es Gesche. »Das Servieren ist Aufgabe der Mägde«, rügte Gesche die Mutter und wurde dadurch für einen Augenblick von ihrem Kummer abgelenkt.

»Ich kann mich schlecht an solchen Luxus gewöhnen. Musst Geduld mit mir alter Frau haben«, antwortete Margarethe und rückte vertraulich näher. Schon seit langer Zeit brannte ihr diese eine Frage auf den Lippen. »Vielleicht liegt es daran, dass du noch nicht schwanger von ihm bist?«

»Wie soll ich denn schwanger von ihm werden, wenn er nicht in meinem Bett schläft.«

»Dann ist er doch krank. Eine so hübsche Frau wie dich, mein Kind, lässt ein Mann nicht so kurz nach der Hochzeit allein.«

»Möglich«, überlegte Gesche und erfand eine Notlüge. »Er

hat es jetzt öfter an den Augen und ist sehr in sich gekehrt. Ich glaube, er leidet an Depressionen.«

»Ja, es ist bestimmt seine erste Ehe, die ihm noch immer zu schaffen macht«, entschuldigte Margarethe den Schwiegersohn und pries seine Vorteile. »Dafür bekommst du doch aber alles, was du dir nur wünschst, von ihm. Denk nur an die schönen Kleider, von denen du früher immer so geträumt hast, den kostbaren Schmuck und die vielen gesellschaftlichen Vergnügungen, bei denen du als große Dame auftrittst.«

»Ach ja.« Gesche seufzte. »An meinen Kleidern habe ich schon meine eitle Freude und an dem Stand der vornehm gebietenden Dame auch. Aber bei all dem fühle ich mich so leer und einsam.«

»Das liegt sicher daran, dass du dabei gänzlich in Gottesvergessenheit geraten bist. Du gehst nicht mehr zur Beichte, und selbst sonntags sieht man dich nicht in der Kirche.«

»Ohne Miltenberg gehe ich nirgendwo allein hin, nicht einmal in die Kirche. Ich bin eine tugendhafte Ehefrau«, antwortete Gesche, ärgerlich über die Mutter, die sie nicht verstehen wollte.

»Nun ist aber genug«, beendete Margarethe das Gespräch und überlegte, wie sie der Tochter helfen konnte. Gleich darauf kam ihr eine Idee. Sie ergriff Gesches Hände.

»Sinchen«, liebevoll gebrauchte sie den Kosenamen aus der Kinderzeit, »stell dir vor, im nächsten Monat, im Juli, finden wieder die Korporals-Mahlzeiten statt. Vater und ich werden diesmal hingehen, und es wäre reizend, wenn ihr beide, dein Ehemann und du, uns auf diese Festlichkeiten begleiten würdet. Du weißt, wie lustig es auf diesem Gelage zugeht. Es bietet euch vielleicht ein wenig Abwechslung.«

Sofort war Gesche wie umgewandelt. Der Vorschlag zauberte wieder Farbe und ein Lächeln in ihr Gesicht. Die Aussicht eines Ballbesuchs wirkte Wunder und vertrieb sofort jeden Kummer.

»Oh, Mutter, du erfüllst mir damit einen Herzenswunsch!«, jubelte sie und schloss Margarethe stürmisch in die Arme. »Wie wird Miltenberg sich erst freuen.«

Vor Freude völlig aufgelöst, zog sie Margarethe hinter sich her die Treppe hinauf, wo sich das eheliche Schlafzimmer befand. Dort öffnete sie lachend den Kleiderschrank und begann sogleich, eifrig in den Schubladen und Kästen zu wühlen. Margarethe beobachtete sie gespannt, während ihre Hände prüfend über die in Rosa gehaltene, golden bestickte Damastbettdecke strichen. So viel Wohlstand, dachte sie, viel zu schade, um darin zu liegen, und tat Miltenberg Abbitte dafür, dass er ihr Kind so verwöhnte, als Gesche zwei der kostbaren Stücke neben sie auf das Bett warf.

»Welches Kleid, meinst du, wird mir zu Gesicht stehen? Das rote oder das blaue? Oder soll mir der Vater ein ganz neues aus glänzender weißer Seide nähen?«, plapperte sie, und Margarethe konnte sich nicht sattsehen an der zarten, grazilen Schönheit der Tochter, die über ein neues Kleid wie närrisch lachen konnte. Um sie glücklich zu sehen, wetteiferte sie mit Miltenberg, und so las sie ihr gern jeden Wunsch von den Augen ab. »Ich werde Vater beauftragen, dass er dir ein Kleid näht, um welches dich alle Offiziersdamen beneiden werden. Und ich schwöre dir, Madame Miltenberg, unser geliebtes Kind, wird in diesem Jahr die Schönste auf dem Fest sein.«

Krampfhaft bohrten sich Gesches Fingernägel in das weiche Holz, bis die schmalen Knöchel vor Anstrengung weiß anliefen. Der kleine Mahagonitisch vor dem großen Spiegel hatte sie in ihrer Hilflosigkeit aufgefangen. Seit Minuten lehnte sie nun schon so mit geschlossenen Lidern, die Stirn gegen das kalte Glas gepresst. Nur langsam wollte das Gefühl der Ohnmacht von ihr weichen und ließ sie wieder klarer sehen und denken. Es war nicht das erste Mal, dass es ihr unwohl wurde und ihr Leib sich krampfartig zusammenzog. Hatte sie anfänglich versucht, sich einzureden, der Walzer und der reichlich geflossene

Rotwein seien schuld an dem Übel, spürte sie nun mit dem feinen Instinkt des Weibes, dass sie von ihrem Gatten schwanger ging. Die Erkenntnis war niederschmetternd für sie. So niederschmetternd, dass sich ihr hübsches Gesicht zu einer hässlichen Grimasse verzog. Allein im Foyer, überkam sie plötzlich beißende Ironie. Sie neigte den Oberkörper nach hinten, um den Bauch zu betonen, und sagte bissig zu ihrem Spiegelbild: »Nun, fühlst du dich so glücklich, Madame? Dick und hässlich. Niemand wird dich mehr beachten. Einsamkeit und geistige Leere werden dein künftiges Leben bestimmen.« Oh, wie sie sich vor diesem Leben fürchtete, wie sehr sie sich vor den Schmerzen einer Geburt ängstigte und wie sehr sie dieses ungeborene Kind in ihrem Bauch bereits jetzt dafür hasste.

Lautes Gekicher im Hintergrund ließ sie erschrocken zusammenfahren, und die Angst, dass ihr Geheimnis entdeckt worden war, trieb ihr schamhaft die Röte in die Wangen. Rasch legte sie ein Lächeln auf und zupfte verwirrt ein paar verirrte Löckchen aus der Stirn. Gleichzeitig strafften sich ihre Schultern. Sie hatte Miltenberg im Spiegel entdeckt, mit verschwitzter Brust, im offenen Hemd und mit zwei liederlichen Frauenzimmern. Die jungen Frauen kannte sie nicht. Sie gehörten zu jenen bunten, schillernden Offizierstöchtern, die wenig von Ehrbarkeit und Sitte hielten. Miltenberg in ihrer Mitte schien reichlich vom Wein genossen zu haben. Das blonde Haar klebte ihm wirr in wilden Locken am Kopf. Den Frack hatte er irgendwo abgelegt und das gebundene Tuch am Hals gelöst. Rote Schminke zierte die helle Seide. Obwohl alle drei unbeholfen über das Parkett schwankten, hielt er die Frauen fest in seinen Armen. Die drei schienen bester Laune zu sein. Die Weiber lachten und kreischten, als Miltenberg Gesche vor dem Spiegel bemerkte. Gleich darauf kniff er die Weibsbilder mit den Fingern in das Hinterteil und scheuchte sie wie Hühner davon.

»Oh, m'amante! Madame, blumengleich und kaum zu unterscheiden von einer Tulpe oder einem Maiglöckchen.

Eure Schultern sind so rund, die Brüste voll, und da ist eine Taille, die sich mit den Händen umspannen lässt. Welch göttliche Schönheit!«, rief er erstaunt. Provozierte sie mit einem ihm eigenen Zynismus und schmeichelte ihr. Aber er meinte es stets ehrlich, wenn er so zu ihr sprach, und hatte auch in diesem Moment das Empfinden, der schönsten Frau, die ihm je begegnet war, gegenüberzustehen.

»Lass mich dich meinen Kameraden vorstellen, meine Liebe. Besonders meinem besten Freund darf ich ein solches Kleinod nicht vorenthalten«, bat er sie.

Die schillernden, immer noch kichernden Damen interessierten ihn jetzt nicht mehr. Er wedelte mit den Händen, und sie hörte, wie er den davonschwirrenden Paradiesvögeln ein leises »Scht … scht …!« nachschickte. Dann trat er hinter sie. Sie sah ihn im Spiegel, lässig, mit einem Blick voller Sinnlichkeit und Ironie. Eine seltsame Mischung Mann aus verworfener Weichheit, Eitelkeit und sinnlichem Begehren. »Bleibst du nach dem Fest bei mir?«, fragte sie leise, obwohl sie längst wusste, dass ihre Frage unbeantwortet bleiben würde.

»Aber Madame, wir haben Verpflichtungen«, lächelte er ausweichend und legte ihr sanft die langen, schmalen Finger um den Hals. Gesche spürte ein feines, betörendes Kribbeln auf ihrer Haut und schloss für einen Moment die Augen. Als sie die Lider vorsichtig öffnete, zierte eine goldene Kette mit funkelnden blutroten Steinen ihr Dekolleté.

»Ein Geschenk für dich, meine Liebe, als Ausdruck meiner Bewunderung.« Die roten Smaragde, eine wunderschöne Filigranarbeit, ein Meisterwerk, verwandelten ihren weißen Hals in den einer Königin. Augenblicklich hatte sie die Ängste um die Schwangerschaft vergessen. Die blauen Augen bekamen ihren Glanz zurück, und sie betrachtete entzückt das Geschmeide.

»Oh, wie wunderschön, Gerhard«, hauchte sie, »die Steine passen so gut zu dem roten Spitzenkleid.« Sie schickte einen triumphierenden Blick zu den beiden Damen, die sich nun, eifrig kokettierend, mit zwei Offizieren trösteten.

Gnädig reichte sie Miltenberg die Fingerspitzen ihrer kleinen Hand. »Du hast mich schon viel zu lange warten lassen, Gerhard«, schmollte sie. »Nun stell mich rasch deinem neuen Freund vor. Ich bin nur allzu begierig darauf, ihn kennenzulernen.«

Die Klänge zu einer Passacaille, einem spanischen Volkstanz, setzten ein, und die ersten Paare drehten sich in schnellen Menuettschritten, als Gerhard mit Gesche an der Seite in den Saal trat. Gesche suchte mit den Augen nach den Eltern und fand sie an einem der überfüllten Tische längsseits der Tanzfläche. Der Vater und die Gesellen lärmten und prosteten sich gegenseitig zu. Wie die anderen rauchten sie Zigarren und diskutierten, wie es zurzeit üblich war, über den neuen Kaiser, während die Mutter zwischen den älteren Damen der Schneiderzunft steif nach der Tochter Ausschau hielt. Gesche erwiderte den Blick der Mutter, in Gedanken nochmals bei den robengeschmückten Damen in den Gängen. Sie sah den Neid in ihren Blicken, den sie geschickt hinter wedelnden Fächern zu verbergen wussten, und auch die Bewunderung, die ihr ihre Ehemänner entgegenbrachten. Miltenberg aber zog sie eilig hinter sich her, hinauf zu einer Gruppe Kaufleute an der oberen Tanzfläche neben dem Orchester. Dorthin hatte sich eine auffällig gekleidete Gruppe zurückgezogen. An den eleganten, aber auch nachlässigen Anzügen der Herren erkannte Gesche die oberen wohlhabenden Bürger. Als sie an Miltenbergs Arm näher trat, brachte man ihr sogleich die Ehrerbietungen einer Dame ihres Standes entgegen. Wolfgang von Post küsste, erfreut über das Zusammentreffen, ihre Fingerspitzen und meinte laut, damit es alle hören sollten: »Ist Madame nicht ein wunderschönes Kleinod. Schön wie unsere Königin Luise. Aber mir scheint, sie ist momentan ebenso traurig. Liegt es etwa an Euch, Miltenberg?«

»Mein Freund, Ihre Anbetung für meine Ehefrau geht über das Maß hinaus«, drohte ihm Miltenberg lachend mit dem Finger. »Meine Gattin genießt ihr neues Glück mit mir! Ein solches Juwel ist eines Dichters wert und nicht mit der Königin zu vergleichen.«

»Monsieur von Post, ich bin kein Opfer wie unsere Königin«, gab Gesche geschmeichelt zurück. »Mein Gatte hat recht. Natürlich würde auch ich mit meinem hungernden Volk leiden. Aber ich würde mich nicht den Schmähungen und Kränkungen Napoleons aussetzen wie Luise, sondern den Kaiser zu Fuß bewegen, in Preußen Abbitte für die beklagenswerten Opfer in Auerstedt zu tun.«

Die witzige, geistreiche Antwort rief eine allgemeine Heiterkeit unter den Herren hervor, und augenblicklich wurde Gesche zum Mittelpunkt der Gesprächsrunde.

»Aber, dem Herrn sei Dank, sind wir nicht von derartigen politischen Ereignissen betroffen. Unsere Schöne hat vollkommen recht. Uns Bremer Bürgern ergeht es doch bisher nicht schlecht unter der Herrschaft des französischen Kaisers. Die Seefahrt steht in ihrer vollen Blüte genauso wie die Handelsverbindungen mit dem jungen Amerika. Wir pflegen unsere Beziehungen zu Paris, und unser Geistesleben erfährt derzeit eine Blüte wie noch nie.«

Der Mann, der diese Worte gesprochen hatte, beteiligte sich als Letzter an dem geistreichen Wortgeplänkel. Bisher im Hintergrund mit dem Gymnasialprofessor in ein angeregtes Gespräch vertieft, begab er sich nun, neugierig geworden, an die Seite Miltenbergs, wo er sich, der Etikette gemäß, charmant vor ihr verneigte.

Neugierig legte sie den Kopf etwas in den Nacken und suchte amüsiert seine Augen. Doch der Blick, der sie aus den tiefbraunen Augen traf, verwirrte sie. Verdrossen über die verräterische Röte in ihrem Gesicht, versuchte sie, mit äußerlicher Gelassenheit das Klopfen in der Brust zu beruhigen. Sie lächelte höflich hinter halb geschlossenen Lidern, während er ihre Hand an seine Lippen zog. Ein weiterer Blick aus den geheimnisvollen Augen ließ sie erschauern und ihre Knie weich werden, so weich, dass sie sich an Miltenbergs Arm stützen musste.

»Übrigens, meine Liebe, darf ich dir hiermit meinen neuen Geschäftsfreund Herrn Gottfried vorstellen? Er wohnt schon seit längerer Zeit unserem Haus gegenüber«, hörte sie Miltenberg sagen und schickte heimlich ein Dankgebet zum Himmel. Als Herr Gottfried Miltenberg darauf antwortete: »Du gestattest mir doch, beim Bankett neben diesem bezaubernden Geschöpf zu sitzen, Gerhard?«, vergaß sie Miltenberg und die gerade noch durchlebten Ängste. Ja, selbst die Angst vor dem heranwachsenden Kind wurde plötzlich zur Nebensächlichkeit.

»Es wird mir eine Ehre sein, mein Herr, Sie an meiner Seite zu wissen«, antwortete sie artig und plauderte rasch weiter, in der Furcht, sie könnte sonst seine Aufmerksamkeit verlieren. »Darf ich so vermessen sein zu fragen, welchem Broterwerb der Herr nachgeht?«

Gottfried suchte belustigt ihre Augen und dachte: Sie ist hübsch. Sie ist wunderschön. So müssen Elfen aussehen. Mit einem Seitenblick auf Miltenberg antwortete er: »Sieht man mir das nicht an, Madame?«

Gesche verneinte und schielte heimlich, erneut bis unter die Haarspitzen errötend, zu der über dem Hinterteil straff sitzenden Hose und den wohlgeformten Waden. Unauffällig wanderte ihr Blick weiter zu dem eng sitzenden zweireihig geknöpften Rock, der sich über einer breiten Brust spannte und einen kräftigen, gesunden Körper erahnen ließ, bis hinauf zu dem Halstuch, welches das energische, etwas vorstehende Kinn umschloss. Gehalten wurde es von einer Brosche aus grünlich schimmerndem Topas, die er mit einer sicheren Handbewegung vom Tuch löste und ihr galant an das Mieder steckte, als er ihre Bewunderung für das schöne Stück bemerkte.

»Eine schöne Frau sollte sich immer mit Verehrern und Brillanten schmücken. Davon kann es nie genug geben«, lächelte er charmant und ließ Gesche dabei nicht aus den Augen.

»Nehmt es als Geschenk von einem weiteren Bewunderer Eurer Schönheit«, schmeichelte er und zog ihre Hand erneut an seine Lippen. »Aber ich handele nicht mit Diamanten, Madame, sondern mit edlen Weinsorten, der köstlichsten Freude eines Mannes neben der Schönheit eines Weibes.«

»Gottfried ist Weinreisender und kommt viel in der Welt umher. Er kann dir noch eine Menge erzählen. Aber das wird er jetzt an der Tafel tun. Ich verspüre nämlich einen Bärenhunger«, unterbrach Miltenberg sein Gespräch mit dem Senator und reichte Gesche auffordernd den Arm, als Walzerklänge erklangen.

Doch Gottfried kam ihm zuvor.

»Gestatte mir, diesen Tanz der schönsten Frau auf diesem Ball zu widmen. Ich weiß, wie gern Frauen Walzer tanzen, besonders wenn es sich dabei um den begehrten Luisenwalzer handelt.«

Erwartungsvoll hing Gesche an Miltenbergs Lippen. Und Miltenberg parierte geschickt, ohne dabei sein Gesicht zu verlieren. Er gab sich gönnerhaft. »Tu, was du nicht lassen kannst, alter Charmeur, ich weiß, dass die Damen an deiner Seite wie Zucker dahinschmelzen, wenn du mit ihnen über die Tanzfläche schwebst. Das Glück meiner Gattin liegt mir so sehr am Herzen, dass ich sie ohne Argwohn in deine Hände gebe. Tanze ordentlich mit ihr. Ich werde mir, während sie in deinem Arm schwebt, die Zeit schon nicht lang werden lassen.«

Köstlicher Bratenduft durchzog den Saal, Geschirr klapperte und Gläser klirrten. Während die einen sich lautstark an der mit den edelsten Speisen gedeckten Tafel gütlich taten, schwebten die jungen Paare zu berauschenden Walzerklängen über das Parkett. Gesche hatte weder einen Blick für den Gatten, noch interessierten sie die mahnenden Blicke der Mutter. Eng an ihren Tänzer geschmiegt, entschwebte sie ohne Bedenken der lärmenden Festlichkeit. Sie hatte nur noch Blicke für Gottfried und konnte sich an ihm nicht sattsehen. Immer wieder tauchte sie in den unergründlichen Glanz seiner Augen hinein, wenn er ihren weichen, biegsamen Körper mit einem verführerischen Lächeln fest an sich presste und seine Hand ihre Taille über Gebühr verbog. Sie spürte den festen Griff der Finger, die wie aus Versehen manchmal etwas zu weit an ihrem Rock hinabglitten, und hielt ihm sehnsüchtig die Lippen zum Kuss hin. Ohne dass sie es zu verhindern vermochte, versank der Saal um sie herum in einem nicht endenden Liebeszauber. Doch den wachsamen Augen Margarethes entging nichts von dem sündigen Treiben der Tochter. Noch vor Kurzem mit der Frau des Klavierlehrers in ein angeregtes Gespräch vertieft, vermochte sie dem Redeschwall nur noch zerstreut zu folgen, bis sie gar nicht mehr hinhörte. Wie der Blick einer wachsamen Glucke verfolgte sie jede Bewegung der Tochter. Als die Klavierlehrerin in ihrem Taftkleid raschelnd davonrauschte, erhob sie sich entschlossen vom Tisch. Ärgerlich schob sie den Stuhl so heftig zur Seite, dass die Austernsuppe vor ihr über den Tellerrand schwappte und das Lammfilet vom Brett mit den Spargelspitzen ihr vor die Füße fiel. Aber ungeachtet dessen stürmte sie auf die Tanzfläche, gerade als Gottfried Gesche besonders auffällig an sich presste, und trat warnend mit den Worten zu ihrer Tochter: »Ich glaube, dein Mann ist unzufrieden mit dir. Du gefährdest deinen guten Ruf. Führst dich auf wie eine Dirne. Einfach skandalös.«

Doch die befürchtete Auseinandersetzung blieb aus. Miltenberg hatte sehr wohl seine Frau und Gottfried im Auge behalten, und lediglich das Übermaß des zu reichlich genossenen Weines trug die Schuld daran, dass er sich zur Tanzfläche begab.

Mit unsicherem Gang, den er hinter einer übertriebenen Steifheit verbarg, torkelte er auf die Gruppe Neugieriger zu, die sich um Gesche und ihre Mutter gebildet hatte. Auf den Gesichtern ein verstecktes schadenfrohes Grinsen, rückte die Gruppe auseinander und ließ ihn durch. Der reichlich genossene Alkohol hing wie Blei in seinen Beinen und behinderte ihn beim Gehen. Er stolperte und stürzte unbeholfen auf Gottfried zu. Scherzhaft drohte er ihm mit dem Finger: »Mein Freund, ich muss mit ansehen, wie du meine Frau vor den Lästermäulern kompromittierst. Madame ist mein Weib und eine Dame.«

Schwankend und mit einem blöden Blick, sah er auf Gesche herab, die unter der Schminke erbleichte. Es schien, als versuchte er, sich zu erinnern. Doch dann grinste er Margarethe in das verblüffte Gesicht, verbeugte sich linkisch vor ihr bis zum Boden, was zur allgemeinen Erheiterung im Saal beitrug, und lallte: »Aber Madame Timm. Ihr hier auf der Tanzfläche allein ohne Euren Gatten?« Im gleichen Augenblick suchte er Halt und umfasste tollpatschig Gesches Hüfte. Am Druck seiner Hände spürte Gesche, dass er nicht so betrunken war, wie er vorgab, und hinter der Maske des Trunkenboldes lediglich seine Unsicherheit verbarg.

»Aber wir werden uns den Nachhauseweg nicht verderben lassen, Madame«, grinste er und zog Gesche mit dem Recht des Ehemannes an seine Seite. Zu Gottfried gewandt, sagte er: »Mein Freund, du hast doch sicher noch eine Flasche von dem köstlichen Wein aus dem Elsass in deinem Haus. Wie hieß er doch gleich …?« Als spüre er bereits den köstlichen Tropfen auf der Zunge, verzog er genüsslich das Gesicht und verdrehte die Augen.

Ohne Margarethe und die anderen belustigten Paare noch eines Blickes zu würdigen, drehte er ihnen den Rücken zu, reichte Gottfried den freien Arm und schwankte, ganz in brüderlicher Herzlichkeit, den Freund links untergehakt und Gesche rechts, dem Ausgang zu.

Am nächsten Morgen eilte Vater Timm zu seiner Tochter, um ihr die heftigsten Vorwürfe zu machen. Selbst in den Tagen ihrer Kindheit hatte Gesche ihn noch nie so zornig erlebt. Er hatte sich nicht einmal die Zeit genommen, seinen Zylinder aufzusetzen. Ohne einen Morgengruß, in dunkler Weste, mit speckigen eingetrockneten Flecken auf den Aufschlägen, die losen Hemdsärmel hochgekrempelt, stürzte er, ohne sich anzumelden, durch die offene Tür und schimpfte laut: »Was soll ich nur von dir halten, meine Tochter. Dein gestriges Betragen auf dem Tanzboden ist ganz und gar nicht nach meinem Wunsch gewesen. Du hast deinen Ehemann gänzlich vernachlässigt! Hast dich viel lieber mit diesem Gottfried, diesem Hallodri, amüsiert. Solange ich lebe, gehst du mir nicht wieder in eine solche Gesellschaft. Eine Frau sollte ihren Mann nicht so behandeln, wie ich es gestern gesehen habe. Was habe ich mir da nur großgezogen? Was sollen nur die Leute von uns denken?«

Die letzten Worte verklangen in einem hilflosen Stöhnen. Die Enttäuschung machte ihn wehrlos, und er zog sich einen Lehnstuhl heran. Ein gebrochener Mann, bloßgestellt und entehrt durch das eigene geliebte Kind.

Der Überfall kam so überraschend für Gesche, dass sie, Gottfrieds brennende Küsse noch auf den Lippen, den Vater mit gelösten Haaren und lose übergeworfenem Morgenmantel empfing. Verlegen und zu Tode erschrocken, nestelte sie an den Bändern und Schleifen und überlegte fieberhaft, wie sie das Geschehene für alle ungeschehen machen konnte. Rasch, wie in Kindertagen, richtete sie den Blick demutsvoll zu Boden, mit einem Ausdruck tiefster Reue auf dem übernächtigten Gesicht. Niemals durfte der Vater erfahren, was in dieser Nacht, nachdem sie Miltenberg stockbetrunken ins Bett gebracht hatte, zwischen ihr und Gottfried vorgefallen war. Allein der Gedanke an die sündige Verfehlung bereitete ihr ein tödliches Unbehagen. Wie eine ertappte Sünderin kam sie sich vor. Zugleich aber ließ es sich nicht verhindern, dass ihr der Gedanke an Gottfrieds Liebesschwüre erneut wohlige Schauer über den Rücken jagte. Oh, wenn sie dem Vater nur Abbitte leisten könnte. Doch es galt, ihren guten Ruf zu verteidigen und die getreue Ehefrau zu mimen, das war sie sich und ihren Eltern schuldig. Gottfrieds Liebe war wie das Feuer eines Vulkans auf sie herniedergestürzt und brannte lichterloh in ihrem Herzen weiter. Deshalb musste sie verhindern, was Miltenberg in seiner Weichheit nicht fertigbrachte, dass der Vater ihr den weiteren Besuch des Festes verwehrte. Rasch erinnerte sie sich an ihr Talent zum Schauspielern, und schnurrend, einer Katze gleich, schlang sie dem Vater die Arme um den Hals. Listig schlug sie die Augen zu ihm auf, Augen, in denen sich ernsthafte Reue und liebevolle Verehrung widerspiegelten. Dass sie Gottfried nicht wiedersehen sollte, genügte Gesche, um in einem Meer von Tränen zu schwimmen. Auf diese Weise jedes Vaterherz berührend, bat sie: »Bitte, geliebter Vater, nur noch heute Nachmittag. Bitte, ich schwöre dir, auch keinen Anlass zum Tadel zu geben. Ich tanze so gern, und mein Mann wird das Fest doch nicht ohne seine Gattin besuchen. Bitte, Vater, verwehr mir diese Bitte nicht. Ich schwöre dir, dass mein Herz schwer ist vor Kummer, dir, mein liebes Väterchen, jemals wehgetan zu haben.«

Timms Ärger schmolz bei so viel Liebreiz und ehrlicher Reue wie ein Eiskristall in der Sonne. Der geliebten Tochter vermochte er nichts abzuschlagen. Er ärgerte sich bereits über seinen Auftritt und bereute seine Vorwürfe. Die Tochter fest im Arm haltend, fühlte er sich in die Zeit zurückversetzt, als sie noch seine kleine Gesche war. Sein kleines Mädchen, das keinen Ungehorsam kannte. Doch Strenge musste sein, und er versuchte, noch einen Moment hart zu bleiben, bevor er ihr Gesicht zwischen seine Hände nahm und sie sanft auf die Stirn küsste.

»Wie konnte ich meiner geliebten Tochter nur einen Augenblick lang misstrauen und in ihr etwas anderes als mein tugendhaftes und gehorsames Mädchen sehen«, antwortete er ihr, und sein Vaterherz schmolz dahin vor Liebe. »Wie sollte ich Freude an einem Fest finden ohne die Anwesenheit der schönen Madame Miltenberg. Jede Festlichkeit ohne dich, mein Kind, wäre ein Trauerspiel.«

Kaum hatte er das letzte Wort gesprochen, entwand sich Gesche seinen Armen. Im Überschwang ihrer Freude riss sie den Vater mit hoch. Vor Freude klatschte sie in die Hände und zog ihn zur Tür. Das eben geführte Gespräch schnell vergessend, dachte sie nur noch daran, in welchem Kleid sie am Abend auf dem Ball erscheinen würde, um Gottfried zu gefallen.

Unschuldig plauderte sie: »Oh, mein geliebter Vater, du weißt gar nicht, welches Glück du mir eben bereitet hast. Nie werde ich dir das vergessen. Ich schwöre dir bei meiner Tugend, ich werde dir nie wieder Anlass zum Ärger geben.«

Erschrocken hielt Margarethe inne und raffte das Schultertuch fester über der Brust zusammen. Obwohl sie die ärmliche Gegend vor dem Hohentore kannte, zog sie unbewusst ihren Fuß zurück, den sie bereits auf die erste Stufe in die Tiefe gesetzt hatte. Rasch warf sie noch einmal einen Blick auf den Zettel mit der Hausnummer der Kaffeefrau, den ihr Lucia, die Zigeunerin, gegeben hatte. Die Nummer stimmte. Trotzdem grauste es ihr vor dem modrigen Geruch und der eisigen Kälte, die ihr aus der Dunkelheit entgegenschlugen.

Seltsam, dass Menschen so leben können, dachte sie und beugte den Oberkörper etwas vor, um in den durch einen dunklen Gang erreichbaren Hinterhof zu sehen. Als sie am Ende ein schwaches Licht erblickte, fasste sie neuen Mut und stieg die drei Stufen hinab, vorsichtig, immer einen Fuß vor den anderen, um nicht auf dem feuchten Lehmgestein auszurutschen. Schritt für Schritt tastete sie sich weiter vorwärts. Einmal rutschte sie. Nach einem Halt suchend, stützte sie sich mit der Hand an der bröckligen Lehmwand ab. Die Wand war kalt und schmutzig. Gleich darauf zog sie die Nase in krause Falten und schnupperte. Je näher sie dem Licht kam, umso mehr roch es nach menschlichem Unrat. Wieder zögerte sie und überlegte, ob es richtig war, Lucias Rat zu befolgen und Auskünfte über die Zukunft der Tochter von der Kaffeeleserin einzuholen. Doch Lucias gestrige Prophezeiungen aus den Karten, Gesche würde viele Sterbefälle zu beklagen haben und sich ein zweites Mal verheiraten, trieben sie weiter. Die düstere Weissagung ließ ihr keine Ruhe, zumal Lucia danach zu keinem Wort mehr bereit gewesen war. Aber sie hatte recht behalten mit ihrer Warnung vor den Kaffeeleserinnen. Diese Frauen lebten in ärgster Armut. Der Weg dorthin war mit Schmutz beladen und nicht ungefährlich.

Doch nicht nur Lucias Prophezeiung hatten sie zum Hohentore geführt. Die seltsame Verwandlung der Tochter selbst war es gewesen. Sieben Jahre war sie nun mit Miltenberg verheiratet, und die Tochter veränderte sich immer mehr. Ständig gab es Streit wegen ihrer auffälligen Eitelkeit. Obwohl sie ihr bisher nicht nachreden konnte, dass sie Miltenbergs Haushalt vernachlässigte oder sich den Bittenden versagte, verbrachte sie die meiste Zeit vor dem Spiegel, um sich zu schminken und zu putzen, und die Ausgaben ihrer Kleider überstiegen bei Weitem Miltenbergs Vermögen. Wie oft hatte es deswegen Auseinandersetzungen gegeben, zwischen ihr, Gesche und dem Vater, der auf Miltenberg schimpfte, weil er zu wenig Interesse für seine Ehefrau zeigte. Am allerwenigsten konnte sie es verstehen, dass sie ihre Mutterpflichten bei Adeline, ihrer Erstgeborenen, allein der Dienerschaft überließ, um mehr Zeit für ihre Toilette zu haben.

»Treten Sie ein, Madame.«

Margarethe schreckte aus ihren Gedanken auf. Sie stand vor einer in das Mauerwerk eingelassenen Holztür. In Gedanken versunken, hatte sie nicht bemerkt, dass sie geöffnet wurde. Jetzt starrte sie auf einen dunklen Vorhang, hinter dem erneut die Aufforderung erklang einzutreten. »Kommen Sie, kommen Sie! Es wird kalt, und ich friere leicht.«

Beklommen beeilte sie sich und schloss rasch die Tür hinter sich. Hinter dem Vorhang war es schummrig. In der Mitte des Zimmers empfing sie ein altes Weib, das hinter einer spitz geformten Öllampe saß. Der Lichtschein war auf die große, bauchige Tasse vor ihr auf dem Tisch gerichtet. Die Gesichtszüge wirkten wie eingemeißelt und waren ganz gelb vom Pfeiferauchen. Sie hoben sich gespenstisch von dem dunklen Tuch ab, das die Alte um die Schultern trug.

»Kommen Sie, kommen Sie, ich habe Sie schon erwartet«, brummte die Frau und wies mit ihrer knochigen Hand auf den Holzschemel vor dem Tisch.

Margarethe stutzte, überlegte, ob sie nicht wieder gehen sollte, beeilte sich dann aber, der Aufforderung zu folgen. Etwas steif, mit einem verlegenen Lächeln auf dem Gesicht, ließ sie sich der Frau gegenüber nieder. Dabei zupfte sie nervös an dem Taschentuch zwischen ihren Händen.

Die Alte rückte ihre Haube zurecht und beobachtete sie über den Tassenrand. »Es geht dir nicht gut, meine Tochter. Dich plagen große Zweifel«, schnarrte sie, und Margarethe erschrak. Woher konnte die Alte das wissen?

»Ja. Es ist meine Tochter Gesche, weswegen ich komme«, antwortete sie befangen.

»Ich weiß. Deine Tochter ist dabei, abtrünnig zu werden. Sie verleugnet ihre Tugenden und ergibt sich der Wollust und dem schnöden Mammon.«

Margarethe erschauerte unter dem Wollstoff ihres Umhangs, einem Geschenk Gesches zu ihrem Geburtstag. Wie erriet die Alte nur ihre geheimsten Gedanken? »Nein, gute Frau. Ganz so ist es nicht«, versuchte sie, die Tochter in Schutz zu nehmen. »Gesche ist eine brave Tochter und macht uns immer viel Freude. Sie beschenkt uns mit ihrer Liebe und ist eine tugendhafte Ehefrau. Doch ihr Ehemann, der Miltenberg Gerhard, vernachlässigt sie. Er ist kaum noch zu Hause. Meistens treibt er sich hier und da umher und überlässt die Geschäfte seiner Ehefrau. Das Kind ist so allein. Wenn Gott und wir sie nicht beschützen würden …«

»Deine Tochter ist nicht allein. Luzifer ist bei ihr und erwärmt ihre einsame Seele«, unterbrach die Alte sie ungeduldig und stocherte in der Tasse mit einer braunen, dickflüssigen Brühe vor ihr.

Nur zu gut ahnte sie, wen die Alte in dem Vergleich mit dem Teufel meinte.

»Ich habe ihr in jedes Kleid einen halben Kreuzgroten und

im Kindbett in ein Kissen Kräuter eingenäht, um sie davor zu beschützen«, erwiderte Margarethe kleinlaut.

Doch die Alte schüttelte den Kopf. »Man hat dir prophezeit, dass deine Tochter ihre Familie einmal überlebt, aber dabei niemals glücklich werden wird.« Listig belauerte sie Margarethe.

Margarethe nickte eifrig. Ihre Hände begannen zu schwitzen. »Ja, selbst der Automat in der Obernstraße, der, in dem der dünne Mann mit dem komischen Hut und den großen Zähnen sitzt, hat mir dies vorausgesagt. Aber was besagt diese Prophezeiung? Deshalb, gute Frau, komme ich zu dir und hoffe auf deine Hilfe. Man sagt, du siehst im Kaffeesatz die Zukunft so klar, wie es die Karten nicht vermögen.«

»Das stimmt«, antwortete die Alte und kratzte sich unter der Haube. Margarethes Worte schmeichelten ihr. »Doch, meine Tochter, du solltest wissen, dass der Kaffeesatz nichts Gutes über dein Kind aussagt. Deine Tochter ist äußerlich von schöner Gestalt, aber ihre Seele ist leer und böse. Bis zu ihrem 40. Lebensjahr wird sie viele Sterbefälle zu beklagen haben, und sie wird sich ein zweites Mal verheiraten.«

Plötzlich stieg eine braune Wolke aus dem Kaffeesatz bis hinauf zur grauen Zimmerdecke. Sie reizte zum Husten. Die Alte schniefte laut, hob die Tasse empor, sah kopfschüttelnd darunter und schwenkte sie dann mit leisen, beschwörenden Worten zwischen den Händen. Plötzlich stellte sie die Tasse an ihren Platz zurück, nahm einen silbernen Löffel und rührte schweigend in dem dunklen Satz. Dass sie nicht allein im Raum war, schien sie völlig vergessen zu haben.

»Was ist, gute Frau …?«

Unruhig hatte Margarethe dem unheimlichen Treiben zugesehen. Sie musste plötzlich an Johann, ihren Ehemann, denken, wie er sich vor Kurzem in der Neustadt von einem Zigeuner einen Spiegel hatte zeigen lassen und dabei leichenblass wurde. Lange hatte er danach nichts gesprochen. Tags darauf hatte er in der gleichen Gegend einen Mann befragt, dem er Gesches Namen und Geburtsjahr gegeben hatte. Aus einem kleinen

Punktierbuch prophezeite dieser, dass Gesche ihr Leben einsam in einer kleinen Stube beschließen würde. Der Automat hatte auf ihre Frage, ob Gesche viele Kinder gebären würde, nur laut geplärrt: »Kriegt sie, aber sie wird sie beweinen.« Auch als sie die Puppe im Automaten fragte, ob Gesche bald Witwe würde und in ihrer zweiten Ehe glücklich würde, hatte der Automatenmann hölzern geschnarrt: »E. e. eine glückliche Witwe!«

Christoph, ihr unseliger Sohn, hatte die Hälfte ihres mühsam ersparten Vermögens mit Weibern durchgebracht und sich in seinen zahlreichen Duellen die Kugel eines Engländers eingefangen. Seitdem hatte sie nichts mehr von ihm gehört, bis die erschütternde Nachricht kam, dass er als Gefangener des russischen Kosakengenerals Tettenborn im Lazarett an dem gezielten Säbelhieb eines Kosaken dahinsiechte. Was hatten sie und Johann nur falsch gemacht, dass ihre Kinder so missraten waren?

Leichenblass, von ihren eigenen quälenden Gedanken eingeholt, warf sie der Alten einen Reichstaler auf den Tisch und sagte leise, mit nur mühsam unterdrückten Tränen in der Stimme: »Ich habe alle mögliche Vorsicht gebraucht, meine Tochter vor Unglück und falschen Wegen zu beschützen. Nun kann ich wohl nichts mehr für sie tun.«

Dann, nur noch von dem einen Gedanken beseelt, nie wieder einen Fuß an diesen Ort zu setzen, verließ sie rasch die Stube. Die Alte blickte ihr erstaunt hinterher. Als die Tür ins Schloss fiel, kratzte sie sich unter der Haube und dachte: Wie dumm doch die Menschen sind. Wissen von der Schlange, die sie an ihrem Busen nähren, und füttern sie noch. Kopfschüttelnd murmelte sie: »Viel Unheil wird über dich und deine Familie kommen, Margarethe.«

Eine verruchte und eine unerfüllte Liebe

Wie ein großer Feuerball versank die Sonne langsam am Horizont und kündete, während sie gemächlich im blaugrün schimmernden Wasser des Sees untertauchte, die baldige Abendstunde an. In ihrem Schatten schimmerten die goldgelben Ähren des Getreidefeldes. Sanft zog ein Lufthauch über das Feld hinweg und hinterließ ein leises Rascheln, das sich wie ein vielstimmiges Raunen anhörte, während sich die schweren reifen Kronen majestätisch vor ihr verneigten. Gesche konnte sich nicht sattsehen an der üppigen ländlichen Natur.

»Oh, sehen Sie nur, Herr Kassow, wie wunderschön«, freute sie sich und hob die Hand vor die Augen, um die üppige Wiesenlandschaft überblicken zu können. Während Kassow Vorbereitungen für die Abreise traf, hatte sich Gesche von der Equipage entfernt, um im kühlen Schatten eines stark wuchernden Weidenbaumes Abschied von der ländlichen Natur zu nehmen. Ihr Gatte Miltenberg wollte noch einen Tag auf Gut Sankt Magnus verbleiben, wo er seit mehreren Tagen die Zimmer des Herrn Konsul Kramer tapezierte. Kassow hatte ihn zum Vergnügen begleitet, und Gesche war mitgefahren, um an Ort und Stelle den für das Tapezieren notwendigen Kleister zu kochen. Als Kassow nun den Wunsch hegte heimzufahren, war Gesche sofort bereit gewesen, ihn zu begleiten, weil sie wegen ihres Haushaltes zurückmusste. Es war nicht das erste Mal, dass die drei gemeinsam hinaus auf das Land fuhren. Besonders an ihre erste Fahrt im Mai zu dem reizend gelegenen Lilienthal erinnerte sich Gesche gern. Obwohl sie bis dahin noch nie an einer Lustfahrt hoch oben auf einem Stuhlwagen teilgenommen hatte. Damals fühlte sie sich sehr geschmeichelt, als einzige Frau zwischen zwölf unverheirateten Handlungsdienern, befreit von allen gesellschaftlichen Zwängen, diesen herrlichen Tag zu verleben. Lediglich eine alte Mamsell aus Braunschweig, eine alte Bekannte ihres Gatten, dämpfte ihre Freude etwas. Unter ihren strengen Blicken fühlte sie sich mehr als einmal heimlich beobachtet, was allerdings ihr Entzücken, alle schmeichelhaften Huldigungen der jungen Männer für sich allein zu beanspruchen, keinesfalls minderte. Damit sie nicht zu sehr bedrängt wurde, hatte Miltenberg den Weinaufseher Kassow beauftragt, auf sie zu achten. Miltenberg selbst lenkte den Stuhlwagen. Der schöne Sommertag, ein laues Lüftchen und der Duft nach frischem Heu bekamen seiner bereits stark angeschlagenen Gesundheit ungemein gut. Der Ärmste litt des Öfteren unter Schwindelattacken und starken Schweißausbrüchen. Auf der Haut, an den Armen und am Hals hatten sich immer mehr von den kreisrunden Flecken gebildet, die er an diesem Tag geschickt unter einem weiten, hochgeschlossenen Hemd zu verbergen wusste. Sie erinnerte sich, ihn ein letztes Mal so recht schneidig gesehen zu haben, hoch aufgerichtet stehend, mit vom Wind geröteten Wangen und wehendem Haar. Als sei er nie leidend gewesen, schwang er die Peitsche und sang laut ein lustiges Lied dazu.

Kassow, mit dem Gerhard damals schon auf vertrautem Fuße stand, hatte mit ihm gemeinsam die Fahrt auf das Land organisiert. Der feurige Russe nutzte die Zeit, um ihr vor allen anderen eifrig den Hof zu machen. Die ganze Zeit über saß er neben ihr. Seine Augen sprachen dabei eine beredte Sprache, und er versuchte, ab und an ihre kleine Hand zu ergreifen. Es nutzte nichts, wenn sie ihm das Objekt seiner Begierde entzog. Vielmehr trieben seine Schmeicheleien ihr immer öfter die Schamröte ins Gesicht, und sie suchte mit den Augen nach Miltenberg, in der Hoffnung, er würde es bemerken. Einmal fuhren seine Hände, die immer in Bewegung waren, bis unter die Seide ihres Unterrockes. Doch der Herrgott hatte ein Einsehen und ließ die beiden Schimmel plötzlich vor etwas Unbekanntem aufbäumen und sich heftig ins Geschirr werfen. Da ihr die temperamentvollen Pferde schon vor Beginn der Fahrt Todesangst eingejagt hatten, brachte Gerhard die Pferde zum Stehen, und sie stieg schnell auf den nachfolgenden Wagen um. Kassow reagierte daraufhin mit Zurückhaltung. Er war seltsam ruhig und nachdenklich geworden. Heimlich registrierte sie für sich, wie er mehrmals ihren Blick suchte. Obwohl sie sittsam die Augen senkte, bereitete es ihr dennoch ein innerliches Vergnügen, ihn leiden zu sehen. Die Plänkelei entwickelte sich zu einem gewagten Spiel mit einem angenehmen Prickeln, welches fortan von ihr geschickt gelenkt wurde.

Zu diesem Zeitpunkt ahnte Miltenberg noch nichts von dem seidenen Band, das sich vor seinen Augen zwischen den beiden spann. Er trank wie immer übermäßig viel von dem guten Getränk aus Kassows Weinlager. Lediglich Gottfried fehlte ihr damals schon so sehr wie heute.

Bei dem Gedanken an ihn seufzte sie jetzt leise und lehnte den Kopf schwermütig gegen den Weidenbaum. Mit halb geschlossenen Lidern blickte sie durch die langen herabhängenden Zweige, die, leise vom Wind bewegt, die Haut ihrer Arme liebkosten, und träumte von Gottfrieds Küssen.

Inzwischen genoss Kassow unbemerkt den weiblichen Anblick. Es hatte ihn nur wenige Überredungskünste gekostet, Miltenberg davon zu überzeugen, einige Tage länger auf dem Gut zu verweilen und Gesche seinem Schutz zu überlassen. Wegen ihres Haushalts musste Madame Miltenberg sowieso früher zurück, und so begrüßte Gerhard den Vorschlag, zudem der Freund ihm mehrere Flaschen seines besten Weines zurückließ und er sich dieser Verlockung nicht versagen konnte.

Die leer zur Stadt zurückfahrende Equipage kam Kassows Wünschen gerade recht. Er frohlockte und schnalzte genüsslich mit der Zunge. Im Inneren der Kutsche würde die Geliebte sich ihm nicht mehr verweigern können. Sie ist eine vernachlässigte Ehefrau, dachte er, man sieht es ihr an, dass sie erobert werden will. Er mahnte leise: »Madame, darf ich so vermessen sein und Euch an die reisefertige Kutsche erinnern? Vier feurige schwarze Hengste und ein verliebter Reisebegleiter erwarten Euch.«

Ungeduldig reichte er ihr den Arm. »Auch wenn der Tag sich in seinen schönsten Farben seinem Ende neigt, vom Fenster der Kutsche, aus den weichen Polstern heraus, wird er für Madame zu keinem schlechteren Vergnügen. Dafür lege ich meine Hand ins Feuer.«

»Wie aufmerksam von Ihnen, Herr Kassow.« Gesche drehte ihm das Gesicht zu und lächelte kokett. Es kostete sie einen Moment der Verwirrung. Eben noch Gottfrieds Bild vor Augen, dauerte es einen Augenblick, bis sie die Gestalt des untersetzten, muskulösen Kassow wahrnahm. Etwas erschrocken verglich sie ihn mit dem in vollen Säften stehenden, weltgewandten, für sie so unerreichbaren Weinkaufmann. Denn seit jener im Rausch genossenen Liebesnacht hatte sie Gottfried nicht wiedergesehen. Alle ihre Liebesbriefe an ihn blieben unbeantwortet. Doch je weiter der Geliebte sich von ihr zurückzog, umso mehr wuchs das Verlangen nach ihm. Keine Gelegenheit hatte sie bisher ausgelassen, wenigstens einmal am Tag an seiner Tür vorbeizugehen, um einen Blick von dem Treulosen zu erhaschen oder wenigstens an seinem Fenster hinaufzusehen. Oh, wie sehr sie diesen Mann liebte und sich nach ihm verzehrte. Das heftige Verlangen nach ihm und der Schmerz, den Geliebten vielleicht nie wiederzusehen, ließen den Verehrer in ihren Augen jetzt reizvoller erscheinen, als er von Natur aus war. Die dunklen Augen, die voller Verlangen auf ihr ruhten, das fesche, gezwirbelte Bärtchen und das wilde, vom Wind zerzauste Haar, der männliche Geruch, der sich mit frischem Heu und wilden Kräutern vermischte, erregten sie. Ob er wohl ein feuriger Liebhaber ist, dachte sie und reichte ihm ihre Hand. Wenn er mich verführt, werde ich an Gottfried denken.

Als der Russe ihre Fingerspitzen zärtlich an seinen Mund führte und sie sanft mit den Lippen berührte, folgte sie ihm mit trippelnden Schritten in die Kutsche. Auf der Bank am Fenster, von einer seltsamen Schwermut ergriffen, lauschte sie dem gleichmäßigen Klang der Pferdehufe, während die Landschaft am Fenster an ihr vorbeiflog. Dabei beobachtete sie Kassow lauernd aus halb geschlossenen Augen und ließ es bald geschehen, dass er ihre Hände ergriff und ihre Fingerspitzen zwischen den seinen gefühlvoll knetete. Da sie sich ihm nicht entzog, wertete er dies als Zuneigung und zugleich als Einverständnis. Er wollte sie besitzen. Zum Äußersten entschlossen, verlor er allmählich jede Scheu und begann immer heftiger, ihre Unterarme aufwärts zu küssen.

Gesche ließ es geschehen. Ihre Brust hob und senkte sich, während er sie jetzt mit wilden Küssen bedrängte und erregt hauchte: »Madame, ich begehre Sie. Ich bin Ihr leidenschaftlicher Verehrer und ohne Erwiderung Ihrer Liebe der unglücklichste Mensch auf Erden. Weisen Sie mich nicht zurück. Sie wissen nicht, was Sie mir damit antun.«

Da sein wollüstiges Ziel weiterhin ohne Gegenwehr blieb und mit einem koketten Lächeln bereits mehr erlaubte, als er sich je erhofft hatte, verlor er endgültig die Beherrschung. Hemmungslos keuchte er, während er hastig an den Vorhängen zerrte: »Verweigere dich mir nicht. Ich muss dich haben!«, und schob ihr hastig die Röcke über ihre Knie.

Gesche stieß einen spitzen Schrei aus und schloss vor Wonne die Lider. Einen Moment lang war das Kutscheninnere von heftigem Atmen erfüllt, unterbrochen von russischen Koseworten.

Sie dachte, oh, Gottfried nimm mich, und keuchte Kassow ins Ohr: »Was soll Ihre Frau dazu sagen? Denken Sie an meine Tugend, mein Freund.« Gleichzeitig zischte sie, während seine Hände umständlich an ihrem Mieder nestelten: »Prends-moi, mon aimé, was zögerst du noch?«, und führte seine Hand ungeduldig zu der Stelle, die für ihn das höchste Glück bedeutete. Als er heftig schwitzend in sie drang, achtete sie sehr genau darauf, dass er weder ihr geschnürtes Mieder, welches die Auswirkungen der noch nicht ganz überwundenen Geburt des letzten Jahres verdecken sollte, noch die Polsterungen in ihren Kleidern durcheinanderbrachte. In Gedanken erneut in Gottfrieds starken Armen, stieß sie entzückt leise lustvolle Schreie aus, bis sie sich ganz plötzlich bewusst wurde, welchem Liebhaber sie gerade ihre Tugend opferte, und Kassow ernüchtert heftig von sich stieß.

»Was kompromittierst du mich?«, keuchte sie. »Ich bin eine verheiratete Frau. Abscheulicher! Wie stehe ich jetzt vor den Leuten da? Oh, meine arme Maman«, begann sie sogleich laut zu jammern und strich sich die zerdrückten Kleider glatt. »Wie wird sie es aufnehmen, wenn sie erfährt, dass ihre Tochter ihre Tugend an einen russischen Abenteurer verloren hat. Und mein armer Gatte erst. Hast du gar kein Erbarmen mit ihm?«

Das Gewissen plagte sie so stark, dass ihr ein Strom Tränen über die Wangen lief und sie haltlos in das Taschentuch aus weißer Spitze schluchzte, das ihr Kassow verwirrt reichte.

»Aber ich liebe dich doch, je t'aime!« Er kniete vor ihr, erschüttert über den Sinneswandel, und überlegte, mit welcher Freude er ihre Tränen zum Versiegen bringen könnte. »Ich schwöre dir, Geliebte, dass es dir bei mir nie an Geld fehlen wird. Niemand wird je von unserem Geheimnis erfahren. Du bist für mich die schönste und tugendhafteste Frau und wirst es immer sein, solange ich lebe.«

Im gleichen Augenblick war Gesche wie ausgewechselt. Die Aussicht auf noch mehr Geld und schöne Kleider stimmte sie um. Sofort heuchelte sie die sanftmütige Geliebte. Mit einem Flackern in den Augen neigte sie sich zu ihm herab und küsste ihn auf die Stirn.

»Du schwörst es mir bei Gott ...?«

»Bei Gott, ich schwöre es«, antwortete ihr Kassow und hob zum Schwur die linke Hand.

*

Ein Jahr später.

»Bring das Kind aus meinen Augen, Beta. Ich kann es nicht mehr ertragen!«, befahl Gesche der Magd und sah angeekelt auf das rotblonde Mädchen herab, das leise zu ihren Füßen spielte, während es unentwegt gelblichen Speichel erbrach. Wie vor einer ekelerregenden Spinne, zog sie sich rücklings vor dem Kind zum Spiegel, ihrem Lieblingsplatz, zurück. Dann ließ sie sich müde in den davorstehenden Lehnstuhl fallen und winkte Gerhard, ihr ein Riechfläschchen mit Ammoniak zu bringen.

Miltenberg stand unschlüssig im Rahmen der Tür. Eigentlich hatte er vorgehabt, seine Ehefrau auf ihr unzüchtiges Benehmen mit Kassow anzusprechen. Aber listig kam sie ihm wieder einmal zuvor.

»Oh, mon dieu! Ich hatte dich doch darum gebeten, die Adeline nicht in meine Nähe zu lassen. Das Kind ist krank und riecht stark. Oh, warum straft mich der Herrgott nur so und umgibt mich mit Krankheit und Aussatz? War ich nicht immer fleißig und tugendhaft? Habe ich nicht jedem Notleidenden etwas gegeben, so wie es die Bibel verlangt?«

Theatralisch fasste sie sich an die Stirn, einer Ohnmacht nahe, als das Mädchen sich dagegen wehrte, von der Magd weggetragen zu werden. Verzweifelt suchte das Kind bei der Mutter Schutz und streckte weinend die Arme nach ihr aus. Doch Miltenberg gab der Magd einen Wink, sie solle sich beeilen. Als sie mit dem Kind auf dem Arm die Tür hinter sich schloss, beugte er sich über sein Weib, um sie zu beruhigen. Doch Gesche zeigte sich beleidigt und stieß ihn entrüstet von sich.

»Was spielst du für ein Theater«, mahnte er sie leise. Wie immer stand er hilflos vor ihr, beeindruckt von ihrer Schönheit und dem Verlangen nach ihr, das ihm die unaufhaltsam fortschreitende Krankheit versagte. »Sie ist doch unsere Adeline, unser gemeinsames Kind.« Schon lange spürte er, wie sie sich immer mehr von ihm entfernte und ihn mit Kälte und Abweisung strafte. Warum behandelt sie mich nur so, dachte er, kein liebes Wort für das Kind, keine Umarmung für mich. Bemerkt sie denn nicht, dass die Krankheit mich immer erst dann am heftigsten befällt, wenn sie mich mit ihren Launen quält. Jetzt betrügt sie mich unter meinem Dach mit Kassow. Auch wenn sie es noch so gut vor mir verbirgt, ihre vertraulichen Blicke hinter meinem Rücken sind mir nicht entgangen. Bei dem Gedanken bildete sich über der Nasenwurzel eine tiefe Falte. Sie zeigte sich immer dann, wenn er wütend war auf sich selbst, auf seine Weichheit und darauf, dass er das Verhältnis stillschweigend duldete. Zugleich empfand er noch immer Liebe für sie und lauerte sehnsüchtig auf eine Erklärung oder ein liebes Wort. Doch Gesche zuckte nur ungerührt mit den Schultern, während sie nach Worten suchte, um ihn zu verletzen.

»Sie hat den gleichen abscheulichen Aussatz wie du. Sieh dich doch mal an. Soll ich sie dafür noch lieben?«

Er bemerkte das Lauern in ihren Augen. Die giftigen Worte schmerzten. Trotzdem bewahrte er Haltung und bat sie äußerlich gelassen: »Du kannst mir deine Gunst entziehen und mich mit Abweisung bestrafen, aber strafe die Adeline nicht mit Liebesentzug. Eine solche Behandlung hat das Kind nicht verdient.« Er hob ein wenig die Stimme. »Was musstest du auch die Amme entlassen. Beta ist kein rechter Ersatz. Sie ist viel zu jung. Außerdem bist du zu ihr freundlich und nett. Dein Kind aber leidet. Das ist nicht gut«, belehrte er sie nun und küsste ihr, trotz ihrer Abscheu, die Halsbeuge.

»Du weißt, warum ich die Amme entlassen habe. Schließlich musste ich jemandem die Schuld an Adelines Krankheit geben. Oder sollen alle Leute erfahren, woher das Kind die Krankheit hat?«

Sich ihres Triumphes beraubt, verzog sie jetzt schmollend den Mund und wich seinem Blick aus. Dabei ordnete sie verlegen eine Schleife am Mieder. Seine gespielte Ruhe begann sie zu ärgern. Gleichzeitig befürchtete sie, dass er ihre Gedanken erriet. Was sollte sie ihm auch antworten. Jedes Mal, wenn es um Adeline ging, wurde sie an die einzige glückliche Zeit in ihrer Ehe, ihre Niederkunft, erinnert. Zwei Jahre war es nun her, dass sie von der Mutter im Wochenbett mit den schmackhaftesten Speisen verwöhnt wurde und vom Vater bei Adelines Geburt eine schöne Bettstelle, 50 Ellen Kattun für die Gehänge, feine Betttücher, eine Wiege und niedliches Kinderzeug geschenkt bekommen hatte. Der Schwiegervater, der alte Miltenberg, Gott hab ihn selig, war am Tage ihrer Niederkunft nicht von ihrem Bett gewichen, bis sie ohne große Schmerzen niederkam. Ach, und wie übermütig war er darauf zu ihrem Vater gelaufen, der in der fortwährenden Angst gelebt hatte, dass sie bei der Geburt sterben könnte. Danach hatte er ihr die Sorge um sein leibliches Wohl mit einem grünen, besonders hübschen Kleid und einem feinen Ölgemälde, dem Bildnis eines englischen Mädchens, vergolten. Es wurde später von ihm eigenhändig, mit der schalkhaften Ermahnung, »es fleißig anzusehen«, über ihrem Bett aufgehängt. Wie hatte sie doch alles so schön gehabt, bis Gott sie für ihre Sünde bestrafte. Kassows Kind, dessen Niederkunft sie, seit jenem denkwürdigen Ausflug zum Gut Sankt Magnus, mit unaussprechlicher Todesangst entgegengesehen hatte, kam im August unbeseelt zur Welt. Der Gedanke an die leichte, aber auf ihrer Seele kaum Spuren hinterlassende Geburt trieb ihr weniger vor Schmerz als vor Selbstmitleid die Tränen in die Augen. Lediglich die im Zorn ausgesprochenen Worte der Mutter: »Der liebe Gott kann dich dein Kind sehen lassen und es auch gleich wieder nehmen«, mogelten sich seitdem manchmal in ihr Gewissen.

»Oh, Gerhard, siehst du nicht, wie ich leide?«, änderte sie ihren Sinn und trippelte zum Spiegeltisch, auf dem zwischen Duftflakons und Schminkdöschen ein Bildnis von Adeline stand. Sie trug ein Taufkleid aus weißer Spitze und hatte ein noch gesundes rosiges Gesicht. »Mir wurde von Gott ein gesundes Kind genommen, und du rügst mich wegen unserer Tochter Adeline? Bin ich dir nicht immer eine treue Ehefrau gewesen? Führe ich nicht dein Haus zu deiner Zufriedenheit, habe ich nicht deinen alten, kranken Vater bis zu seinem Hinscheiden mit aller Hingabe umsorgt?«

Sie drehte sich wieder um und schaute Gerhard nun geradewegs in das verblüffte Gesicht. Einen Moment nur, dann blickte sie wieder weg. Sie hasste es, wenn er sie so ansah, so flehend, so bittend. Im gleichen Moment wünschte sie sich Kassow herbei und seine heißen Liebesschwüre, auf die sich in den letzten Tagen ihr ganzes Sehnen und Denken konzentrierte. Dabei fiel es ihr ein, dass sie vorgehabt hatte, dem Geliebten einen Liebesbeweis zu schenken. Dafür hatte sie sich extra eine ihrer blonden Locken abgeschnitten. Zusammen mit einer Tuchnadel wollte sie ihm diese zum Geschenk machen, wenn er aus Berlin vom Weineinkauf zurückkam. Sozusagen als kleine Gegenleistung. Schließlich hatte er ihr vor seiner Abreise, zwischen Punsch und Küssen, fest versprochen, nach einem erfolgreichen Geschäftsabschluss ein Geschenk mitzubringen. Bei dem Gedanken, dass Gerhard völlig unwissend war und sie für ihre buhlerische Liebe unwissend ganze Abende im Haus allein gelassen hatte, musste sie lächeln.

Als wenn Miltenberg ahnte, worüber seine Ehefrau sich amüsierte, sagte er plötzlich: »Dafür, meine Liebe, bin ich dir ja so dankbar. Du bist und bleibst meine kleine liebe Hausfrau. Aber dein allzu vertrauter Umgang mit meinem Freund Kassow beginnt Schatten auf unsere Ehe zu werfen. Dabei bin ich sehr wohl im Bilde, welchen Charakter die Geschenke meines Freundes haben, und ich bin ihm auch dankbar dafür.«

Das Lächeln auf ihrem Gesicht erstarb, und sie überlegte nun, wie viel Gerhard von dem Verhältnis zu dem Russen wissen konnte. Dabei hielt sie seinem Blick stand und ersann rasch eine List, um seine Zweifel zu zerstreuen. Plötzlich küsste sie ihn auf die Nasenspitze. Sie war wie umgewandelt. »Herr Kassow ist unser Freund«, versuchte sie ihn zu umgarnen. »Stell dir nur einmal vor, chéri, er würde allen Leuten erzählen, was für eine schlechte Hausfrau ich bin?«

Es war ihr bekannt, dass Gerhard ein Meister im Versezitieren war. Sie wusste, dass er ihr bei entsprechendem Verhalten nichts abschlagen konnte. Das wollte sie für ihre Zwecke nutzen.

»Übrigens, du kennst doch meine Freundin Marie«, lächelte sie zuckersüß. »Stell dir vor, sie hat sich in einen hübschen Offizier verliebt. Jetzt will sie ihm ein Geschenk machen und bringt es nicht fertig, ein paar nette Zeilen beizufügen. Du, mein Liebster, bist doch sehr geschickt im Schreiben. Kannst du ihr nicht helfen und etwas aufsetzen?«

Geschmeichelt über die Besserung ihrer Laune, ließ er sich nicht lange bitten und setzte sich sogleich an den Sekretär. Rasch nahm er Feder und Tinte zur Hand, warf ihr einen versöhnlichen Blick zu und begann mit dem Schreiben. Über seine Schulter gebeugt, verfolgte Gesche mit angespanntem Gesicht die sauberen, etwas ungelenken Schriftzüge: *Nicht diese Locke ist die Ursache, dass Sie sich meiner erinnern, nein, Ihr Gefühl für Freundschaft und Tugend wird täglich stärker, und ich werde mich immer Ihre geliebte Freundin nennen.*

»Übrigens, chérie«, Miltenberg schaute ihr in die Augen, »unser geschätzter Herr Kassow ist gestern in der Nacht in Weingeschäften nach Berlin abgereist.«

Gesche erschrak, und Gerhard spürte ihre Verlegenheit. Für einen Moment schwiegen sie, ein dumpfes Schweigen, das von Sekunde zu Sekunde belastender wurde. Abermals wich sie seinem Blick aus und dachte misstrauisch, dass es ihn doch bisher nicht interessiert hatte, wie sie die Tage und Nächte verbrachte. Hastig überlegte sie, wie viel Gerhard von der, wie sie es empfand, viel zu kurzen Liebesstunde am Vorabend wusste.

Doch da redete er auch schon weiter: »Aber freue dich, meine Liebe, morgen wird uns unser gemeinsamer Freund Herr Michael Christoph Gottfried wieder die Ehre seiner Anwesenheit geben. Endlich kehrt er von seiner Geschäftsreise im Oldenburgischen nach Hause zurück. Der eine kommt, der andere geht. So versiegen uns nie die guten Tropfen in angenehmer Geselligkeit.«

Diese Neuigkeit, listig und von einem verzweifelten Zynismus geprägt, überrumpelte Gesche. Sie ließ sich auf das Sofa fallen, um die freudige Überraschung vor ihm zu verbergen.

Gerhard beobachtete sie lauernd. »Ob du vielleicht deine Wohnstube mit der Hinterstube vertauschen könntest?« Ihren veränderten Gesichtsausdruck übersah er großzügig. Er bezog diesen auf die Freude zukünftiger Festlichkeiten durch Herrn Gottfried in ihrem Haus und fügte erklärend hinzu: »Herr Gottfried möchte gern bei uns einziehen und dein Zimmer bewohnen. Das Haus, in dem er bisher zur Miete gewohnt hat, ist verkauft worden.«

»Es wird mir eine Ehre sein, ihm meine Stube zu überlassen«, heuchelte sie und mimte die Gelassene, während sie zum Schrank lief, wo sie in der Schublade nach einer geeigneten Nadel kramte, an der sie die Locke mit den Liebesworten, die sie später abschreiben wollte, befestigen konnte.

Kurze Zeit später stieg Gesche zufrieden hinter Gerhard die steile Treppe hinab und verließ durch den Dieleneingang das Haus. In Gedanken weilte sie bei ihrer Mutter. Ungeduldig brannte sie darauf, ihr die Neuigkeit von Gottfrieds Rückkehr mitzuteilen, ohne sich wie so oft über ihre unglückliche Ehe bei ihr auszuweinen. Diesmal brauchte sie nicht zu lügen und Gerhard bei den Eltern zu verunglimpfen, sich über seine Liederlichkeit zu beklagen, über seine wüsten Sauforgien, über die ständigen Glücksspiele, bei denen er das Geld durchbrachte, und über die fast täglichen Misshandlungen. Erst gestern hatte sie ihnen unter einem trügerischen Tränenstrom, in der Hoffnung auf ein paar zusätzliche Louisdors, heuchlerisch gestanden, dass ihr Ehemann sie derart geschlagen hätte, dass sie, vor ihm flüchtend eine ganze Nacht auf der Hausdiele in einem Kutschenkasten zubringen musste. Auf die besorgte Frage des Vaters, weshalb der Schwiegersohn sich derart gehen ließe, er habe doch immer so vergnügt von ihr gesprochen und stets beteuert, wie sehr er sie liebe, hatte sie sich ihm, am ganzen Körper zitternd, an den Hals geworfen und lauthals geklagt: »Gerhard wünscht beim Nachhausekommen stets eine reich gedeckte Tafel vorzufinden. Aber wie soll ich armes Weib nicht seinen Jähzorn heraufbeschwören, kann ich ihm doch mit dem wenigen Haushaltsgeld die gewünschten Gaumenfreuden nicht erfüllen.«

Wie so oft, hatten die beiden Alten auch dieses Mal ein offenes Ohr und versprachen der Tochter Stillschweigen gegenüber Miltenberg, was ihre anfänglichen Gewissensbisse beruhigte. Später entschuldigte sie ihre Lügen damit, dass ihr Gatte selbst daran schuld war, wenn sie sich über ihn beklagte. Sie steigerte sich sogar noch in die Vorstellung hinein, dass alles so gewesen war. Schließlich fühlte sie sich als betrogene Ehefrau, vom Ehemann erniedrigt und allein gelassen. Ein Umstand, den der Vater in seiner Liebe zu ihr letztendlich mit den in der Haushaltskasse fehlenden Louisdors vergalt.

Vorbereitungen für einen Mord, Miltenbergs Tod und die seltsame Trauer einer Mörderin

»Du Mädchen vom Lande, beglückt, wer die Geliebte findet. Wen ich liebe, weiß nur ich. Im Felde schleich ich still und wild … süßer Traum, wie bald bist du entschwunden, weine nicht, es ist vergebens. Das Grab ist tief und stille.«

Leise, fast melancholisch schwebten die Töne dieses Liebeslieds, getragen von sanften Gitarrenklängen, durch das Haus Miltenberg, während Gesche mit geschlossenen Augen am Türrahmen lehnte und entzückt der kräftigen Männerstimme lauschte.

Fast jeden Abend, wenn sie sich zur Ruhe begeben hatte, öffnete Gottfried sein Fenster und sang mit gefühlvoller Stimme jenes schwermütige Lied. Er ahnte nicht, welche Gewalt seine Musik auf Gesche hatte und dass sie jedes Mal, noch bevor er geendet hatte, ihre Tür einen Spaltbreit öffnete und ihm zuhörte. Meistens musste sie sich gewaltsam zurückhalten, um sich nicht zu verraten. Oh, wenn er sie nur ein einziges Mal in den Arm nähme und sie so leidenschaftlich küssen würde, wie er es damals nach dem Korporalsball getan hatte. Doch nichts geschah. Nach dem Gesang zog Stille ein, und statt in Gottfrieds Armen zu träumen, lag sie aufgewühlt im Bett und fand keine Ruhe. Seitdem Gottfried gemeinsam mit ihr unter einem Dach wohnte, hatte sie noch keine Gelegenheit gefunden, sich ihm in der alten Vertrautheit zu nähern. Der Anstand gebot ihr, nicht mehr als mit den Augen zu kokettieren und in schönen Kleidern vor ihm zu flanieren. Die geselligen Abende zu dritt wurden für sie mehr und mehr zur Qual. Gottfried verstand es, sie bei Gesang und Spiel oder angenehmer Lektüre geistreich zu unterhalten, und fühlte sich bei ihnen heimisch. Sie hörte es gern, wenn er ihren Kochkünsten schmeichelte und ihre liebevoll gestaltete Tafel lobte. Sie brachte ihm die Hausschuhe und den Morgenmantel und warf sich, sobald Miltenberg das Haus verließ, mit gespielter Schwermut in das Gewand der leidenden Gattin, um seine Aufmerksamkeit zu bekommen. Geschickt spielte sie nun auch Gottfried die still Leidende vor, der es Miltenberg oftmals an den zur Führung des Haushalts nötigen Geldern fehlen lasse. Dabei verstand sie es, Gerhard vor ihm nicht zu verleumden, ihn nicht in ein unrechtes Licht zu setzen. Mit List kleidete sie ihr Leiden in einen solchen Tugendschein, dass sie nicht nur Gottfrieds Mitleid, sondern auch des Öfteren ein kleineres Darlehen für ihren Kleiderputz von ihm erlangte, während er sich jedoch in seiner Liebe zu ihr zurückhielt und sie vor Sehnsucht nach ihm fast verging.

Doch in dieser Nacht hatte Miltenberg, unfähig, lange seinem Klub zu entsagen, die beiden allein zurückgelassen. Draußen war es noch kalt, und die lange Winternacht schritt bereits ihrem ersehnten Ende zu. Als das morgendliche Grau von den ersten zaghaften Sonnenstrahlen abgelöst wurde, stand Gesche noch immer an den Türrahmen gelehnt und träumte von Gottfrieds Liebe. Steif gefroren und unglücklich verliebt, wünschte sie sich den Tod herbei. Im gleichen Moment lauschte sie angespannt in das Halbdunkel des Flures nach einem Atemzug von ihm. Die Kerzen in den goldenen Leuchtern an den Wänden waren längst bis auf den Docht heruntergebrannt. Der Drang, dem Verlangen nachzugeben und einfach die Tür zu Gottfrieds Stube zu öffnen, ergriff Besitz von ihr.

In diesem Augenblick spürte sie einen Lufthauch, und als sie erschrocken aus ihren Gedanken schreckte, sah sie geradewegs in Gottfrieds Gesicht. Er stand vor ihr, ausgehfertig in Mantel, Lederstiefeln und Zylinder, und blickte auf sie herab. Unwillkürlich saugte sich sein Blick an ihren Zügen fest, ein überraschter und verständnisloser Blick, bis er ihr sanft mit dem Handschuh die Tränenspuren von den kalten Wangen strich. Ein besorgtes Lächeln huschte über seine Züge, als er ihre kalte Hand ergriff und sie an seine Lippen führte.

»Komm«, sagte er. »Gehen wir gemeinsam ein Stück der Sonne entgegen.« Schützend wickelte er sie in seinen Mantel, und sie folgte ihm wie in einem wundervollen Traum hinaus auf die kalte Straße, in die Felder und Wiesen, wo die ersten Frühlingsboten durch den schmelzenden Schnee brachen und ihre Kelche zaghaft der aufgehenden Morgensonne entgegenreckten.

Er sprach kein Wort mit ihr. Stumm schritt sie an seiner Seite, entlang am Gröpelingerdeich, ihre Hand in der seinen, froh, in seiner Nähe zu sein, bis er unerwartet vor einem Kreuz aus Stein haltmachte.

Freudig erregt wartete sie auf seine Erklärung. Doch Gottfried verharrte regungslos vor dem Stein und blickte mit gesenktem Kopf auf diesen herab, während seine Lippen sich in einer stummen Zwiesprache bewegten. Dann, nach endlosen Minuten, drehte er ihr das Gesicht zu und riss sie ungestüm in seine Arme. Er spürte keinen Widerstand. Ihr blasses Antlitz kam ihm entgegen, die vollen geschwungenen Lippen, die kleine gerade Nase, die großen fragenden Augen, als er sie an sich presste und ihren Mund mit einem langen, fordernden Kuss verschloss. Leidenschaftlich schlang sie ihre Arme um seinen Hals, während er sie immer und immer wieder küsste.

Gottfried blickte ihr mit einem seltsam unergründlichen Lächeln in die Augen. Sie fühlte sich wohl unter diesem Blick und glücklich. Aber sie sah nicht hinter seine Stirn. Ahnte nicht, dass lediglich der Zauber der ländlichen Stille und ihre sanfte

Schönheit ihn dazu verführten, seine Enthaltsamkeit verheirateten Frauen gegenüber zu vergessen, und dass er schon einige Stunden später die Annehmlichkeiten eines gemütlichen Lebens im Hause Miltenberg wieder unbeschwert aufnehmen würde. Darüber hinaus beabsichtigte er keineswegs, das freundschaftliche Verhältnis zu Gerhard durch eine Buhlschaft mit seinem Weib zu gefährden. Wusste er doch genau, dass seine Vorliebe, auf Kosten anderer zu leben, dann ernsthaft in Gefahr geriet. Der Zauber des Wintermorgens, der Glanz der morgendlichen Sonnenstrahlen, der alles in Schönheit verwandelte, wurde für einen Mann wie Gottfried schnell zur Erinnerung. Lediglich reizte die nun wieder aufgenommene Liebschaft seine Männlichkeit, dass er sich Miltenberg gegenüber zu etwas mehr sorgloser Unbefangenheit herabließ. Denn als er am nächsten Tag gemeinsam mit dem Freund das Haus betrat, dachte er nicht lange über den seltsamen Ausspruch Miltenbergs nach: »Was wird wohl unsere kleine Frau jetzt machen?«, sondern reagierte in seiner Eitelkeit unbedacht und küsste Gesche beim Eintritt in den Salon scherzhaft Hals und Nacken.

Der Hausherr erblasste unter der Schminke, die seine Krankheit geschickt nach außen hin verbarg, überspielte diesen Scherz jedoch mit einem überlegenen Lächeln auf dem Gesicht. Am Abend allerdings ließ er Gesche seinen Unwillen spüren und versagte ihr, den bei der sonntäglichen Jagd erlegten Hasen in männlicher Gesellschaft zu verspeisen. Ihr Platz war an diesem Abend in der Küche.

»Wo ist nur das Brautbett, welches ich dir mitgegeben hatte?« Margarethe wühlte sich keuchend durch einen Stapel alter Hutschachteln, und Gesche betrachtete indessen nachdenklich das ausladende Hin und Her ihres wackelnden Hinterteils.

Oh Gott, dachte sie, das Brautbett, und erschrak. Sie fühlte sich wieder einmal ertappt und verzog das Gesicht. Nur zu gut erinnerte sie sich, dass sie das Bett unlängst für eine aufwendige Ballrobe an Marie verkauft hatte, die nun in dem Glauben lebte, sie hätte ihrem unglücklichen Bruder in der Fremde damit geholfen. Fieberhaft überlegte sie, mit welcher Ausrede sie die Mutter hinhalten konnte, die sich nun mit hochrotem Kopf die Hände an der Schürze abwischte. Aber sofort kam ihr die Idee, Gerhard dafür büßen zu lassen, und mit tragischer Miene log sie: »Ach, Mutter, ich habe versucht, es vor meinem Gemahl zu verstecken. Aber selbst das Brautbett war ihm nicht heilig genug, es für seine Ausschweifungen zu benutzen. Er hat unser beider Heiligtum schmählich verkauft.«

Im gleichen Moment meldete sich nun doch ihr schlechtes Gewissen, und es fiel ihr ein, dass die Mutter noch immer zu der Zigeunerin mit dem Spiegel lief, was ihr in der grauen Umgebung des Dachbodens eine unaussprechliche Angst einjagte. Zudem ihr Gewissen gerade mit der Angst kämpfte, Kassow, der seit einigen Tagen von seiner Reise zurückgekehrt war, könnte hinter ihr Verhältnis mit Gottfried gekommen sein. Zu allem Unglück hatte der Weinhändler, um sich in ihrer Nähe aufhalten zu können, bei den Eltern ein Zimmer gemietet. Während sie die Mutter die Treppe voraus hinabsteigen ließ, dachte sie mit Abscheu daran, wie inbrünstig und schamlos Kassow sie bei seiner Rückkehr begrüßt hatte. Glücklicherweise waren in diesen Minuten weder Gottfried noch Miltenberg im Haus anwesend gewesen, was sicherlich einen Skandal heraufbeschworen hätte. Zufällig amüsierten sich beide Herren gerade im Kasino beim Glücksspiel, sodass sie dem Temperament des Russen wieder einmal ausgeliefert war. Der hatte die Gunst der Stunde genutzt und sie ungeachtet der Magd, die gerade Madame seidene Strumpfbänder anlegte, mit dem frivolen Ausruf »Wie habe ich dich vermisst, meine Schöne« in seine Arme gerissen.

Sie waren sich schon zu vertraut, als dass sie gegen seine Anzüglichkeiten protestierte. Lediglich zum Schein wehrte sie sich ein wenig, was ihn noch mehr herausforderte. Er grinste: »Spiel mir nicht die Spröde. Ich weiß, was du willst, Geliebte. Wir sind aus dem gleichen Holz geschnitzt«, und steckte ihr das versprochene Geschenk, einen lächerlichen Sündenlohn von zehn Louisdors, in das Mieder. Im gleichen Atemzug warnte er sie davor, ihn jemals zu betrügen. So hatte sie an jenem Abend das Verhältnis zu ihm mehr aus Angst erneuert. Erst nachdem er sie verlassen hatte und sie wieder einen klaren Gedanken fassen konnte, dachte sie an Gottfried und seine Küsse, nach denen sie sich so sehr sehnte.

Später war sie verwirrt in die Küche gelaufen. Dort hatte sie vergeblich versucht, sich auf die Zubereitung des abendlichen Dinners zu konzentrieren. Das Lamm auf dem Herd verbrannte, die Sahne wurde nicht dick, und die Soße verklumpte. Viel zu sehr war sie mit der neuen Situation und der Angst vor Kassows Rache beschäftigt, sollte er hinter ihr Verhältnis mit Gottfried kommen. Aber schon bald sollte sich ihre Angst bewahrheiten.

Mit großen Schritten, den Zylinder tief in die Stirn gezogen, leicht nach vorn gebeugt, kämpfte sich ein Mann in der Dunkelheit durch den wütenden Herbststurm. Die Straße um ihn herum schien wie leer gefegt, lediglich ein vereinsamter Einspänner am Wegesrand kreuzte seinen Weg. Der Kutscher saß schlafend, den Kopf tief im Umhang vergraben, auf dem Bock. Er hatte auch dem Pferd eine Decke übergeworfen, während es träge vor sich hinmampfte, das Maul tief in einem Futterbeutel vergraben. Seine Fahrgäste hielten sich, wie so viele Einwohner an diesem Abend, im neuen Tanzsalon des Hofgärtners auf und feierten dessen Einweihung auf einer großen Tanzpartie. Der Hofgärtner, Monsieur Bosse, war in aller Munde, seitdem er im Auftrag der Stadt Bremen die alte Befestigungsanlage vor der Altstadt in einen blühenden Park verwandelt hatte.

Der einsame Mann war der Weinhändler Peter Kassow. Wütend schnaufte er vor sich hin, wobei er lautstark im Gleichklang mit dem Heulen des Sturmes mit dem Schicksal haderte. Blinde Eifersucht quälte ihn. Wenige Schritte vor dem Tanzportal, am Ende der Wallpromenade, inmitten eines belaubten Ganges, wo tagsüber die Bürger des Sehens und Gesehenwerdens wegen promenierten, schreckte ihn ein Geräusch aus seinen Gedanken. Für den Bruchteil einer Sekunde fuhr seine Hand zum Degenknauf, und er rief kampfbereit: »Wer da?«

Breitbeinig trotzte er der Gefahr. Der Unbekannte sollte nur hervortreten. Er befand sich gerade in kämpferischer Stimmung und fühlte sich in seiner Ehre gekränkt. Sein männlicher Stolz war verletzt, schmählich von Madame Miltenberg mit Füßen getreten.

Das Gesicht, das aus dem Dunkel auftauchte, ein breites, pockennarbiges, gehörte dem Schneider Rinne, einem Bekannten und Zechkumpan, dem er gerade im Wirtshaus sein Leid geklagt hatte.

Erleichtert atmete er auf und nahm die Hand vom Degenknauf. »Willst du mit zum Tanzsalon? Ich habe etwas vor!«, brüllte er gegen den Sturm. »Ich werde der Buhle einen Denkzettel verpassen.«

»Ich begleite dich, mein Freund. Aber bedenke, dass du dem Wein bereits übermäßig zugesprochen hast. Solltest dich erst ausschlafen.«

Kassow verzog das Gesicht. Er hatte es eilig. Rinne versuchte, mit ihm Schritt zu halten, blieb aber schnell hinter ihm zurück. Als der hell erleuchtete Tanzsalon am Ende des Weges auftauchte, zwang ihn die laute Tanzmusik, stehen zu bleiben. Voller Zorn richtete er die Augen auf die Fenster, hinter denen sich in seiner Vorstellung Gesche in Gottfrieds Armen zum Takt der Walzerklänge drehte. Da meldete sich erneut sein hitziges Temperament, und unbeherrscht drohte er der Geliebten mit der Faust zum Fenster hinauf. »Warum tust du mir das an? Habe ich dir nicht alle deine Wünsche erfüllt? Weshalb hintergehst du mich so schamlos?«

Schon viel zu lange ertrug er ihr heimliches Treiben mit ihrem Geliebten Gottfried. Sie verstand es zwar geschickt, ihre Liebschaft vor ihm zu verbergen, was ihr nicht allzu schwerfiel, seitdem er gegenüber im Haus der beiden alten Timms wohnte, doch seine Augen waren scharf und sahen alles. Rasch hatte er Madames Plan, den Herrn Gottfried in ihrem Hause wohnen zu lassen, durchschaut. Doch einem Mann wie ihm setzte man keine Hörner auf. Mit der Unverschämtheit, der Einweihung des neuen Tanzsalons ohne ihn beizuwohnen, hatte sie das Maß seiner Gefühle überschätzt. Alles war ein abgekartetes Spiel zwischen ihr und ihrem Buhlen Gottfried.

»Oh, du Schändliche!«, knurrte er und ließ sie in Gedanken 1.000 Liebestode sterben. »Bloßstellen vor der feinen Gesellschaft werde ich dich, Hure!«, brach es wütend aus ihm heraus, und von neuem Schmerz beseelt, stürmte er auf das weiß verputzte Gebäude zu. Hastig nahm er drei Stufen der Freitreppe auf einmal und stürzte sich in das Gedränge.

Die Tanzfläche vor ihm war überfüllt. Nicht lange, und er hatte die Gesuchten in dem Meer aus Tüll, Seide und Brokat gefunden. Miltenbergs dröhnendes Lachen war das Erste, das seinen Ohren neben der Musik auffiel. Aber er interessierte ihn nicht. Da gerade die Musik aussetzte, forderte die Pause seine ganze Aufmerksamkeit. Denn nur wenige Meter von ihm entfernt verließ Gesche an der Hand von Gottfried die Tanzfläche. Sie nahm auf einer mit blauem Samt bezogenen Ottomane Platz. Gottfried trat hinter sie und reichte ihr ein Glas Wein. Dann unterhielten sie sich, steckten die Köpfe zusammen, und er tätschelte ihr dabei ungeniert die Schultern. Als die Musik wieder erklang, trat Gottfried vor sie hin, reichte ihr beide Hände und zog sie zu sich hinauf.

Zähneknirschend bemerkte Kassow, dass dieser die Geliebte entgegen aller Etikette einen Moment lang fest an sich presste. Gesche lachte laut auf und bog den Hals zurück. Das war zu viel. Er verlor die Beherrschung.

»Condamne!«, zischte er und bahnte sich mit den Ellbogen einen Weg durch die Gäste. Er schäumte vor Wut. Gerade als Gottfried sich zu ihr hinabbeugte und ihr zärtlich etwas ins Ohr flüsterte, pflanzte sich Kassow vor ihnen auf und zischte: »Hure!«

Er glaubte, die Geliebte zu kennen, und weidete sich an der Vorstellung, wie sie jetzt unter der Schminke erbleichte. Aber Gesches Verstellungskunst suchte ihren Meister. Zunächst zu einer Maske erstarrt, hatte sie sich sogleich wieder in der Gewalt und heuchelte nun Erstaunen und Freude.

»Oh, mein Freund, wie habe ich Sie nur vermisst. Wie schön, dass Sie doch noch gekommen sind!« Ihre Augen strahlten, und sie streckte ihm erfreut die Hände entgegen.

Kassow stand wie angewurzelt vor ihr und dachte: Wie sie ohne Scham lügt. Im gleichen Moment lenkte er seine Aufmerksamkeit auf die blassrosa schimmernden Perlen an ihrem weißen Hals. Diese Perlenkette kannte er genau. Er hatte sie ihr an jenem Abend geschenkt, als sie das größte Glück miteinander erlebten. War es eine ungeschickte Bewegung durch den Alkohol oder war es das Erschrecken über ihren Verrat? Plötzlich griff er Gesche mit der ganzen Hand in den Halsschmuck und schrie, ungeachtet Gottfrieds, der sich abwehrend zwischen ihn und die Geliebte stellte: »Das Halsband, es ist meins! Du Hure, so ehrst du meine Geschenke!«

Der lautstarke Auftritt sorgte für allgemeine Verwirrung im Saal. Ein dichter Ring von Neugierigen drängte sich stumm um sie, während die Perlen verstreut über den Boden rollten. Gesche stand wie versteinert, ihr Gesicht jedoch blieb ausdruckslos. Langsam öffnete sie die Hand und ließ die restlichen Perlen, die sie noch festhielt, ebenfalls über den Tanzboden rollen …

Erst dann lächelte sie schwach, obwohl sie sich wünschte, die Erde möge sich unter ihren Füßen auftun. Als ein paar von den anwesenden Herren über den Boden nach den Perlen krochen, wartete sie mit unbeweglicher Miene.

Dann äußerte sie mit dünner Stimme zu Kassow, die aufgesammelten Perlen und das Ende der zerrissenen Perlenschnur in den Händen: »Sie haben zu viel getrunken, mein Freund. Das entschuldigt natürlich Ihr Verhalten mir gegenüber. Ich denke, es ist angebracht, dass Sie sich zurückziehen.«

Beifallsgemurmel begleitete ihre Worte, während Kassow die Luft durch die Nase blies. Dann wurde er dunkelrot im Gesicht, setzte seinen Zylinder umständlich auf, nahm ihn wieder ab, setzte ihn wieder auf, zog ihn und verneigte sich steif. Dann drehte er ihr den Rücken zu und durchquerte mit ungelenken Schritten die Reihen der Zuschauer.

»Er ist betrunken«, stellte Gottfried fest, »sein Glück. Denn nur das, meine Liebe, hat mich davon abgehalten, ihn auf der Stelle für die Beleidigung zu fordern.«

»Ich verstehe gar nicht, was er hat? Er ist ein guter Freund«, antwortete Gesche und verbarg den Schrecken hinter ihrem wiedergewonnenen Lächeln. Innerlich aber kämpfte sie mit der Angst, Kassow zu verlieren, und entschuldigte sich bei Gottfried. Dann lief sie Kassow bis zur Treppe nach.

Kühle Nachtluft empfing sie. Sie begann zu frieren. Suchend stierte sie ins Dunkel, während sie die Hände fröstelnd über der Brust verschränkte. Unter einer Lampe am Treppenabsatz entdeckte sie Kassow, eingehüllt in einen pelzverbrämten Mantel. Er winkte mit dem Stock nach der Kutsche und wartete. Sie hörte, wie er mit der Zunge schnalzte, worauf geräuschvoll die Kutsche vorfuhr. Der Kutscher kletterte vom Bock, verbeugte sich und öffnete für Kassow den Kutschenschlag.

In diesem Moment drehte ihr der Russe sein Gesicht zu. Verblüfft verharrte er, die Hand am Kutschenschlag. Er schien zu überlegen, ob er nicht lieber einsteigen und alles vergessen sollte. Doch plötzlich überzog sein Gesicht ein schwaches Leuchten, und er kam langsam auf sie zu. Eine Stufe vor ihr blieb er stehen, sah sie an und suchte nach Worten, bis er stattdessen aus dem Pelz schlüpfte und ihn ihr schweigend über die Schultern legte. Da kam Bewegung in Gesches starren Körper, und sie reichte ihm ihre kalte Hand.

»Kannst du mir vergeben, Peter?«, fragte sie leise und stieg an seiner Seite die Stufen zur Kutsche hinab. Dabei überlegte sie, wie sie sich seine Liebe sichern konnte.

Ernst und in sich gekehrt, blieb Kassow vor dem Wagen

stehen. Dennoch ließ er sie nicht aus den Augen, selbst als er den Fuß zum Einsteigen auf das Treppchen setzte. Die offene Kutschentür bot ihnen etwas Schutz vor dem kühlen Oktoberwind. Zugleich verdeckte sie die Sicht zum Portal, wo Gottfried am oberen Stufenrand unter einem Gaslicht stand und sinnierte: Der dumme Kerl! Was kann ich dafür, dass das Weib mich lieber mag als ihn.

Da ergriff sie plötzlich Kassows Hände und presste sie hastig gegen ihren Bauch. »Wie konntest du nur einen Moment an meiner Liebe zweifeln, Peter«, flüsterte sie. »Hier in meinem Leib wächst die Frucht unserer Liebe.« Sie beugte sich näher an sein Ohr. »Glaubst du, ich würde dich jetzt noch betrügen?«

Kassow sah sie betroffen an. Er öffnete den Mund, machte eine Bewegung, als wollte er sie umarmen, doch Gesche warf ihm den Mantel zu und rannte zurück. Sie hatte Gottfried entdeckt.

Verwirrt und nachdenklich blickte er auf den Mantel in seiner Hand. Er sah ihre schlanke Gestalt im Eingang verschwinden. Dann war das riesige Glasportal wieder verwaist, und der Kutscher wartete noch immer in derselben Haltung neben der Kutsche. Es ist seine Aufgabe, wie ein Hund zu dienen, dachte er, meine Aufgabe aber ist es nicht, dem Weib zu dienen, auch wenn ich sie noch so sehr liebe, und stieg in die Kutsche.

»Welche von den Schubladen möchten Sie geöffnet haben, Madame?«

Unschlüssig, wie er sich verhalten sollte, wartete der herbeigerufene Schlosser in der Tür zum Salon und knetete verlegen die Mütze zwischen seinen Händen.

Gesche trippelte wie ein aufgeregtes Huhn mit gelösten Haaren vor ihm auf und ab. Beta, die Magd, lief mit einer Bürste in der Hand hinter ihr her und flehte leise: »Madame, bitte, ich muss Ihr Haar kämmen. Dem Herrn Gottfried wird es nicht gefallen, wenn Madame ihn zum Dinner unangekleidet empfängt ...«

»Ach ja, Beta, du hast ganz recht. Ich bin aber auch zu ungeduldig. Geh schon zurück in mein Zimmer. Ich werde gleich nachkommen, und ich verspreche dir, dann werde ich ganz ruhig sitzen bleiben und dir keinen Kummer mehr bereiten. Der Herr Friedrich ist ja nun endlich eingetroffen.«

Liebevoll lächelte sie Beta zu, und der Schlosser wunderte sich ein wenig über Madames Umgang mit der Untergebenen. Als Beta zur Tür hinausschwebte, konnte er sich einer Frage und zugleich eines warnenden Hinweises nicht enthalten: »Madame ist sehr leutselig mit der Magd. Untergebene werden schnell aufmüpfig und ungehorsam.«

»Nicht die meinen, Herr Friedrich«, erwiderte Madame und blieb vor einem Sekretär mit Schnitzereien stehen. »Meine Untertanen sind mir recht herzlich zugetan, besonders Beta. Die Ärmste ist ein Kind armer, aber braver ehrlicher Leute. Stellen Sie sich vor, unter welchen Entbehrungen so ein Kind groß geworden ist. Trotzdem ist sie gottesfürchtig, vielleicht ein bisschen einfältig, dafür aber verschwiegen, fleißig und sehr bescheiden. Beta würde niemals ein Widerwort über die Lippen bekommen. Sie ist mir treu ergeben. Nein, Herr Friedrich, meiner Dienerschaft kann ich vertrauen. Aber weswegen ich Sie rufen ließ: Ich habe den Schlüssel für meines Gemahls Pult verloren. Dieses hier, sehen Sie!«

Sie ergriff ihn am Ärmel und zog ihn mit spitzen Fingern ungeduldig zum Sekretär. »Ich bekomme die Schublade nicht mehr auf. Aber ich benötige dringend Haushaltsgeld, welches sich in einem Beutel in besagter Schublade befindet«, jammerte sie. Das verzweifelte Flehen in ihren blauen Augen und die kleinen weißen Hände, die vergeblich auf der Schreibplatte Halt suchten, überzeugten ihn von der Dringlichkeit und weckten sein Mitgefühl.

»Aber Madame, so tragisch ist das Missgeschick doch nicht«, versuchte er sie zu trösten, wunderte sich nur, dass eine so wohlhabende schöne Dame wegen ein paar Talern in solche Verzweiflung geriet. Doch Gesche winkte, einer Ohnmacht nahe, ab: »Oh, ich Ärmste muss dringend Besorgungen für das abendliche Dinner machen. Wir erwarten hohe Gäste, und mein Herr Gemahl ist ausgegangen.« Sie unterstrich ihre Worte, indem sie nach dem Schreibkiel griff, um sich Luft zuzufächeln. Friedrich ließ keine Zeit mehr verstreichen und schob sie sanft zur Seite.

»Das haben wir gleich«, brummte er und ging dem Schloss mit einem mitgebrachten Dietrich, einem kleinen Eisenstab mit gebogener Spitze, zu Leibe.

Vorsichtig drehte er ihn in der Schlüsselöffnung und wurde dabei von Gesche aufmerksam beobachtet. Sie achtete sehr genau auf seine Hände und wie oft er das Eisen nach links und nach rechts bewegte, bis das Schloss knackend nachgab und er lächelnd meinte: »So, das wäre es, Madame, kostet drei Louisdors. Ich lasse Ihnen gern den Dietrich zum Verschließen der Lade hier und empfehle mich mit einem Gruß an den Herrn Gemahl.«

Gesche wartete nicht einmal ab, bis der Schlosser den Salon verlassen hatte. Hastig und erfreut darüber, dass alles nach ihren Wünschen verlaufen war, griff sie in das Fach und entnahm dem darin liegenden Lederbeutel zehn Taler. Sie konnte sich dabei ein triumphierendes Lächeln nicht verwehren. Ohne jede Reue, mit einem Anflug von Schadenfreude, murmelte sie vor sich hin: »So, Miltenberg! Du hast nicht mit der Schlauheit deines Weibes gerechnet. Nun kannst du deinen Schlüssel ruhig weiter bei dir tragen.«

In diesem Moment fühlte sie sich beobachtet. Ihr war plötzlich, als drohe ihr der selige Herr Miltenberg mit dem Finger aus dem Gemälde an der Wand, und sie faltete schnell die Hände zum Gebet. Vor Schreck begann sie, am ganzen Leib zu zittern.

Sie erinnerte sich noch genau, wie der Selige sie in der Nacht, als er starb, an die Hand genommen und an seine Kommode geführt hatte. Noch deutlich hörte sie seine Worte: »Wenn ich sterbe, sollen Sie das Geld für die Kinder haben, welches rechter Hand liegt.«

Oh, wie musste er sie geliebt haben, der Selige. Seine Schlüssel hatte er im Bett versteckt, und es war ein Leichtes für sie, an die 30 Taler heranzukommen, noch bevor Miltenberg davon erfuhr. Allerdings musste sie ihre Scheu vor dem Tod ablegen und zwei Nächte bei dem Sterbenden verbringen. Es grauste sie noch im Nachhinein, wenn sie daran dachte, dass er von ihr verlangte, nach vorn zu ihm ins Bett zu kriechen, wo er seinen Kopf mit den Worten »Ach, wie weich liege ich nun« auf ihrer nackten Brust ablegte. Seitdem war sie stolz darauf, selbst dem Tod zu trotzen. Auch wenn der selige Herr Miltenberg das nicht verdient hatte.

Deshalb murmelte sie leise, um seinen Geist zu besänftigen: »Verzeiht mir, Vater. Die Not trieb mich dazu.« Dann warf sie selbstgefällig den Kopf in den Nacken und ließ das Schloss wieder einrasten.

Angeregt, auf diesem Wege leicht an Geld heranzukommen, schlich sie anschließend gleich noch einmal in das Hinterhaus, in das Zimmer ihres neuen Mieters Herrn Thomas, von dem sie wusste, dass er sich schon früh am Morgen zum Comptoir seines Geschäftes begeben hatte. Fachmännisch, wie sie es bei Herrn Friedrich beobachtet hatte, öffnete sie hastig das Pult im Schrank des Mieters. Eilig nahm sie den gefüllten Beutel an sich und verschloss das Pult ebenso rasch wieder. Dann, in ihrer Stube, schüttelte sie den Inhalt auf die Bettdecke. Beim Anblick von 90 glänzenden Reichstalern erschrak sie doch ein wenig.

Genug für drei Kleider, dachte sie, und das schlechte Gewissen regte sich. Was würde geschehen, wenn Herr Thomas den Diebstahl entdeckte? Gerhard würde das ganze Haus auf den Kopf stellen. Jedoch ungeachtet dessen, tröstete sich die Diebin rasch mit dem Gedanken, es würde ihr schon etwas einfallen, und einen Teil des Geldes wollte sie für die Armen ausgeben. Außerdem brauchte die arme Beta ebenfalls dringend ein neues Kleid. Das alte wollene stand ihr gar nicht gut zu Gesicht. Schließlich wusste sie selbst aus Erfahrung, wie entwürdigend es für ein junges Mädchen war, in grauer Kleidung umherzulaufen. Zuletzt half ihr der Gedanke, dass ihr, falls der Verdacht auf sie fallen sollte, sicher Kassow aushelfen würde. So könnte sie das Gestohlene wieder an seinen Platz zurücklegen. Immerhin, wenn nicht für sie, dann würde er es sicher für den kleinen Heinrich tun.

Sie amüsierte sich bei dem Gedanken, wie närrisch er sich bei der Geburt des kleinen Heinrich im Juni 1810 verhalten hatte. Obwohl sie in der Zeit bis zur Geburt kein Auge mehr zugetan hatte und immer nur daran denken musste, was für ein Unglück auf sie hereinbräche, würde der Geliebte sich zu der Frucht ihrer Liebe bekennen. Niemals durfte eine sterbliche Seele von diesem Geheimnis erfahren, und sie wünschte sich herzlich, auch dieses Kind würde bei der Geburt sterben. Doch leicht und ohne Schmerzen brachte sie an einem heißen Junitag den kleinen Heinrich zur Welt und war trotz ihrer heimlichen Todesängste recht glücklich über den wohlgestalteten Knaben.

Lediglich einige Tage später, als sie der Magd Beta eines von ihren Kleidern, anstelle des versprochenen neuen, geschenkt hatte und diese das Geschenk, unter reichlichen Freudentränen, mit den Worten entgegennahm: »Oh, Madame, wie kann ich Euch das je vergelten«, plagte sie zunächst noch einmal das Gewissen.

Mit weiblicher Schläue hatte sie es geschafft, Miltenberg davon abzuhalten, den Polizeikommissar zu rufen, nachdem der Diebstahl der 90 Taler entdeckt worden war. Trotzdem blieb die Furcht vor den Folgen. Betas Einfältigkeit brachte sie nun auf den Gedanken, das Mädchen für ihre Zwecke zu benutzen. Eine Verbündete im Haus, die Augen und Ohren verschloss und notfalls für sie log, war so recht nach ihrem Geschmack.

»Nun, Beta«, schnurrte sie wie eine Katze eine Stunde später, »wir sind doch Frauen und lieben beide die schönen Dinge. Wenn du mir brav zur Hand gehst und mir treu ergeben bist und so manche Dinge im Haus für dich behalten kannst, werde ich dir deine Verschwiegenheit mit noch weiteren vielen schönen Kleidern vergelten.« Schlau gedachte sie, Beta mit solchen kleinen Geschenken enger an sich zu binden, da das Mädchen ihr dann zu Dankbarkeit verpflichtet war.

»Ihr seid so gütig, Madame.« Dankbar küsste ihr Beta den Rocksaum. »Lass das, Beta!« Ungehalten schob sie das Mädchen sogleich von sich. Sie mochte die Magd. Doch zu viel Unterwürfigkeit war ihr zuwider.

»Oh, Madame, Gott möge Ihnen Ihre Güte belohnen, und ich werde Sie in meine Gebete einschließen, so wie Ihr in den Gebeten der armen Kinder vor dem Stadthaus seid, die Ihr am gestrigen Tage mit Eurer Mildtätigkeit so unendlich glücklich gemacht habt.«

Gesche erinnerte sich, wie sie und Beta Kinderkleidung und warmes Essen an die hungernden Stadtkinder verteilt hatten. Voller Freude war sie mit ihren neuen Kleidern für den abendlichen Besuch zu einer Festlichkeit in den Nebenstraßen der Neustadt unterwegs, und die Freude an den teuren Stoffen war ihr beim Anblick der vielen kleinen, mageren, in Lumpen gehüllten Leiber rasch vergangen. Die Kehle war ihr vor Ergriffenheit eng geworden, und die Worte wollten nur mühsam über die Lippen, als sie vom Kutschenfenster aus, mit abgewandtem Gesicht, feststellte: »Sieh nur, Beta, die armen Kindlein, ohne Schuhe und Mützlein. Auf welches Leid muss der Herrgott nur herabsehen.«

Darauf beeilte sie sich, die Gardinen zuzuziehen, um den Anblick der armen Geschöpfe, die, wie aus dem Erdboden gestampft, sofort die Kutsche umlagerten, nicht länger ertragen zu müssen. Aber wie so oft mahnte sie just in dem Augenblick ihr Gewissen, und sie betete inbrünstig aus ehrlichem Herzen, lautlos und mit geschlossenen Lippen: »Oh verzeih mir, Herr. Strafe mich nicht für meine Sünden. Ich werde auch alles wiedergutmachen.« Dabei vergaß sie Beta, die sie besorgt betrachtete. Übelkeit plagte sie bei dem Gedanken, dass es ihr eines Tages ebenso ergehen könnte wie Christoph, der, für sein ausschweifendes Leben bestraft, irgendwo in der Fremde hungerte.

»Madame ist wieder einmal in Schwierigkeiten …?« Mit lässig übergeschlagenen Beinen lehnte Kassow am nächsten Morgen im Türrahmen und zwirbelte sich vergnügt mit den Fingern das Oberlippenbärtchen. Er beobachtete Gesche schon eine ganze Weile und hatte sich absichtlich leise verhalten, um sie nicht zu stören. Zumal das ihm zugekehrte runde Hinterteil vor Herrn Gottfrieds Pult allerlei süße Erinnerungen in ihm wachrief und er es mit Genuss betrachtete. Allerdings hatte er nicht beabsichtigt, Madame mit seiner Frage zu erschrecken. Gesche fuhr so hastig herum, dass sie sich mit dem Ärmel ihres Kleides am Pult verfing und zwei der Goldmünzen auf den Boden rollten. Sichtlich verwirrt, versuchte sie, die restlichen Goldmünzen vor ihm zu verstecken.

»Peter, was machst du hier? Ich hatte dich erst heute Abend zur Eröffnung unserer kleinen Gartenlaube erwartet. Wenn du zu meinem Gemahl willst – so ist er eigens deshalb unterwegs, um feinen Samt vom Vater für das Sofa zu besorgen. Ach ja – und auch der Herr Gottfried ist, nachdem er zuvor mein Blumengärtchen gepflegt hat, wieder in Weingeschäften unterwegs«, stammelte sie reichlich nervös, wobei sie sich mehrmals verhaspelte.

»Ach ja, der liebe Herr Gottfried«, grinste Kassow zweideutig. Er hätte sie so gern in den Arm genommen, ihren sinnlichen Duft in sich aufgesaugt und ihre Arme in seinem Nacken gespürt. Aber die Angst in ihren Augen, die sein Eintreten hervorgerufen hatte, und die Erwähnung von Gottfrieds Namen aus ihrem Mund schürten die Eifersucht in ihm. »Ich hatte mich schon gewundert, warum der feine Herr die kostbaren Gewächse vor dem Fenster seiner Hauswirtin mit solcher Sorgfalt pflegt und hegt. Mir ist zu Ohren gekommen, dass es seine Idee war, die holde Hausfrau mit der Kunst von Hausmusikern zu ergötzen, um ihr Herz zu gewinnen? Aber bei einer Hauswirtin, die ihren Verehrer bestiehlt, ist meine Sorge wohl unbegründet.«

»Aber mon dieu!« Gesche hatte sich von ihrem Schreck erholt und mimte nun die Entrüstete. Flink schloss sie die Schublade und ließ den für den fehlenden Schüssel eigens zurechtgebogenen Dietrich in ihrem Mieder verschwinden.

»Ich stehle doch nicht. Herr Gottfried hat mich beauftragt, ihm durch einen Lehrling 20 Taler zur Contrescarpe, zum Torhaus, zu bringen, wo er ein paar Arbeiten ausführt.«

»Ach, und zum Öffnen hat er dir anstelle eines Schlüssels einen schlecht gebogenen Dietrich überlassen …?«

Kassow konnte sich ein hämisches Grinsen nicht verkneifen, bevor er die Tür hinter sich schloss. Er hatte sie längst durchschaut und war zum Teil amüsiert und zum Teil ärgerlich über diese Lüge. Mit dem Gefühl des Überlegenen trat er rasch näher. »Niemand kennt dich so genau wie ich, chérie«, grinste er ironisch und suchte ihre Augen. »Wie viel Schulden sind es denn nun wieder?«

Ohne die Antwort abzuwarten, ergriff er ihr Handgelenk, umschloss es fest mit seinen Fingern und zog mit einem gezielten Griff die Hand mit den Goldmünzen hinter ihrem Rücken hervor. Gleichzeitig umfasste er mit der anderen Hand ihre Hüfte und presste sie hart gegen seine Schenkel.

»Was glaubst du, wenn dein Ehemann den Polizeikommissar rufen lässt? Einer Hausdurchsuchung wirst du nicht standhalten. Herr Gottfried ist der engste Busenfreund Miltenbergs.«

Ärgerlich über seine Dreistigkeit, kämpfte sie eine Weile in seinen Armen und versuchte, ihm die Goldmünzen zu entreißen. Letztendlich gab sie ihren Widerstand auf und verlegte sich auf ihre weiblichen Waffen. Sie wurde ganz weich und biegsam in seinen Armen und begann zu weinen. Ihr Kopf sank an seine Brust, wo sie die Seide seiner Weste mit Tränen tränkte.

»Ach Peter, du bist der Einzige, der mich versteht«, jammerte sie. »Die Gläubiger mahnen immer härter und immer häufiger. Geld zur Führung des Haushaltes bekomme ich keines mehr. Was bleibt mir armem Weib denn übrig, zumal selbst mein Bruder wegen Schulden von 25 Talern in der Fremde festgehalten wird. Chéri, es geht immer weiter bergab. Mein von Krankheit geplagter Ehemann hatte so sehr auf ein reiches Erbe gesetzt. Doch außer der Einrichtung und ein paar Gemälden hat er bei dem seligen Miltenberg keine Louisdors vorgefunden. Nun ist er gänzlich in Schwermut verfallen. Er geht kaum noch seinem Brotverdienst nach. Kürzlich hat selbst mein viel geliebter Vater aus Sorge um mich meine Zukunft in seine Hände genommen und Monsieur von Post um die Verfassung eines schriftlichen Vertrages gebeten, welcher die Abtretung unseres ganzen Immobiliar- und Mobiliarvermögens an ihn beinhaltet, um Gerhard außer Kraft zu setzen, das ohnehin verschuldete Vermögen weiter zu belasten.«

»Es ist traurig, dass der alte Herr Miltenberg so früh sterben musste, und von deinem Vater ist es sehr edel, dass er dir helfen möchte«, antwortete ihr Kassow mit Zynismus. »Ich habe gehört, der Selige ist einem Schlaganfall erlegen? Wahrscheinlich aus Ärger um seinen liederlichen Sohn. Aber dein Vater wird auch mit der Überschreibung der Immobilien nicht viel ausrichten können. Ich weiß aus sicherer Quelle, dass Gerhard den größten Teil im Kasino bereits verspielt oder verwettet hat. Aber das schützt dich nicht davor, zur Diebin zu werden. Leg die Goldmünzen zurück an ihren Platz!«

Sie ist in ihrer Verderbtheit so lecker wie junger Wein, dachte er und wartete nicht ab, bis sie die Goldmünzen zurückgelegt hatte, sondern presste sie gegen das Pult und schob sein Knie fordernd zwischen ihre Schenkel. Gefährlich leise, in einem Ton, der keinen Widerspruch duldete, sagte er: »Das ist es doch, was du willst! Komm, wir schließen einen Pakt. Ich gewähre dir ein Darlehen von 300 Talern, wenn du mir dafür deinen Körper für immer verpfändest.«

Er grinste wie über einen gelungenen Witz. »Deine Seele ist schlecht, aber dein Körper ist schön, und ich begehre ihn.

Lass uns eine Vereinbarung treffen, und dir wird es nie an Geld fehlen, solange du mir als meine Geliebte zu Willen bist.«

Seine Hände wühlten zwischen Leinen, Seide und Alabaster. Als er gefunden hatte, wonach er suchte, fiel ihm der Nebenbuhler ein. Gleich darauf ließ er den Stoff fallen, und sein Blick bohrte sich in ihre Pupillen. Sie hielt die Augen weit geöffnet. Ohne jedes Gefühl. Doch er konnte in ihnen lesen wie in einem aufgeschlagenen Buch und fand dieselbe Sinnlichkeit und dieselbe maßlose Gier. Triumphierend huschte ein Grinsen über sein Gesicht. Er hatte die Antwort bereits gefunden.

»Denk an den kleinen Heinrich, meine Liebe. Es wäre doch nicht gut, würde alle Welt erfahren, von wem der kleine Bastard ist«, fügte er eindringlicher hinzu, aus Furcht, ihre Verderbtheit würde nicht ausreichen und sie könnte es sich anders überlegen.

»Aber Herr Kassow, wie habe ich Sie unterschätzt.« Diesmal spielte sie nicht die Entrüstete, als sie ihn energisch von sich schob. Der Ekel, den sie zum ersten Mal vor ihm empfand, war echt. Eingehüllt in eine Wolke aus Knoblauch, Zwiebel und süßlichem Wein, reizte er ihre empfindlichen Magennerven. Doch das Angebot einer so hohen Summe war zu verlockend. Es ärgerte sie, dass er sie durchschaut hatte, und sie schätzte ab, wie weit er wohl noch gehen würde. Dass es unklug war, seinen Vorschlag abzulehnen, war ihr gerade unmissverständlich klargemacht worden. Kassow war ein in allen Kreisen hoch geschätzter Handelsmann, und man sagte ihm einen wachen Verstand nach. Trotzdem blieb er eine von seinen fleischlichen Gelüsten abhängige Kreatur, dessen hitziges Temperament nicht zu unterschätzen war. Außerdem war sie gern bereit, für eine so großzügige Summe ein noch weitaus größeres Risiko einzugehen. Bereitwillig bot sie ihm die Lippen zur Besiegelung des Vertrages, denn Kassow drängte es, den Vertrag auf Papier zu bringen.

»Dass du so einsichtig bist und der Verbindung zustimmst, chérie, beweist mir deine Liebe zu mir«, sagte er zum Abschied.

Mit einem Augenzwinkern fügte er hinzu: »Wenn ich wieder zu dir zurückkomme, meine Schöne, werden wir uns nur noch der Süße der Versuchung hingeben.«

In geheimer Vorfreude auf eine sündige Liebesnacht zog es ihn bereits am frühen Abend, mit dem Vertrag in der Tasche und dem Beutel mit den 300 Reichstalern, wieder zum Hause Miltenberg. Doch diesmal hinderte ihn lauter Lärm am Eintreten. Bereits der schwarze Einspänner des Polizeikommissars vor dem Portal ließ ihn, einer seltsamen Ahnung folgend, schneller laufen. Beim Anblick der versammelten Gesellen, Lehrlinge und Mägde in der hell erleuchteten Diele suchte sein Blick sofort die Geliebte.

Diese kam, in Tränen aufgelöst, händeringend, auf ihn zugeeilt. Ihre Stimme schien ihm seltsam verändert, schrill, mit einem hysterischen Unterton: »Oh, wie gut, Herr Kassow, dass Sie sofort gekommen sind. Oh, mon dieu! Stellen Sie sich vor, der Herr Polizeikommissar nimmt in einem Haus mit so untadeligem Ruf wie dem unseren eine Hausdurchsuchung vor.«

Bei der Erwähnung des untadeligen Rufes musste er ungewollt lächeln. Madame war eine gute Schauspielerin, mit ihrem Talent hätte sie jeder Theatertruppe Ehre gemacht.

»Was ist denn dem Hause Miltenberg so Furchtbares geschehen, dass ich Sie in Tränen aufgelöst sehe, meine Liebe?«, fragte er laut hörbar und stellte sich unwissend, während er die dargebotene Hand küsste. Amüsiert spielte er das Spiel mit und suchte ihre Augen, die ihn flehentlich baten, keinen Skandal heraufzubeschwören.

»Stell dir nur vor, mein Freund«, wurde er von Miltenberg, sichtlich erfreut über sein Kommen, unterbrochen. Er hielt ihm beide Hände hin, sie fühlten sich kalt und schweißnass an. »Es scheint, als könnten wir unserem Gesinde nicht mehr trauen. Unserem geschätzten Freund, Herrn Gottfried, fehlen 20 Taler aus seinem Pult. Und erst unlängst vermisste der ehrenwerte Herr Thomas 90 Taler.«

Miltenberg hatte sich stark verändert. Sein Gesicht schien

aufgedunsen, der Körper wirkte seltsam zerbrechlich. Die starken Rötungen auf der Haut hatte er mit hellem Puder dick übertüncht. Obendrein hinkte er und ging leicht nach vorn gebeugt. Meine arme, geliebte Gesche, dachte Kassow, was für ein Leben für eine so schöne Frau, und zog eine Grimasse, als Miltenberg seinen Gesellen mit der Faust drohte. Es war eine Faust voller roter Pusteln.

»Ja, lacht nur, ich werde nicht eher ruhen, bis der Dieb gefasst ist!« Die Gesellen kneteten nervös ihre Mützen und blickten allesamt betreten zu Boden.

Kassow suchte Gesches Blick. Was war mit den 20 Goldmünzen? Hatte sie sie nicht zurück in die Schublade gelegt?

Doch Gesche wich ihm geschickt aus und redete stattdessen aufgebracht mit dem Polizeikommissar, der mit einem Lehrling zur Linken und einer Wärterin zur Rechten aus der Küche kam.

»Die zwei Frevler hier wollten sich gerade aus dem Staub machen, Madame«, knurrte er, während Gesche die Chance nutzte und die beiden Ausreißer sogleich beschuldigte.

»Das hier sind die beiden, Herr Kommissar. Ich habe sie heute Morgen beim Knutschen in Gottfrieds Zimmer erwischt und deutlich gehört, wie Marie zu dem Max gesagt hat: ›Beim Entfernen der Bettpfanne habe ich beobachtet, wie Herr Gottfried einen Beutel Goldmünzen im Pult verschlossen hat. Max, du verstehst doch, einen Dietrich zu biegen! Holen wir uns das Geld und hauen wir ab von hier!‹

Schon geraume Zeit war ich mit der Marie und ihrer Arbeit unzufrieden. Aber, Herr Kommissar, Sie müssen verstehen, die Marie hat kein Zuhause und wäre zum Betteln und Stehlen verurteilt. Mein gütiges Herz hat es nicht fertiggebracht, das Mädchen aus dem Haus zu werfen. Dabei ist die Marie durch und durch schlecht, lebt in Schande und ist faul und liederlich«, log sie weiterhin geschickt, ohne sich selbst durch Unvorsichtigkeit zu verraten.

»Das stimmt nicht, Madame«, verteidigte sich das Mädchen weinend, während sie der Polizeikommissar in die Reihe der angetretenen Mägde schubste. »Der Johann hat mich zur Schande verführt, und er war es auch, der gesagt hat, wir sollten die Herrschaften bestehlen. Das Geld läge im Haus unbeobachtet herum, und man käme leicht in seinen Besitz.«

Gesche hielt sich die empfindlichen Ohren zu, als das Weinen der Magd in ein lautes Kreischen überging. Der Lehrling drohte ihr mit der Faust.

»Warte nur, du Lügnerin!«, schrie er. »Ich werde dir das freche Mundwerk schon noch stopfen. Du weißt genau, dass ich unsere Herrschaft nie bestehlen würde. Beleidigt bist du, weil mich die Warzen an deinen Schenkeln abgehalten haben, dich zu besteigen.«

Als er sah, dass ihm niemand Glauben schenkte und der Polizeidiener ihn mit der Flinte zum Ausgang stieß, brüllte er in seiner Angst: »Du bist doch schon genauso krank im Hirn wie unser hoch geschätzter Herr. Ich weiß doch, wie oft du für den Herrn die Hündin gemacht hast!«

Oh Geliebte, dachte Kassow und verfolgte den Auftritt mit gemischten Gefühlen. Weshalb spielst du nur so ein gewagtes Spiel. Es wird dich noch vernichten.

Im gleichen Augenblick schrie die Marie dem Lehrling hinterher, der sich in Todesangst vor dem Abtransport mit beiden Händen am Türrahmen festhielt: »Nichtswürdiger, warum rettest du nicht deine Haut?« Offenbar liebte sie den Gesellen selbst jetzt noch. »Lastest alle Schuld auf mir ab und getraust dich nicht, die Wahrheit über Madame zu sagen.«

Mit einer Lüge versuchte sie, ihre armselige Haut zu retten, und schleuderte dem Polizeikommissar ins Gesicht: »Der Unwürdige hat nämlich behauptet, den Herrn Kassow und die Madame in verbotener Nähe beobachtet zu haben.«

Augenblicklich war es still in der Diele. So still, dass die ungewohnte Ruhe nach dem ohrenbetäubenden Lärm körperlich schmerzte. Besonders Madame schien darunter zu leiden. Durch ihren Körper war ein Ruck gegangen. Sie hatte sich bereits für den Abend umgezogen. Ein neues Schnürmieder unter dem rosaseidenen Tüllkleid betonte ihre schlanke Taille über Gebühr. Sie wirkte steif und hölzern. Kassow spürte förmlich, wie ihre Wangen unter der dicken roten Schminke erbleichten. Zu seinem Ärger bemerkte er, dass sie sich an Herrn Gottfrieds Arm zu stützen versuchte.

Gottfried hatte sich bisher im Hintergrund gehalten und den Auftritt mit Gleichgültigkeit verfolgt. Er befand sich im Hausrock, unter dem er eine kleine Ärmelweste ohne Schöße trug. Eine modische Neuheit zum steifen französischen Kragen. Wie immer steckten die hellen Beinkleider in weichen Stiefeln, welche ihm bis in die Kniebeuge reichten. Gottfried trug keine Kopfbedeckung. Das dichte gelockte Haar hatte er nach des Kaisers Vorbild vorne in die Stirn gekämmt. Neidvoll gestand sich Kassow ein, dass er äußerlich gegen den hochgewachsenen Gottfried wenig ausrichten konnte. Am liebsten hätte er es laut herausgeschrien, welche Schlange er an seinem Busen nährte, als er sah, wie dieser mit der Geliebten heimliche Blicke wechselte.

Miltenberg schien von alledem offenbar nichts zu ahnen. Eher hing sein Blick mit Verehrung an dem Freund. Wahrscheinlich, weil dieser sofort uneigennützig für die Geliebte eingesprungen war und mit scharfer Stimme sagte: »Es ist sein Glück, dass der Dieb von niederem Stand ist.« Er versetzte dem Lehrling einen kräftigen Fußtritt mit der Stiefelspitze, griff ihm ins Haar, bog seinen Kopf nach hinten und ergänzte: »Ansonsten würde ich dem Verleumder meine Klinge in den Leib stoßen. Was erdreistet sich der Mensch, eine Dame so zu verleumden?«

Kassow vermochte sich das Grinsen über den theatralischen Auftritt Gottfrieds nicht zu verkneifen. »So ein Dummkopf, wie wenig kennt er die Weiber! Nur um Eindruck bei der Geliebten zu schinden, spielt er den Verteidiger.« Seltsamerweise fühlte er sich als Einziger wohl bei der Sache. Er lüftete, der Höflichkeit wegen, lediglich den Zylinder. Gleichzeitig testete er Miltenberg: »Du wirst den verleumderischen

Lügen eines Untergebenen doch keinen Glauben schenken, Gerhard?«

Doch von Miltenberg bekam er keine Antwort. Stumm, mit aufeinandergepressten Lippen, lief Gerhard vor ihm auf und ab, als denke er über etwas nach, bis der Polizeidiener mit einem Scherz seine Schritte unterbrach.

»Ist es noch ein Wunder bei der Ähnlichkeit des kleinen Heinrichs mit unserem Herrn Kassow?«

Jetzt ging auch durch Kassow ein Ruck. Er staunte nicht schlecht. Auch Madame schien sichtlich unwohl zu werden. Aus ihren Lippen war jetzt sämtliche Farbe gewichen. Beide befürchteten das Schlimmste.

Miltenberg blieb wie angewurzelt stehen. Vor Spannung schien plötzlich selbst die Atemluft zu vibrieren. Sein aufgedunsenes Gesicht wechselte die Farbe, vom faden Grau in ein fleckiges Dunkelrot. Man sah sich an, ratlos. Wenigstens Kassow rechnete zumindest mit einem Tobsuchtsanfall. Doch er irrte sich. Gerhard nahm seinen Lauf wieder auf. Nur die Reitpeitsche in seinen Händen schwang nervös auf und ab. Nach ein paar Schritten kam er zurück und blieb vor Gesche stehen. Er sah sie an, mit einer seltsamen Mischung aus Verständnislosigkeit, Verachtung und Anbetung. Es kam Kassow unendlich lange vor. Plötzlich drehte er sich mit einem Ruck um, wies mit der Peitschenspitze auf den Polizeikommissar und sagte mit seltsam ruhiger Stimme: »Jetzt ist es aber genug, mein Herr! Ich muss nicht auch noch Madame von Ihren Leuten beleidigen lassen. Sie haben die Diebe. Nehmen Sie diese endlich mit und verlassen Sie unser Haus!«

Erleichtert warf Gesche den Kopf in den Nacken. Oh, was war sie doch für ein heuchlerisches Biest. Kassow kratzte sich unter der Hutkrempe. Sie war ihm eine ebenbürtige Gegnerin. Mit Witz und Charme regelte sie nun den Rest der Angelegenheit: »Oh, mein geliebter Gemahl! Ein solcher verleumderischer Vorwurf, ich und unser von allen so geschätzter Kassow in verliebter Zweisamkeit? Da siehst du wieder einmal, mein Gemahl, was dabei herauskommt, wenn du mir die Wirtschaft im Haus allein überlässt. Da tanzen die Mäuse schnell auf dem Tisch.«

Mit einem sanftmütigen und überzeugenden Lächeln reichte sie Gottfried ihre Hand und fügte mit einem bezaubernden Lächeln hinzu: »Jetzt wird es aber Zeit, sich den angenehmeren Dingen zu widmen, Herr Gottfried. Die Muße erwartet uns an diesem wunderschönen Abend in unserer Gartenlaube. Wollen wir die Herren Musiker nicht länger warten lassen …«

Als Gottfried ihr geschmeichelt den Arm reichte, schielte sie einen kurzen Moment zu Kassow hinüber. Er war sich nicht sicher, ob es als Einladung zu deuten war oder als eine Erinnerung an ihr gemeinsames verschwörerisches Liebeskomplott. Die vollen Lippen umspielte ein triumphierendes Lächeln, und die strahlenden Augen zwinkerten ihm heimlich zu: »Siehst du, mein Lieber, so macht man das.«

Ein Jahr nach diesem Vorfall, an einem kalten Januartag 1813, saßen sich Gottfried und Gesche beim Dinner in Miltenbergs Stube am Tisch gegenüber. Miltenberg, den es bei Besserung seines Leidens sofort wieder aus dem Haus in die Wirtshäuser trieb, liebte Gottfried mittlerweile wie einen Bruder. Das Band, das er um ihn knüpfte, wurde immer enger, und so ermunterte er ihn, seiner Frau statt seiner Gesellschaft zu leisten, welches diese schamlos ausnutzte. Bisher hatten beide die sittliche Haltung vor ihm gewahrt. Doch nun litt Gerhard neben seinem gewöhnlichen Siechtum an einem neuen körperlichen Gebrechen. Der Ärmste kam seit Tagen nicht mehr aus dem Bett. Er hatte sich erst beim Beschlagen der Kutsche an dem schweren Kutschenkasten überhoben. Alle zwei Stunden musste Gesche dem nun vor Schmerzen fast Gelähmten auf den Nachtstuhl helfen, ihn waschen und versorgen. Kein Wunder, dass die Gattin dieses Mannes jetzt missmutiger denn je das Hindernis ihres heiß ersehnten Glücks als Bestandteil ihrer Ehe erkannte. Und da ihre leidenschaftliche Neigung zu Gottfried, die sich mittlerweile in ausschweifenden Fantasien bis hin zu wilder Gier steigerte, bisher noch keine ebensolche Erwiderung gefunden hatte, erhoffte sie sich nun, nach der leichten Geburt ihres vierten Kindes, eines Mädchens, zu neuer Kraft erwacht, die so ersehnte Vereinigung mit dem Geliebten.

Galant reichte ihr Gottfried das Gefäß mit rotem Wein und hob im gleichen Moment sein Glas. »Trinken wir auf das Schicksal, das uns zusammengeführt hat«, sagte er. Seine Stimme klang melodisch, während sein Blick auf ihr ruhte und sie sanft streichelte. Jedoch ohne jede Begehrlichkeit, nach der sie sich so sehr sehnte. Dagegen strahlte Gesche umso mehr. »Danke, ich bin sehr glücklich mit dir, Gottfried.«

Vorsichtig prostete sie ihm zu. Das aufgesteckte Haar schimmerte im Glanz der Kerzenbeleuchtung. Ihr Mund lächelte ihm geheimnisvoll zu, während sie den Wein tranken und die getrüffelte Weißweinsuppe probierten. Doch sie war unzufrieden, weil sie zu spüren glaubte, dass er nicht glücklich war. Er liebt die Trüffelsuppe mehr als mich, dachte sie. Dabei steckt in der Suppe alle meine Liebe zu ihm.

Gottfried rührte im Teller herum. Zwischendurch führte er den Löffel zum Mund. Vorsichtig, denn die Suppe war heiß. Er ließ sie mit geschlossenen Augen langsam im Mund alle Geschmacksnerven berühren. Anschließend tupfte er sich mit einem Seidentuch die Mundwinkel ab. Er lobte ihre Kochkunst. »Chérie, die Weinsuppe schmeckt ausgezeichnet, und die Trüffel geben ihr erst das perfekte Aroma. Sie sind köstlich und verwöhnen meinen Gaumen. Ich denke nur gerade daran, woher sie kommen. Ich glaube, es sind ganz seltene Pilze. Sie werden von Schweinen gesucht.«

»Von Schweinen? Du machst dich lustig über mich, Gottfried.« Gesche kicherte und beugte sich nach vorn, damit er ihre Brüste bewundern konnte. Warum sprach er nur über Trüffel und Schweine? Hatte er keine Augen im Kopf?

»Es ist die Wahrheit. Die Bauern in Frankreich schicken ihre Schweine los, und wo sie schnüffeln und zu graben beginnen, da findet man die Trüffel. Ich glaube, ohne die Annektierung Napoleons hätten wir auf diesen seltenen Genuss verzichten müssen.«

»Napoleon …! Oh, ja, der Kaiser«, sie seufzte und lockte mit den Augen. »Die arme Marie Luise, wie muss sie den Kaiser geliebt haben?« Gekünstelt schickte sie einen schmachtenden Blick zum Kronleuchter über der gedeckten Tafel. »Eine einsame Frau, ohne ihren Mann und Geliebten. Wie muss sie sich nach ihm verzehren …« Sie dachte dabei an ihr eigenes Schicksal, bis sich Tränen in ihren Augen spiegelten.

»Woher kommen nur diese romantischen Träume. Es ist gar nicht bewiesen, dass sie ihn geliebt hat. Außerdem war sie selbst schuld an ihrem Unglück. Weshalb zeigte sie sich so unentschlossen. Sie hatte doch die Wahl, zu fliehen oder die Stellung in Paris zu halten? Aber sie reiste ab und verspielte damit nicht nur den Thronanspruch ihres Sohnes, sondern auch ihre Ehe.« Er nahm ihre Hand und spielte nachdenklich mit ihren Fingerspitzen.

Warum verstand er sie nur nicht? Weshalb sah der Geliebte nicht in ihr Herz? Seine Berührung bereitete ihr sinnliches Vergnügen und zugleich körperliche Schmerzen. Bemerkte er denn nicht, dass sie innerlich tobte und diese ewigen Fesseln des scheinheiligen Anstands verfluchte? Die Zeit war längst reif für ihre Liebe. Nur, sie lief ihr in Riesenschritten davon. Nervös warf sie einen Blick auf die kleine runde Taschenuhr an ihrem Mieder. Sie war ein Geschenk Gottfrieds, eine echte Brequetuhr aus Paris, die sie wie ein Kleinod hütete. Gleich würde Gerhard nach seiner Medizin verlangen. Es grauste sie davor. Wenn Gottfried nur erahnte, wie sehr sie dieses widerwärtige Hindernis ihres so sehr ersehnten Glücks hasste.

Dabei musste sie wieder an die Kaiserin denken und verteidigte Luise weiter. »Ihr Vater war es doch, der Frankreich und ihrem geliebten Ehemann den Krieg erklärt hat. Die arme Louise blieb treu an seiner Seite, selbst als er die Friedensangebote ausschlug.«

Gottfried küsste ihre Fingerspitzen. Er spürte, dass es an

der Zeit war, die Geliebte in den Arm zu nehmen, wenn er weiterhin so köstlich zubereitete Trüffelspeisen essen wollte. Doch die natürliche Scheu vor dem kranken Freund im oberen Stockwerk hielt ihn davor zurück.

In Gesche steigerte sich dagegen die Leidenschaft ins Unermessliche. Entschlossen griff sie nach dem Leuchter und trippelte um den Tisch herum. Einen Augenblick schien sie zu überlegen, ob es richtig war, was sie vorhatte. Dann ließ sie sich auf den kräftigen Schenkeln nieder und legte den nackten Arm um seinen Hals. »Muss ich den Anfang machen, mein Geliebter?«, hauchte sie. »Du hast mir doch Liebe geschworen. Warum nimmst du mich nicht in den Arm? Ich sehne mich so sehr nach deinen Küssen.«

Gottfried nahm ihr den Leuchter aus der Hand und stellte ihn behutsam zurück auf das weiße Batisttischtuch. Ganz merkwürdig wurde ihm nun, als er den zarten Druck ihres Armes in seinem Nacken verspürte. Eigentlich bin ich ein rechter Schuft, dachte er. Ein elender Lump! Kümmere mich um dieses zarte Geschöpf nur der Trüffel wegen. Dann umschloss er ihre Hüften mit den Händen. »Es ist das Gewissen, das mich davor zurückhält, das Gewissen dem Freund gegenüber. Es ist nicht gut, Gerhards Krankheit zu benutzen und ihn schamlos zu betrügen. Nicht in Miltenbergs Haus«, hauchte er. »Es hat Augen und Ohren.« Zur Bestätigung wies sein Blick in Betas Richtung.

»Ach, meine Magd! Beta ist mir zu Dank verpflichtet. Sie wird niemals ein Wort sagen. Eher beißt sie sich die Zunge ab«, versuchte Gesche, seine Bedenken zu zerstreuen. Dann, zu allem entschlossen, hob er ihren federleichten Körper an und trug sie zum Sofa. Gerade als er sich über sie beugte und hastig am Mieder zwischen den Schleifen und Bändern nestelte, erklang auf dem Flur ein zu dieser Stunde ungewöhnlicher Lärm.

Im gleichen Augenblick wurde die Tür aufgerissen. Zutiefst erschrocken, löste sich Gottfried von Gesches Körper und sprang hoch. Zugleich griff er verwirrt nach dem Rock und dem Degen. Denn in der Tür stand Gerhard, in einem eilig übergeworfenen, blauseidenen Morgenmantel, mit freier Brust und nackten Beinen, die in Schuhen steckten. Der spärlich behaarte Brustkorb hob und senkte sich. Das Haar, verschwitzt und vom Liegen zerzaust, hing ihm in Strähnen in das Gesicht. Über den Brauen perlten dicke Schweißtropfen. Sie liefen ihm in die rot geränderten Augen. Er blinzelte und stützte sich auf die Schulter der Amme. Das Stehen fiel ihm schwer. Mit einer Hand hielt er ein ungefähr fünf Monate altes Mädchen an seine Brust gedrückt. Das Köpfchen völlig blutleer, von einem kleinen weißen Spitzenhäubchen bedeckt, lag es leblos in seiner Armbeuge. Gottfried erkannte sofort, dass das Kind tot war. Er sah aber auch, dass Miltenberg die verfängliche Situation längst erfasst hatte, dies aber scheinbar ignorierte. Aus dem geöffneten Mund kam lediglich ein erstauntes Hüsteln, bevor er rief: »Sieh doch! Unsere arme Johanna!« Sein verzweifelter Blick suchte die Gattin, die ausgestreckt auf dem Sofa lag und die sündige Verfehlung rasch mit einer leidenden Miene überspielte. Sie verbarg ihr Gesicht hinter einem rotseidenen Fächer und täuschte ein Unwohlsein vor. Miltenberg sollte glauben, dass Gottfried sie gerade vor einer Ohnmacht bewahrt hatte. Doch der verlogenen Verstellung bedurfte es nicht. In Gerhards Blick standen nur Trauer und Betroffenheit: keine Tränen, keine Vorwürfe, keine Fragen! Lediglich ein wenig unschlüssig, aus der Hilflosigkeit heraus, dass sie so gar keinen Blick für das Kind übrig hatte, welchem sie gleichgültigen Herzens erst im Oktober das Leben geschenkt hatte, wartete er auf eine Geste, auf eine Regung.

Doch Madame war viel zu sehr mit sich selbst beschäftigt und forderte mit einer kraftlosen Handbewegung Gottfried auf, ihr ein Glas Wein zu reichen. Gottfried verstand den Hinweis und netzte ihre Lippen mit dem belebenden Getränk.

Nun begann das Weib an Miltenbergs Seite mit weinerlicher Stimme zu klagen. »Madame, sehen Sie doch. Die kleine

Johanna ist einfach gestorben. Oh, welch großes Leid. Der Herr hat nun auch dieses Kind zu sich genommen.« Sie tupfte sich mit dem Schürzenzipfel die Tränen aus den Augenwinkeln. »Aber Madame hat ja noch die Adeline und den Heinrich, er ist ein recht lieber und gescheiter Bub.«

In Gerhard kam Bewegung, als er das Weinglas zwischen Gottfrieds Fingern sah. Rasch gab er der Amme das Kind und sagte, jetzt mit gefasster Stimme: »Reich mir auch ein Glas, mein Freund. Es kann mir jetzt nicht mehr schaden als vorher. Vor Kurzem prophezeite mir ein Wahrsager, dass ich das 33. Jahr nicht überleben werde. Ich bin der Nächste! Wie du siehst, habe ich die Bürgschaft des Todes schon im Mark!« Sein Lachen misslang, denn ein Hustenanfall hinderte ihn daran.

Die Amme unternahm den Versuch, an Madames Mutterpflichten zu appellieren. Sie reichte ihr das tote Mädchen auf weit von sich gestreckten Händen wie eine zerbrechliche Porzellanpuppe. Doch Gesche schob das tote Wesen von sich. Nichts an ihr verriet, dass sie dem Mädchen erst vor fünf Monaten das Leben geschenkt hatte. Stattdessen spielte sie wie ein ungezogenes Kind weiter die Leidende und antwortete hysterisch, einem Weinkrampf nahe: »Oh, chéri, warum tust du mir das an. Schick sie weg mit dem Kind, Gerhard. Ich will dem Tod nicht schon wieder ins Gesicht sehen! So viel Leid ertrage ich nicht.«

Gottfried ließ sich täuschen und führte ihr seltsames Verhalten auf ihre Muttergefühle für die kleine Johanna zurück. Verzweifelt, wie er sich verhalten sollte, aber voll Mitgefühl für ihre Seelenqualen, tätschelte er ihre Hand, streichelte ihr Haar und spürte an den Zuckungen ihres Körpers, dass sie lautlos weinte. Er schwieg, denn es war sinnlos, jetzt mit Worten zu trösten, wo man nicht trösten konnte. Miltenberg jedoch zeigte sich unberührt. Unter äußerster Kraftanstrengung leerte er das Glas bis auf den Grund. Dann besah er sich einen Moment den leeren Glasboden, drehte es mit dem Kopf nach unten und warf es dann plötzlich zu Boden.

Diese wohl einzige Reaktion, die jemals in seinem Leben einen Einblick in seinen Gemütszustand gab, ließ Gesche zu Tode erschrocken hochfahren. Doch noch bevor sie sich an ihre Pflichten als Ehefrau und Mutter erinnerte, fiel er wieder in sich zusammen und fragte leise, die müden Augen auf sie gerichtet: »Chérie, kommst du dann, meine Schmerzen pflegen?« Zu Gottfried sagte er zum Abschied: »Achte auf sie, mein Freund! Sie braucht jetzt einen mitfühlenden Beistand. Ich kann ihr diesen nicht mehr geben. Ich weiß, unsere kleine Gesche empfindet Ekel vor mir. Glaube mir, mein Freund, wenn ich weinen könnte, würde ich weinen. Viel zu sehr habe ich gesündigt.« Er zwinkerte ihm zu, und Gottfried beschlich ein seltsames Gefühl. Für einen Moment überlegte er, für wen er mehr Mitleid empfinden sollte, für die Geliebte oder den Freund.

»Du wirst wieder gesund werden, Gerhard, was sollen die trüben Gedanken«, tröstete er ihn mit einem seltsamen Würgen im Hals. »Die große Theateraufführung unseres geschätzten Herrn Adolph Freiherr von Knigge wirst du nicht verpassen. Vertrau mir, wir werden noch gemeinsam viele lustige Tage erleben!«

Natürlich überlebte Gerhard diesen Tag. Einen Monat später schon brachte er Gesche vom Theater nach Hause. Gottfried, der Hausfreund und ständige Schatten der Madame Miltenberg, war für drei Tage in Geschäften auf der Elbe nach Dresden unterwegs. Nicht ganz ungefährlich, wie er Gerhard vor seiner Reise mitteilte, wollte man dem Gerücht Glauben schenken, ein Herr Oberleutnant Minzinger hätte den Auftrag, die Brücke bei Königstein mit vier Brandern zu zerstören.

Kassow war bereits vor dem Ende des Schauspiels abgefahren, nachdem er Madames zickige Enthaltsamkeit an diesem Abend nicht mehr ertragen hatte. Enttäuscht suchte er anderweitig Abwechslung und verließ mit einer Schauspielerin das Theater durch einen Bühnenausgang.

Langsam fuhr die schwarz lackierte Kutsche durch den Abend. Gesche saß dick eingemummt in Fellen auf der Bank in einer Ecke und hatte den Kopf weit zurückgelegt. Der Himmel war sternenklar, die Luft klirrte vor Frost. Die Mütze aus Fuchsfell ließ von ihrem schönen Gesicht nur die Augen und die kleine Nase sehen. Um ihre Schultern lag ein kurzer Mantel, zusammengesetzt aus zahlreichen kleinen Fellen. Gerhard trug über dem Frack einen langen Umhang aus dickem Wollstoff und eine Mütze, ähnlich wie sie die schwarzen Jäger trugen. Er kroch frierend in den Mantel und starrte auf den Rücken des Kutschers. Der Mann sah aus wie ein riesiges Schaf unter seinem Pelz. Die beiden Pferde trugen Decken. Sie trabten. Ihre Nüstern dampften. Der Dampf verwandelte sich in kleine Eiskristalle.

»Verfluchte Kälte. Sie kriecht einem in die kranken Knochen. Wenn man bedenkt, dass wir vor einer Woche noch milden Altweibersommer hatten.« Gerhards Stimme war durch das Trappeln der Pferde kaum zu verstehen.

»Du wolltest ja unbedingt mit ins Theater, chéri. Das hast du nun davon«, antwortete Gesche müde. Sie lehnte sich zurück und starrte in den Sternenhimmel. Ihr ging Kotzebues Schauspiel nicht aus dem Sinn, während sie an Kassow dachte. Wieso hatte er sie nur so ermuntert, sich *Graf Benjowsky* anzusehen?

»Welch ein seltsames Stück. Nur fade Sentimentalität, verbrecherische Lüsternheit, fromm geschminkte Sünde und geistesbeschränkte Tugend mit Lumpigkeit und Unsinn.« Gerhards Stimme klang jetzt gereizt. Er hatte wieder Schmerzen und trieb den Kutscher an.

»Gibt es denn so gar nichts, was dich an dem Stück begeistern konnte? Nicht einmal die Rolle der Feodora?«, fragte sie ihn, obwohl sie jedes an ihn gerichtete Wort als Verschwendung betrachtete. Sie hasste ihn so sehr, dass sie die Hände in den Muff steckte und ein Stück tiefer in die Ecke rückte, damit er ja nicht auf die Idee kam, ihre Hand zu berühren. Sie waren sich fremd. So fremd, dass ihnen die kalte Nachtluft weniger anhaben konnte als die Kälte in ihren Seelen.

»Die Liebe eines jungen Mädchens zu einem Mann, der Gatte und Vater ist, und ein Scheusal, das fähig ist, ohne ein Motiv den Grafen zu vergiften; gleichwohl, sie bald darauf vor unseren Augen als eine edelmütige Tat aufopferungsvoller Liebe hinzustellen. Menschenhass und Reue, wie der Verfasser selbst schreibt, mehr kann ich dazu nicht sagen, meine Liebe.«

»Eine seltsame Auffassung von Kasarinoff hast du. Ich liebe diese Figur.« Sie riskierte einen müden Blick in seine Richtung, mit tiefster Verachtung. Gerhards ablehnende Stimmung reizte sie. Sie war zum Streiten aufgelegt. Leise formte sie mit den Lippen: »Oh, es ist ein köstliches Ding um ein Weiberherz! In der Tiefe immer Wellen und oben immer eine glatte Fläche.«

»Ich weiß, dass dir die Feodora aus der Seele spricht. Du musst mich nicht daran erinnern, wie sehr du dich mit derartigen Weibern identifizierst.« Beleidigt kroch er noch tiefer in den Mantel.

Er ist ein Klotz am Bein, dachte sie und verzog das Gesicht bei der Erinnerung, was von ihm übrig blieb, wenn er Mantel und den Frack ablegte. Schon längst war sie zu der Überzeugung gekommen, dass sein Leben nur eine Qual für ihn war. Sterben müsste er, einfach so sterben, so wie in Kotzebues Schauspiel Graf Benjowsky durch den Giftmörder Kasarinoff. Das Stück wollte ihr nicht mehr aus dem Sinn. Sie schloss die Augen und träumte von Gerhards Tod, von der Freiheit mit Gottfried und ihrer Liebe, die sie in grenzenloser Gier genossen.

Gerhard hustete, röchelte und spuckte Blut in ein Tuch. Der Kutscher sah sich besorgt um und trieb die Pferde in einen schnelleren Trab. »Gesche, meine Geliebte ... erinnerst du dich ... wir haben uns einmal Liebe geschworen. Lass mich nicht allein«, flehte er und versuchte, die Kehle freizubekommen. Die Geschwüre saßen im Hals. Wahrscheinlich ist wieder eines aufgebrochen, und das Übel ist zurück in den Körper gelaufen, dachte Gesche. »Es ist die Seuche deiner Huren, die dir im Leibe sitzt. Du wirst sie nicht mehr los. Da, sieh hinaus und frag die da, ob sie dir helfen.«

Ihr Gesicht war zu einer ausdruckslosen Maske erstarrt. Mit einer Kopfbewegung wies sie zu einer der Laternen, unter der im Lichtschein grell geschminkte Huren ihre Röcke hoben und der Kutsche obszöne Dinge hinterherriefen. Gerhard sackte auf der Bank in sich zusammen und versteckte sich in den Polstern. Nicht mal dazu besitzt er noch Courage, dachte Gesche weinerlich, während er ihr gleichzeitig leidtat, so wie die schwer krank daniederliegende Schwester ihrer Freundin, über die er sich im Theater mitfühlend geäußert hatte: »Was sind das für Ärzte, dass sie ihr nicht ein wenig nachhelfen! Ihr ist ja doch mit ihrem Leben nicht mehr gedient.«

Nachdem sie Gerhard zu Bett gebracht hatte, lief sie frierend im Zimmer auf und ab. Schneeflocken klatschten gegen die Scheiben, und der Wind blies durch den Kamin. Zischend schlug die Flamme aus dem Kamin und tauchte das Zimmer in einen glutroten Funkenregen. Gesche nahm sich einen Haken und stocherte in der Glut. Dabei achtete sie ängstlich darauf, dass die Spitze des Morgenmantels kein Feuer durch die Funken fing. Sie konnte nicht schlafen. Zu viele Gedanken gingen ihr durch den hübschen Kopf. Bisher hatten die Begriffe Gift und Mord für sie etwas Abschreckendes gehabt. Doch je weiter die Nachtstunde voranschritt und je mehr sich ihre geschäftige Fantasie mit Kotzebues Schauspiel beschäftigte, umso mehr kam sie zu der Einsicht, in der Kraft des Giftes den Schlüssel zur Erreichung dessen gefunden zu haben, was ihrem Glück fehlte. Mit einer Freude, wie wenn man ein Rätsel löst, und dem behaglichen Gefühl der siegenden List, welche sie früher bei ihren kleinen Diebereien empfunden hatte, durchzuckte sie irgendwann in der dritten Stunde der Gedanke, das so Wünschenswerte selbsttätig herbeizuführen. Als eine kleine graue Maus zu vorgerückter Stunde am seidenen Tischtuch hochkrabbelte und sich ohne Scheu über die unberührten Speisen hermachte, begann sie das Tier zu beobachten, wie es an der

Wurst und dem Käse nagte. Dabei fiel es ihr ein, dass die Mutter früher zur Vertilgung der Ratten und Mäuse Gift gelegt hatte und dass wohl auch Menschen daran sterben konnten. Denn es war den Kindern bei Strafe verboten worden, sich jemals der vergifteten Butter oder den Kadavern zu nähern. Sie erinnerte sich an Christoph, der ihr einmal mit einer vergifteten Maus hatte Furcht einjagen wollen. Das Tier hatte in seinen letzten Lebenszügen in seiner Hand gezappelt und sich in Krämpfen gewunden. Das graue Fell klebte an dem kleinen Körper, und aus dem aufgerissenen Maul blinkten spitz die Zähne. Vor Entsetzen war sie schreiend davongelaufen, hatte sich in ihrem Zimmer eingesperrt, wo sie lange Zeit nicht zu bewegen gewesen war, es wieder zu verlassen. Noch Nächte danach hatte sie um das verendete Tier bitterliche Tränen vergossen. Seltsamerweise hielt sie der Gedanke an ein ebenso qualvolles Ende ihres Ehemannes nicht davon ab, den grausamen Gedanken weiterzuspinnen.

Viel größer war dagegen die Angst vor der Entdeckung ihrer mörderischen Absichten. Rasch versuchte sie, das heftig pochende Herz mit einem Glas Wein zu beruhigen. Sie zitterte am ganzen Körper und musste sich auf das Bett setzen, wo sie die Hände faltete und halblaut vor sich hin murmelte: »Es ist doch nichts Unrechtes, was du vorhast. Der arme Gerhard leidet unerträglich unter seiner Krankheit. Als sein Eheweib ist es deine heilige Pflicht, ihm zu helfen, ihn von seinen Schmerzen zu befreien. Der Herrgott wird dir bei diesem schweren Schritt beistehen und dich vor Entdeckung schützen.«

Schnell schickte sie noch ein Vaterunser zum Betthimmel, bevor sie bei dem Gedanken an die glückliche Ausführung ihres Vorhabens wieder richtig froh wurde. Dann schob sie, wie von einem starken Druck erlöst, die kalten Füße unter die Bettdecke, zog die Schaffelldecke bis an das Kinn und versank sogleich in einen traumlosen Schlummer, aus dem sie erst die Mittagssonne wieder weckte.

Acht Tage später begann sie, den Gedanken an den Mord in die Tat umzusetzen. Lange hatte sie darüber nachgedacht, wie sie es am besten anstellen sollte, um an das Gift zu gelangen. Letztendlich fiel ihr die Mäusebutter der Mutter ein. Als junges Mädchen hatte sie gesehen, dass die Mäuse nach dem Auslegen in der Speisekammer an den kleinen kristallklaren Kügelchen rasch verendeten. In der Hoffnung, dass das Gift bei Gerhard die gleiche Wirkung hervorrufen würde, hatte sie die Mutter um Hilfe gegen die Mäuseplage im Hause Miltenberg gebeten.

An einem Morgen in aller Frühe stieg sie langsam, mit klopfendem Herzen, hinter ihr her, die Stufen zur Bettkammer hinauf. Den Rocksaum mit den Händen gerafft, den Blick zu Boden gerichtet, verfolgte sie dabei mit unruhigen Augen die vor ihr wippenden Röcke. Ihre Gedanken kreisten ängstlich um das Brot auf dem Brett, auf welches die Mutter ein paar Butterkügelchen mit Arsenik vermischt gestreut hatte.

»Sei aber um Gottes willen vorsichtig.« Verwirrt schreckte sie hoch. Sie hatte gar nicht bemerkt, dass die Mutter bereits in der Kammer rumorte. »Dass niemand von den Kindern hinaufgeht, es ist Gift!«

Margarethe zog laut quietschend die Bodentür hinter sich zu. Knarrend drehte sich der Schlüssel im rostigen Schloss.

»Dem Schloss fehlt Öl«, erklärte sie und reichte ihn ihr mit den Worten: »Da, Miltenbergin. Versteck ihn gut.«

Gleichfalls forschte sie in Gesches Gesicht. Irgendetwas an ihrem Verhalten verwirrte sie. »Willst du nicht hinabsteigen?«, fragte sie und fand die Tochter, welche unschlüssig abwartend auf der Treppe stand, reichlich nervös und zerstreut. Denn Gesche nestelte, ohne aufzuhören, an der Schleife unter dem Kinn, welche die Haube auf ihrem Kopf zusammenhielt. Lediglich der Schlüssel verschwand schweigend in ihrem Mieder.

Die kleine steile Falte über Margarethes Nasenwurzel vertiefte sich und bildete eine winzige Furche. Mit Gesche stimmte etwas nicht, das sagte ihr Mutterherz. Sie wird doch nicht wieder mit einem Kind schwanger gehen, dachte sie und schaute ihr nun kritischer in das geschminkte Gesicht.

»Bist du krank, Miltenbergin?«, fragte sie.

Gesche schüttelte verneinend mit dem Kopf. In ihren Augen glitzerten Tränen.

»Du siehst so blass aus? Bist du wieder guter Hoffnung?«

Erlöst von der Wendung des Gespräches, antwortete Gesche mit einem schwachen Lächeln. Gleichzeitig nickte sie bejahend, ohne dabei zu lügen. Allerdings schlug sie rasch die Augen nieder im Bewusstsein, von wem das Kind war. Ein kleines, noch ungeborenes Geheimnis, das ihr bei dem Gedanken an seine Entstehung wohlige Schauer über die Haut jagte.

Margarethe wertete ihr Schweigen als geheime Vorfreude auf das Ereignis und zog Gesche in überschwänglicher Herzlichkeit an den mütterlichen Busen.

»Na, Gott sei Dank ist es nichts Schlimmeres, und du scheinst dich zu freuen«, sagte sie und wünschte sich, der Herrgott möge sie so lange bei guter Gesundheit erhalten, bis sie nie mehr Kinder gebären würde.

»Hoffentlich schadet es dir nicht«, lenkte sie besorgt ein. »Immerhin hast du erst im letzten Jahr die kleine Johanna beerdigt. Aber ich freue mich für dich, Miltenbergin, zeigt es doch, dass es deinem Ehemann wieder besser geht.«

Sie tätschelte Gesche gerührt die Wange und zog dabei den Schlüssel wieder aus ihrem Mieder. »Den bindest du dir am besten um den Hals. Ich habe das Brett mit dem Brot in die Kammer geschoben. In drei Tagen komme ich und sehe nach, ob die Mäuse gestorben sind.«

Sogleich begannen Gesches Hände erneut zu zittern, und die Angst vor dem, was sie vorhatte, meldete sich von Neuem. Doch gehorsam hängte sie ihn zu dem Kreuz, welches sie an einem Band am Halse trug.

Als Margarethes Röcke endlich durch das Tor der Diele rauschten, konnte es Gesche kaum erwarten, die Stufen zur

Bettenkammer hinaufzulaufen. Noch auf den Stufen riss sie sich den Schlüssel vom Band. Dann verschwand sie in der Kammer, kratzte sorgfältig mit einem Messer das Arsenik vom Brot, und lief sogleich erschöpft, aber mit einem zufriedenen Lächeln auf dem Gesicht, in der Hand ein weißes zusammengefaltetes Papier, die Treppe hinab.

Bis zum Abend war es ihr unwohl, und es wollte ihr nichts richtig von der Hand gehen. Sie ärgerte sich über die Gesellen und stritt mit der Magd. Mehr als einmal lief sie hinauf zum Fenster, um nach Gerhard zu sehen, den sie zum abendlichen Dinner erwartete. Den Blick dabei ängstlich auf die Straße gerichtet, blickte sie den vorbeiziehenden Pferdekutschen und Reitern hinterher und dachte: Ach, wenn er doch nur unterwegs stirbt, und sie bringen ihn mir tot zurück.

Als lautes Hufgetrappel und das Knarren von Holzrädern Miltenbergs Rückkehr ankündigten, musste sie ärgerlich feststellen, dass er Gäste mitgebracht hatte, die mit ihren lauten Stimmen sogleich das ganze Haus erfüllten. Die Enttäuschung, dass ihr Plan vereitelt war, hielt sie von der Begrüßung der Gäste ab. Stattdessen beobachtete sie mit ärgerlicher Miene vom Geländer aus die kleine lärmende Gesellschaft. Als Gerhard mit dieser im Salon verschwand, machte sie auf dem Absatz kehrt und lief hinauf auf ihr Zimmer, wo sie das Papier mit dem Gift in einer ihrer Kommoden ablegte.

Einige Tage später kündigte sich die Mutter mit den Worten an: »Ich will doch mal zusehen, ob die Mäuse auch da gewesen sind.«

Doch Gesche verstand es geschickt, sie von ihrem Vorhaben abzuhalten, und antwortete schnell: »Ja, Mutter, sie haben alles aufgefressen. Bringe mir doch bitte noch etwas davon mit. Es sind immer noch ein paar Mäuse zugange.« Dann nahm sie das Gift persönlich aus ihren Händen entgegen und legte es zu dem anderen in die Kommode.

Mehrere Wochen kämpfte sie mit sich und dem Rest eines schlechten Gewissens. Denn sie hatte Angst und dachte mit

Schaudern daran, was mit ihr passieren würde, käme jemand hinter ihren mörderischen Plan. Dass Gerhard sterben musste, war für sie längst eine beschlossene Sache.

Endlich, an einem trüben Wintermorgen, fasste sie den schrecklichen Entschluss. Es war ein Morgen, wie für einen Mord geschaffen. Heulend zog der Wind um das Gemäuer. In schauerlichen Tönen rüttelte er an den Dachziegeln, während eisiger Schneeregen im Halbdunkel klirrend gegen die Fensterscheiben peitschte. Unter dem Vorwand, es fehle an Honig, schickte sie die Magd aus der Küche und bereitete Gerhard selbst das Frühstück zu. Ihr Herz begann, vor Aufregung und Angst zu jagen. Sie hielt die Luft an, um sich zu beruhigen, und zog rasch das Papier aus dem Mieder. Vor Aufregung wollte das Arsenik nicht auf der Messerspitze bleiben. Es fiel immer wieder zurück auf das Papier. Letztendlich aber schaffte sie es und mischte Gottfried etwas von dem Pulver in den frisch gebrühten Tee.

Später, im Salon beim gemeinsamen Frühstück, vermochte sie in seiner Gegenwart keinen Bissen zu sich zu nehmen. Ziemlich wortkarg saß sie ihm an dem gedeckten Tisch gegenüber und beobachtete, wie er das Gift langsam aus der Schale schlürfte. Sie hasste es, wenn er beim Frühstück, entgegen aller Etikette, den Tee wie ein Bauer zu sich nahm. An diesem Morgen jedoch empfand sie sein Schlürfen wie eine Melodie, obgleich ihr das Herz vor Furcht in der Brust zu zerspringen drohte. Sie wunderte sich nur, dass es ihm anscheinend sehr viel besser ging. Gerhard zeigte sich seit langer Zeit wieder einmal von seiner besten Seite. Er machte einen ausgeschlafenen, heiteren Eindruck. Lediglich das Gesicht schien etwas zu stark gepudert. Anscheinend hatte Gerhard vor, einen seiner zahlreichen Gläubiger aufzusuchen. Das verriet der dreiteilige Anzug aus mausgrauem Wollstoff, den er zu einer farbigen Weste aus schwerem Brokat trug. Den grauen Zylinder und einen Schirm aus Seide hatte er zum Ausgehen bereit auf der englischen Kommode neben dem Kachelofen abgelegt.

»Es ist schön, dass mir wieder einmal meine Gemahlin persönlich das Frühstück serviert und mich dabei mit ihrer Schönheit beehrt. Lang ist's her«, versetzte er ein wenig ironisch, aber aus ehrlichem Herzen. Er freute sich über ihre Anwesenheit und streichelte sie mit liebevollen Blicken. Es war wie ein schwacher Hoffnungsschimmer.

»Oh Herrgott, warum ist uns das Glück nicht vergönnt? Warum gibt es kein Mittel gegen die schleichende Krankheit?«, äußerte er einmal zwischen zwei Bissen und kaute mit mahlenden Bewegungen. Die Krankheit hatte ihn einige Zähne gekostet.

Gesche beobachtete lauernd jede seiner Bewegungen. Dabei lächelte sie und hörte ihm zu.

»Lass uns Zeit, chérie, es wird sicher alles wieder gut.«

Als er die Schale erneut anhob, wich sie seinem Blick aus. Sie befürchtete, dass er ihre Gedanken lesen könnte, und rührte nachdenklich in ihrem Tee. Dabei nahm sie nur schwach wahr, was er sprach. Sie dachte unentwegt an die qualvoll verendenden Mäuse, während sie ängstlich darauf bedacht war, nichts zu sich zu nehmen.

Welch ein Unglück. Ich werde weinen und schwarze Kleider tragen, als sei ein Stück von mir gestorben. Aber er muss weg, schoss es ihr immerzu durch den Kopf, bis sie ein völlig neues Gefühl durchströmte, als sie sich Gottfrieds Gesicht ins Gedächtnis holte. Verzweifelt hielt sie sich an seinem Bild fest, an den weichen Zügen, den melancholischen Augen, den glatten Händen und an der wohlklingenden Stimme. Die angenehmen Gedanken wichen jedoch rasch wieder der Angst. Ein letztes Mal verspürte sie so etwas wie Reue, und sie versuchte das Schicksal aufzuhalten, indem sie Gerhard die Teeschale aus der Hand riss, die er sich erneut von Beta füllen ließ.

»Nein!«, rief sie leichenblass. Aber noch bevor Gerhard sich von seiner Überraschung erholte, kam sie wieder zur Besinnung und mahnte ihn lediglich mit zitternder Stimme: »Du musst dich beeilen, Gerhard!«

Als Miltenberg das Haus verlassen hatte, ging sie auf ihr Zimmer und legte sich, unter dem Vorwand, leidend zu sein, in ihr Bett. Beta, die Magd, brachte ihr eine Karaffe mit warmer Milch und Honig und hielt besorgt ihre kalte Hand. Gesche nippte an der Milch und schob Betas Hände mit dem Glas zurück. Dann zog sie das Mädchen, in einem plötzlichen Anflug von Selbstmitleid, zu sich herunter. Sie sah ihr lange in die Augen und bemerkte nachdenklich: »Beta, du bist meine einzige wirkliche Vertraute. Wie gut, dass ich dich habe. Gott wird es dir vergelten.«

In den späten Nachmittagsstunden meldete Beta die Kutsche ihrer Freundin Marie. Zu jeder anderen Zeit hätte Gesche sich über die seltene Abwechslung gefreut und die Freundin auf eine Limonade empfangen. Jetzt winkte sie mit Kopfschmerzen müde ab und lief zum wiederholten Mal unruhig die Stufen zum Fenster hinauf. Aber kein Polizeikommissar kam, ihr Gerhards Tod zu melden. Stattdessen stand Gerhard ganz plötzlich in einem unbedachten Augenblick hinter ihr in der Tür. Er war so leise die Stufen heraufgekommen, dass sie zu Tode erschrocken herumfuhr. Sein Anblick ließ sie zwar erleichtert aufatmen, zugleich aber spürte sie die maßlose Enttäuschung. Hatte das Gift etwa nicht gewirkt? Aufmerksam studierte sie seine Züge. Wirkte er nicht blasser als sonst? Ging er nicht auffällig krumm? Waren seine Augen nicht röter als gewöhnlich?

Die Antwort auf ihre Ängste ließ nicht lange auf sich warten. »Du musst allein dinieren, chérie«, sagte er müde und stützte sich schwerfällig am Rahmen ab. »Mein Kopf schmerzt, und mich plagt ein seltsamer schwärzlicher Durchfall. Würdest du der Magd Bescheid geben, dass sie mir den Nachtstuhl an das Bett stellt?«

Es kam ihr vor, als hatte er Mühe, aufrecht zu stehen. »Oh, mon aimé.« Sie setzte eine mitleidige Miene auf. »Ich bringe dir selbst gemachten Apfelessig gegen den Durchfall und Holunderblüten mit Wein gegen den Kopfschmerz.«

Liebevoll rieb sie ihm später Nacken und Schläfen mit selbst gemachtem Holunderblütenwein ab und machte ihm anschließend einen Halswickel aus Quark. Sie blieb an seinem Bett, deckte ihn zu, als sie sah, dass er fröstelte, und las ihm geduldig eine Novelle von Herrn von Kleist vor. Die Geschichte der Marquise von O. berührte Gerhard so sehr, dass er in Tränen ausbrach. Als Gesche ihn fragte, warum er weinte, erklärte er: »Ach, mein Herz hat Luft bekommen, nach meines Vaters Tod konnte ich nie weinen. Diese Tränen fließen für meinen Vater.«

Am nächsten Tag lief er wieder im Haus umher, ging in die Werkstatt, gab den Gesellen Anweisungen, kam zurück, lief in die Küche und stolperte anschließend hastig auf den Nachtstuhl. Von dort hörte sie ihn qualvoll stöhnen. Danach ging er wortlos zu Bett und schlief sogleich ein. Einen Tag später, um die Mittagszeit, kam er plötzlich, auf den Stock gestützt, die Treppe herunter. Er befand sich in einem solchen jämmerlichen Zustand, dass Gesche vergaß, dass sie die Ursache seiner Leiden war, und ehrliches Mitgefühl für ihn empfand.

»Bitte, chéri, geh wieder auf dein Zimmer. Ich bringe dir gleich etwas Wein mit Ei an das Bett«, bat sie ihn und vermied es, in das eingefallene, leichenblasse Gesicht zu sehen. Gerhard litt seit den Nachtstunden an einem schrecklichen Erbrechen. Doch er überhörte ihre Bitte und beugte sich schwankend über das Geländer. Gesche stürzte helfend hinzu und versuchte, ihn zu stützen, damit er nicht kopfüber in die Diele fiel. Dankbar griff er nach ihrer Hand und drückte sie in einer warmen Geste an sein Herz. Dann erst stierte er verloren auf die schwarze Kutsche im unteren Eingang. Sie wusste, wie sehr er an dem Wagen hing, hatte er ihn doch einst mit seinen eigenen Händen gefertigt.

»Wenn ich sterbe, verkaufe diesen Wagen und lass mich vom Erlös beerdigen«, sagte er plötzlich, mit einer Stimme, die ihr in der gewölbten Diele so hohl und verloren vorkam, dass sie befürchten musste, dass er längst ahnte, wer seine Mörderin war.

Die Angst, dass er ihre Absichten erkannt haben könnte, überfiel sie noch mehrmals, meistens dann, wenn sie sich vorsichtig seinem Bett näherte. Irgendwann war es Gerhard nicht mehr möglich aufzustehen. Jeden Tag mischte sie ihm nun eine Messerspitze von dem Gift in die Hafersuppe und blieb, während er sie zu sich nahm, abwartend in der Tür stehen. Die grausame Tat rechtfertigte sie vor ihrem Gewissen mit der Lüge, dass sie es nicht mehr mit ansehen konnte, wie sehr er litt. Zu ihm an das Bett getraute sie sich nicht mehr, erbrach er doch sofort jeden Löffel Suppe, und sie befürchtete, dass das Gift nicht richtig wirken würde. Seine Augen liefen jetzt immer öfter rot an, und manchmal hatte sie das Empfinden, er wollte aus dem Bett springen und sie würgen und schlagen. Sein Blick war immer böse, wenn er sie, während einer kurzen Erholungspause seines qualvollen Erbrechens, ansah.

An einem anderen Morgen, als es ihm besonders schlecht ging und er sich im Schmerz krümmte, rief er nach Gottfried.

Gottfried, der sowieso vorgehabt hatte, sich vor seiner Reise nach Oldenburg bei ihm zu verabschieden, war gerade unten im Stall bei den Packpferden. Er gab dem Diener Anweisungen, die Packpferde zu satteln, und beeilte sich, gleich drei Stufen auf einmal nehmend, dem Ruf des Freundes Folge zu leisten. Vor Gerhards Zimmertür traf er auf die völlig in Tränen aufgelöste Geliebte. Beim Anblick ihrer engelhaften Erscheinung überkam ihn ein seltsames Gefühl. Ein Gefühl, das ihn beunruhigte, und er schob die Arme sanft zurück, die ihn in gespielter hysterischer Trauer und zugleich überschwänglicher Freude umfingen. Etwas beklommen strich er ihr über das Haar und stellte mit belegter Stimme fest: »Du bist selbst in deiner Trauer schön.« Dann rannte er an ihr vorbei in Gerhards Zimmer.

Am unteren Ende seines Bettes begrüßte ihn Herr von Post mit ernstem Gesicht. Er nickte dem Advokaten zu und folgte dann befangen, die Reitpeitsche zwischen den zitternden Händen, Miltenbergs schwacher Aufforderung. Durch eine längere Geschäftsreise hatte er Gerhard einige Zeit nicht gesehen. Als er den Freund nun so ausgemergelt, dem Tode näher als dem Leben, in den zerwühlten Kissen liegen sah, reagierte er zutiefst bestürzt.

»Was machst du nur für Sachen, mein Freund. Du brauchst unbedingt einen guten Arzt«, lallte er mit schwerer Zunge. »Den besten, den es gibt!«

Dann ergriff er Gerhards heiße Hände und strich ihm tröstend über das eingefallene Gesicht.

Gerhard versuchte, die wühlenden Schmerzen vor ihm zu verbergen. Gottfried erkannte es an den verkrampften Kaumuskeln, welche ungeheure Anstrengung es ihm bereitete, ruhig liegen zu bleiben und sich ein Lächeln abzuringen.

»Gottfried ...!«, röchelte er, und die schwarzblau geschwollenen Lippen öffneten sich. Gottfried neigte sich dichter zu ihm herab, um ihm das Sprechen zu erleichtern. »Ich brauche keinen Arzt mehr. Lebendig findest du mich nicht mehr vor, wenn du zurückkommst. Ich weiß, du hast mit meiner Frau zu tun gehabt; ich vergebe dir gern. Versprich mir, sie nicht zu verlassen, und nimm dich der Kinder an.«

Dass Gerhard über seine Beziehung zu Gesche Bescheid wusste, traf ihn wie aus heiterem Himmel. Vor Scham wünschte er sich weit weg. Unschlüssig, wie er sich verhalten sollte, schickte er einen hilflosen Blick zu Herrn von Post. Doch die roten, tief liegenden Augen bettelten, während der Advokat etwas auf ein weißes Blatt Papier kritzelte. Das Geräusch der Feder schabte an seinen Nerven. Leise rang er sich zu einer Antwort durch.

»Ich verspreche es dir, mein Freund, bei Gott, ich verspreche dir bei meinem Leben, wie ein Ehemann für sie zu sorgen.«

Über Gerhards Gesicht zog ein dankbares Leuchten. Dann wurde das Röcheln lauter. Gerhard rang nach Luft, und Gottfried spürte, wie sich die kalte Hand in der seinen verkrampfte.

Da stürzte Gesche in gespielter Sorge um ihren Ehemann durch die Tür. Geschäftig schob sie den Nachtstuhl an das

Bett und rollte Gerhard, dem ein Schwall zähen schwarzgelben Schleimes aus dem Mund quoll, mit geübtem Griff auf die Seite. Doch Gerhard bäumte sich auf, entwand sich ihren Händen, wälzte sich in erbrochenem Mageninhalt, bespritzte Gesche das Kleid und schrie wie rasend.

Bestürzt rannte Gottfried aus dem Zimmer. Der Anblick des leidenden Freundes überstieg seine Kräfte. Im Stall weinte er in die dichte braune Mähne seines Pferdes.

»Herrgott, er hat es die ganze Zeit gewusst. Oh, der Ärmste. Er hätte mich zerdrücken können wie ein Insekt, aber er hat geschwiegen und es geduldet, oh, was für eine edle Seele!«

Am Tag vor Miltenbergs Tod saß der alte Timm bei dem Sterbenden und spendete ihm Trost. Gerhard hatte ihn rufen lassen. Es war, als wenn der Tod mit ihm ein Einsehen hatte und ihm noch einmal einen ruhigen Augenblick gönnte. Ausgemergelt, nur noch ein Häufchen gelber Knochen, übersät mit nässenden Wunden und braunen Flecken, lächelte er ihm entgegen. Er erweckte den Eindruck einer seltsamen Gefasstheit. Fast fröhlich empfing er den alten Mann. Timm spürte, dass der von seinen Leiden schwer heimgesuchte Miltenberg um sein bevorstehendes Ende wusste, und ahnte zugleich, warum er ihn gerufen hatte. Die ungeordneten Geldangelegenheiten ließen ihn noch nicht sterben. Gerhard trug eine Mütze, weil ihm die Haare ausgegangen waren. Er hatte sich einen Mantel aus Brokatsatin über das Nachthemd geworfen und reichte Timm beim Eintritt beide Hände. »Wie gut, Vater, dass Sie gekommen sind«, sagte er, und eine tiefe Sorgenfalte stahl sich über die gelbe Stirn.

»Gesche, mein Weib, Eure Tochter … Ich habe sie geliebt. Beschützt sie, solange Ihr lebt.«

Wieder war es zuerst die Sorge um seine Frau, bevor er zum eigentlichen Grund kam und etwas verschämt sagte: »Vater, Sie haben einen schweren Schuldenberg vor sich; sehen Sie zu, dass Sie ihn abtragen.«

Timm versprach es ihm in die Hand, alle seine Geldangelegenheiten zu Gesches und seiner Kinder Wohl zu regeln. »Mein Sohn, ich werde nicht mehr an Schlaf denken und so lange nicht ruhen, bevor nicht der letzte Gläubiger sein Geld bekommen hat.« Dann winkte er der Wärterin Meyer, einer alten, braven Frau, die Gottfried seit vier Tagen liebevoll umsorgte.

Gesche hatte sich in diesen letzten Tagen unter dem Vorwand, dass sie seine Qualen nicht länger ertragen könne, in ihr Zimmer zurückgezogen. Ihre treue Magd Beta war bei ihr. Sie vertrieben sich die Zeit mit allerlei Putz und Kurzweil. Beta spielte am Klavier, und Gesche sang leise mit holder Stimme Verse von Chopin dazu. Später kämmte Beta ihr die Haare und manikürte ihre Nägel, während Gesche sich am Toilettentisch das Gesicht schminkte. Mit Schminke und Puder versuchte sie, die Unruhe und das Scheusal ihres Inneren zu überspielen. Je mehr die Leiden des Unglücklichen wuchsen, je mehr er sich wälzte und nach ihr schrie, umso fröhlicher wurde sie. Nur ihre Magd sah sie so, und Beta, das wusste sie, würde bis in den Tod schweigen.

Manchmal hielt sie im Schminken inne, sah sich einen Augenblick nachdenklich in das kalte Gesicht und fragte ihr Spiegelbild: »Was würde er wohl denken, wenn er wüsste, dass ich seine Mörderin bin?«

Dann erinnerte sie sich plötzlich, wie er, getrieben von liebender Sorge um sie, am Stock die Treppe zu ihr herunterkam. Doch ihr Gewissen meldete sich nicht. Selbst Reue wollte nicht aufkommen. Als ginge sie die ganze Angelegenheit nichts mehr an, zuckte sie mit den runden Schultern, rümpfte die Nase und grinste ihrem Spiegelbild zu: »Was sollst du weinen um diesen Mann. Er war dir doch nur ein Klotz am Bein. Freu dich auf die Zukunft in Freiheit und auf den Geliebten.«

Etwa eine Stunde, bevor Gerhard starb, rief die Wärterin nach ihr. Schon den ganzen Nachmittag verkündete Gerhards lautes Brüllen seinen letzten Kampf. Es war wie eine letzte Anstrengung der Natur, welche die Seelenangst und die

Schmerzen, die seinen Körper bis zum Wahnsinn marterten, nur erahnen ließen. Gesche hielt sich die empfindlichen Ohren zu, um es nicht hören zu müssen. Beta musste spielen, immer wildere Melodien, immer lautere. Irgendwann holte Gesche hastig ihr schönstes Kleid aus dem Kleiderschrank, das rotseidene, welches sie auf ihrem ersten Ball getragen hatte, damals, als der große Herr Miltenberg ihr galant den Hof gemacht hatte. Dann ließ sie sich von Beta das Geschmeide holen, sein Geschenk zu ihrem Hochzeitstag. Längst hatte sie vergessen, welches Gefühl es einst auf ihrer Haut hervorgerufen hatte, als er es ihr zärtlich um den Hals legte. Sie schminkte sich auffällig, und erst in dem Augenblick, als Gerhards gequältes Herz aufhörte zu schlagen, trat sie, geschmückt wie eine Hure, in sein Zimmer.

Miltenbergs Zimmer lag im Dunkeln, es strahlte eine fast klösterliche Atmosphäre aus. Margarethe hatte die Fenster und Spiegel mit schwarzem Tuch zugehängt. Nur ein kleines rundes Fenster, hoch oben in der Kuppel des Erkers, hatte sie offen gelassen für Miltenbergs geschundene Seele. Sie war der Auffassung, dass die Seele einen Ausgang brauchte, durch den sie in den Himmel entschwinden konnte. Das auf vier Säulen getragene Bett, ein Erbstück seines Urgroßvaters, war nun verwaist. Lediglich das nasse und zerwühlte Federbett und das fleckige Laken gaben noch ein Zeugnis ab von Miltenbergs letztem verzweifeltem Kampf. In der Mitte des Zimmers zimmerte Tischler Bolten geschäftig an einem schwarzen Holzsarg.

Margarethe trippelte aufgeregt umher, in der einen Hand ein silbernes Glöckchen, mit dem sie unentwegt bimmelte. Ein alter Brauch, mit der sie den Bewohnern und Bediensteten im Haus kundtat, dass Miltenberg nun von seinen Leiden erlöst war. Mit der brennenden Lunte in der anderen Hand brachte sie die Wachskerzen am Kopfende des Sarges zum Leuchten.

»Herr Bolten, verkleben Sie den Sarg vor der Beerdigung mit Pech, damit beim Platzen der Leiche keine Feuchtigkeit herauslaufen kann«, gab sie dem Tischler die Anweisung, bevor sie Gesche in der Tür entdeckte und mit tränenreichen Worten auf sie zueilte.

»Aber Kind, was machst du denn hier? Wir wollten dir diesen Anblick ersparen. In deinem Zustand musst du nicht mehr Leid ertragen, als dein zarter Körper verträgt.«

Gesche fühlte sich erleichtert, aus dem Mund der Mutter so viel Anteilnahme zu hören. Hatte ihr doch die Neugierde keine Ruhe gelassen und sie trotz ihres Widerwillens noch einmal dazu getrieben, nach dem Toten zu sehen. Bereitwillig überließ sie der Mutter und dem Vater die Vorkehrungen für Miltenbergs Beerdigung. Sie verschwendete weder einen Gedanken an ihren Ehemann noch an die im Hause befindliche sterbliche Hülle. Ihr Schmerz bezog sich umso sehnlicher auf den Geliebten, den sie heftig zurücksehnte. Doch wie erschrocken war sie jetzt, als sie Gerhards Hülle völlig entkleidet vor sich auf dem Tisch liegen sah. Mit weit aufgerissenen Augen starrte sie erst auf den mit Wasserlauge gefüllten Zinkbehälter und dann auf den ausgekleideten Miltenberg, den der alte Timm für die letzte große Reise wusch und salbte. Auf dem Stuhl daneben hing, fertig für die letzte Reise, sein schönster Anzug. Ein dunkler Dreiteiler aus weichem Musselin und ein Hemd aus weißer Seide mit Spitzenvolants an den Ärmel und dem Kragen.

»Es ist eine große Wohltat Gottes, dass der Ärmste nun endlich seinen Frieden gefunden hat«, bemerkte Margarethe in ihrem Rücken, als Gesche, den Blick auf das tote Fleisch gerichtet, langsam näher trat. Je näher sie seiner sterblichen Hülle kam, umso mehr begann sie zu frieren. Am Ende klapperten ihr die Zähne vor innerlicher Furcht. In ihrem Kopf war nur noch Platz für einen einzigen Gedanken, die Angst, dass die Mutter etwas ahnen und sie fragen könnte, ob sie ihm etwas gegeben hätte. Denn sein Leib war in den wenigen Stunden seines Todes so hoch aufgetrieben, dass sie befürchtete, er würde sogleich bersten. Zudem war die blutleere Haut übersät von unnatürlichen, großen schwarzrotbraunen Flecken. Ein übler Geruch ging von ihm aus, sodass sie sich entsetzt abwendete und sich ängstlich eine rasche Beerdigung wünschte.

»Ja, wir müssen uns wohl mit der Beerdigung beeilen und den Sarg rasch schließen. Diese Flecken sind schon ungewöhnlich«, nahm ihr die Mutter die Worte vorweg, die wohl sah, was in der Tochter vorging.

»Vielleicht sollten wir den Leib öffnen lassen«, schlug der Vater vor und sah der Tochter kritisch in das leichenblasse Gesicht. Ahnte er etwa auch etwas? Schnell winkte Gesche ab.

»Sein Leib stinkt schon. Es ist sicher die Krankheit«, log sie und dachte, was, wenn der Körper jetzt birst und er sieht das Gift darin liegen, dann weiß er doch gleich, wer es getan hat. In ihrer furchtbaren Angst, dass der Vater an der Idee festhalten könnte, setzte sie die altbewährte leidende Miene auf und täuschte wie so oft, wenn nichts mehr half, eine nahende Ohnmacht vor. Sie griff sich an den Kopf und sank stöhnend in den weichen Lehnstuhl, wo die Mutter sie auffing und tröstete: »Der Tischler wird den Sarg gut verpechen. Wir werden dafür sorgen, dass der Selige den ersten Totenwagen bekommt. Dann lassen wir ihn rasch auf dem neuen Kirchhof beerdigen.«

»Aber Mutter!« Gesche war sofort wieder hellwach, und die Tränen schossen ihr in die Augen. »Auf dem Kirchhof ist doch noch keine Leiche beerdigt worden? Ich habe gehört, dass ein neuer Friedhof stets nach dem Namen der zuerst darauf bestatteten Leiche benannt wird. Dann würde der neue Begräbnisplatz künftig immer nur ›Miltenbergs Kirchhof‹ heißen?« Bei dem Gedanken schauderte es ihr.

Margarethe suchte nach einer tröstlichen Antwort. »Der selige Nachbar Krug soll auch auf dem Kirchhof beerdigt werden. Vielleicht kann man es einrichten, dass seine Leiche …«

In diesem Moment wurde sie von einer hysterisch kreischenden Frauenstimme auf dem Hof unterbrochen. Es war ein Zetern und Schreien, welches plötzlich die Totenruhe störte, und Margarethe lief flink zum Fenster, um nachzusehen. Sie schob das schwarze Tuch zur Seite und winkte dann Gesche heran: »Sieh nur«, sagte sie leise. »Kennst du das Weib?«

Gesche war neugierig hinter sie getreten und warf einen Blick durch den hellen Fensterspalt, hinunter auf den Hof.

Direkt unter dem Fenster, mitten auf dem Hof, stand ein Mädchen, in einen recht unordentlichen Umhang gehüllt. Ihr braunes Haar wehte offen im Wind. Sie bückte sich, kratzte mit den Händen in der schmutzigen Erde und verteilte sie dann flink im Gesicht. Noch während Gesche über das seltsame Gebaren staunte, hob sie die Hand und warf klatschend eine Handvoll Dreck gegen das Fenster, sodass Gesche erschrocken zurückfuhr.

»Hey, Miltenbergin, zeig dich!«, kreischte sie und riss sich in ihrer Hysterie an den Haaren, als wollte sie sich jedes einzelne herausreißen. Dann riss sie an dem Umhang, streckte ihren nackten Bauch heraus und machte Bewegungen mit den Händen, die andeuteten, dass sie schwanger ging und sich die Frucht herausreißen wollte.

»Was will wohl die gemeine Person?«, fragte Margarethe und trat einen Schritt vom Fenster zurück, weil sie befürchtete, das Weib könnte sie hinter dem Vorhang entdecken.

»Ich vermute, es ist eine von Gerhards Weibern, mit denen er sich früher belustigt hat. Ich habe sie einmal in seiner Begleitung im Kasino gesehen«, wisperte Gesche und schlug erschrocken die Hand vor den Mund. Denn das Weib drohte jetzt mit den schlammverkrusteten Händen, wobei sich ihre Stimme fürchterlich überschlug: »He, Miltenbergin! Wenn der verseuchte Bastard dieses Hurenbockes auf die Welt kommt, werde ich ihn Euch in das Haus schmeißen.«

Endlich kam einer der Gesellen, ein großer, kräftiger Mann, aus der Werkstatt über den Hof gelaufen und setzte dem Treiben ein Ende. Kurz entschlossen packte er das grölende, offenbar betrunkene Weib und schubste es unsanft vom Hof. Als sie sich wehrte, trat er ihr mit einem kräftigen Fußtritt in das Hinterteil. Sie erhob sich nur widerwillig aus dem Rinnstein und zeterte noch eine geraume Weile über den Hurenbock Miltenberg. Gesche sah, wie sich die Leute lachend nach ihr umdrehten, als sie die Röcke hob und ihr weißes Hinterteil blitzte.

»Was soll ich nur machen? Das ist ein schlechtes Omen. Die Leiche ist noch nicht einmal unter der Erde«, fragte Gesche und sah hilflos zum Vater, der hier und da noch an Miltenbergs Anzug zupfte und dann sein Werk zufrieden betrachtete. Miltenberg, frisch gesalbt und fertig angezogen, lag nun friedlich schlafend vor ihm.

»Keine Angst, mein Kind, die Person kann nichts machen. Sollte sie zu aufdringlich werden, schicke sie nur zu mir.«

Er forschte in ihrem Gesicht, das blutleer war wie die Haut des Toten und um die Mundwinkel zu zucken begann. Der Tote, das vermessene Weib … auf einmal schien ihm alles zu viel für die zarte Tochter. Entschlossen trat er zu ihr, nahm sie in die Arme und schob sie sanft aus dem Zimmer.

»Das ist nichts für dich, meine Tochter«, sagte er. »Ich werde mich jetzt deiner annehmen. Schließlich hast du Miltenberg nach unserem Willen geheiratet. Das werde ich mir nie verzeihen.«

Ihr blondes Köpfchen an der Schulter, geleitete er sie hinauf in die Kammer, so wie früher, als sie noch ein kleines Mädchen war. Oben angekommen, setzte er sie auf den Bettrand, legte den zarten Körper zurück, schob ihre Füße sanft unter die Bettdecke und deckte sie bis zum Kinn zu. Als er sich über sie beugte, sah sie, dass er weinte. Er bemerkte es. Die Schuld am Unglück der Tochter machte ihn schwach. Rasch blickte er in eine andere Richtung und tupfte sich umständlich mit einem Taschentuch die Augenwinkel. Dann versprach er ihr, alles für sie zu regeln, sie solle sich nur keine Sorgen machen.

Gleich am nächsten Morgen suchte er alle Rechnungen hervor, die noch zu bezahlen waren. Dann zog er sich seinen ältesten Mantel an und setzte den schlechtesten Hut auf. So ärmlich angetan, begab er sich zu Miltenbergs Gläubigern und akkordierte mit ihnen unter der Hand. Gleichzeitig holte er sich Rat bei Herrn Wencke, dem Banker, der ein Schriftstück für ihn zeichnete, welches ihm einen Kredit mit guten Prozenten gewährte. Die offerierten Prozente steckte er sich bar in die Tasche.

Wie er nun nach Hause kam, setzte er sich ganz erschöpft neben sie mit den Worten: »Da sind alle deine Rechnungen, mein Kind. Es ist ein schwerer Schritt für deinen Vater gewesen.«

Mit dem Geld in der Tasche sorgte er für neue gute Gesellen, füllte Küche und Keller auf und verschaffte ihr Kredit. Selbst die neuen Holbücher reichte er ihr mit den Worten: »Du kannst alles auf meinen Namen holen lassen.«

Von diesem Augenblick an konnte Gesche für bares Geld billig einkaufen. Hatte sie einmal nicht so viel Geld in der Kasse, so schickte sie sogleich die kleine Adeline mit ein paar Zeilen zum Vater. Wenn sie das Kind anschließend fragte: »Was macht der Großpapa?«, antwortete diese: »Ganz freundlich ist der Großpapa, und er hat mir ordentlich viele Taler mitgegeben.« Das kranke Mädchen, das die Geldsorgen der Mutter kannte, war so glücklich, dass sie im gleichen Atemzug feststellte: »Mutter, wenn du noch mal um Geld verlegen bist, dann schreibe mir einfach wieder ein Papier. Ich geh dann wieder zum Großpapa.«

Der alte Timm litt noch lange Zeit unter der Schuld, die Tochter mit dieser unseligen Heirat ins Unglück gestürzt zu haben. Er versuchte, es auf seine Weise wiedergutzumachen, indem er sie bei jeder Gelegenheit, die sich ihm bot, verwöhnte. Schon, wenn er ihr die Hand zum guten Morgen reichte, war gewöhnlich eine kleine finanzielle Gabe darin. So schaffte es Gesche im ersten Jahr nach Miltenbergs Tod, mit seiner Hilfe schuldenfrei zu leben. Jedes Vierteljahr sah sie in ihren Holbüchern nach, was eingekauft wurde. Dann verglich sie alles mit den Haushaltsbüchern und fand, dass noch viel übrig war und sie so viel verdient hatte, dass sie das Sattlergewerbe weiterführen konnte. Oftmals geschah es, dass sie bis zu 100 Taler übrig hatte. Dadurch konnte sie jeden ehrlich bezahlen und hatte zum Schluss für sich noch etwas übrig. Manchmal dachte sie anfangs noch mit Bangen daran, dass Miltenbergs Sarg geöffnet werden könnte oder der Selige beim Vernageln desselben an den Deckel klopfen würde. Oder sie wachte in der Nacht ganz plötzlich schweißgebadet auf. Dann träumte sie, die Mutter könnte wieder zu der Zigeunerin in der Neustadt gehen. Seit Miltenbergs Tod vermied sie es ängstlich, mit ihr über die Mäuse in der Kammer zu reden, und freute sich, dass diese von sich aus das Thema vorläufig nicht mehr ansprach. Miltenbergs Grab besuchte sie nie. Ebenso pflanzte sie niemals eine Blume darauf. Stattdessen betätigte sie sich geschäftig, ihren Besitz zu vermehren. Wenn sie am Sonntagmorgen beim Frühstück ihre Tafel abschrieb, wie der Vater es sie gelehrt hatte, machte sie der Gedanke, dass sie Kredit hatte, glücklich. Denn diese einfache Buchführung gestattete ihr zwei Gesellen, zwei Lehrburschen, zwei Dienstmädchen und drei Vermietungen der oberen Zimmer.

Es schien ganz so, als hätte das Verbrechen ihr Leben in ruhige Bahnen gelenkt und die Wogen geglättet. Doch dem war nicht so. Unter den sanften Wellen der Oberfläche brodelte ein glühender Vulkan. Denn tief im Inneren ihrer Seele war Gesche ganz und gar nicht zufrieden. Obwohl ihr Geliebter Gottfried sich seit Miltenbergs Beerdigung darum bemühte, ihr die Tage so angenehm wie möglich zu machen: Er ging seltener aus, pflanzte ihr zu Ehren eine wunderschöne Passionsblume in ihren Garten und verwöhnte ihre Kinder wie ein echter Vater. Aber es blieb doch bei aller Vertrautheit die Leidenschaft zu ihm unbefriedigt. Abends vorm Einschlafen wälzte sie sich unruhig von einer Seite auf die andere und dachte darüber nach, warum er nach Gerhards Tod nicht gleich zu ihr gekommen war. Seine Leiche war noch nicht beerdigt, als Gottfried auf seinem Reisepferd vor ihrem Haus gesehen worden war. Er soll eine Weile schweigend auf die verhängten Fenster gestarrt haben und dann ganz plötzlich durch eine Seitenstraße zurückgeritten sein. Vergeblich hatte sie in dieser Nacht und in den weiteren Nächten auf ihn gewartet und sich in leidenschaftlicher Sehnsucht nach ihm verzehrt. Auch jetzt blieb ihr Bett wieder kalt, und kein Gottfried wärmte es, obwohl sie nichts unversucht gelassen hatte, ihn an sich zu binden. So ertappte sie sich dabei, wie sie begann, ihre Kinder dafür zu hassen, wenn sie, beim Klappern der Hufe seines Pferdes vor der Tür, die kleinen Nasen an die Fensterscheiben drückten und riefen: »Da ist unser Gottfried!«

Kassow vergaß nie, ihr ein Geschenk von seinen Reisen als Beweis seiner Liebe mitzubringen. Gottfried dagegen brachte gewöhnlich den Kindern etwas von seinen Reisen mit. Hatte er es einmal vergessen, ging er heimlich nebenan zum Kaufmann und kaufte ein paar Spielsachen. Vor Freude umfassten sie dann seine Knie und riefen: »Unser guter Gottfried!«

Jedes Mal registrierte sie es, verlegen lächelnd und vor Liebe zitternd, die drei Monate alte Johanne auf dem Arm, die noch nicht sprechen konnte und doch schon seine dunklen Augen hatte. In solchen Augenblicken dachte sie daran, wie sorgfältig die Mutter ihr fünftes Wochenbett vorbereitet hatte. Dass auch der halbe Groten im Zipfel des Kopfkissens und die wundertätige Wurzel im Betttuch ihr wieder nicht zu dem ersehnten Glück verholfen hatten. Ein letztes Mal klopfte ihr Herz hoffnungsvoll, als ihr braver Geselle Hermann um ihre Hand anhielt und Gottfried darauf traurig antwortete: »Ja, wenn ich das noch erlebte, dass du dich verheiratest – die erste Kugel ginge durch meinen Kopf.« Dennoch blieb das erhoffte Heiratsversprechen aus. Denn Gottfried sattelte noch am gleichen Tag sein Pferd und begab sich auf eine weite Reise. Die Reise kam einer Flucht gleich.

In dieser Zeit belog sie selbsttäuschend ihr Tagebuch. Sie schrieb auf das weiße Blatt Papier: »Wunderbar, mit seiner Antwort hat er mir bewiesen, dass er mich liebt. Die ganze

Welt ist jetzt wie verwandelt für mich: Meine Kinder, mein Haus, meine Eltern, mit einem Wort, alles scheint mir wert, geliebt zu werden. Wir werden, kommt er zurück, uns beide einander erklären!«

Vergib mir, Gott! Die Kinder, die Mutter und der Vater sind meiner Liebe im Weg

Im Hause des Schneidermeisters Timm, im rechten Untergeschoss, genauer, in der an die Diele angrenzenden Küche, fand einige Wochen später eine entscheidende Unterredung statt. Gesche saß im hochgeschlossenen Wollkleid, über dem sie eine frisch gestärkte Schürze trug, am Küchentisch und hielt eine Kaffeemühle zwischen den Schenkeln. Schweigsam mahlte sie den Kaffee und schielte zwischendurch zu der Mutter am Herd, die einen Bottich auf einem Schemel vor sich stehen hatte, in dem sie mit den Händen Teig knetete. Die Mutter schwitzte unter ihrer Haube. Gesche sah winzige Schweißperlen auf ihrer Stirn und unterbrach das monotone Quietschen. »Maman, soll ich dir beim Kneten helfen?«, fragte sie besorgt.

Die Mutter schien ihr so schweigsam, so anders als sonst. Das beunruhigte sie. Flink öffnete sie das kleine Kästchen an der unteren Seite der Mühle und sah nach, ob das Kaffeepulver für den Kaffee reichte. Zufrieden mit ihrer Arbeit, nickte sie mit dem Kopf, schob die Zungenspitze zwischen die leicht geöffneten Lippen und sagte: »Du kannst den Kaffee ansetzen, ich werde den Teig für die Knödel weiter bearbeiten.«

Die Anstrengung des Teigknetens war Margarethe bis zu den Spitzen des Haaransatzes anzusehen. Puterrot und verschwitzt zog sie die Hände aus dem Teig und betrachtete eine Weile schweigend die zähe Masse, die sich langsam in Fetzen von ihren Händen löste. Dann fiel es ihr ein, dass Gesche sie etwas gefragt hatte. Nachdenklich sagte sie: »Wenn du so fragst, bedrückt dich bestimmt etwas.«

»Aber Mutter, wie kommst du darauf?« Mehr verwundert als erschrocken über die unerwartete Antwort, erhob sich Gesche und suchte mit der Mühle in der Hand im Regal nach der Kaffeekanne. Sie verspürte ein ungutes Gefühl. So etwas wie eine böse Vorahnung, die sie schon bei ihrem Eintreten gehabt hatte, als sie die Mutter zur Begrüßung umarmen wollte. Sie hatte sich merkwürdig kühl verhalten, ganz anders als sonst bei den allmorgendlichen gegenseitigen Besuchen.

»Weil du nicht mehr ehrlich zu mir bist, weil du jeden, der dich liebt, für deine Lasterhaftigkeit missbrauchst!«

»Das verstehe ich nicht.« Rasch stellte sie die Kaffeemühle ab und trat hinter Margarethe. Das Gefühl in ihr bekam ein Gesicht, es griff nach ihrem Hals und würgte sie. Beklommen berührte sie Margarethes Schulter.

»Maman, liebste Maman, was habe ich dir für einen Anlass gegeben, so etwas von mir zu denken?«

Verwirrt schaute sie auf Margarethe herab, die jetzt damit begann, die Finger mit einem Holzschaber abzukratzen. Der Blick der Mutter wich ihr aus und saugte sich an dem Schaber fest. Unwirsch entzog sie sich ihrer Berührung. Sie brauchte Zeit, lief deshalb erst zum Waschgeschirr, goss sich aus dem Krug Wasser in die Schüssel und wusch sich die Hände. Ihr Schweigen vermischte sich mit dem leisen Plätschern im Waschbecken.

Plötzlich redete sie, redete es sich von der Seele: »Du bist nicht mehr meine Tochter, eine Hure bist du! Ich schäme mich für dich. Woran denkst du, wenn du am Morgen aufwachst? An deine Aufgaben als Witwe etwa? An deine Mutterpflichten etwa? An deine Arbeit in der Sattlerei …? Nein! Nein, du denkst schon beim ersten Hahnenschrei nur an diesen gottverdammten Gottfried. Denkst daran, wann du ihn wiedersehen wirst. Aber was noch viel schlimmer ist – du treibst es auch mit diesem Kassow. Den kleinen Heinrich schickst du stattdessen zum Packhaus, wo er mit Wein betrunken gemacht wird. Was bist du für eine Mutter. Für diesen Gottfried gibst du die Kinder tagelang außer Haus und überlässt sie einer Wärterin, die sich in Hurenhäusern herumtreibt. Selbst deine engsten Freundinnen sind der Meinung, dass du dir nichts aus deinen Kindern machst.«

Gesche war sprachlos. Aber nur einen Moment. Dann verteidigte sie sich: »Aber Mutter, das alles ist nicht wahr! Sie ist meine beste Wärterin. Du hörst zu viel auf das Gerede der Leute, die mich nur verleumden wollen. Sicher hat dir die Zigeunerin das alles wieder eingegeben.«

Margarethe wischte sich die klebrigen Hände an der Schürze ab, bis sie trocken genug waren, um unter ihrem Rock nach etwas zu suchen. Triumphierend zog sie ein Bildnis in einem kleinen Goldrahmen hervor. Sie warf es ärgerlich auf den Tisch: »Und was ist das hier?«

Zaghaft trat Gesche näher und griff nach dem Bild. Sie nahm es in die Hand und schob es zwischen den Fingern hin und her.

Lauernd beobachtete Margarethe sie dabei: »Du suchst vergeblich nach Worten, mit denen du dich reinwaschen kannst, mein Kind, aber es wird dir nichts einfallen.« Sie befand sich in großer Sorge um Gesche.

Aus dem ovalen Rahmen schaute Kassow, im schwarzen Zylinder, mit dunklen Locken, eine auffällige Nadel am Volantkragen. Es war sein Bildnis, in Öl gemalt. Gesche hatte es sofort erkannt und fühlte sich entlarvt. Ihre Enttäuschung schlug in Wut um. Entrüstet antwortete sie Margarethe: »Woher hast du das Bild? Du schnüffelst in meinen Sachen? Das ist ein Geschenk von Herrn Kassow für mich.«

»Ich habe es in deiner Kammer gefunden, als ich die Kinder abholen wollte und überall im Haus nach ihnen suchte. Dort habe ich auch das hier gefunden.« Mit abgewendetem Gesicht reichte sie ihr eine Flasche Eierwein. »Ich weiß längst über dein lasterhaftes Leben Bescheid. Dass du auf Tonnenmachers Diele mit Herrn Kassow starken selbst gemachten Eierwein trinkst und dich so untugendhaft benimmst, dass schon die ganze Stadt über dich spricht. Der selige Miltenberg ist noch keine sieben Wochen unter der Erde, und du benimmst dich wie seine Buhle.«

»Das stimmt doch alles nicht. Wir haben es immer geheim gehalten. Niemand weiß das von Kassow und mir. Du hast uns nachspioniert. Jedermann in der Stadt ist bekannt, dass ich mir selbst als Witwe meine Tugend bewahre.«

Vor Wut und Enttäuschung begann sie zu weinen. Nicht so standesgemäß wie sonst, wenn sie mit ihren Tränen spielte. Hier jedoch, mit der Mutter allein, warf sie das Bild mit einem Weinkrampf auf den Boden und trat mit den Füßen hinterher, sodass das dünne Glas zerbrach. Danach fühlte sie sich leichter. Umständlich trocknete sie die Tränen mit dem Schürzenzipfel.

Margarethe nahm den Ausbruch gelassen auf. Lediglich als sie ihr danach in das rot verweinte Gesicht blickte, dachte sie mit Verwunderung: Eine bunte Wasserfarbenpalette ist ihr Gesicht, mit Bildern dahinter, die niemand versteht. Wo nur ist unsere sanfte, von allen geliebte Gesche geblieben?

»Ich wünschte, es wäre so«, sagte sie nun etwas schärfer. »Dein Vater versucht gerade, die Miltenberg'sche Gemäldesammlung und das Silbergeschirr deines seligen Herrn Großvater zu verkaufen, um für die Kinder etwas zurückzulegen. Tag und Nacht arbeitet er nur noch für dich. Warum tust du ihm das an? Und jetzt auch noch die Schmach im Theater. Zwei Liebhaber gleichzeitig, so etwas muss ja irgendwann auffallen. Die ganze Stadt wird davon sprechen.«

Daraufhin herrschte wieder Stille. Das dumpfe Blubbern im Teig war das einzige Geräusch, das die Stille störte. Beide gingen ihren eigenen zermürbenden Gedanken nach.

Gesche, von heftigem Selbstmitleid geplagt, ärgerte sich über die Mutter. Sie hat mich nie geliebt, will mich nur gängeln und bevormunden. Gleichzeitig machte sie sich heftige Vorwürfe. Warum ist Kassow mir nur in die Theatervorstellung gefolgt. Ich habe doch alles getan, um den Theaterbesuch mit Gottfried vor der Öffentlichkeit geheim zu halten. Aber Kassow muss es herausbekommen haben. Manchmal ist er wie eine lästige Klette. Unentwegt hat er mich von den Rängen aus angestarrt und mich mit seiner Eifersucht geängstigt, bis ich den Saal noch während des ersten Aktes verlassen habe. Es war ein Wunder, dass Gottfried mir das vorgetäuschte Unwohlsein geglaubt hat, als ich ihn bat, die Kutsche vorfahren zu lassen. Aber Kassow hat uns im Foyer eingeholt und Gottfried herausgefordert. Allein meine Anwesenheit hat das Schlimmste verhindert. Warum nur musste er Gottfried ohrfeigen? Oh, wie gern hätte ich dem Geliebten die Szene erspart.

»Kassow ist von hitzigem Gemüt, aber ein von allen geschätzter Weinhändler und ein geliebter Ehemann. Gottfried ist ein guter Mensch, aber ein windiger Bursche, der es nicht ernst genug mit dir meint. Schlag dir beide aus dem Kopf und halte Ausschau nach einem standesgemäßen Ehemann.«

Mit dem Versuch, der Tochter den richtigen Weg zu zeigen, brach Margarethe zuerst das Schweigen. Dann, um ihr zu beweisen, wie ernst es ihr damit war, sammelte sie die Reste des Bildes vom Boden auf. Wie ein Puzzle legte sie die Teile zusammen und schob sie ihr zwischen die Finger.

»Das lässt sich wieder leimen, Kind«, murmelte sie. Versöhnlich strich sie ihr über das Haar.

Doch Gesche schob wütend ihre Hand zurück, stampfte mit dem Fuß auf und antwortete störrisch: »Gottfried wird mich heiraten, nur Gottfried und kein anderer!«

Da riss Margarethe der Geduldsfaden. Sie sah ein, dass Gesche keine Lehren annahm, und antwortete: »Dich heiraten … Dass ich nicht lache.«

Bissig klatschte sie in die Hände. »Der Herr Gottfried, ausgerechnet dich … Bei Gott, niemals wird er dich heiraten. Den Gedanken schlag dir aus dem Kopf. Und käme es doch zu einer Hochzeit, würdest du von uns nie die Einwilligung dazu bekommen. Du solltest dich lieber beeilen, deinen Ruf zu retten!«

In der darauffolgenden Nacht warf sich Gesche, von Albträumen geplagt, unruhig im Bett umher. Sie schlief schwer ein, wachte nach einer Stunde wieder auf, nickte wieder ein und sah dann plötzlich Gerhard vor ihrem Bett, in einer Uniform mit weißen Federn auf dem Hut. Sie hörte deutlich, wie er zu ihr sagte: »Ich will dich erretten, und du sollst mich preisen.« Im gleichen Moment wurde sie fürchterlich am Bein gezogen, und als sie sich erschrocken aufrichtete, stand über ihr eine riesige schwarze Gestalt, die sich rasch in den Vater verwandelte. Zwischen seinen Händen hielt er ein wertvolles Ölgemälde. Als sie in dem Gemälde das vom Schwiegervater verkaufte Bild erkannte, welches sie tags zuvor vor dem Abholen mit Servietten umhüllt in ihrem Kleiderschrank versteckt hatte, verzog sich sein Gesicht zu einer finsteren Grimasse.

Im nächsten Augenblick erwachte sie mit heftigem Herzklopfen. Rasch kletterte sie aus dem Bett und sah im Kleiderschrank nach. Erleichtert konnte sie feststellen, dass das Gemälde immer noch an seiner Stelle stand. Sie kroch zurück ins Bett, die Füße schmerzten, und sie rieb sie gegeneinander. Irgendwann, sie wusste nicht, ob sie schlief oder wachte, schwebte die schwarze Gestalt wieder über ihr. Diesmal hatte sie kein Gesicht mehr. Aber sie hielt das Bild immer noch in den Händen. Sie brachte es so nahe an ihr Gesicht heran, dass sie es ansehen musste, bis sie selbst ein Teil davon wurde. Mit Entsetzen sah sie nun, dass sie sich auf einem Friedhof befand. Rasch wollte sie dem unheimlichen Ort entfliehen. Sie warf sich hin und her, bäumte sich auf und schnellte schließlich schweißgebadet hoch, verfolgt von fünf offenen Särgen, zwei großen und drei kleinen. Später, im halb wachen Zustand, versuchte sie, die geisterhafte Vision abzuschütteln. Doch die bleichen Gesichter blieben auf ihrer Seele wie eingebrannt zurück.

Schweißgebadet und verängstigt erwachte sie. Noch benommen, stützte sie den Kopf in die Hände und wartete, bis sie endgültig munter war. Dann blickte sie auf die Uhr und sah, die Mitternachtsstunde war vorbei. Mit zitternden Fingern entzündete sie den Docht in der Lampe. Sie blies hinein, bis eine kleine helle Flamme aufstieg, und lief dann, nur mit dem Nachthemd bekleidet, die Stufen zur Küche hinab. In einer Ecke am Boden entdeckte sie plötzlich ein kleines helles Licht. Vor Angst wie erstarrt, versuchte sie zu schreien und öffnete den Mund. Aber es kam kein Laut heraus. Stattdessen sah sie, mit vor Entsetzen weit aufgerissenen Augen, wie das Licht langsam an ihr vorbei zur Hinterstube schwebte, wo es in Miltenbergs Zimmer verschwand. Die Stunden bis zum Morgengrauen verbrachte sie dann bibbernd und zusammengekauert in einer Ecke in der Küche, wo sie sich schwor, nie wieder im Dunkeln allein zu sein. Immerzu musste sie an Gottfried denken und suchte nach einer Erklärung, warum er sich ihrer Liebe entzog. Dabei kam ihr zum ersten Mal die Idee, es könnte vielleicht an der ablehnenden Haltung der Mutter liegen. Doch der Morgen graute, es war kalt in der Küche, und der erwachende Tag lenkte sie ab. Sie begab sich zum Herd und entfachte das Feuer. Erst als die Sonne hell durch das Fenster schien und nur noch ein Rest kalten Tees auf dem Tassenboden an die durchlebten Ängste der Nacht erinnerte, fühlte sie sich plötzlich ganz leicht und dachte: Ohne meine Eltern könnte ich mich wirklich besser nach meinem Willen verheiraten.

Dieser Gedanke brannte sich in ihre Fantasie und begann, sie von diesem Augenblick an öfter zu beschäftigen als der seltsame Traum, der nie wiederkehrte. In den nächsten Tagen und Wochen schlief sie traumlos und tief. Allein das sehnsüchtige Begehren, ob und wann sie von den Eltern erlöst werde, beschäftigte ihre Fantasie weiter, bis diese begann, ihr die furchtbaren Bilder einer selbsttätigen Tötung vorzugaukeln. Lange vermochte sie sich dieses seltsame Verlangen nicht zu erklären, und so fasste sie eines Tages den Entschluss, sich diese Visionen von einer Kartenlegerin bestätigen zu lassen. Dazu begab sie sich noch am selben Tag zu einer stadtbekannten Kartenlegerin, der Witwe Jakob Ehlers.

So stand sie, mit einem flauen Gefühl im Magen, an einem Nachmittag vor einem kleinen Fachwerkhaus mit einem spitzen Dach. Beim Anblick der verwitterten Holzfenster mit den kleinen bunten Scheiben musste sie unvermutet an die Mutter denken, die sich regelmäßig bei der Zigeunerin Rat holte. Sie war es auch, die ihr von der Kartenlegerin am Kloster erzählt hatte. Es war noch früh am Morgen, und die Sonne schickte zaghaft ihre Strahlen von den farbigen Fenstern der Liebfrauenkirche in das enge, dunkle Gängeviertel des alten Schnoor, was ihr ein wenig Unbehagen bereitete. Unsicher schaute sie noch einmal zurück zu den wie zu einer Schnur aufgereihten Häusern. Ihr Blick blieb einen Moment an der Sonnenuhr am Pfarrhaus hängen, und sie versuchte, die rätselhafte Buchstabenfolge zu entziffern. Im gleichen Moment fragte sie sich, was eine Kartenlegerin in der Holzpforte zwischen Badezubern, Korbflechtern und dem Packhaus suchte, und schmunzelte bei dem Gedanken an Kassow, der einmal reichlich, beschwipst vom Wein gegen den Sankt Jacobus gepinkelt hatte. Doch dann fasste sie sich ein Herz. Rasch zog sie an der Schnur unter der gusseisernen Glocke neben der Tür. Die eiserne Katze erzitterte. Es sah aus, als sträubte sich ihr Fell, als die Glocke einen lauten, dumpfen Ton von sich gab. Sie brauchte nicht lange zu warten, bis tief im Haus Schritte erklangen und die Holzdielen knarrten.

Ich gehe lieber wieder zurück nach Hause, dachte sie, während ihr die Fantasie die unheimlichsten Vorstellungen über die Bewohnerin vorgaukelte. Die Augen gebannt auf die Tür gerichtet, fragte sie sich halblaut: »Was suche ich eigentlich hier? Die Deutung meines Traumes oder die Bestätigung meines zukünftigen Glücks?« Als Antwort fiel ihr die Prophezeiung der Zigeunerin ein, ihre ganze Familie werde aussterben und nur sie allein würde zurückbleiben. Und die Vorstellung, dies konnte für sie nur das alleinige Glück mit Gottfried bedeuten, gab ihr neuen Mut.

Der Vater und die Mutter wünschten sich nichts sehnlicher, als zu sterben, beruhigte sie sich und behielt ängstlich die Tür im Auge, aus Furcht, ihre Gedanken könnten das Holz durchdringen und sie entlarven.

Als der Vater beschlossen hatte, das Elternhaus zu verkaufen, um sich zur Ruhe zu setzen, hatte er selbst geäußert: »Ich wünsche mir vom lieben Gott nur eines: Wenn Mutter einmal stirbt, will ich sie keine acht Tage überleben.«

Ihre Angst verflog. Sie hatte eine wirksame Entschuldigung für ihr Vorhaben gefunden und spann den Faden weiter. »Wären meine Eltern nicht gegen eine Heirat mit Gottfried, brauchte ich ihr Vermögen nicht mit meinen Kindern teilen und besäße das ererbte Vermögen vom Großvater Miltenberg. Dann würde mich Gottfried sicher sofort heiraten.«

Das Quietschen des Türriegels unterbrach ihre Wunschträume und holte sie in die Wirklichkeit zurück. Die braune Tür bewegte sich, kreischte und knarrte. Dann öffnete sie sich einen Spaltbreit. Es erschien ein Kopf mit dunklen Locken unter einer weißen Haube. Zwei lachende Augen prüften sie neugierig und fragten: »Sie wollen zu mir?«

Vor Verwunderung suchte Gesche nach Worten und stotterte völlig überrascht: »Madame, ich möchte zu der Frau mit den Karten.«

»Das bin ich, treten Sie nur ein.«

Die zinnoberrot geschminkten Lippen lächelten und legten eine Reihe großer gelber Zähne frei. Gesche musste sie immerzu betrachten. Ein Schandfleck in einem hübschen Frauengesicht, das seine Anziehungskraft selbst dann noch behielt, als sie der Kartenlegerin am Tisch gegenübersaß und die Frau nun unverhohlen musterte. Sie ist hübsch und jung, dachte sie, eigentlich sieht sie aus wie eine Kaufmannsfrau. Ob sie wohl einen Ehemann hat?

Neugierig sah sie sich im Zimmer um. Der Raum war klein und eng, aber nicht ärmlich ausgestattet, stellte sie fest. Sogar ein Flügel befand sich in der hintersten Ecke. Den Tisch bedeckte eine rote Spitzendecke, und in der Mitte aufgereiht lagen die 22 Karten. Im Rücken der Frau bewegte sich leise ein Vorhang. Jeder Windhauch im Raum entlockte den kleinen, auf dünne Schnüre gefädelten Perlen leise klingende Geräusche und gab versteckte Einblicke in ein Zimmer, vollgestopft mit Gemälden, Waffen, Spieluhren, Puppen und alten Kleidungsstücken.

Der Kartenlegerin war ihr Interesse nicht entgangen und sie lächelte. »Interessieren Sie sich für alte Sachen? Ich verkaufe Ihnen gern etwas zur Erinnerung.«

Das Angebot machte Gesche neugierig, und sie schaute schnell noch einmal zum Vorhang, wobei sie überlegte, ob sie Gottfried mit einem Geschenk erfreuen sollte. Doch dann erinnerte sie sich ein wenig wehmütig, weshalb sie hergekommen war, und schüttelte den Kopf. »Nein, nein, ich will nichts kaufen. Ich bin nur wegen der Karten hier.«

Die Frau begann schweigend, mit den Augen ihr Gesicht abzutasten. Sie versuchte, sich ein Bild von ihr zu machen. Gesche fühlte sich verunsichert unter dem prüfenden Blick und begann, unruhig auf dem Stuhl umherzurutschen. Hoffentlich sagen die Karten nicht mein eigenes Unglück voraus, dachte sie ängstlich und begann, unter dem blauen Wollmantel zu schwitzen. Die Augen auf die Schuhspitzen gerichtet, überlegte sie, wie sie beginnen sollte. »Es ist wegen meiner Familie …«, sie biss sich auf die Lippen. »Nein, eigentlich wollte ich wissen, ob meinem Vater ein noch langes und glückliches Leben beschert ist.«

Einen kurzen Augenblick nur erwog sie noch einmal die Möglichkeit einer unheilvollen Vorhersage, dann verdrängte sie den Gedanken rasch wieder und schlussfolgerte: Meine geheimsten Wünsche, ich muss sie ihr verraten, nur so kann ich die Prophezeiung der Karten beeinflussen. Aber ich darf es sie nicht wissen lassen, wenn ich ihr die Worte in den Mund lege.

»Sie müssen mich verstehen«, fuhr sie mit klopfendem Herzen und schweißnassen Fingern fort, »mein dringlichster Wunsch ist es, einen hochgestellten Herrn zu heiraten. Mein

Vater ist schon sehr alt und krank, genauso meine Frau Mutter. Sie würden es gern sehen, wenn ich einen anderen heiraten würde, und sprechen oft vom Tod. Auch meine drei Kinder, die Adeline, der Heinrich und die Johanne«, beeilte sie sich hastig hinzuzufügen, als sie sah, dass die Frau den Mund öffnete, um etwas zu sagen, und das Pferdegebiss aufblitzte, »sie liegen mir so sehr am Herzen, besonders die kleine Adeline, welche die schlimme Krankheit von ihrem Vater geerbt hat, Gott habe ihn selig. Leider sträubt sich der Herr Gottfried, mein Zukünftiger, in die Heirat einzuwilligen, wegen meiner drei Kinder. Eine junge Witwe und Mutter wie ich hat es schwer, einen guten Mann zu finden. Dabei wünsche ich mir doch nur ein bisschen Glück für meine Kinder und mich.« Mit trauriger Miene und Tränen in den hübschen Augen versuchte sie, das Mitleid der Kartenlegerin zu erregen.

Die Frau schloss den Mund wieder und betrachtete Gesche nun eindringlicher. Ihre feinen, gepflegten Hände strichen über den Tisch, ohne dabei die großen, dunklen Augen von ihr zu lassen.

Plötzlich zog sie mit einem geübten Griff die Karten zu sich heran und begann, sie rasch von oben nach unten und von unten nach oben zu mischen, um sie dann von links nach rechts in einer gefächerten Reihe auf dem roten Tischtuch abzulegen. Sie bewies dabei so viel Fingerfertigkeit, dass Gesche vor Staunen vergaß, was sie ihr noch sagen wollte. Die Frau hatte Gesche längst durchschaut und ahnte, dass sie ihr Schicksal bereits fest in ihren Händen hielt und genau wusste, was sie dem Leben abverlangte. Tagtäglich gingen in ihrem Haus die verschiedensten Menschen mit den unterschiedlichsten Schicksalen ein und aus. Selbsttrügerisch suchen sie bei mir die Bestätigung für das, was sie schon längst beschlossen haben, dachte sie. Aber sie lächelte verständnisvoll. Madame Miltenberg war ja nicht arm, das bewies schon ihre sorgfältig ausgewählte Kleidung. Der Wollstoff war von feinster Qualität und der Schmuck an ihren Händen reines Gold. Schicksalsuchende wie Madame waren wie Kühe, die man melken musste, solange sie Milch gaben.

»Madame Miltenberg, es soll alles zum Besten für Sie werden. Die Karten werden Ihnen dabei sicher helfen«, sagte sie jetzt und dachte, ich muss vorsichtig vorgehen, einfühlsam und mit Geschick.

»Die Karten, die Sie hier sehen und aus denen ich Ihre Zukunft lese, sind von Mademoiselle Lenormand«, erklärte sie. »Sicher haben Sie schon davon gehört, dass die berühmte Wahrsagerin bereits unseren Kaiser Napoleon zu Regierungszeiten beraten hat. Zum Beispiel sehe ich hier die Vögel, sie liegen Ihnen am nächsten und bedeuten ein kurzes Leid. Zwischen diesem und dem Segelschiff am linken Rand und dem Haus am rechten sehe ich die Zahl sechs und einen Sarg. Die Karte des Todes liegt gleich neben den Vögeln.«

»Was bedeutet das für mich?«, fragte Gesche und überlegte, ob sie etwas Falsches gesagt hatte. Gleichzeitig krallte sie die Fingernägel nervös in das Holz der Tischkante, um das nervöse Zittern in ihnen zu unterdrücken.

»Es bedeutet für Sie, dass viel Trauer über Ihrem Haus liegt. Menschen werden sterben, aber ich kann nicht sehen, wer die Leichen sind. Es könnten Ihre Angehörigen sein. Ihre ganze Familie.«

»Und mein Glück …?«

»Ihnen wird nichts geschehen. Ihnen lächelt das Glück zu.«

Das war es, was Gesche aus dem Mund der Frau hören wollte. Jetzt hielt sie nichts mehr im Haus der Kartenlegerin. Erleichtert, fast beschwingt erhob sie sich, bedankte sich mit einem ansehnlichen Lohn und beeilte sich, ihre Schritte heimwärts zu lenken.

»Großmutter, ist es wahr, dass dem Kind, welches nicht gut an seinen Eltern tut, die Hand aus der Erde wächst?«

Zu Tode erschrocken, ließ Gesche die Hand der Mutter los und starrte sekundenlang verblüfft und mit offenem Mund auf den kleinen fünfjährigen Heinrich. Der Junge hatte sich in das

Zimmer geschummelt, ohne dass sie sein Eintreten gehört hatte. Er stand in der Tür, die dunklen Augen fragend auf Margarethe gerichtet, die Stiefel und Knie vom Spielen beschmutzt. Der Kragen über dem Hemd war geöffnet, und die vom Wind zerzausten dunkelbraunen Haare umspielten in ungeordneten wilden Locken das runde Kindergesicht. Das Bubengesicht strahlte unschuldig wie die Maisonne, die ihm die Farbe von rosigen Kirschblüten verlieh, und zeigte eine Reihe kleiner, gesunder weißer Zähne.

Er wird Kassow immer ähnlicher, dachte Gesche, gar nicht erfreut über sein plötzliches Eintreten. Sie suchte nach einer Antwort und wollte ihn ermahnen, doch Margarethe kam ihr zuvor. Sie richtete sich mühsam auf, während Gesche ihr rasch ein weiteres Kissen zur Unterstützung in den Rücken schob.

»Gott schaut in das Verborgene, mein Kind«, ächzte sie und zitierte: »Alles, was Gott tut, das ist wohlgetan. Aber sorge dich nicht, mein Junge, um deine alte Großmutter, du trägst keine Schuld an meiner Krankheit. Schon morgen wird es mir wieder besser gehen, dann werde ich dir im Garten vor dem Fenster Gesellschaft leisten und dir beim Spielen zusehen.« Oh, was für ein guter Junge, dachte sie, noch so klein und so voller Anteilnahme, dass Gott ihm derart seltsame Gedanken eingibt.

Heinrich klatschte daraufhin begeistert in die kleinen Hände, gab der Großmutter artig einen Kuss auf die Wange, wie sie es ihn geheißen hatte, und verließ gleich darauf rasch wieder das Zimmer.

»Was den Kindern heutzutage alles durch den Kopf geht, Mutter«, überlegte Gesche laut, als sie wieder allein im Zimmer waren, und öffnete das Fenster, um die warme Frühlingssonne hereinzulassen. Sie schaute einen Moment Heinrich im Garten zu, wie er versuchte, einen Schmetterling zu fangen. Dann wickelte sie Margarethe eine dicke Wolldecke um die Beine und schob die Enden sorgsam unter ihren Körper, sodass kein Luftzug ihr schaden konnte. »Geht es dir besser, Mutter?«, fragte sie und küsste Margarethe sanft auf die Stirn.

»Ich habe die Nacht über sehr gut geschlafen. Aber gestern Abend, als der Herr Doktor mich auf den Armen zu dir in dein schönes Zimmer getragen hat, ist es mir gewesen, als würde ich in ein Gewölbe kommen, so groß und schön ist es hier. Alles ist so neu und hell, die schönen Tapeten ... Nur gut, dass der Vater das Haus an den Tischler Bolten verkauft hat. Der Herr Doktor wird staunen, wenn er sieht, in was für einem schönen Saal ich alte, kranke Frau liege.«

»Mutter, du musst nur denken, du seist im Kinderbett«, erwiderte Gesche scherzhaft und massierte mit leichtem Druck ihre schmalen, kühlen Fingerspitzen. Margarethe erzog das Gesicht, es sollte ein heiteres Lächeln werden, doch es verunglückte zu einem Grinsen.

»Dir ist kalt, Mutter?«, stellte Gesche mit einem besorgten Blick auf das eingefallene Gesicht fest und prüfte mit der Hand ihre Stirn. Sie fühlte sich heiß an. »Du hast Fieber. Ich werde dir noch eine Jacke aus dem Haus holen. Die neue grüne mit dem aufstehenden Kragen. Darin wirst du wieder ganz jung aussehen.«

»Du bist so gut zu mir, mein Kind.« Dankbar, mit einem Blick voller Güte, tätschelte sie Gesche die Wange, wobei sie erneut ein kräftiger Hustenanfall überfiel. Nachdem sie sich erholt hatte und Gesche in das Elternhaus laufen wollte, um die Jacke zu holen, bedeutete sie ihr, sich zu ihr hinabzubeugen, und krächzte mit heiserer Stimme: »Mir ist zu Ohren gekommen, dass du eine Kartenlegerin aufgesucht hast ... Seit wann tust du so etwas? Lass dich nicht vom Aberglauben einholen, Miltenbergin.«

»Keine Sorge, Mutter«, beruhigte sie Gesche. »Ich glaube nicht an Wahrsagerei. Es war nur so eine Laune. Es interessierte mich, ob ich den Gottfried bekomme.«

Da fasste Margarethe nach ihrer Hand und sagte: »Wenn es mir wieder besser geht, mein Kind, werde ich mit Gottfried reden, er soll mich mal auf eine Limonade besuchen kommen. Er hat mir in letzter Zeit manchmal einen Strauß Blumen gebracht. Ich glaube, er wäre doch kein so schlechter Ehemann.«

Gesche nickte und heuchelte Freude. Insgeheim überrascht, dachte sie, ach, wenn sie den Gottfried jeden Tag im Garten sieht, wird sie ihn schon lieb gewinnen, und verließ sie, um rasch die Jacke zu holen. Auf dem Weg über die Straße überkam sie ein trauriges Gefühl. Das geschäftige Treiben an den oberen Fenstern der Schneiderwerkstatt, wo die Tischlergesellen die Rahmen entfernten und neue wieder einsetzten, überraschte sie nicht, aber es schmerzte sie. Sie dachte, vor 14 Tagen bin ich noch in meinem Elternhaus ein und aus gegangen, als die Mutter krank wurde, und habe bis spät abends an ihrem Bett gesessen. Jetzt wohnt ein Fremder darin, und es ist ein anderes Haus geworden. Ach Vater, wo bist du nur?

Sie erinnerte sich, dass der Vater in seiner Heimat gerade zwei noch lebende Schwestern von ihm besuchte, und trat über den Hof durch einen Hintereingang in die Küche. In einer Truhe fand sie das Gesuchte. Als sie, die Jacke über dem Arm, den Blick ein letztes Mal durch den Raum schweifen ließ, bemerkte sie, dass die Schranktür offen stand.

Schnell lief sie zurück, um sie zu verschließen. Genau in diesem Moment entdeckte sie im hinteren Fach ein Stück Papier, säuberlich mit Zwirn zugebunden. Neugierig zog sie es hervor, wog es zwischen den Fingern und las die wie von einer Kinderhand säuberlich aufgeschriebenen Worte »Ratzenkraut«. Sie wusste, dass die Mutter immer etwas Mäusegift im Schrank aufbewahrte. Aber diesmal bescherte ihr der Anblick des Päckchens bei der Erinnerung an Miltenbergs Tod Höllenqualen.

Mit Schaudern dachte sie, ich muss das Ratzenkraut wieder zurücklegen, das ist ein Werk des Teufels und ist mir sicher in den Weg gelegt worden, damit ich es der Mutter gebe. Dann legte sie es mit spitzen Fingern in den Schrank zurück. Doch auf dem Rückweg wurde sie unruhig, und das Böse in ihrer Seele ließ sie nicht los. Unaufhörlich bohrte es in ihr, wenn du doch keine Eltern hättest, so könnte dich doch niemand daran hindern, den Gottfried zu heiraten.

Nach drei Tagen, als es der Mutter deutlich besser ging, gab sie der innerlichen Unruhe nach und lief zurück zu dem Schrank. Ich nehme es lieber mit zu mir hinüber und verstecke es in der Schublade, bevor es jemand findet, beruhigte sie sich und betrog sich selbst mit dem Gedanken, ich muss es ihr ja nicht geben, sie ist alt, vielleicht stirbt sie ja an der Krankheit.

An einem Sonntag, eine Woche später, als die Mutter zum ersten Mal den Wunsch äußerte, in den Garten zu gehen, fasste sie den ungeheuerlichen Entschluss, nicht länger zu warten. Rasch holte sie das Arsenik hervor und bereitete in der Küche die Lieblingslimonade für die Mutter zu.

Als sie das Papier öffnete, etwas Gift entnahm und es langsam in der Limonade zergehen ließ, begann sie, wie aus heiterem Himmel lauthals zu lachen, sodass sie selbst heftig erschrak. Zugleich täuschte sie sich mit der Illusion, dass dies sicher ein Beweis vom lieben Gott sei, der ihr damit nur zeigen wollte, dass die Mutter im Himmel genauso herzlich lachen würde. Gleicherweise kam ihr just in dem Augenblick ein Zitat aus ihrem Lieblingsstück *Die Räuber* von Schiller in den Sinn. Beschwingt, mit der Stimme von Schwartz, zitierte sie: »Kann man nicht ... immer ein Pülverchen mit sich führen, das einen so im Stillen über den Acheron fördert, wo kein Hahn danach kräht?« Dann nahm sie das Tablett mit der vergifteten Limonade und kicherte leise, Spiegelberg nachahmend, während ihr die Figur des Karl, auf dem Wege in ihr Zimmer, in Gedanken zuflüsterte: »Dein Register hat ein Loch. Du hast das Gift vergessen.«

Die Mutter blickte ihr mit leuchtenden Augen entgegen und gebot ihr mit dem Finger auf dem Mund, leise näher zu treten. Gesche wunderte sich. Aber da hörte sie Margarethe bereits ganz ruhig sagen: »Sieh mal! Drei kleine Vögel! Nie kamen sonst Schwalben in dein Haus, noch nie nisteten welche bei uns.«

Mit Erschrecken sah sie auf der Krone des Bettes drei kleine Schwalben. Die possierlichen Vögel steckten die Schnäbelchen unter die Flügel, putzten sich und zwitscherten aufgeregt. Die Augen gebannt auf die Vögel gerichtet, blieb sie im Türrahmen stehen, die Hand mit der Limonade zitterte ebenso wie ihre Knie, und sie dachte erschrocken, sicher ist das wieder ein Zeichen für den baldigen Tod der Mutter.

Etwas in ihr riet ihr zur Umkehr. Doch sie zwang sich zur Ruhe, wollte die Stimme ihr auch nicht gehorchen, und antwortete Margarethe in ebensolchem ruhigem Ton: »Die Vögel sind sicher durch die Stubentür hereingeflogen.«

Dann verscheuchte sie die Schwalben, reichte der Mutter die Limonade, die diese in kleinen Schlückchen zu sich nahm, und wartete, bis auch der Rest ausgetrunken war. Den Nachmittag über wich sie nicht von ihrer Seite. Sie beobachtete jede ihrer Bewegungen mit übertriebener Genauigkeit, begleitete sie hinaus in den Garten, spielte danach auf dem Flügel und stellte ihr frische Blumen an das Bett. Gegen vier Uhr zeigte das Gift seine erste Wirkung. Margarethe verlangte plötzlich dringend nach dem Nachtstuhl und wurde im Gesicht aschfahl. Gleich darauf, als die Magd Beta den Nachtstuhl hinstellte, erbrach sie sich in grüner Galle über diesem. Am nächsten Morgen war sie so schwach und hinfällig, dass sie mit müder Stimme nach dem Genuss des Abendmahls verlangte. Aber Gesche schickte nach dem Herrn Doktor. Die Kräfte verließen Margarethe zusehends.

Als der in Eile zurückgeholte Vater durch die Tür trat, leuchteten ihre Augen noch einmal auf. Gesche saß auf ihrem Bett und gab ihr alle erdenkliche Stütze, als sie sich ein letztes Mal aufrichtete, um dem Vater die Hände entgegenzustrecken. Ganz ruhig behielt sie seine Hand in der ihren und sah ihm lange ins Gesicht. Irgendwann sagte sie mit dünner Stimme: »Mein lieber Mann, nun muss ich dir wohl auf ewig Lebewohl sagen«, tat einen tiefen Luftzug und bat ihn mit einem liebevollen Blick auf Gesche: »Versprich mir, mein lieber Johann, unser Kind, unsere liebe Gesche, nie zu verlassen, du weißt, was für eine Last auf ihr ruht.«

Dann suchte sie ganz plötzlich mit den Händen die Bettdecke ab, irrte mit den Augen umher und griff hastig nach Gesches Fingern: »Kind, in meiner Tasche befinden sich drei und ein halber Taler, die habe ich für dich gespart, für eine neue Bettdecke. Diese hier«, lächelte sie verkrampft, »habe ich dir ja beschmutzt.« Dann strich sie Gesche mit zitternden Fingern über das Gesicht, als wollte sie es sich für alle Zeit einprägen, drückte Gesches Hand, so wie es ihre Kräfte zuließen, und flüsterte dicht an ihrem Ohr: »Wenn dein Bruder als ein Krüppel nach Hause kommt, nimm dich seiner an und pflege ihn.« Mit schwacher Geste gab sie dem Vater, dem die Tränen über die Wangen liefen, ein Zeichen, näher heranzukommen. Dann nahm sie abermals seine Hände und sagte mit Tränen in der Stimme: »Wenn ich noch etwas erflehen darf, Johann – es wäre so schön, würdest du mir bald folgen!«

Johann Timm schluckte und würgte an den Tränen. Er war nicht stark genug, seine Frau so plötzlich aus seinem Leben gehen zu sehen. Aber ihren letzten Wunsch wollte er ihr nicht versagen und antwortete: »In zwei Monaten bin ich bei dir, Margarethe. Dann sind wir im Himmel für alle Zeit vereint.« Im gleichen Augenblick drehte er sich weg, weil ein Schluchzen seine Brust erschütterte, und verließ mit raschen Schritten sein Bestes, was er noch auf Erden besaß.

Als die Tür hinter ihm ins Schloss fiel und Gesche mit ihr allein war, hob Margarethe plötzlich die Arme zum Himmel, ein leises Schluchzen entrang sich ihrer Brust, und sie rief: »Ach, könnte ich doch alle deine Kinder mit mir nehmen!« Dann schloss sie ganz friedlich die Augen, und Gesche sah die Anstrengung auf ihrem Gesicht, die ihr das Reden bereitet hatte, und dass ihr Körper nun nach Ruhe verlangte.

Der Wind wehte leise vom Acker herüber. Die Luft roch nach Maiglöckchen, Kirschblüten und Vergissmeinnicht. Margarethes Gesicht wirkte frisch und rosig. Ihre Lider waren friedlich geschlossen. Die weißen Haare in der Mitte sorgsam zu einem Scheitel gekämmt, schien es, als schliefe sie nur in dem dunklen Sarg, in ihren weißen Kissen. Als die Träger den Sarg auf der Erde neben Miltenbergs Grab absetzten, löste sich Johann Timm von Gesches Arm und trat ehrfurchtsvoll an den Sarg heran. »Ach«, murmelte er leise, »wenn ich dich doch nur wiederhätte. Wie leer ist jetzt dein Platz bei mir zu Hause.«

Mit Wehmut dachte er daran, wie er vor acht Tagen gegen sechs Uhr hinüber in ihr Zimmer gegangen war, ihr einen guten Morgen gewünscht hatte, und anstelle ihres lieb gewordenen Antlitzes eine unbeseelte, kalte Leiche vorfand. Bei der Erinnerung rollten erneut die Tränen über seine Wangen, und er musste sich unvermutet auf Gesche stützen, die ihm mitfühlend den Arm reichte. Oh, seine Gesche, wie aufrecht und ruhig sie doch am Sarg stand, mit wie viel Würde sie diesen zweiten furchtbaren Schicksalsschlag doch ertrug, so schön in ihrem schwarzen Taftkleid mit dem hohen schwarzen Hut und dem Schleier, unter dem sie ihr hübsches Gesicht verbarg. An ihrer rechten Seite der Gottfried, wie nahe ihm doch Margarethes Tod ging, er trauerte wie um die eigene geliebte Mutter und sorgte sich dabei so liebevoll um Gesche. Nur zu gut verstand er, dass sie den Gottfried heiraten wollte. Um ihr das zu zeigen, hatte er auch angeordnet, den Sarg mit Margarethes Leiche bis zur Beerdigung in Gottfrieds Stube abzustellen. Dort sah Margarethe dann mit jedem Tag besser aus. Ihre Wangen wurden immer rosiger, bis sie den Anschein erweckte, sie sei nur scheintot. Der Herr Doktor Knake hatte ihr erst einen Spiegel an die Lippen halten müssen, um alle davon zu überzeugen, dass sie wirklich tot war.

Gesche fasste ihn besorgt um die Schultern, weil sie befürchtete, dass er vor Trauer am Grab zusammenbrechen könnte, als sie sah, wie seine Schultern nach vorn kippten und er leise vor sich hinweinte: »Wie leer ist nun der Platz in meinem Herzen.«

Es schmerzte sie zu sehen, wie sehr er die Mutter geliebt hatte, und sie dachte, oh Gott, warum habe ich ihm das angetan. Es wäre besser, würde er ihr schnell folgen.

Im gleichen Augenblick zeigte sie sich tief bewegt, als Herr von Post ihr die Hand küsste und zu ihr sagte: »Madame, wie tapfer Sie sind. So ruhig am Grab der Mutter, einer so herzensguten Frau. Gott möge sie in sein Reich aufnehmen.«

Ihre Freundin Marie umarmte sie schweigend, mit Tränen im Gesicht. Sie spürte den Schleier ihres Hutes auf ihrer Wange und dachte, wo hat sie nur diesen wunderschönen Hut her. Dann lehnte sie sich innerlich zufrieden, die am besten Gekleidete zu sein, zurück an Gottfrieds Schulter und flüsterte leise: »Ich danke dir für deine Güte, dass du den Sarg bei dir in der Stube behalten hast.«

Als er sanft ihren Handschuh mit den Lippen berührte, musste sie daran denken, wie er vor drei Tagen ganz plötzlich, den Reisestaub noch auf der Kleidung, in der Tür stand. Vor Schreck über sein unerwartetes Eintreffen wies sie in aller Eile die Gesellen an, den Sarg aus seinem Zimmer in die Sattlerei zu schaffen. Doch der gute Gottfried hatte ihr auf ihre Geschäftigkeit hin Einhalt geboten und mit Tränen der Rührung in den Augen zu ihr gesagt: »Gesche, um Himmels willen, du kannst doch deine Mutter nicht ihre letzten Tage auf Erden in die Werkstatt bringen. Deine Mutter war ein Engel. Ich werde ganz gewiss ruhig in ihrer Nähe schlafen. Einen solchen Engel würde ich sogar mit in mein Bett nehmen.«

Während er nun mit gesenktem Kopf die Tote in sein Gebet einschloss, sah sie mit einem seltsamen Ausdruck auf ihre drei Kinder herab. Marie hielt jetzt die größere Adeline an der Hand, die anfing zu weinen, als die Großmutter in die Tiefe gelassen wurde. Das jüngste Kind, Johanne, saß auf Betas Arm und hatte die Ärmchen fest um ihren Hals geschlungen. Heinrich schob gerade seine kleine Hand in die große von Gottfried und hielt den Blick starr auf den Boden gesenkt. Die ganze Nacht hatte sie sich den Kopf zerbrochen, warum alle drei

Kinder bis zum heutigen Beerdigungstag nicht dazu zu bewegen gewesen waren, Gottfrieds Stube zu verlassen. Eigentlich ist das ein Beweis für den Vater, dass der Gottfried doch ein guter Kerl ist, dachte sie und schielte wieder zu Marie, die in ihrer Trauer wunderschön aussah. Die Marie ist frei, ärgerte sie sich, frei für einen Ehemann, ohne lästige Kinder. Keine Niederkunft hat ihren Körper gezeichnet. Sie muss keine Mieder tragen, um sich zu schnüren. Ach, wäre die Mutter noch auf Erden, würde sie mich verstehen.

Äußerlich ruhig und gelassen, tat sie es nun dem Vater gleich, beugte sich über das Grab und deckte den Sarg mit einer Handvoll Erde zu. Dann faltete sie die Hände vor der Brust und sprach ein kurzes Gebet. Doch als sie den Blick wieder hob, spürte sie sich plötzlich heimlich beobachtet. Sie glaubte, dass es ein Engel sei, der von Gott auf die Erde geschickt wurde, um sie für ihre Sünden zu bestrafen, und blickte ängstlich in die umstehenden Gesichter. Man lächelte ihr zu und sprach ihr Trost und das Beileid aus. Aber kein Augenpaar sah sie so an, dass sie sich fürchten musste. Erst als die meisten Trauergäste die Grabstätte verlassen hatten, entdeckte sie hinter einer Weide den Umriss einer Gestalt. Als diese bemerkte, dass sie entdeckt worden war, drehte sie ihr den Rücken zu und entschwand rasch ihren Blicken. Erleichtert, dass es kein Engel war, beruhigte sie ihr Gewissen mit der Vorstellung, dass es sicher einer von den armen Leuten war, denen Mutter immer etwas gegeben hatte. So entging ihrem schwachen Augenlicht, dass der Fremde auf dem Rücken über der verwaschenen Uniform einen Tornister trug, die Sohlen seiner geflickten Husarenstiefel bei jedem Schritt an den Zehen wie ein Schnabel auseinanderklafften, und dass er sich auf ein Bajonett stützen musste, als er langsam und mühevoll davonhumpelte.

Eine Woche später kniete Beta in Gottfrieds Stube auf dem Boden vor der kleinen Johanne und versuchte seit Minuten, das immer heftiger weinende Kind zu beruhigen. Sie hielt eine

Stoffpuppe in ihren Händen und ließ sie vor dem Kind auf und ab tanzen, doch Johanne schrie nur noch lauter und rieb sich mit den dicken Händchen die Augen.

»Was hat das Kind nur, kannst du es nicht beruhigen, Beta?« Nervös legte Gesche ihre Lektüre zur Seite und erhob sich. »Sieh nach, weshalb sie weint, oder lege sie zurück in die Wiege zum Schlafen«, befahl sie ihr und begab sich zum Tisch, den sie für zwei Personen zum Nachmittagstee gedeckt hatte.

Einen Moment blieb sie gedankenverloren vor dem Porzellangedeck stehen und ordnete dann mit einem leisen Seufzer auf den Lippen die Frühlingsblumen in der Vase, die sie eigens für Gottfried aus dem Garten geholt hatte. Wo er nur wieder bleibt, dachte sie und zupfte rasch noch ein paar welke Blätter von den Stielen. Zum wiederholten Mal schon rückte sie die Teller von einem Platz auf den anderen und putzte mit einem kritischen Blick auf die kleinen Kuchengabeln das Silberbesteck. Dabei sah sie immer wieder sehnsüchtig auf die Uhr im Wandkasten. Seit einer Stunde erwartete sie Gottfried zum Tee und begann, sich Sorgen zu machen.

Beta erriet, was Madame bedrückte, und versuchte, sie zu beruhigen: »Der Herr Gottfried wird ganz gewiss noch kommen, Madame. Er hat es doch versprochen. Und Herr Gottfried hält seine Versprechen.«

»Ich vergehe aber vor Ungeduld nach ihm«, erwiderte Gesche, »wenn das Kind bloß nicht immerfort schreien würde. Wo nur die Amme mit der Adeline und dem Heinrich bleibt? Sicher ist es das Kind, was ihn davon abhält, mit mir Tee zu trinken. Gestern ist er auch schon nicht zum Dinner erschienen. Er mag eben keine schreienden Kinder. Ein Reisender wie er sucht bei mir die Ruhe und Erholung von seinen langen, beschwerlichen Fahrten. Erst wenn die Kinder in ihren Betten schlafen, dann kann ich endlich auf Gottfried hoffen. Warum muss dieses Kind auch immerzu brüllen?«

»Es ist erst fünf Vierteljahre alt, Madame. Da ist das eben so.« Sie hob die sich heftig wehrende Johanne vom Boden auf und wollte mit ihr das Zimmer verlassen, als Gesche ihr, nun wieder anderen Sinnes, in den Weg trat. »Gib sie mir!«, befahl sie ihr und sagte, »ich habe in der Küche noch etwas Kuchen von der Beerdigung. Lauf und hole Johanne ein Stück davon. Das wird sie beruhigen.«

Sie war einer plötzlichen Eingebung gefolgt, die ihr just in dem Augenblick erneut die so ersehnte Zukunft mit Gottfried vorgaukelte und sie auf den Gedanken brachte, wie schön es doch wäre, würde die Johanne nie mehr schreien. Seltsamerweise beunruhigte sie dieser unheimliche Gedanke nicht, noch verspürte sie Angst wie bei der Mutter oder Gerhard. Sie war lediglich etwas verwundert, dass sie nicht eher darauf gekommen war.

Die Magd ahnte nichts Böses und beeilte sich, das Gewünschte zu besorgen. Als sie das Zimmer verließ, lief Gesche rasch nach nebenan in die Wohnstube und holte etwas von dem aufbewahrten Arsenik aus der Schublade. Zurück in Gottfrieds Zimmer, nahm sie der Magd den Kuchen aus den Händen und schickte sie erneut in die Küche. »Schnell, Beta, hole noch etwas Limonade zum Trinken für die Johanne.«

Sie lauschte eine Weile an der Tür, bis Betas Schritte verklangen, und als sie sich sicher war, dass die Magd in der Küche rumorte, schmierte sie mit ruhiger Hand, als wäre es das Alltäglichste von der Welt, das Arsenik mit etwas Butter auf das Stück Kuchen und schob es dem Kind auf ihren Knien in den geöffneten Mund. Sie führte ihre grauenvolle Tat mit so viel Ruhe aus, dass sie hinterher erstaunt war, wie wenig ihr die Johanne bedeutete. Das kleine Mädchen klatschte vor Begeisterung in die dicken Händchen und verlangte sogleich nach mehr. Als das Kind das Stück Kuchen bis auf den letzten Krümel aufgegessen hatte, legte sie es, in Gedanken bei dem Geliebten, zurück in die Wiege. Ohne eine Gewissensregung, lediglich mit einem kurzen Blick auf das vom Essen schläfrig gewordene Mädchen, dachte sie: Hoffentlich beschmutzt sie mir die rosa Daunenkissen nicht, und erinnerte sich, wie viel Mühe es ihr bereitet hatte, die Spuren von Gerhards Todeskampf zu beseitigen. Um fünf Uhr nachmittags, sie hatte sich gerade mit bohrenden Kopfschmerzen niedergelegt, wurde sie von der aufgeregten Magd mit den Worten geweckt: »Madame, die Johanne ist so unruhig, sie würgt furchtbar an Erbrochenem und windet sich in heftigen Bauchschmerzen.«

Noch schlaftrunken, sprang sie aus dem Bett und versuchte, sich zu erinnern. Doch das Erste, woran sie dachte, war Gottfried, ihr Geliebter. Und mit den Worten: »Ist der Herr Gottfried noch nicht zurück?«, folgte sie rasch der Magd. Angekommen bei der wimmernden Johanne, beugte sie sich über die Wiege. Als sie sah, dass Johanne sich heftig erbrach, nahm sie das Mädchen auf den Arm. Dabei strampelte es wild, versuchte zu schreien, verschluckte sich und röchelte.

Gesche spürte Betas Blick im Rücken und schickte einen leidgeplagten Blick zur Decke. »Oh, Gott im Himmel, willst du mir jetzt auch noch die kleine Johanne nehmen?« Dann drückte sie das Kind an ihre Brust, spielte die vor Schmerz besinnungslose Mutter und wünschte sich insgeheim, dass sie endlich stürbe.

Gegen acht Uhr am Abend erschien Gottfried. Dem Anstand gemäß, trug er über der Reisekleidung einen Trauerflor um den Arm. Viel zu viel Leid hatte er nun schon im Haus Miltenberg miterlebt. Bereits an der Tür, als er vom Pferd stieg, erfuhr er vom Unglück. Er hatte sich so auf einen ruhigen Abend in angenehmer Gesellschaft gefreut. Doch ein gutes Essen und zwei liebende Arme allein bestimmten diesen Abend nicht mehr. Die gute Laune verflog, und er hastete die Stufen zu seinem Zimmer hinauf. Bevor er eintrat, tat er einen tiefen Atemzug und dachte, der Satan kennt sich in diesem Hause aus, erst Gerhard, dann die alte Mutter Timm, und nun streckt er seine Hand gar nach der Johanne aus. Im gleichen Moment flog vor ihm die Tür auf und Gesche, aufgelöst und in Tränen, stürzte ihm entgegen. Sie warf sich ihm an den Hals, überschüttete ihn mit Küssen und Tränen, lachte und jammerte zugleich: »Endlich, Geliebter, endlich, oh sieh nur, welches Unglück wieder über mich arme Frau hereingebrochen ist. Aber jetzt bist du ja endlich da, und alles wird gut!«

Gottfried beruhigte sie und küsste ihr die Tränen vom Gesicht, im Geist sah er dabei das Hühnchen in Rotweinsoße davonflattern. Dann zog er die kleine Johanne auf seine Knie, untersuchte ihren Mund, ihre Ohren und hielt sein Ohr an ihre Brust. An eine Vorsehung glaubte er nicht, und so stellte er nüchtern fest: »Johanne braucht einen Doktor«, sah dabei auf die Uhr und dachte, müde vom langen Ritt, jetzt noch einmal auf das Pferd steigen, es ist bestimmt schon abgesattelt, und der Doktor ist vielleicht gerade unterwegs bei einem Patienten.

Dann wechselte er einen Blick mit Gesche, die vor ihm auf dem Boden kniete, einen endlos langen, schweigenden Blick, der nur von Johannes Wimmern unterbrochen wurde, und dachte, was eigentlich mache ich hier ...? Liebe ich sie noch ...? Ich habe Gerhard versprochen, mich um sie zu kümmern. Ist es das? Doch dann kam ihm die rettende Idee.

»Es ist schon zu spät, um den Doktor zu holen, chérie«, sagte er, »ich werde Johanne etwas Wein mit Wasser geben. Das wird ihr sicher helfen. Kinder erbrechen schnell.« Wieder fielen ihm die drei Krankheitsfälle im Haus ein. Es könnte irgendein böser Keim im Haus sein. Einer, der im Nachtstuhl sitzt oder im Fleisch in der Vorratskammer, überlegte er und gab Johanne den Daumen zum Nuckeln, während die andere Hand der Geliebten übers Haar strich.

Nachdem er Johanne eine Schale von seinem besten Wein mit Wasser zu trinken gegeben und sich die Kleine daran erquickt hatte, wurde sie zusehends ruhiger und schlief friedlich in ihrem Bett ein. Gegen zehn wurde Gottfried müde, und er verabschiedete sich von Gesche mit den Worten: »Siehst du, wie friedlich sie schläft, alle Sorge war unbegründet. Ein tiefer Schlaf ist wie ein guter Doktor.«

Doch Gesche ließ die Angst nicht einschlafen. Unruhig wälzte sie sich von einer Seite auf die andere. Die Johanne erschien ihr zu ruhig, und so gedachte sie, noch einmal nach ihr zu sehen. Als sie sich über das Bett beugte und ihr mit den Fingerspitzen über die rosigen, eiskalten Wangen strich, sprang ihr Herz vor Freude. Erst dann zerriss ihr Aufschrei die nächtliche Stille im Haus. Johanne war tot.

Dass Töten so leicht von der Hand gehen konnte, erfüllte Gesche anstelle von Trauer mit Freude und trieb sie zu neuen verbrecherischen Handlungen. Begeistert schritt sie drei Tage nach dem Tod der kleinen Johanne sogleich zur nächsten Tat.

Adeline war seit acht Tagen bettlägerig. Sie litt an der Krankheit ihres Vaters, und Gesche hatte insgeheim gehofft, dass das Kind über kurz oder lang daran sterben würde. Als sie nun plötzlich vor ihr in der Stube stand, quicklebendig und fast genesen, gab sie auch ihr von dem vergifteten Kuchen. Adeline starb nach wenigen Tagen ebenso qualvoll wie ihr Vater. Sie hielt noch im Todeskampf Gesches Beine umklammert und flehte sie um Hilfe an. Doch Gesche sah ruhig ihrem Sterben zu und wartete geduldig ab, bis der kleine, gemarterte Körper sein Leben aushauchte. Aus Angst davor, dass die Leute Fragen stellen könnten, stattete sie das Bildnis, das ihr einst der selige Schwiegervater geschenkt hatte und das ihrer Tochter so ähnlich war, mit einem kostbaren Goldrahmen aus. Sobald sie jemand aufsuchte, holte sie das Bild hervor, lobte es in den höchsten Tönen und sagte jedes Mal unter einem Strom geheuchelter Tränen: »Je älter meine Adeline wurde, desto ähnlicher wurde sie dem Bildnis. Jetzt ist dies meine kleine Adeline.«

»Wenn du mich so weiter pflegst, wirst du mich noch lange behalten.« Johann Timm führte den Löffel mit der Suppe zum Mund und lächelte über den Löffelstiel hinweg. Er hatte lange schweigend überlegt, womit er Gesche aufmuntern konnte. Seit dem Tod der Adeline kam sie ihm seltsam in sich gekehrt vor, und sein Herz zerfloss in Mitgefühl. Könnte ich ihr doch nur diese schwere Bürde abnehmen, dachte er und schielte hinüber zu Gottfried, der sich die Reste der Suppe vom Mundwinkel tupfte und über den Tisch nach ihrer Hand griff. Eigentlich wären sie doch ein schönes Paar, ach, wenn doch nur nicht Gottes Missfallen auf ihr lasten würde. Denn die Geschehnisse im Hause Miltenberg gaben ihm zu denken und ließen ihn oft nächtelang kein Auge zutun, immer in Gedanken, womit sie Gott so erzürnt haben könnte, dass er ihr in kurzer Zeit alles nahm, was sie liebte.

Gesche war über seine Worte zutiefst erschrocken. Ahnte er etwas? Hatte er vielleicht mitbekommen, dass sie das Ratzenkraut aus dem Küchenschrank mitgenommen hatte?

Mit solcherlei Ängsten beschäftigt, lächelte sie Gottfried heimlich verliebt zu. Als sie sah, dass sein Teller leer war, fragte sie ihn mit honigsüßer Stimme: »Darf ich dir noch etwas Suppe reichen, mein Geliebter?« Ohne seine Antwort abzuwarten, nahm sie die Suppenkelle, schöpfte etwas Suppe aus der Terrine und sagte mit einem kurzen Seitenblick auf den Vater: »Ich will es nicht hoffen, Vater, dass ich dich schon bald pflegen muss. Du bist noch ein rüstiger Mann und gesund wie ein Bär.«

Dabei runzelte sie die Brauen und dachte insgeheim, was ist es nur, was Vater immer so stärkt, wenn er von den täglichen Besuchen am Grab der Mutter zurückkehrt?

Während sie sich selbst eine Kelle nachschöpfte, verfolgte sie nachdenklich die ruhige Hand des Vaters, wie sie den Löffel umständlich zum Munde führte. Dabei fielen ihr seine Worte auf Adelines Beerdigung ein: »Bei deinem dritten Kind ist dein Vater nicht mehr da. Den Heinrich begleite ich nicht zum Kirchhof.«

Augenblicklich war sie wieder da, die Angst, die sie schon seit Tagen beschäftigte und sie nicht mehr ruhig schlafen ließ, er könnte von dem Gift wissen. Der Entschluss, auch ihn zu vergiften, keimte schon lange in ihrer Brust. Heute Morgen, beim Zubereiten der Suppe, hatte sie sich stark genug gefühlt, etwas aus ihrem Vorrat an Ratzenkraut zu holen, um es ihm unter die Suppe zu mischen.

»Weißt du, Gesche, dass sich dein Vater niemals vor ein Uhr nachts schlafen legt?«, fragte Gottfried. Sein Blick wanderte nachdenklich zwischen Vater und Tochter hin und her. Er wollte Johann Timm damit aufmuntern und das Schweigen beenden.

Gesche lächelte. »Ja, Gottfried, das weiß ich, sehe ich doch immer spätabends das Licht in seinem Zimmer.«

Sie wechselte mit dem Vater einen Blick und ergänzte: »Vater hat Angst, dass ihn der liebe Gott auch zu sich nimmt und nicht alles für mich geregelt ist, wenn es so weit ist. Nicht wahr, Vater?« Sie tätschelte seine Hand. »Gestern erst hat er Gott wieder gefragt, ob sein Wunsch erfüllt wird, bald bei der Mutter zu sein.«

Johann Timm schaute bei den Worten still vor sich hin und tupfte die Finger in die kleine Schüssel mit Wasser, die ihm Beta dienstfertig reichte. Mit Freude sah Gesche, dass er von der Suppe nichts übrig gelassen hatte, und gab Beta das Zeichen, den Tisch abzuräumen. Als er sich gleich darauf vom Tisch erhob, täuschte sie Sorge vor und sagte: »Vater, ich werde dich nach Hause begleiten. Im Dunkeln treibt sich in den Ecken allerlei Gesindel umher.«

Johann tätschelte erneut dankbar ihre Hand. Was für ein gutes Kind, dachte er, selbst gezeichnet vom Schicksal, denkt sie doch immer zuerst an ihre Lieben.

Zu Hause, im Elternhaus, im obersten Stockwerk, wo der Vater seine Stube hatte, seitdem der Tischler Bolten mit seiner Familie eingezogen war, saßen sie beide noch lange gemeinsam am Stubentisch und unterhielten sich. Gesche hörte ihm zu und dachte daran, wie einst an diesem Tisch von Post ihren Ehevertrag mit Miltenberg unterzeichnet hatte. Johann sprach viel von der Mutter, und Gesche sehnte sich nach Gottfried. Doch zurückzugehen getraute sie sich nicht, aus Angst, dass es dem Vater schlecht ergehen könnte und sie zu ihm gerufen würde. Später, als der Vater sich endlich zur Ruhe begab, vermied sie es, sich auszukleiden, und wachte unruhig ein Stockwerk tiefer in der Küche. Irgendwann um vier Uhr des Morgens, sie musste im Lehnstuhl eingenickt sein, wurde heftig gegen die Tür geklopft. Es war der Tischler Bolten. Die Augen vom Schlaf gerötet, stand er vor ihr und sagte hastig: »Madame, Sie müssen schnell zu Ihrem Vater. Er ist auf den Boden gefallen und verlangt nach Ihnen!«

Hastig rannte sie hinter ihm die Stufen hinauf. Die Tür stand offen. Seine Schreie drangen bis auf den Flur hinaus, und ihr wurde ganz mulmig zumute. Als der Tischler vor ihr in das Zimmer laufen wollte, hielt sie ihn angsterfüllt am Ärmel zurück.

»Ist schon gut, Meister Bolten«, sagte sie. »Jetzt bin ich ja bei dem Vater.«

Der Tischler blickte sie erstaunt an. Einen Moment lang packte sie wieder die Angst. Ahnte er etwas?

Doch dann stürzte sie an ihm vorbei zu dem Vater am Boden und rief, Entsetzen heuchelnd: »Oh, Vater, was machst du denn nur für Sachen, liegst hier neben dem Bett auf den kalten Dielen.«

Zugleich warf sie einen prüfenden Blick zur Tür und stellte fest, dass Meister Bolten verschwunden war. Da bückte sie sich zufrieden und griff dem vor Schmerz Bewusstlosen unter die Arme. Als sie ihn auf das Bett hinaufzog, wunderte es sie, wie leicht er war, und sie dachte bei sich, er ist wahrlich ein alter, gebrechlicher Mann, es wird Zeit, dass er der Mutter folgt.

Dann setzte sie sich neben ihn auf das Bett und streichelte beruhigend seine Hände. Dabei verfolgte sie aufmerksam, wie er sich vor Schmerzen krümmte und die Hände gegen den anschwellenden Bauch presste. Zwischendurch bäumte er sich auf und stöhnte qualvoll. Er stirbt wie Gerhard, lächelte sie kalt und beugte sich tiefer zu ihm hinab, bis sie seinen Atem spürte. Wie einfach doch alles ist, dachte sie, ich kann ihm ganz ruhig in das Gesicht sehen.

Irgendwann öffnete Johann den Mund, eine schwärzlich gelbe, zahnlose Höhle. Sie wartete geduldig, meinte, dass er etwas sagen wollte. Dabei fiel es ihr ein, wie ruhig die Johanne nach dem Wein und dem Wasser geworden war, und sie beschloss, zurück in ihr Haus zu gehen, um den Wein zu holen. Als sie sich aufrichtete, griff er nach ihrem Arm. Sie sah, dass er die Augen immer noch geschlossen hielt, doch seine Lippen bewegten sich. »Geh nicht von mir weg«, flüsterte er. Da nahm sie seine Hand und blieb an seinem Bett. Am nächsten Morgen erwachte er entspannt und verlangte nach dem Tischler Bolten.

Der Tischler blieb eine Stunde bei ihm. Sie hörte, wie sie sich leise unterhielten, und dachte eifersüchtig bei sich, zu ihm muss der Vater mehr Vertrauen haben als zu mir, und gleich wieder ängstlicher, hoffentlich bemerkt er nicht, dass ich ihm etwas gegeben habe?

In der nächsten Nacht blieb sie wieder bei ihm. Als die Uhr eins schlug, fing er plötzlich furchtbar an zu schreien und weckte mit seinem Geschrei die Nachbarinnen Hinnebeck und Bleydorn, zwei stadtbekannte Tratschweiber. Gemeinsam mit Bolten und seinem Eheweib versuchten sie, den wimmernden Johann zu beruhigen. Die Hinnebeck war in ihrem faltigen Gesicht ganz blass geworden und rief entsetzt aus: »Oh, was muss der arme Mann nur so leiden!«

Die Bleydorn, eine rothaarige füllige Frau, die mit ihrem sechsten Kind schwanger ging, schimpfte mit einem Seitenblick auf Gesche: »Das geht doch nicht mit rechten Dingen zu, das mit der Familie der Miltenbergin. Man sollte die Leichen untersuchen.«

Gesche funkelte sie daraufhin an, erwiderte etwas von böswilligen Nachreden und ließ den wimmernden Vater allein mit den Nachbarinnen zurück. Dann lief sie rasch hinüber zu ihrem Haus, um den Wein zu holen. Auf dem Rückweg überfiel sie erneut die Angst. Sie flehte innerlich den Herrgott an, dass er die Nachbarinnen nach Hause schicken solle, und wünschte sich, dass es dem Vater besser gehe. Doch als sie in das Zimmer zurückkam, lag der Vater wieder ausgestreckt auf dem Boden. Der Tischler saß mit dem Rücken zu ihr über den Leblosen gebeugt und bemühte sich um ihn. Flink flößte sie dem Vater etwas von dem Wein zwischen die schwarz verfärbten Lippen. Schon nach wenigen Minuten konnte sie ihn zurück auf das Bett heben. Dort wurde er plötzlich ganz ruhig und starrte lange Zeit wie abwesend zur Decke. Gleichzeitig begann er, irre zu sprechen. Er kicherte plötzlich leise: »Stell dir vor, Tochter, eben sehe ich deine Mutter auf meiner Bettdecke mir freundlich zulächeln, so als wolle sie sagen, bald sind wir wieder vereint.«

Irgendwann schlief er eine Stunde ein. Als er wieder erwachte, war er ganz klar im Kopf. Er erhob sich, beruhigte Gesche, als sie ihn zurückhalten wollte, schlurfte auf wackligen Füßen zur Kommode, öffnete eine Schublade, entnahm ihr einen kleinen grauen Kasten mit einem Schloss und gab ihr den Schlüssel.

»Wenn ich sterbe, so nimm den Kasten gleich mit nach Hause. Du wirst alles darin in bester Ordnung finden, dafür, mein Kind, bin ich die Nächte aufgeblieben. Und bitte, meine Tochter, erfülle mir noch einen Wunsch, lass meine Leiche gleich hinüber zu dir tragen.« Er drückte, bevor er ganz ruhig einschlief, noch einmal ihre Hände und sah ihr voller Liebe in die Augen, so als wollte er die Erinnerung an ihr schönes Gesicht mit ins Jenseits nehmen. Dann, zwei Stunden später, war auch er tot.

»Gesche, du musst endlich der schändlichen Nachrede Genüge tun und die Leiche des kleinen Heinrich öffnen lassen. Das bist du nicht nur deinen Freundinnen, sondern auch deiner eigenen Ehre schuldig. Die ganze Stadt spricht schon davon, dass in deinem Haus etwas nicht mit rechten Dingen zugeht. Madame Hinnebeck hat überall erzählt, du wärest recht lustig gewesen am Krankenbett deines Vaters. Oh, Gott hab den Braven selig ...«

Marie tupfte Gesche mit einem feuchten Tuch über die verschwitzte Stirn und reichte ihr zur Erquickung eine Tasse

Tee. Gesche richtete sich auf und trank mit kleinen Schlucken. Dann schlang sie in einem plötzlichen Anflug von Selbstmitleid die Arme um den Hals der Freundin und weinte heftig an ihrer Brust. »Oh, Marie, meine Freundin, nichts würde ich mehr begrüßen als eine Entkräftung dieser üblen Nachreden. Du siehst doch selbst, meine Freundin, dass mich der Tod meines geliebten Heinrichs auf das Krankenlager geworfen hat.«

Marie wurde von den Tränen angesteckt und begann nun ebenfalls zu weinen: »Oh, geliebte Freundin, dein Leid ist auch mein Leid. Aber welche unheimliche Vorsehung. Ich verstehe das alles nicht und habe Angst, auch dich zu verlieren. Wie ich sehe, geht es dir nicht nur gesundheitlich schlecht …?«

Sie blickte neugierig um sich und wischte sich mit einem Taschentuch die Tränen aus den Augen. »Deine wertvollen Ölgemälde, deine silbernen Leuchter, deine teuren Kleider – das alles musstest du schon versetzen …?«

Bei der Erwähnung ihrer Geldnöte täuschte Gesche einen Hustenanfall vor. Sie röchelte und griff sich panikartig an den Hals, als befürchte sie in diesem Moment, ihr Leben auszuhauchen. Marie, in Sorge, entsetzt und zutiefst erschrocken, fing sie gerade noch in ihren Armen auf und flößte ihr rasch etwas Tee ein. Ihre Hände zitterten dabei, während sie ausrief: »Oh, mein Gott, ich werde jetzt den Doktor holen, ich kann es nicht zulassen, dass du mir auch stirbst!«

Diese Aussicht belebte Gesche rasch wieder. Die verkrampften Züge glätteten sich, die Blässe schwand, und ihr Gesicht bekam seinen frischen Ausdruck zurück. Sie mimte aber weiterhin die Geschwächte, ließ sich zurück in die Kissen fallen, bedeckte mit der Hand die Augen und stöhnte leise. »Deine Anteilnahme tut so gut. Aber, liebste Freundin, sorge dich nicht so sehr um mich. Ich komme schon klar. Der geschätzte Herr Kassow hilft mir ab und zu mit ein paar Reichstalern aus. Er ist so gütig.«

Sie erinnerte sich, wie sie Kassow am Vorabend aufgesucht hatte und in perfekter Vorgabe ihres baldigen Todes mit der

Lüge überraschte, den armen Waisenkindern noch etwas zu spenden, bevor der Herrgott sie heimholte. Sie hatte dabei gar fürchterlich um den kleinen Heinrich getrauert und Kassow fest versprochen, seine eigenen Kinder einmal als ihre Erben einzusetzen. Beruhigt über diese Auskunft, lächelte sie innerlich triumphierend. Immerhin kostete sie die wechselnde Trauerkleidung ein Vermögen, und Miltenbergs Erbschaft und die des Vaters waren ihr bei den letzten Feierlichkeiten zwischen den Finger zerronnen. Allerdings hatte sie nicht vermutet, dass er um Heinrich trauern würde. Sein Tod war ihm ziemlich nahegegangen, zumal er erst wenige Tage zuvor, anlässlich einer Liebesstunde, geäußert hatte, den kleinen Heinrich zu sich zu nehmen und für ihn zu sorgen. Vielleicht hätte sie Heinrich auch das Gift nicht verabreicht, hätte er sie nicht eines Abends beim Zubettgehen plötzlich gefragt: »Mutter, warum nimmt dir der liebe Gott alle deine Kinder?«

Seine unschuldigen Worte waren ihr wie ein Dolchstoß mitten ins Herz gedrungen und hatten sie auf die Idee gebracht, auch ihn aus dem Wege zu räumen. Jedoch hatte es ihr der Heinrich nicht leicht gemacht. Den zweiten Tag nach der Einnahme des Giftes stand er plötzlich wie aus heiterem Himmel, völlig abwesend, kerzengerade im Bett. Ihr war so bange geworden. Alles war so unheimlich, dass sie vor Schreck die Magd Beta rief, sie solle ihr geschwind Milch herbeibringen. Erst später hatte sie über diesen unbedachten Ausruf nachgedacht. Milch war ja bekanntlich ein Gegengift, und so hätte sie sich sicher verraten, wäre in diesem Moment ein Fremder bei ihr gewesen. Aus Angst vor weiteren Nachreden hatte sie den Doktor gerufen, der dem Heinrich sogleich ein Bad verordnete, was ihm sehr gut bekam. Denn danach ruhte er eine halbe Stunde ohne Schmerzen. Plötzlich wachte er auf, verdrehte fürchterlich die Augen und rief: »Oh, Mutter, mir lacht die Adeline zu. Sie steht auf dem Ofen, neben Vater … bald bin auch ich im Himmel.«

Drei Tage später gab sie Maries Verlangen nach und erschien, von Krankheit und Trauer gebeugt, an ihrem Arm auf dem Friedhof. Alle Freunde und Bekannten waren erschienen, auch die, die ihr nicht wohlgesonnen waren und nach einer Öffnung der Leiche verlangt hatten. Der Polizeikommissar, Herr von Post und der Doktor waren zugegen, als die kleine Leiche wieder ans Tageslicht gehoben wurde. Man brachte sie ins gerichtsmedizinische Institut, wo ihr der Doktor ein paar Stunden später versicherte, das Kind sei an einer Darmverschlingung der Eingeweide gestorben. Aus Freude über ihren Triumph brachte sie die Nachricht später selbst unter das neugierige, sensationslüsterne Publikum und wurde augenblicklich wieder gesund. Die so abgewendete Gefahr veranlasste sie, allen künftigen ähnlichen Gerüchten noch kräftiger als bisher entgegenzuarbeiten. Als Erstes begann sie, listig das Erbteil des Vaters, welches in einem kleinen, für sie wertlosen Stück Land bestand, seinen bedürftigen Schwestern zu schenken. Mit Kassows Geldgeschenken konnte sie es sich jetzt leisten, ihre Wohltätigkeit nach außen hin weiter auszubauen. Wo sie von Armen hörte, dort hörte sie ihnen geduldig zu und versuchte, Wünsche zu erfüllen, Kranken und Wöchnerinnen bereitete sie Speisen und erbot sich, sie zu pflegen. Sie betrachtete die Kosten ihres Wohltuns als notwendigen Tribut, um ihre Schuld abzutragen. So war sie bald als besonders gütiger und hilfreicher Engel bekannt, und ihrem Ziel, Gottfried zu besitzen, stand nun nichts mehr im Wege. Voll Entzücken, nun Erbin des Vermögens ihrer Kinder, frei und unabhängig ging sie in ihrer Eitelkeit sogar so weit, dass sie anfing, in ihrer Umgebung zu prahlen, nun wieder als eine Jungfrau zu gelten.

Falsche Tränen um Christoph

Währenddessen schrieb im Juni des Jahres 1816 ein einsamer Mann auf seinem Weg von Lyon nach Bremen in sein Tagebuch: »Gestern aus dem Hospital in Lyon entlassen, nach langer Verletzung. Die dortigen Nonnen haben mich bis zuletzt sehr liebevoll gepflegt. Zum Abschied haben sie mir allesamt etwas von ihrem Taschengeld abgegeben, für den beschwerlichen Weg zu meiner ach so geliebten Schwester, nach der ich seit meiner Verwundung vor Moskau in Sehnsucht vergehe. Gestern Nacht wurde ich beim Schlafen unter freiem Himmel auf einer Wiese an der Weser von der Polizei verhaftet. Zunächst glaubten sie, dass ich den Franzosen diene, und wollten mich standrechtlich erschießen. Aber dann haben sie sich meiner erbarmt und mich meiner Wege ziehen lassen, nachdem ich ihnen meinen Schein gezeigt habe, worauf steht, dass ich schon lange dienstunfähig bin.«

Am gleichen Abend, auf einem abgelegenen Bauernhof in einer alten Scheune sicher in einer Strohmiete versteckt, schrieb er weiter: »Ach, es ist schon ein Graus, das mit der französischen Uniform. Niemand will mir Obdach gewähren, niemand erbarmt sich meiner. Wenn der Bauer mich in meinem Versteck findet, wird er den Hund auf mich hetzen und mich von seinen Knechten mit Dreschflegeln vom Hof jagen lassen. So wie es erst gestern in einer Herberge geschehen ist. Mit Fußtritten haben sie mich aus dem Haus geworfen, als ich die Wirtsleute um etwas Brot, Wein und ein Nachtlager bat. Zu meinem Leidwesen ist die Weser bedrohlich angestiegen und überall weit über die Ufer getreten. Der reißende Strom hat viele der am Ufer stehenden Bäume entwurzelt und mitgerissen. Das wilde Rauschen des Wassers hört sich in der Nacht wie das Tosen eines gewaltigen Wasserfalles an. Um nicht mit fortgespült zu werden, musste ich meinen Schlafplatz in die verlassene Scheune des Bauern verlegen. Es regnet nun schon seit Tagen, und ich sehne mich nach meinem Elternhaus und nach meiner geliebten Gesche. Allein die Vorstellung, dass ich diesen langen Weg von Lyon bis Bremen bald geschafft habe und meine Schwester endlich wieder in meine Arme schließen kann, hält mich am Leben und gibt mir Kraft.«

Von einem Geräusch aufgeschreckt, steckte er das Tagebuch wieder in den Tornister zurück, krabbelte aus dem Stroh und schielte durch die Ritzen der Holzwand. »Ich muss weiterleben«, redete er sich selbst Mut zu, holte eine Pfeife hervor und steckte sie sich an. Am heißen Pfeifenkopf wärmte er seine Finger. Sein Magen knurrte, als ob Steine vom Dach polterten, während vor der Scheune ein mit Kuhmist beladenes Fuhrwerk hielt. Zwei Knechte, nicht allzu groß, aber so breit gebaut wie das Hinterteil des Braunen in der Deichsel, warfen den Mist auf eine Ackerfläche und verteilten ihn mit einer eisernen Forke. Sie lachten dazu und warfen sich zotige Witze zu.

»Verdammt«, fluchte er leise, »das kann dauern«, und wünschte sich in die warme Wohnung der Schwester und in ein weiches Bett. Er bibberte vor Kälte in der nassen Uniform, eiskalt zog es von den Beinen aufwärts, und es schüttelte ihn wie im Fieber.

»Ich muss es schaffen«, murmelte er zwischen den Zähnen und behielt ängstlich das Tor im Auge. »Nur noch wenige Meilen.«

Er begann, mit offenen Augen zu träumen. Sicher ist sie jetzt eine wohlhabende Dame der Gesellschaft, so wie sie es sich immer gewünscht hat. Ich muss sie unbedingt nach den Schuhen fragen, ob sie ihr gefallen haben, schwenkte er um. Viel zu lange habe ich nichts von mir hören lassen. Das hat sie bestimmt verärgert. Bei dem Gedanken begann sein Herz wie wild zu pochen. Wie bringe ich es ihr bloß bei. Es war doch nicht mehr möglich, nachdem ich mich im Münsterischen als Stellvertreter verkauft hatte und zur katholischen Religion übergetreten war. Bestimmt hält mich die ganze Familie längst für tot. Aber ich bin nun mal kein Schneider, eher mit Leib und Seele Franzose, und dafür bin ich ja auch beinahe auf dem Schlachtfeld gestorben.

Ob sie das wohl verstehen werden? »Ach ja, der Kaiser«, grinste er vor sich hin und befand sich sogleich wieder in Paris, auf Napoleons rauschenden Festen, tanzte auf dessen Hochzeit mit Marie-Luise von Österreich. Dort hatte er Jenny kennengelernt, ein Mädel mit Haut weiß wie Alabaster, mit schwarzem Haar und feurig wie ein Vulkan. Die Straßen von Paris waren unruhig, das Volk rebellierte gegen die Heirat mit der Habsburgerin. Aber die Verliebten störten sich nicht daran, für sie existierten nur ihr Glück und ihre kurze, heftige Liebe, bis der lange Russland-Feldzug kam, der alles zerstörte. Eigentlich sollte es ein Blitzfeldzug werden, hatte der Kaiser allen versprochen. Oh, wie stolz war er damals, in der Grande Armée kämpfen zu dürfen, und wenn er siegreich zurückkehren sollte, dann, hatte er dem Mädel versprochen, wollte er es heiraten. Aber die von allen in ihrer Kampftechnik so belächelten Russen waren schlau wie ihre Eisfüchse, hatten sich wie sie in das Landesinnere zurückgezogen, die undurchdringlichen Wälder und den eisigen Winter als Verbündeten an ihrer Seite. Bis vor Moskau hatten sie die Armee heimtückischerweise gelockt und waren dann unter dem Befehl dieses Kutusow wie die Barbaren über sie hergefallen. Dennoch – die Grande Armée verdiente ihren Namen, und Napoleon verstand es, Kriege zu führen. Hunger und Typhus, tief in den Gedärmen, der einen von innen her auffraß, oder tagelange Schneestürme und nordische Eiseskälte – nichts davon konnte sie aufhalten, als Sieger zogen sie in Moskau ein.

Oh, wie hatten sie damals im Siegestaumel gejubelt. Sie hatten Wetten abgeschlossen, wie viel Liter Wein sie saufen, wie viel Pelmeni sie verdrücken und wie viel von den heißblütigen

Russinnen sie flachlegen würden. Aber der Zar war ein Barbar, ein Schlauer noch dazu, überließ ihnen anstelle einer reichen Stadt eine verbrannte Stadt ohne Vorräte, ohne Ruhe und ohne Träume. Auf dem Rückweg, sie schliefen in selbst gebauten Schneehütten auf der eiskalten verbrannten Erde, erfroren ihm die Zehen, wurden schwarz wie ein Stück Holzkohle und waren zu nichts mehr zu gebrauchen. Von den Kosaken, die sie ständig durch die Eiswüste zurückverfolgten und wie Vieh vor sich hertrieben, fing er sich eine Kugel ein, sodass er das Ende der Grande Armée an der Beresina verpasste. Er erwachte erst wieder in Lyon im Hospital und konnte sich an nichts mehr erinnern. Jedoch dankte er seinem Schöpfer für die erwiesene Gnade, immerhin hätte es viel schlimmer kommen können, und die Ärzte hätten, wie bei manchen Verletzten, aus seinen Wunden Zähne und Knochenteile anderer Soldaten hervorholen können.

Die Pfeife war erloschen, durch die Holzritzen zog ein eisiger Wind. Er kroch tiefer in den haarigen Mantel und fuhr mit den Fingern durch die Löcher an den Ärmeln. Das große vor der Brust versuchte er mit Stroh zu stopfen. Hier hat es mich erwischt, dachte er und knurrte: »Es gab mal ein Kind, das wurde in einem warmen Stall geboren und lag nackt auf Stroh in seiner Krippe. Ich wurde wiedergeboren und lag auf Lumpen und wälzte mich in verkrustetem Blut. Verfluchte Welt! Was gäbe ich jetzt für einen Teller Suppe.«

Vor Verachtung spuckte er in das Stroh, zog den zerbeulten Tschako tiefer in die Stirn und dachte: Ich gehe jetzt einfach und öffne das Tor. Im gleichen Moment hatte Gott ein Einsehen, und das Fuhrwerk ratterte über den Acker davon. Rasch zog er den Säbel, schob ihn unter den Riegel, bis er sich mit einem leisen Klicken öffnete, und trat ins Freie. Der Wind riss ihm das Tor aus der Hand, und er blickte sich erschrocken um. Die Knechte waren nirgends zu sehen. Erleichtert schlug er den Mantelkragen hoch und zog mit eingezogenem Kopf weiter auf der Landstraße nach Norden, Richtung Bremen.

Schon eine geraume Weile betrachtete er das große gelbe Haus gegenüber seinem Elternhaus, so als hätte er es noch nie so gesehen. Irgendwie hatte er das Gefühl für die Zeit verloren. Denn wie lange er schon hier stand und die Fenster beobachtete, hatte er vergessen. Es begann bereits zu dunkeln, und nur noch wenige Leute kreuzten seinen Weg, als er sich endlich entschloss hinüberzugehen. Doch der Moment, bis auf sein Läuten die Tür geöffnet wurde, zog sich unendlich lang hin. Als endlich ein dunkelhaariges Mädchen nach seinem Begehren fragte, wollte er vor Scham weglaufen. In ihrem Lächeln jedoch steckten so viel Wärme und Herzlichkeit, dass er blieb. Sie sah so manierlich aus in ihrer weißen gestärkten Schürze, dem krausen Haar und der kleinen Stupsnase. Lange war es her, dass er eine Frau besessen hatte.

»Sie möchten sicher zu Madame«, flötete sie, und er überlegte, ob sie ihn wohl für einen Bettler hielt. Aber da erschien bereits Madame persönlich in der Tür. »Gib dem armen Mann einen Teller Suppe und ein paar Louisdors. Vielleicht noch einen neuen Mantel von unserem Gesellen«, befahl sie ihr, während sie sein Äußeres abschätzte.

Er wollte etwas sagen, starrte sie aber nur an wie eine Erscheinung. Erst als Gesche Anstalten machte, wieder im Inneren der Diele zu verschwinden, rief er: »Schwester, erkennst du mich denn nicht, ich bin es, Christoph!«

Eben noch im Gehen begriffen, verharrte sie jetzt auf der Stelle, mit einer seltsamen Mischung aus Erstaunen, Neugierde und Abscheu auf dem Gesicht. Dann fiel es ihr wie Schuppen von den Augen.

»DUUU …«, klang es seltsam gedehnt aus ihrem geschminkten Mund. »Ich dachte, du bist auf dem Schlachtfeld für deinen Kaiser gefallen?« Ihre Wiedersehensfreude hielt sich in Grenzen.

Vor Enttäuschung über den kühlen Empfang öffnete Christoph den Mund, ohne ein Wort zu sagen. Er sah an sich herab und dachte, sollte ich mich so verändert haben? Ist es die Verletzung oder sind es die verstümmelten Zehen? In der aufgerissenen Stiefelspitze schimmerte das schmutzige Papier, mit dem er die Füße umwickelt hatte, damit sie warm blieben.

»Ich habe dich auf der Beerdigung gesehen. Du warst so schön …!« Was rede ich da nur, dachte er und hoffte, dass sie ihn bald hereinließ.

»Und warum kommst du erst jetzt? Hast dich irgendwo in der Fremde herumgetrieben, und nun ist dir das Geld ausgegangen. Jetzt soll die Schwester herhalten. Ist es so?« Gesches Züge blieben hart, sie drückten Unwillen aus. Sie wartete.

»Ich benötige nur für einige Tage ein Nachtlager und etwas zu essen. Wir sind doch Zwillinge? Bitte, Gesche, lass mich in dein Haus«, bat er sie nun und fügte leise hinzu: »Du darfst mich nicht verstoßen, auch wenn ich ein Franzose geworden bin. Das bist du Vater und Mutter schuldig.«

Eine Nachbarin rief plötzlich vom gegenüberliegenden Fenster: »Madame Miltenberg, was haben Sie da für einen Besuch? So ein armer Bursche. Ist er ein Heimkehrer? Ja, es ist schon ein Graus, wie viele Deutsche sich für den Kaiser geopfert haben.« Sie hatte wohl die Uniform gesehen und sich ihre Gedanken gemacht. Eine andere rief jetzt, aus dem Fenster gebeugt, mit Wäscheklammern und einem Tuch in der Hand: »Hey, junger Mann, gehen Sie da bloß nicht rein. Aus dem Haus kommen Sie nur mit den Füßen zuerst wieder heraus!« Sie lachte und kreischte wie über einen gelungenen Witz.

Gesches Blick wurde daraufhin noch abweisender. Sie machte eine hochmütige abwehrende Bewegung mit dem Kopf in die Richtung der Nachbarin. Die Rufe jedoch verfehlten nicht ihre Wirkung. Jetzt war sie gezwungen, den Bruder hereinzulassen.

Unwirsch forderte sie ihn auf: »Na gut, tritt ein, du Krüppel. Mach mir aber nicht die Diele schmutzig.«

Dann ging sie ihm ins Haus voraus. Ihre ganze Haltung verriet den Abstand, den sie gewillt war einzuhalten. Sein Geruch und sein Aussehen waren ihr zuwider.

Am Treppenabsatz erschien Kassow. Er lehnte sich gegen das Geländer, um sie vorbeizulassen, und grinste. »Wem hast du denn da deine Tür geöffnet, meine Liebe? Einem ausgedienten Husaren?« Angewidert rümpfte er die Nase. »Geld hat er bestimmt nicht. Aber er wird dir ein vortrefflicher Liebhaber sein. Wenn du ihn erst gewaschen hast.« Mit einer gewissen Portion Zynismus fügte er hinzu: »Der Herr Gottfried kann ja zurzeit nicht dienen. Der Herr ist wieder in Geschäften ausgeflogen, wie ich hörte?« Er sprach leise, wollte, dass nur sie ihn verstand.

Sie raffte ihre Röcke und blieb vor ihm stehen. Er sah auf sie herab, lüstern und drohend. »Spar dir deinen Sarkasmus, mein Geliebter«, zischte sie und blickte über die Schulter.

Christoph war ebenfalls stehen geblieben. Seine Haltung drückte Erstaunen aus. Ein Teil der Worte war von den Wänden abgeprallt und bis zu ihm gedrungen.

Es ist mir egal, was du von mir denkst, sinnierte sie. Dies hier ist mein Haus.

Dann blickte sie wieder Kassow in die Augen. Ihre Blicke kreuzten sich wie zwei Schwerter. Wenn ich ihn nur nicht so brauchen würde, dachte sie. Aber verdammt noch mal, was kann ich gegen diese Liebe ausrichten. Sie lächelte honigsüß: »Womit habe ich deinen Unwillen hervorgerufen, mein Geliebter? Das hier ist mein Bruder, den alle Leute für tot gehalten haben, und nun ist er wieder da.«

»Ach herrje«, er mimte Erstaunen, »hast du mir nicht erst kürzlich aus dem Nachlass deiner Eltern ein paar Habseligkeiten verkauft? Ich glaube, du sagtest, sie seien von deinem Bruder. Da hat der Kriegsheld ja gar nichts zum Anziehen? Wenn er diese Uniform nicht bald ablegt, wird man ihn noch nachträglich denunzieren.« Sein Grinsen wurde noch breiter. Christoph war im Hause Miltenberg nicht willkommen. »Gib ihm doch ein paar Kleider von Gottfried. Er wird bestimmt nichts dagegen haben.« Kassow ergriff ihre Hand, hauchte einen Kuss darauf und sprang lachend die Stufen hinab. Sie sah ihm nachdenklich hinterher, seufzte und dachte, er macht kein Geheimnis aus seiner Abneigung gegen Gottfried. Seit der Heinrich tot ist, ist es noch schlimmer mit ihm geworden.

Dann lief sie Christoph voraus in die obere Etage, an den vermieteten Zimmern vorbei, und blieb unwillig stehen, als Christoph die Tür zu einer der Stuben öffnete, den Kopf hineinsteckte und rief: »Das Zimmer hier ist doch frei. Es ist schön hell, lass mich hier wohnen.«

»Nein«, antwortete sie und eilte rasch herbei. Sie schloss die Tür, etwas zu heftig für ihre zarten Finger und sah an Christoph vorbei. Nichts an ihm erinnerte sie an den hübschen jungen Mann von damals, der ihr in der Schneiderstube von der Fremde vorschwärmte.

»So, wie du aussiehst, kannst du so ein Zimmer gar nicht bezahlen. Auch würdest du mir die Möbel beschmutzen. Ich habe ein angemesseneres für dich.«

Wo ist ihre viel gepriesene Freigebigkeit, wo ihre Sanftmut? Was ist aus ihr geworden? Christoph klemmte den Tschako unter den Arm und kratzte sich am Kopf. Es war warm im Flur. Er warf einen Blick zu den vielen Leuchtern an den Wänden und wunderte sich. Sind es die vielen Schicksalsschläge, die sie so hart haben werden lassen? Oder ist es der nutzlose Prunk hier überall im Haus?

»Wolltest du nicht als reicher Mann zurückkommen?«, fragte sie. In ihrer Stimme klang Sarkasmus mit. Sie öffnete die Tür zu einer Bodenkammer. In der Kammer befanden sich ein Bett, ein kleiner Schrank mit einer Lampe, ein Stuhl und das Waschgeschirr. Mit vier Schritten hatte Christoph es durchmessen. »Das ist doch nicht dein Ernst, Schwester?«

Er wirkte wie ein kleiner Junge in seiner Hilflosigkeit. Flehend sah er sie an. »Ich will dir nicht zur Last fallen, Gesche, aber ich bin dein Bruder. Gib mir wenigstens ein Zimmer mit einem Fenster, wo ich morgens die Vögel zwitschern höre.«

Sie sah wieder auf seine Füße herab. »Die Stiefel sind bestimmt zwei Nummern zu groß und das schmutzige

Papier …«, ihr Gesicht verzog sich. Durch die löchrige Schuhspitze schimmerte abgestorbene Haut. Oh mein Gott, dachte sie, und es begann sie zu würgen. So etwas in meinem Haus. »Du bleibst hier oder gehst wieder auf die Straße zurück«, bestimmte sie und rauschte davon.

Später in ihrer Stube rief sie nach der Magd, reichte ihr ein paar Louisdors und sagte: »Beta, meine Liebe, geh, hol dem jungen Herrn vom Trödler ein paar neue Hosen und einen Rock. Und ein paar extra große Schuhe für …«, hier hielt sie ärgerlich inne und fragte: »Hast du seine Füße gesehen?« Beta nickte. »Was meinst du – heilen die Zehen wieder?«

Beta knickste artig und schüttelte den Kopf. »Nein, Madame. Sie sind ihm bereits abgefallen. Er hat nur noch zwei schwärzliche Stumpen anstelle der Füße. Auch hat er eine große blutrote Narbe quer über dem Oberkörper. Als der Herr sich vorhin gewaschen hat und ich ihm das Handtuch bringen musste, habe ich es gesehen. Der arme Herr! Er tut mir ja so leid.«

»Er muss dir nicht leidtun.« Gesche winkte ab. »Was meinst du, Beta, warum ist er wohl zurückgekommen? Er wird mich bestimmt auf die Teilung des elterlichen Vermögens ansprechen.«

Ohne Betas Antwort abzuwarten, redete sie weiter. »Was wird bloß Gottfried dazu sagen, wenn er zurückkommt? Mein Liebster wird mir diesmal bestimmt einen Heiratsantrag machen. Oh Gott, was mache ich nur, wenn Christoph auf die Teilung des Vermögens besteht. Dann wird Gottfried mich nie heiraten. Vielleicht versucht er sogar, die Heirat zu verhindern, damit Gottfried nichts von dem Geld abbekommt.«

Hastig spann sie den Faden weiter und bemerkte gar nicht, dass Beta noch immer mit dem Beutel Louisdors in der Tür stand.

»Madame sollten sich die Anwesenheit des jungen Herrn nicht so zu Herzen nehmen. Vielleicht verlässt er ja Madame wieder, wenn er gesund ist. Er ist doch trotz seiner Verletzungen ein kräftiger Mann«, wagte Beta schüchtern einen Einspruch, um die Herrin zu beruhigen. Doch Gesche steigerte sich immer weiter in ihre Befürchtungen hinein und antwortete unwirsch: »Was weißt du schon davon. Ich kenne meinen Bruder. Schon in Kindertagen wurde er von der Mutter immer bevorzugt. Christoph ist nur des Erbes wegen gekommen und um sich zwischen mich und Gottfried zu stellen.«

Zwei Tage später rief Gesche aus der Küche nach der Magd und überreichte ihr ein silbernes Tablett mit einer Terrine. »Ich habe heute zu Mittag Schellfisch gemacht. Bring das dem Herrn Christoph auf sein Zimmer«, befahl sie ihr.

Sie wirkte seltsam nervös, putzte sich immer wieder die Hände an der Schürze ab, und ihre Stimme zitterte leicht, als sie der Magd hinterherrief: »Aber dass du mir nichts davon isst. Der Schellfisch ist einzig und allein für den Herrn Christoph bestimmt.«

Beta wartete mit dem Tablett auf dem Arm in der Tür, bis Christoph die Lektüre zur Seite gelegt hatte und sie mit warmer Stimme aufforderte: »Nun, was ist, Beta? Stellen Sie ruhig das Essen auf dem Tisch ab. Ich beiße Sie schon nicht.«

Er hatte mit dem Rücken zu ihr gesessen. Jetzt drehte er ihr das Gesicht zu und lächelte amüsiert. »Du bist hübsch, Beta. Hast du schon einen Ehemann?«, fragte er, während sie seinem Wunsch steif nachkam und das Tablett auf dem kleinen Tisch neben dem Bett abstellte.

»Es ist … es tut mir so leid, dass Madame nicht mit Herrn Christoph zusammen speisen möchte …«, druckste sie und wich seiner Frage aus. Beschämt und zugleich geschmeichelt blickte sie zu Boden.

»Ja, meine Schwester, wenn ich nur wüsste, was sie so verändert hat. Ich habe sie auf dem Friedhof gesehen, bei der Beerdigung von der Mutter und dem Vater. Ihre drei Kinder … ich habe sie nie kennenlernen dürfen. Wie sehr muss sie dieser Verlust wohl schmerzen?«

Er erhob sich schwerfällig und stützte sich mit einer Hand am Bettpfosten ab. Mit der anderen griff er nach ihr. »Komm, setz dich zu mir«, befahl er ihr und vergaß, dass er die Magd vor sich hatte. Betas Gesicht wirkte so offen, so ohne jede Falschheit. Sie war für ihn ein Stück Sonne, ein Stück Leben. Ein Mensch, dem man sein Herz ausschütten konnte.

Beta zierte sich einen Moment und ließ sich dann steif neben ihm auf der Bettkante nieder. Christoph sah, dass sie sichtlich nervöser wurde und vor Angst, Madame könnte plötzlich eintreten, immerzu zur Tür blickte.

»Ja, Herr Christoph, über dem Haus liegt ein Fluch, und Madame leidet sehr darunter. Aber sie ist tapfer und stellt sich dem Teufel.« Bei dem Wort »Teufel« betete sie rasch ein paar Worte aus dem Evangelium.

»Der Teufel ...« Christoph sah in das hübsche Gesicht und beobachtete es. »Den gibt es nicht, Beta«, sagte er. »Luzifer hat immer ein Gesicht.«

Beta erschrak und flüsterte, indem sie sich ängstlich umblickte: »Lästert nicht, Herr Christoph. Der Teufel ist überall. Wie schnell hat er auch Sie erwischt, dann kann auch Gott Sie nicht mehr schützen«, flüsterte sie leise. Christoph lachte hart. »Gott hat mich schon lange verlassen. Und der Teufel, den habe ich gesehen, ich war in der Hölle, und er hatte das Gesicht des Kaisers. Hier, sieh!« Er hob einen Fuß an und streckte das Bein aus. Der Fuß war mit sauberen Tüchern umwickelt und sah aus wie ein Pferdefuß. »Die Stumpen lassen sich nicht mehr bewegen. Aber er hat mich nicht erwischt. Was soll er jetzt noch von mir wollen. Hier im Haus gibt es nur einen Teufel, und ich glaube, der heißt Gottfried. Alles scheint sich nur um ihn zu drehen. Mit diesem Gottfried muss der Tod in das Haus gekommen sein. Er hat meine Gesche verzaubert.«

Beta riss verstört die Augen auf und hielt ihm rasch die Hand auf den Mund. »Versündigen Sie sich nicht, Herr. Der Herr Gottfried will Madame heiraten. Er ist ein so guter Mensch. Wenn Sie ihn erst kennengelernt haben, werden Sie mir das bestätigen.«

»Ach, du unschuldiges Mädchen.« Christoph lachte. »Luzifer hat nie ein böses Gesicht, immer ein gutes, womit er dich versucht zu täuschen. Auf jeden Fall werde ich dieser Hochzeit nicht zustimmen. Ich bin die andere Hälfte von Madame, und die läutet Gefahr! Aber komm, Beta …« Er ergriff wieder ihre Hand. »Du musst mich ein wenig stützen. Damit ich es mir an dem fürstlichen Tisch bequem machen kann. Mal sehen, was uns meine liebe Schwester Leckeres gekocht hat.«

Die Worte aus seinem Mund klangen sarkastisch. Er stützte sich auf Betas schmale Schultern, während sie ihren Arm um seine Hüfte schlang. Sie spürte den warmen, festen Männerkörper, und sie sah, wie er verschmitzt, zwischen zusammengezogenen Brauen, auf sie herablächelte. Was für ein grausamer Krieg, dachte sie, so ein schöner Mann und schon ein Krüppel.

Nach dem Mittagstisch verließ er das Haus. Es war ein seltsames Gefühl, nach so langer Zeit, auf einem Pferderücken im leichten Trab zum Stadttor hinauszureiten. Vor dem Tor genoss er den frischen Wind, der sein Haar umspielte. Freudig schlug er dem Pferd die Hacken in die Flanken. Die Felder standen in voller Blüte, und die Julisonne lachte. Vor einem kleinen, bescheidenen Wirtshaus vor dem Stadttor hielt er an, warf dem Knecht die Zügel in die Hand und ließ sich von ihm vom Pferd helfen. Rasch humpelte er zu dem einzigen Gast vor einem der Holztische und rief: »Ach, Roland, mein Freund, dich lebend wiederzusehen! Oh, wie danke ich Gott für diese Gnade!«

Gerührt schloss er den Jugendfreund in die Arme, ließ sich ihm gegenüber nieder und bestellte für beide ein Bier. Dann begannen sie, die Erinnerungen aus der Jugendzeit aufzufrischen. Als die Zeit fortschritt und das Bier in der Kanne bis auf einen kleinen Rest ausgetrunken war, wurde er plötzlich mitten im Gespräch leichenblass und griff sich an den Bauch. Keine Gewehrkugel hätte ihn so treffen können wie dieser Schmerz, der plötzlich wie eine Lanze seine Gedärme durchbohrte. »Verdammt, was ist das?«, knirschte er zwischen den zusammengebissenen Zähnen und sah seinem Gegenüber hilflos in das erschrockene Gesicht. Er sah noch, wie der Freund besorgt aufsprang, um den Tisch rannte und ihm unter die Schulter fasste. Dann sackte er ohnmächtig in sich zusammen. Herr Ruhräh, der Freund, stützte ihn, so gut er konnte, und rief laut nach Wasser. Der Wirt beeilte sich, ihm das Gewünschte zu bringen, und als er ihm hastig ein paar Schlucke einflößte, kotzte Christoph in einem Schwall Schleim, Blut und unverdauten Schellfisch über den Tisch.

Zu Hause, vor der Tür, als der Freund Christoph aus der Kutsche half, stürzte Gesche völlig verändert auf den Totenbleichen zu und rief erschrocken: »Oh, mon dieu, bestrafe mich nicht schon wieder. Lass es nur ein verdorbener Magen sein!« Dann kümmerte sie sich liebevoll um Christoph. Ganz sanft, immer besorgt, dass er sich keiner Erschütterung aussetzte, geleitete sie ihn die Bodentreppe hinauf und half ihm, sich ins Bett zu legen. Sie zog ihm, trotz ihrer Abscheu, eigenhändig die Stiefel aus und deckte ihn fürsorglich mit einer Decke zu.

»Ich lasse gleich nach einem Doktor schicken. Vielleicht hast du dich auf deiner Wanderschaft nur verkühlt«, beruhigte sie ihn. Leise sagte sie zu dem Freund, der verwirrt danebenstand: »Vielleicht hat er die Cholera mitgebracht. Herr Ruhräh, ist Ihnen in der Stadt ein fähiger Arzt bekannt? Für Christoph ist mir nichts gut genug. Was habe ich doch schon alles im Leben verloren. Der Herrgott will mir hoffentlich jetzt nicht auch noch den einzigen Bruder nehmen?«

Als der Jugendfreund nichts auf ihr Jammern erwiderte, dachte sie ärgerlich, ich kann doch nicht schon wieder den gleichen Doktor holen. Diesmal muss es ein anderer Arzt sein, der ihn untersucht. Zugleich studierte sie eingehend Christophs blasse Züge, bis ein schwaches Lächeln seine Lippen umspielte. Das verunsicherte sie, und sie dachte: Hoffentlich habe ich ihm genug von dem Arsenik gegeben. Bei seinem geschwächten Zustand müsste die Wirkung schneller einsetzen als beim Vater. Ein Seitenblick auf den wartenden Freund mahnte sie, vorsichtig zu sein. Sicher werden sich noch mehr von Christophs Jugendfreunden einstellen, wenn es in der Stadt erst bekannt wird, dass er zurück ist. Als Christoph sich einmal im Schmerz aufbäumte, drückte sie ihm beruhigend die Hand und tupfte den Schweiß von seiner Stirn. Später rief sie Beta und befahl ihr, Christoph ordentlich zu pflegen und es ihm an nichts fehlen zu lassen. Doch heimlich wünschte sie sich, dass er schnell sein Leben aushauche und ihr nicht länger im Weg stände.

Am nächsten Tag kam Beta weinend zu ihr gelaufen und jammerte: »Oh, der liebe Herr Christoph, ich kann es nicht mehr mit ansehen, wie er leidet. Vor Schmerz hat er laut geschrien, dass Gottfried der Teufel sei und er nie zulassen werde, dass Madame den Gottfried heiratet.«

Da fuhr Gesche ein furchtbarer Schreck durch die Glieder. Sie schaute Beta eine Weile seltsam an, so als überlegte sie, ob Beta nicht vielleicht mehr wüsste, als sie zugab, und sagte dann: »Richte die Besenkammer unter dem Dach her. Wir werden den Christoph dorthin verlegen.«

»Aber Madame, die Kammer ist ganz dunkel. Noch dunkler als diese und so klein, dass höchstens ein Bett hineinpasst«, entgegnete sie entsetzt. »An den Wänden ist der Schimmel. Dort wird der junge Herr sterben.«

»Wenn du nicht meine engste Vertraute wärst, Beta, würde ich dich jetzt hinauswerfen«, antwortete ihr Gesche ruhig. »Ich bin viel zu gutmütig. Hast du mit dem Herrn vielleicht etwas angefangen, dass er dir so am Herzen liegt?« Darauf schüttelte Beta heftig den Kopf und begann zu weinen.

»Ich erwarte morgen den Herrn Gottfried zurück. Mein Bruder könnte es sehen, wenn er mich liebevoll umarmt. Du hast es ja eben selbst gesagt, dass Christoph den Herrn Gottfried nicht leiden mag. Die anderen drei Zimmer auf dem Flur habe ich vermietet, also spute dich und richte das Zimmer eine Treppe höher«, erklärte sie ihr unwirsch.

Wenige Stunden später saß sie wieder an seinem Bett, in der Hand eine Lampe. Als sie in sein Gesicht leuchtete, war zu erkennen, dass er wieder Farbe bekommen hatte. Er hielt die Lider gesenkt, als schliefe er friedlich. Diese unerwartete Wendung machte ihr Angst, und sie fluchte leise, ich muss ihm noch etwas von dem Gift geben, er ist doch stärker, als ich annahm.

Rasch wollte sie sich erheben und ihren Gedanken in die Tat umsetzen, als plötzlich seine Hand nach vorn schnellte und wie damals in der Schneiderstube fest ihr Handgelenk umspannte. Erschrocken wollte sie sich ihm entziehen. Doch er hielt sie fest wie in einem Schraubstock. In ihren Augen flackerte es unruhig, und um ihre Mundwinkel zuckte es, als sie leise zischte: »Du tust mir weh!«

Da schlug Christoph die Augen auf und grinste höhnisch. Seine Stimme klang fremd und metallisch, während er leise, drohend zischte: »Dir, meine Schwester, kann niemand mehr wehtun. Du bist längst zu einem Eisblock geworden, ohne jegliches Gefühl. Du hast eine kranke Seele. Pass auf, dass eines Tages die Toten dich nicht anklagen. Ich weiß nicht, was in diesem Hause vorgeht, aber ich weiß, es geht nicht mit rechten Dingen zu. Zu oft schon habe ich dem Tod ins Auge gesehen. Doch jetzt, hier in deinem Haus, verbirgt er plötzlich sein Gesicht vor mir. Aber …« Er drückte die Finger noch fester zusammen, sodass sie vor Schmerz das Gesicht verzog. »Er wird sich auch diesmal an mir die Zähne ausbeißen. In Lyon hat man die Kranken immer zu einem Brunnen gebracht.« Stöhnend richtete er sich auf. Doch er lächelte, ein Lächeln voller Hoffnung, als er sagte: »Der Brunnen enthielt heilendes Wasser. In ihm haben die Kranken gebadet und sind gesund geworden. Du lässt den Herrn Ruhräh kommen, und ihr bringt mich nach Lilienthal zu Eberleins in die Badeanstalt. Das Wasser dort hat auch heilende Kräfte. Und ich verspüre Lust zu baden.«

Nur ungern führte Gesche den Auftrag aus. Viele Dinge gingen ihr durch den hübschen Kopf. Wenn Christoph erst wieder unter den Leuten war und gebadet hatte, würde er sich vielleicht um vieles frischer und wohler fühlen. Aus Furcht, ihre Bemühungen um seinen Tod könnten umsonst gewesen sein, gab sie ihm am Nachmittag noch einmal eine Messerspitze von dem Arsenik in den Tee. Als sie am Abend von der Badeanstalt zurückkam, um ihm die Nachricht zu überbringen, dass er am nächsten Morgen mit der Kutsche zum Baden gebracht würde, reichte er ihr plötzlich die schweißnasse Hand und rief laut, mit irrem Blick: »Herr Leutnant, das ist gut, dass Sie da sind! Mein Pferd ist schon gesattelt.« Plötzlich drehte er den Kopf zur Seite und küsste heftig das Kopfkissen, wobei er zwischendurch wieder laut rief: »Meine Jenny, meine Jenny!« Dann schnellte er hoch, riss die Arme nach oben und brüllte mit wild flackernden Augen: »Vive l'Empereur!«

Entsetzt floh sie aus der Kammer und schickte Beta, den Doktor holen. Der Arzt diagnostizierte kopfschüttelnd eine Hirnwut. Als sie dem Arzt die versprochenen Louisdors für seine Mühe auf die Hand zählte, dachte sie, ich gebe ihm viel zu viel. Gar nichts dürfte er bekommen. Er hat Christoph den Schmerz viel zu sehr erleichtert.

Am Abend schickte sie Beta zu Christoph in die Kammer. Sie selbst setzte keinen Fuß wieder hinein. An diesem Abend kämpfte Christoph seinen letzten Kampf in der Besenkammer, allein und qualvoll, zwischen Mäusen und Schimmel. Nur die gute Beta war bei ihm, hielt ihm die Hand, sprach ihm in seinen letzten Minuten Trost zu und drückte ihm zuletzt die Augen zu.

Gottfried, im Namen Gottes, ich habe dich geliebt!

»Herr Doktor Xaver«, Gesche knickste an der Tür und schaute artig zu Boden. »Der Herr Gottfried hat immer so von Ihnen geschwärmt und mir gesagt, wenn ich mich einmal in Nöten befände, dann könnte ich mich an Sie, seinen besten Freund, wenden.«

Doktor David Xaver, ein hochgewachsener Mann mit leicht ergrauten Schläfen, winzigen Lachfältchen und groben, aber nicht unsympathischen Gesichtszügen runzelte die Stirn und schien zu überlegen. »Das stimmt, Gottfried ist mein bester Freund, aber wer in Gottes Namen sind Sie? Gottfried hat mir nie davon erzählt, dass er ein so schönes Kleinod sein Eigen nennt. Aber ...«, er drohte scherzhaft mit dem Finger, »das Schlitzohr hat schon immer einen letzten Trumpf im Ärmel verborgen gehalten. So ist er eben.«

Lachend kam er hinter dem Schreibtisch hervor und hielt Gesche zur Begrüßung beide Hände hin. »Kommen Sie, setzen Sie sich, Madame.« Dabei wies er einladend auf den geschwungenen Lehnstuhl vor dem Schreibtisch und entfernte schnell ein paar dicke Bücher. Während er sie im Bücherregal abstellte, Buchrücken an Buchrücken, sagte er: »Sie müssen entschuldigen, Madame, ich war nicht auf so hübschen Besuch vorbereitet. Ich bin ein begnadeter Poet und halte nicht viel von Ordnung.«

»Sie sind ein stadtbekannter Advokat, Herr Magister«, schmeichelte ihm Gesche und machte es sich bequem. »Stellen Sie nicht Ihr Licht unter den Scheffel. Gottfried hat mir von

Ihren Verdiensten erzählt.« Sie schlug die Beine übereinander und zog die Spitze des Rockes so weit nach oben, dass die zierlichen Füße in den roten Schuhen besser zur Geltung kamen.

»Er übertreibt.« David Xaver saß wieder hinter seinem Schreibtisch, stützte die Ellbogen auf den Tisch und nahm Madame lächelnd in Augenschein.

Er ist attraktiv, dachte Gesche und errötete unter dem Blick der blauen Augen. Eine stattliche Figur, irgendwie hat er Ähnlichkeit mit dem Kaiser. Vorsorglich hielt sie die Hände brav über ihrem Bauch gefaltet. Gottfried hätte ihn längst einmal einladen sollen, warum nur verschweigt er mir seine Freunde. Wie soll ich nur beginnen, überlegte sie und wippte mit der Fußspitze.

»Mein Anliegen, weshalb mich mein Weg zu Ihnen führt, ist …«, sie biss sich auf die Zunge. Ich fange am besten mit meinem Broterwerb an: »Das Sattlergeschäft ist es, das mir über den Kopf wächst.«

»Sie führen ein Sattlergewerbe? Das ist ungewöhnlich für eine hübsche Frau.« David Xaver nickte ihr aufmunternd zu.

»Ich möchte es verkaufen.« Jetzt war es heraus, und sie atmete befreit auf. Sie dachte daran, dass sie das Sattlergeschäft bisher so recht und schlecht geführt hatte. Da Kassow sie aber weiterhin für ihre Dienste fürstlich bezahlte, hielt sie es nicht mehr für nötig zu arbeiten. Außerdem befürchtete sie, Gottfried könnte an dem Sattlerhandwerk Anstoß nehmen.

»Die Sattlerei zu verkaufen, sollte nicht schwierig sein. Aber was veranlasst Sie zu diesem Schritt? Sie machen nicht den Eindruck, aus der Not heraus verkaufen zu müssen.« David Xaver nahm die Urkunden aus ihren Händen entgegen und überflog sie kurz.

»Sie sind Witwe?«, fragte er und entgegnete zu seiner Rechtfertigung: »Sie müssen wissen, ich bin noch nicht lange in Bremen. Ich denke, eine Frau wie Sie, von gesellschaftlichem Rang, dürfte in Bremen nicht lange allein bleiben. Bei mir ist es etwas anders.« Er schmeichelte ihr.

Gesche vertiefte sich in sein Gesicht. Er hatte warme Augen, wirkte vertrauenerweckend. »Ich bin eine schwache Frau, und das Sattlergewerbe ist hart.« Sie hielt ihm ihre Fingerspitzen über den Tisch. »Hier, sehen Sie. Sind diese Hände für solche groben Arbeiten gemacht? Aber eigentlich ist es nicht das Geschäftliche, das mich zu Ihnen führt, es ist eher …« Sie überlegte von Neuem, ob es richtig war, sich mit ihren Nöten an Gottfrieds Freunde zu wenden. Aber der Advokat war im Moment der Einzige, von dem sie sich Hilfe erhoffte. »Sie müssen wissen, ich lebe mit dem Gottfried zusammen, in einer engen Beziehung. Er kommt von seinen Reisen immer zu mir zurück, besucht nur selten Klubs oder Wirtshäuser. Er ist ein so perfekter und liebender Mann, und unlängst hat er mir nun die Ehe versprochen«, log sie und nahm jetzt die Hände vom Bauch, sodass er die leichte Wölbung unterhalb ihres Mieders sehen musste. »Diese Liebe hat jetzt Früchte getragen, wie Sie sehen, und …«, sie zog ein Taschentuch hervor und tupfte sich die Augenwinkel, aus denen sie sich rasch ein paar Tränen drückte, »der Herr Gottfried macht plötzlich keine Anstalten mehr, sein Versprechen einzulösen. Ohne eine Heirat bin ich entehrt. Vor allen Leuten bloßgestellt. Ich bitte Sie, als seinen Freund, helfen Sie mir.«

Sie musste bis in die Tiefe seines Herzens vordringen und sein Mitleid erringen. Rasch schlug sie die Hände vor das Gesicht und weinte leise. »Ich weiß, dass ich die einzig Schuldige bin«, schluchzte sie, »der Herr Gottfried ist ja noch jung und unerfahren, aber ich habe fünf Kinder geboren und hätte es wissen müssen, was aus einem solchen Umgang für Folgen entstehen.«

David Xaver wartete, bis ihre Tränen versiegten, dann trat er hinter dem Schreibtisch hervor, zog sie zu sich hinauf und strich ihr tröstend über das Haar. »Ich verspreche Ihnen, Madame, bei meiner Ehre als sein Freund, der Gottfried wird Sie heiraten.«

Sie tat ihm so leid, in ihrem Schmerz, so zerbrechlich und so wunderschön, dass er ihr in diesem Moment alles versprochen hätte. »Ich werde mit Gottfried reden«, tröstete er sie. »Ich glaube, ihn sehr gut zu kennen, und weiß, dass er niemals unehrenhaft handeln würde.« Seine ruhige Art und die Ehrlichkeit in seinen Augen überzeugten sie. Beruhigt und wieder frohen Mutes trat sie den Heimweg an.

Gottfried stand im Türrahmen zur Küche. Er trug noch Reisekleidung und war höchst verwundert. Gesche, seine sonst so schöne und gepflegte Gesche, trippelte hastig in der Küche umher und hielt mit beiden Händen einen riesigen, mit Wasser gefüllten Zuber vor den gewölbten Leib. Der Schweiß lief ihr über das Gesicht, und das blonde Haar hatte sich aus dem Knoten gelöst. Wirr ringelte es sich im Nacken und in der Stirn, sodass er kaum noch ihre wunderschönen Augen erkennen konnte. Auch ihre Kleidung wies Flecken auf und hing ihr unordentlich am Leib. Er schmunzelte. Wahrscheinlich hatte sie ihn noch nicht zurückerwartet. Doch als er einen Schritt auf sie zu trat und sie in die Arme schließen wollte, hielt ihn etwas davor zurück. Immer öfter geschah es, dass es ihm vor ihr grauste, so wie jetzt, und er fragte leise: »Gesche, Liebste, was um alles in der Welt tust du hier? Solche schwere Arbeit gehört in die Hand der Mägde.«

Erschrocken fuhr Gesche herum und ließ den Zuber fallen. Mit einem lauten Knall landete er auf dem Boden zu ihren Füßen. »Gottfried, du …?«

Für einen Moment schien sie zu Stein erstarrt. Dann versuchte sie mit fahrigen Fingern, umständlich das Haar zu ordnen. Dabei blickte sie zur Wand, um das Gesicht vor ihm zu verbergen. »Ich hatte dich noch nicht zurückerwartet, Gottfried. Jetzt überraschst du mich ausgerechnet während meiner Hausarbeit«, stammelte sie verwirrt.

Seltsam, er erinnerte sich, wie er im Sommer nach Christophs Tod von seiner Reise zurückkehrte. Damals erdrückte sie ihn fast mit ihrer Liebe und überschüttete ihn mit Zärtlichkeiten. Ihm kam plötzlich ein schlimmer Verdacht.

»Verrichtest du schon länger die schwere Hausarbeit?« Sein Blick blieb an zwei prallen, zugebundenen Getreidesäcken hängen. Gleichfalls wunderte er sich über die zwei schweren Fleischkeulen auf dem Tisch und den Topf mit Wäsche auf dem Herd. »Wo sind die Magd und die Zugehfrau?«

»Die habe ich auf den Markt zum Einkaufen geschickt«, antwortete Gesche.

»Du bist wieder schwanger! Willst du das Kind damit töten?« Er stellte die Frage jetzt geradeheraus, ging auf sie zu, bückte sich nach dem Zuber und stellte ihn auf den Tisch neben die Keulen. Dann packte er sie am Kinn und zwang sie, ihm in die Augen zu sehen.

Scheu wich sie seinem Blick aus und suchte nach einer Erklärung. Dabei wünschte sie sich, dass er ihr etwas Zeit geben würde, sich zu schminken, um sich für ihn schön zu machen. So wäre es einfacher, ihn zu küssen und ihn ihre Liebe spüren zu lassen. Doch durch seine Hartnäckigkeit fühlte sie sich überfallen, und der innerliche Hass, den sie jetzt oftmals verspürte, ließ sich nicht länger unterdrücken.

»Ja, Geliebter, du hast es schon richtig erkannt. Ich versuche seit Tagen, einen Procuratio abortus herbeizuführen. Schwere anstrengende Arbeit soll ja bekanntlich dabei unterstützen. Aber du siehst selbst – was Gott bewahrt, ist wohl bewahrt. Es will mir nicht gelingen.«

Die letzten Worte waren ihr recht gleichgültig entschlüpft, so gleichgültig, wie es in ihrem Inneren aussah. Sie hatte den Geliebten längst aufgegeben, nicht aber sein Vermögen und seinen vornehmen Stand.

»Es ist ein Verbrechen vor Gott, was du vorhast«, bemerkte er und sah jetzt mit Verachtung auf sie herab. Dabei erinnerte er sich an den Silvesterabend vor vier Monaten, als sie beide auf dem Sofa in ihrer Stube, bei selbst gebrautem Punsch, die Tugend verlassen hatten. Ihr Körper war so weich und warm gewesen, ihre Lippen so sinnlich, ihre Augen so lockend. Allein ihre festen Brüste dokumentierten mehr als alles andere … An diesem Silvesterabend hatte er vor Sehnsucht gezittert und sie ungestüm in seine Arme gerissen und die sich ihm entgegendrängenden Lippen, wie es ihm schien, ein letztes Mal geküsst. Dann, als sie glücklich unter seinen Küssen hauchte: »Wirst du mich heiraten, Gottfried? Werde ich mit dir glücklich sein? Du musst jetzt alles für mich sein, Vater, Mutter und Bruder.« Da war ihm klar geworden, dass er sie nie und nimmer heiraten würde. Später, allein in seinem Bett, überkam ihn eine dunkle Ahnung von dem Grauen, das in seiner Abwesenheit in ihrem Haus geschehen sein könnte. Ihr beständiges Werben um ihn trieb ihn jetzt weit weg von ihr. Bei jedem neuen Versuch ihrerseits, ihn umzustimmen, bereute er von Neuem: Hätte ich nur dem Freund auf dem Sterbebett nicht versprochen, für sie zu sorgen, ich hätte nie wieder einen Fuß in dieses Haus gesetzt. Dabei achtete er jetzt mehr denn je auf jede Speise, die er zu sich nahm, immer aus Furcht vor einer bösen Krankheit.

»Wieso ein Verbrechen? Ist es kein Verbrechen, mich zu schwängern? Eine uneheliche Mutter …? Mich meiner Ehre zu berauben?« Heftig schleuderte sie ihm jetzt ihre Vorwürfe in das verblüffte Gesicht.

»Warum beschuldigst du mich? Dieses unschuldige, noch ungeborene Kind könnte doch auch die Frucht deines Buhlen Kassow sein. Vor den Leuten kannst du es verheimlichen, dass du dich wie eine Hündin von ihm bespringen lässt, vor mir nicht!«

Verärgert, dass er sich so in ihr getäuscht hatte, ließ er sie nun ebenfalls seine Verachtung spüren. Wütend dachte er, hätte ich sie doch von Anbeginn an so gesehen, ungeschminkt und böse. Doch schnell hatte er sich wieder in der Gewalt, als er ihre Tränen sah, die ihr jetzt in Strömen die Wangen hinabliefen.

»Was hilft das Jammern?«, stellte er nach kurzem Schweigen ruhiger fest und schlug vor: »Du kannst deine Wochen in einer anderen Gegend, wohin ich Verbindungen habe, verbringen. Einen anderen Rat kann ich dir nicht geben.«

Im gleichen Augenblick flog Gesche auf ihn zu, hängte sich ihm an den Hals und weinte bitterlich. Doch ungerührt befreite er sich und fügte unnachgiebig hinzu: »Ich kann und will dich nicht zur Frau haben, begreife es endlich. Es ist vielleicht widersinnig, aber ich glaube, dass ich ein Mensch bin, der überhaupt nicht heiraten sollte. Ich kann das nicht erklären, ich fühle es nur.« Mit diesen Worten wandte er sich zum Gehen, um sich den Reisestaub von den Kleidern zu entfernen.

Da schlug sie die Hände über dem Kopf zusammen und brüllte so laut, dass ihre Vorwürfe hinter ihm her bis in seine Stube hallten:

»Du hast mich die ganzen Jahre nur missbraucht, hast meine Gastfreundlichkeit ausgenutzt und mit mir wie ein Ehemann in Gemeinschaft der Güter gelebt. Erinnere dich, Unverschämter, als du in meinem Hause erkranktest. Die beste Pflege ist dir durch mich und Frau Arnold zuteilgeworden. Kein Geld habe ich gescheut für deine Genesung. Als du mich um 150 Taler batest, habe ich noch spätabends die Beta mit einem bremischen Staatspapier, woran ich mich erinnerte, zu dem jungen Herrn Bunte, dem Geldverleiher auf der Obernstraße, geschickt. 75 Reichstaler brachte sie mir dafür, und 50 habe ich dir gegeben, in der Hoffnung, dass du mich bald ehelichen wirst. All meine Liebe, meine schönsten Jahre habe ich dir gegeben. Kein anderer Mann hätte meine Hand ausgeschlagen. Bei all meinen Vorzügen, die ich in eine Ehe mitbringe!«

Später, allein in der Küche, ergab sie sich ihrem Jammer. Zutiefst in ihrer Eitelkeit verletzt, spürte sie für ihn nur noch tiefen Hass. Sie raufte sich die Haare, zerkratzte sich das Gesicht, wütete und bemitleidete sich zwischendurch immer wieder tränenreich: »Alles habe ich nur für ihn getan. An meinen geliebten Vater, meiner Mutter, meinen geliebten Kindern und meinem Bruder habe ich mich versündigt. Nie wieder kann ich eine gute Christin werden. Oh, Gottfried, du hast mir nicht nur meine Familie genommen, nein, du hast mir mein Leben geraubt.«

Irgendwann erhob sie sich und begab sich auf ihre Stube. Sie fühlte sich plötzlich ganz ruhig, wie von innen gereinigt. Langsam und mit Bedacht begann sie, sich vor dem Spiegel zu schminken und zu schmücken. Seit Langem hatte sie keine so große Sorgfalt verwendet. Einen kurzen Moment nur hob sie den Kopf und lauschte zur Tür. Die Dielen auf dem Flur knarrten leise. Gottfried verließ schnellen Schrittes das Haus.

Ich werde ihn dazu zwingen, dachte sie, und betrachtete ihr Spiegelbild. Kassow ist schon viel zu lange auf Geschäftsreise. Der Herr Xaver scheint sehr reich zu sein. Ich habe seine begehrlichen Augen gesehen. Vielleicht kann ich mir etwas Geld von ihm leihen, bis ich Gottfried zur Ehe gezwungen habe. »Ich schwöre bei Gott«, theatralisch faltete sie die Hände vor der Brust, »er wird mich heiraten, und sein Vermögen wird mir gehören. Das ist er mir schuldig.«

Am nächsten Tag suchte sie, wie verabredet, Herrn Magister Xaver auf. Schon beim Eintreten erhob er sich freundlich und kam ihr mit der frohen Botschaft entgegen: »Ich habe gestern Abend Gottfried noch lange ins Gewissen geredet, Madame, und nach anfänglichem heftigen Sträuben seinerseits dann doch erreicht, dass er sich mit Ihnen verloben wird. Sie können beruhigt nach Hause gehen, Madame. Gottfried selbst wird heute noch bei Ihnen mit der freudigen Nachricht aufwarten.«

Er beugte sich über ihre Fingerspitzen und küsste sie. Dann schob er ihren Ärmel langsam ein Stück höher und küsste die Innenseite an ihrem Handgelenk. Er hielt nicht lange mit seinen Absichten hinter dem Berg und kam sofort auf den Punkt. »Sie sind sehr schön, Madame, und wie ich sehe, nicht auf den Kopf gefallen. Was hält Sie davon ab, einen anderen Mann zu lieben? Einen Mann, der wohlhabend ist, so wohlhabend, um Ihnen alle ihre Wünsche zu erfüllen …?« Lauernd blickte er ihr ins Gesicht.

Gesche war nichts mehr von ihrer Verzweiflung anzusehen. Schön wie nie, von Kopf bis Fuß eine einzige Herausforderung, lächelte sie ihn an und dachte, ich habe es gewusst, es ist die einfachste Art, sich Geld zu beschaffen.

David Xaver verschlang sie mit den Augen und dachte, Gottfried wird mich fordern, wenn er erfährt, dass ich sie geküsst habe.

Dank der Initiative des Magisters konnte am nächsten Tag das Verlöbnis bekannt gegeben werden. Gottfried brachte ihr zwar nicht mehr die liebevollen Artigkeiten entgegen wie bisher und verhielt sich ihr gegenüber eher reserviert. Aber aus Mitleid um ihren traurigen Zustand erklärte er sich letztendlich bereit. Doch schon einige Zeit später, als ihr Zustand immer deutlicher wurde, erwachte sein Widerwille gegen diese Heirat von Neuem. Er trat von seinem Verlöbnis zurück.

Gesche lief daraufhin wieder zu dem Herrn Xaver, und dank weiterer unermüdlicher Vermittlungen erreichte er es, Gottfried zwölf Wochen vor ihrer Niederkunft zu bekehren. David Xaver selbst besorgte Ende Juni 1817 die schleunige Proklamation seines Freundes. Die Hochzeit wurde für einen Sonntag vereinbart.

»Verflucht seist du!« Meter für Meter kroch Gottfried auf den Knien vorwärts. Zwischendurch rollte er auf die Seite, presste die Arme an den Leib und zog die Knie an den Bauch. Bei jedem neuen Anfall wälzte er sich so auf dem Boden und schrie wie ein Tier.

Gesche beobachtete regungslos jede seiner Bewegungen. Gottfried trug noch den Frack, den er auf der Verlobungsfeier getragen hatte. Er war vorne mit Erbrochenem beschmiert. Doch jeder Versuch, ihn zu entkleiden, war bisher gescheitert. Immer wenn sie in seiner Stube erschien, begann er, sich wie ein Untier zu gebärden, und Gesche musste Frau Arnold zu Hilfe holen, bis sie ihr seine Pflege ganz überließ. Jetzt hatte sie die Gute hinunter in die Küche geschickt, mit den Worten, sie möge sich von der anstrengenden Wache an seinem Bett erholen und ein wenig stärken. Derweil wollte sie ihm selbst das Frühstück hinaufbringen. Sie sollte sich nur sputen und einen Prediger für die Trauungszeremonie holen. Denn sie befürchtete, dass es mit ihm zu Ende ginge.

Gottfried hatte das tödliche Gift seit dem Vortag in sich, als sie ihm das letzte, noch übrige Gift unter das Mittagessen gemischt hatte. Die höllischen Schmerzen, das Erbrechen und die Diarrhöe waren noch während der Festlichkeiten aufgetreten. Schlau hatte sie die Verlobungsfeierlichkeiten für ihr mörderisches Vorhaben gewählt. Denn so kam niemand auf die Idee, dass die glückliche Braut ihren Bräutigam vergiftet hatte. Zudem wollte die ganze Gesellschaft die Verlobung am Nachmittag auf dem Land ausklingen lassen. Eine wunderbare Gelegenheit für sie, gänzlich ohne Verdacht dazustehen.

»Warum, Gesche … warum?«

Gottfried hatte sich halb mit dem Oberkörper aufgerichtet. Er machte einen krummen Rücken und stützte sich mit den Armen ab. Sein gemarterter Körper schwankte, als ob er gleich wieder zur Seite fallen wollte. Sekundenlang hob er den Kopf, um sie anzusehen, dann stürzte er wieder nach vorn. Jeder weitere Versuch, sich mit den Händen aufzustützen, scheiterte.

»Oh, Gesche, hilf mir bitte!«, flehte er jetzt. »Ich wusste es, dass die Heirat mich krank machen würde. Mit welchem bösen Zauber hast du mich …« Ein Schwall von Erbrochenem hinderte ihn am Sprechen. Mit letzter Kraft rollte er sich auf den Rücken und blieb mit angezogenen Beinen vor ihr liegen. »Töte mich, nimm meine Pistole, aber lass mich nicht so sterben wie einen Hund«, jammerte er. Sein Gesicht war wachsgelb.

»Seine Haut wird nicht fleckig«, frohlockte sie heimlich und antwortete dann selenruhig: »Ich liebe dich, Gottfried. Aber du würdigst meine Liebe nicht genug. Dafür hat Gott dich mit dem gleichen bösen Erbrechen bestraft wie den Vater, die Mutter und Christoph. Es schmerzt mich, dich so elend zu sehen. Aber selbst, wenn ich es wollte, ich kann dir nicht mehr helfen. Nicht einmal der Doktor vermag es.«

Einen Moment war es totenstill im Raum. Nur ihr Atmen war zu hören. Dann flüsterte er: »Wieso sollte Gott mir zürnen. Ich habe doch in diese unselige Heirat eingewilligt.« Plötzlich lachte er böse. »Aber daraus wird nun nichts mehr. Schade, ich dachte, dass ich wenigstens etwas von deinem Geld heirate.«

»Mein Geld? Ach Geliebter, wenn du wüsstest, wie viel Geld ich meinen Gläubigern schulde. Aber ich vertraue dir, dass du mich auch mit meinen Schulden heiratest«, flötete sie. »Ich habe nach einem Priester geschickt, der den Bund unserer Verbindung gleich hier im Saal segnen wird.« Als sie die Zornesfalte auf der gelben Stirn sah, ergänzte sie hastig: »Bedenke, es ist für dein Kind, Gottfried. Du willst doch nicht, von Gott verstoßen, ehrlos sterben?«

Eine Stunde später lag Gottfried in einem sauberen Frack wieder im Bett. Frau Arnold hatte ihn gereinigt, und der herbeigerufene Doktor aus der Obernstraße versuchte, noch ein letztes Mal seine Schmerzen zu lindern. Gebadet und benommen von der Schale Wein, die ihm Gesche gereicht hatte, lag er bleich, mit geschlossenen Augen in den Kissen. Der Priester hielt ihre Hände übereinander und segnete den heiligen Bund der Ehe. Als ob Gottfrieds Seele sie schon verlassen hätte, kniete Gesche vor seinem Bett und barg ihren Kopf in seiner Hand. Auf diese Weise verstand sie es, das Mitleid der Anwesenden zu erwecken. Der Doktor und auch der Prediger versuchten, ihr abwechselnd Teilnahme und Trost zu spenden. Zum Abschied nahm sie der Doktor in den Arm und sagte: »Madame, nun können wir nichts mehr für ihn tun. Doch was Sie mit Gottfried verlieren, werden Sie in Ihrem Kinde wiederfinden!«

In der folgenden Nacht erwachte Gottfried noch einmal aus seinem Dämmerschlaf. Als er rasend vor Schmerzen nach Gesche schrie, drang der Schrei in die Diele hinunter bis zu

Kassow, der gerade von einer Reise zurückgekehrt war. Verwundert stieg er aus der Kutsche. Schon in der Diele beschlich ihn die Ahnung, dass wieder jemand im Hause Miltenberg an der schrecklichen Krankheit litt. Die schwarzen Tücher über den Schränken und vor den Spiegeln bestätigten diese Vermutung, ebenso wie die betretenen Gesichter der Mägde. Obwohl er und Gottfried sich in der letzten Zeit aus dem Weg gegangen waren, rang er sich dazu durch, die Tür zu seiner Stube zu öffnen. Sein heller Verstand erfasste sofort die Situation. Gottfried hing mit dem Oberkörper halb über dem Bett und versuchte, sich den goldenen Ring vom Finger zu reißen. Der Nebenbuhler hatte sich stark verändert. Sein Gesicht war abgemagert, und es schien, als falle ihm das Fleisch von den Knochen. Auf seiner Stirn glänzten kalte Schweißtropfen, seine Brust hob und senkte sich krampfartig. »Oh Gott, nimm diese verfluchten Schmerzen von mir!«, brüllte er.

Als er Kassow sah, stierte er ausdruckslos in seine Richtung. Er versuchte, sich zu erinnern. Plötzlich griff er ins Leere. Mit fahrigen Bewegungen suchte er nach Gesche, die mit zusammengekniffenen Lippen vor dem Bett stand. »Versprich mir«, röchelte er, »dich nie wieder zu verheiraten. Dann sterbe ich ruhig.«

»Nein, Gottfried, das werde ich auch nicht tun.« Sie versprach es ihm mit versteinerter Mimik, und Kassow glaubte ihr kein Wort. Noch einmal sah Gottfried sie an. Es war ein letzter klarer Blick voller Verwunderung. Dann streckte sich Gottfried. Doch mit einer letzten Bewegung bäumte er sich noch einmal auf und schleuderte ihr den goldenen Ring vor die Füße. Die Ringe waren vor acht Tagen nach Maß angefertigt worden. Dann brachen seine Augen.

Kassow war erschüttert. Nervös knetete er den Reisemantel zwischen den Händen.

»Warum auch er …?«, fragte er verständnislos. Die Zunge klebte ihm am Gaumen. Er hatte das Gefühl, als wären es nicht seine Worte.

Jetzt erst drehte sie ihm ihr Gesicht zu. Das Gesicht einer steinernen Medusa. »Ich bekam Angst, er könnte etwas von meinen Taten ahnen und wollte mich deshalb nicht heiraten.« Sie versuchte, ihre Tat zu entschuldigen, sprach tonlos, als ob sie allein im Zimmer wäre, und gebärdete sich wie vor ihrem Richter. »Er hat der Heirat doch nicht aus freien Stücken zugestimmt. Außerdem liebte er mich nicht mehr. Er hätte mich nur gezwungenermaßen genommen, und ich wäre nie glücklich mit ihm geworden.«

»Deshalb musste er sterben ...?«

Entsetzt wich Kassow vor ihr zurück. Er hatte es immer geahnt. Sie war ein Scheusal. In ihr steckte der Teufel. Ich lebe auch nicht gottesfürchtig, dachte er, aber dass sie mich bei Weitem übertrifft, das hätte ich ihr nicht zugetraut. Das kalte Grausen erfasste ihn vor dieser Frau.

»Ich werde dich noch heute verlassen. Vergiss unsere Liebe. Von mir bekommst du keinen Louisdor mehr.« Er sah sie voller Widerwillen an.

Sie lächelte geistesabwesend. »Ich bin jetzt die reiche Madame Gottfried.«

Im gleichen Augenblick stürzte sie auf Kassow zu, schlang ihre Arme um seinen Hals, versuchte, ihn zu küssen, und flehte wie irrsinnig: »Ich trage keine Schuld an seinem Tod. Du glaubst doch nicht etwa, dass ich etwas mit seinem Tod zu tun habe? Bei unserer Liebe, ich war dir immer eine treue Dienerin. Du hast keinen Beweis, dass ich es war ...«

Angewidert schob Kassow sie beiseite. Er kannte nur noch ein Bestreben – sich von ihr zu entfernen. »Wenn du glaubst, dass der Herr Gottfried reich war, dann irrst du. Er war hoch verschuldet, es handelt sich um 600 Reichstaler. War es das alles wert?«, fragte er kopfschüttelnd.

Dann versenkte sich sein Blick noch einmal in ihre Augen. Er wusste nicht, was er mehr für sie empfand, Mitleid oder Ekel. Rasch drehte er sich auf dem Absatz herum. Er hatte ihr nichts mehr zu sagen und ließ sie mit dem Toten allein.

Als Frau Arnold auf ihr Rufen in Gottfrieds Stube eilte, um ihm die Augen zuzudrücken, verließ er fluchtartig das Haus Miltenberg und die Stadt Bremen. Einige Tage vor ihrer Verhaftung wartete er noch einmal bei ihr auf. Doch die alte Leidenschaft kehrte nie wieder zurück.

Reue, finanzielle Nöte und die seltsame Liebe des David Xaver

Einige Zeit später, Gottfrieds Beerdigung lag einen Monat zurück, überfiel Gesche so etwas wie Reue. Sie schloss sich oft in der Bodenkammer ein, wo sie um ihre toten Kinder trauerte. Man hörte sie oft in ihrem Kummer seufzen: »Was hat es mir nun alles geholfen?«

Einmal wurde sie von der Nachbarin beim Weinen am Fenster beobachtet, und diese rief mitfühlend, was ihr fehle. Doch Gesche flüchtete sich in das Zimmer zurück und stellte sich taub. Seit dem Tod der Kinder war sie nicht mehr zum Freimarkt gegangen. Sie wich ihrem Schmerz aus, weil sie es nicht mit ansehen konnte, wenn Eltern ihren Kindern Geschenke kauften. Selbst wenn die Nachbarskinder aus der Schule kamen, musste sie ihren Blick abwenden. Im Mondschein saß sie oft allein im Garten und betrachtete gedankenverloren ihr Erbe. Sie konnte sich nicht daran freuen. Ihr Gewissen quälte sie, und sie dachte, wie glücklich wärest du, wenn du nur reich genug wärst, um allen Unglücklichen helfen zu können!

Dies war auch die Zeit, in der sie sich gern einem Prediger anvertraut hätte, aber die Furcht hielt sie davor zurück. Zuweilen schlug sie ein gutes Buch auf, aber auch das bot keine Zerstreuung.

All dies war wohl auf die selbst im gewissenlosesten Verbrecher nie völlig ersterbende Macht des Besseren zurückzuführen, welche sich bei ihr nur kurzzeitig als vorübergehende Reue zeigte.

Aber ihre nie endende Geldverschwendung forderte ihren Tribut, und so begann sie, ihre finanzielle Lage zu überdenken. Ihre größte Sorge galt dabei dem erhofften Nachlass aus Gottfrieds Besitz. Aber der Schrecken war groß, als sie erkannte, dass statt des erhofften Reichtums nur Schulden das Erbe ihres Ehemannes ausmachten. 300 Reichstaler hatte sie für verschiedene Rechnungen zu zahlen und 600 Reichstaler für Schuldverschreibungen. Es blieben ihr nur das Inventar seines Zimmers, eine umfangreiche Bibliothek, eine goldene Uhr, einige Kleidungsstücke und Kupferstiche sowie eine Gitarre und einige Kleinigkeiten. Die Erkenntnis, nicht wie erwartet reich, sondern zusätzlich hoch verschuldet zu sein, raubte ihr den Schlaf und ließ sie nicht mehr zur Ruhe kommen. Die Gesellen und Mägde hatten aus Furcht das unheimliche Haus verlassen. Übrig blieb nur noch ihre getreue Magd Beta.

Verzweifelt verfasste sie Liebesbriefe an Kassow, in denen sie ihn immer wieder bat zurückzukommen. Aber nicht einer kam beantwortet zurück. Anfang Oktober, drei Monate nach Gottfrieds Tod, gebar sie einen Jungen, allein in ihrer Stube, nur im Beisein ihrer treuen Magd und des herbeigerufenen Doktors. Der Herrgott hatte ihre Gebete erhört und legte ihr das Kind tot in die Arme. Doch wie eine Farce des Schicksals schien Madame nach dieser Geburt noch schöner, noch weiblicher und noch begehrenswerter zu sein. Und sie erinnerte sich an den ihr so wohlgesonnenen Magister David Xaver, der sie nach Gottfrieds Tod durch ihre Beta hatte wissen lassen, dass er ihr von Herzen dienen würde, wenn sie das wünsche.

Kaum hatte der Gedanke von ihr Besitz ergriffen, suchte sie auch schon in aufwendiger und sorgfältiger Toilette den Magister auf. Alle ihre Hoffnungen lagen jetzt bei dem großzügigen Advokaten, der ihr bereits 300 Reichstaler für die Beerdigung geliehen hatte.

David Xaver war überglücklich, sie zu sehen. Er empfing sie in seinem Salon, der an sein Arbeitszimmer grenzte. Verständlich, denn er hatte die Witwe schon lange erwartet. Er kam mit ausgestreckten Armen und einem offenen, herzlichen Lächeln auf sie zu und führte sie zu einem kleinen, für zwei Personen gedeckten Tisch. Madame erschien ihm in diesem Augenblick als das unglücklichste Weib unter den Weibern, dem selbst das härteste und gefühlloseste Gemüt seine Anteilnahme nicht hätte versagen können. Sie sah ihn erstaunt an, griff rasch nach seiner Hand und drückte sie stumm und mit dankbarem Blick. Beim Anblick der liebevoll ausgewählten Speisen, ihrer Lieblingsspeise, Weinbergschnecken auf Burgunder Art mit Butter, Knoblauch und Petersilie, zeigte sie sich gerührt.

»Oh, Magister, Sie sind so gütig, so verständnisvoll. Glauben Sie mir, es ist mir nicht leichtgefallen, aber wo hätte ich, außer bei Ihnen, Gehör und ein einfühlsames Herz finden können?«

David Xaver nahm ihr den Pelz ab und ließ sich ihr gegenüber nieder. Er wartete geduldig, bis sie sich beruhigt hatte. Dann versicherte er ihr artig: »Madame, ich bin Gottfrieds Freund, auch jetzt noch nach seinem Tod. Ich habe ihm viel zu verdanken, und deshalb sehe ich es als eine Ehre für mich an, mich seiner Witwe anzunehmen. Übrigens gibt es Frauen, die an ihrem Schmerz zerbrechen. Sie, Madame, sind in Ihrer Trauer noch schöner und liebreizender als je zuvor«, schmeichelte er ihr und streichelte die kleine Hand, die wie leblos auf dem Tisch lag. »Erzählen Sie mir Ihren Kummer, schütten Sie mir ruhig Ihr Herz aus. Ich werde Ihnen zuhören und sehen, wie ich Ihnen helfen kann.«

»Ich Unglückliche«, stöhnte sie sogleich leise und kokettierte schon wieder. »Ich habe den Gottfried so sehr geliebt, mein Leben hätte ich für ihn gegeben. Aber der Gottfried …«

Sie tupfte sich die Augen. »Ach, stellen Sie sich mein Entsetzen vor, als ich arme Witwe erfahren musste, dass auch der Gottfried neben mir noch eine Geliebte hatte, der ich nun, zu seiner Ehrenrettung, eine bedeutende Summe Geld zu zahlen habe.«

David Xaver war verblüfft. Sein Lächeln verblasste, und er kratzte sich nachdenklich hinter dem Ohr. »Da ist guter Rat teuer. Ich, als sein Freund, hätte eigentlich etwas davon wissen müssen.«

Einen Augenblick war Madame für ihn gegenstandslos. Er kramte in seiner Erinnerung. Dann forschte er kritisch in ihrem Gesicht, sah ihr mit gerunzelten Brauen in die Augen. Gesche hielt dem Blick stand. Ihre Augen schwammen in Tränen, während sie heimlich lockten und mit ihm spielten. Sie lügt, dachte er, Gottfried war kein Lüstling, aber genau so mag ich sie.

»Wie hoch beläuft sich die Summe denn?«, fragte er und reichte ihr auf einer silbernen Gabel eine Weinbergschnecke. »Essen Sie, Essen hält Leib und Seele zusammen«, forderte er sie kauend auf.

»Ach, Herr Magister, insgesamt muss ich für Gottfried eine Summe von 3.200 Reichstalern aufbringen. Dafür müsste ich meinen ganzen Besitz verkaufen. Ich bin ruiniert. Welche Gottesfügung, dass Gottfrieds Kind tot zur Welt gekommen ist«, flüsterte sie Mitleid heischend.

David Xaver beobachtete sie. Er hatte angenommen, dass Gottfried sie zu einer reichen Frau gemacht hatte.

»Hat der Selige denn nichts zu verkaufen oder vielleicht sind noch vermögende Verwandte vorhanden?«

»In Regensburg soll er noch Vermögen haben, wurde mir gesagt. Gleichzeitig wurde mir auch versichert, dass derjenige, der wenigstens 24 Stunden verheiratet gewesen ist, als Verwitweter für alles aufkommen muss. Dieser Herr hat mir nun einige Schuldverschreibungen ausgehändigt, die ich abschrieb. Sollten Sie die Freundlichkeit haben und diese durchlesen, werden Sie feststellen, wenn Sie mich kennen, dass ich nicht fähig bin, solche Briefe zu unterschreiben.«

»Auswärtige Schulden, Madame«, versicherte er ihr, »dürfen Sie nur bezahlen, wenn auch Gottfrieds Handschrift darunter steht.« Sie reichte ihm die losen Blätter über den Tisch.

»Ich habe einige von seinen Büchern an einen Herrn M. verkauft. Der selige Gottfried hat viel in Klopstocks Messias und Klopstocks Oden gelesen. Ich glaube, das waren seine wertvollsten Bücher.« In Erinnerung an ihn schlug sie die Hände vor das Gesicht und schluchzte laut auf.

David Xaver lehnte sich zurück. Sie ist wirklich schön, dachte er, ihre Trauer ist nicht echt, aber sie ist in Geldnöten. Sie spielt Theater. Ich will sie haben, also spiele ich mit. Er schaute wohlwollend: »Madame, machen Sie sich keine Sorgen. Ich werde für Sie einen Brief nach Regensburg aufsetzen, und wenn Sie meine bescheidene Hilfe annehmen, Ihnen noch einmal mit 300 Talern aushelfen. Auch ist mir bekannt, dass Gottfried noch 500 Reichstaler Gehalt zustehen. Ich werde auch diese Angelegenheit in Ihrem Sinne und zu Ihrem Besten regeln. Wenn Sie mich in einer Woche zur selben Zeit in Ihrem Haus empfangen, werde ich Ihnen vielleicht schon eine freudige Botschaft überbringen können.«

Zum vereinbarten Zeitpunkt um zwei Uhr nachmittags erschien der Magister bei ihr in der Stube mit dem Antwortschreiben aus Regensburg. Die Brüder Gottfrieds schrieben sehr freundlich und bezeugten ihr allen Respekt. Mit großer Höflichkeit jedoch baten sie, nicht auf die Aushändigung eines unbedeutenden Erbteils zu bestehen, den dann eine verarmte Schwester des Verstorbenen schmerzlich entbehren müsste. Gleichfalls überreichte ihr David Xaver die 500 Taler von Gottfrieds Gehalt und erklärte: »Mein Gesuch wegen des noch ausstehenden Lohnes wurde von einem gewissen Herrn W. mit viel Artigkeit aufgenommen. Er lobte meine Verwendung für Sie, Madame, beklagte aber das schlechte Gedächtnis des Seligen, denn laut den Büchern schuldete Gottfried ihm genau diese Summe.«

Gesches Augen leuchteten. »Aber Sie haben es trotzdem geschafft, oh, wie kann ich Ihnen das nur jemals vergelten?«

Der Magister lächelte und dachte, das kannst du, schließlich sind die 500 Taler ein Geschenk von mir.

»Dank des gütigen Herrn W., der die Summe nicht zurückgefordert hat, bin ich nun imstande, der armen Schwester das Erbe zu überlassen.«

Diese milde Gesinnung wird ihrem guten Ruf gerecht, dachte David und schmeichelte ihr: »Sie sind so edel. Trotz Ihrer Not denken Sie noch an andere. Wissen Sie, dass ich Ihnen schon einmal begegnet bin und bei Ihrem Vater um Ihre Hand angehalten hatte? Leider war es für mich zu spät. Damals waren Sie schon drei Monate mit dem Herrn Miltenberg verheiratet. Vor Kummer habe ich Bremen sofort wieder verlassen.«

»Oh, mon dieu ..., davon hat mir mein Vater nie etwas erzählt. Den edelsten und schönsten aller Brautwerber hat er mir vorenthalten.« Gerührt beugte sie sich vor, umfasste plötzlich mit beiden Händen sein Gesicht und küsste ihn auf den Mund.

David Xaver hielt ganz still, und als sich Gesche an ihn schmiegte und ihre feste Brust gegen die seine drückte, vergaß er vor Überraschung fast das Atmen. Doch als er begann, mit seiner Hand ihr Mieder abzutasten, und als seine gierigen Finger ihre Brust umfassen wollten ..., da stieß sie ihn listig von sich und schüttelte lächelnd den Kopf. »Ich habe Gottfried das Versprechen geben müssen, nie mehr zu heiraten. Was soll ich in meiner Situation jetzt tun, David Xaver? Sie sind derjenige von uns beiden, der eine Frau und Kinder hat.«

»Ich werde Sie meiner Frau und den Kindern vorstellen. Sie werden bei uns ein und aus gehen als eine gute Bekannte«, parierte er geschickt. »Am Sonntag gibt es bei uns Karpfen. Frisch gekocht mit Sahne und Petersilie. Sie werden doch kommen? Ich bitte Sie, Madame, schlagen Sie mir diese Bitte nicht ab.«

Gesche fuhr ihm mit ihrer Hand stumm durch die silberdurchwirkten Locken. Sein Haar hatte den Geruch von blühenden Wiesen. Sie nickte und brachte zaghaft den Einwand: »Ich habe noch nie Karpfen gegessen. Sie werden sich mit mir blamieren. Ihre Frau wird es bemerken.«

»Dass Sie nicht Karpfen essen können?« Er lachte scherzhaft. »Ich lasse ihn vorher entgräten, und meine Frau wird Ihnen zu Füßen liegen, meine Liebe.« Mutig geworden, legte er ihr die Arme um den Hals und zog sie näher zu sich heran.

Sie kicherte: »Das mit Ihnen und mir meine ich. Sie werden Ärger bekommen. Ihre Frau wird mich nicht empfangen.«

»Keine Angst, meine Frau wird es akzeptieren. Sie hat auch ihre Liebhaber.«

Ihr Gesicht kam ihm jetzt ganz nahe, ihre Augen blitzten: »Gut, aber nur, weil ich neugierig bin, wie Karpfen schmeckt, und weil ich gespannt auf Ihre Frau bin.«

Das war der Augenblick, in dem sich Madame Gottfrieds Leben änderte. Am kommenden Sonntag saß sie am Tisch der Ehegattin gegenüber und fühlte sich ein wenig unbehaglich. Um sicherzugehen, dass Madame Xaver ihr freundlich gesonnen war, hatte sie am Tag zuvor eine Freundin zu ihr geschickt. Und erst, nachdem sie sich des Wohlwollens vergewissert hatte, war sie seiner Einladung gefolgt. Frau Xaver hatte sie herzlich empfangen. Gesche schätzte sie etwas älter als ihren Mann, sie war rundlich um die Hüften, aber mit fester, gebräunter Haut. Eine von den temperamentvollen Schönheiten, wie man sie oft unter den Südländerinnen findet. Madame Xaver sprach unentwegt, selbst mit vollem Mund, und als nur noch das Grätengerüst des Karpfens auf dem Teller lag, kannte Gesche bereits den gesamten Klatsch der oberen Gesellschaft. Nach dem Essen führte David Xaver sie in Gottfrieds ehemalige Stube und dachte wehmütig, wie froh er hier gewesen war, bevor er ihre Bekanntschaft machte. In einem unbeobachteten Augenblick schlang ihr David Xaver von hinten ein goldbesticktes Tuch um die Schultern mit den Worten: »Das Tuch habe ich soeben im Kaufhaus Rothe gekauft, ein kleiner Vorgeschmack auf unsere künftige Verbindung. Aber wenn Sie es auf Ihren schönen Schultern tragen und meine Frau Sie darauf anspricht, verraten Sie ihr nichts.«

Gesche schloss vor Entzücken die Augen, als sie den weichen Stoff auf ihren nackten Schultern fühlte, und dachte, das Tuch hat ihn mindestens 35 Taler gekostet. Da kein Spiegel in der Stube zu finden war, drehte sie sich vor der angelehnten Fensterscheibe, um zu sehen, wie es auf dem schwarzen Kleid zur Geltung kam. Die glänzenden Farben verwandelten den schwarzen Stoff in eine Fürstenrobe.

Der Magister schaute ihr schmunzelnd zu, wie sie kritisch, mit gespitzten Lippen vor der Scheibe umhertrippelte, sich dabei von vorn, von hinten und von der Seite betrachtete, den Rücken straffte und die Brust herausstreckte.

Doch plötzlich stand sie still und zog das Tuch langsam von den Schultern. Sie befühlte noch einen Augenblick ernst das weiche Gewebe mit den Händen, drückte ihr Gesicht in den Stoff und dachte: welche Unvorsichtigkeit. Dann gab sie ihm das Tuch zurück. Erstaunt blickte David Xaver sie an.

»Es ist so wunderschön. Vielen Dank«, murmelte sie, und er sah, dass es ihr schwerfiel. »Ich würde das Tuch gern tragen, Tag und Nacht, um Ihnen darin zu gefallen. Aber da ich mich in tiefer Trauer befinde, kann es erst in zwei Jahren meine Schulter wärmen. Ich bitte Sie, erfreuen Sie damit Ihre Frau. Es wird ihr bestimmt genauso gut zu Gesicht stehen. Sie haben eine so schöne Frau.«

Wie gern hätte sie in ihrer Eitelkeit in dem Tuch vor den Leuten geglänzt. Doch die Furcht, von dem Verkäufer als Geliebte des Advokaten bekannt zu werden, war stärker.

David Xaver ließ sich durch die Abweisung nicht davon abhalten, sie jeden Sonntag und so manchen Tag in der Woche zu besuchen. Bei seinen Besuchen verwöhnte er sie mit beachtlichen Geldgeschenken. Zusätzlich erhielt sie von ihm einmal monatlich vier Komödien-Billetts und so manches andere luxuriöse Geschenk. Aus Angst vor Entdeckung ihrer heimlichen Liaison bat sie ihn eines Tages scheinheilig, eine von seinen Töchtern in ihre Pflege zu geben. Sie begründete dieses Anliegen mit ihrer Einsamkeit. In Wirklichkeit aber ging es ihr um seine täglichen Besuche, die dadurch weniger auffielen.

An einem Weihnachtsabend kam er mit leeren Händen zu ihr. Doch noch bevor deshalb ein Schatten ihr hübsches Gesicht verdunkeln konnte, versprach er ihr, diesmal ein ganz besonderes Geschenk für sie zu haben. Er verband ihr zärtlich mit einem Tuch die Augen und nahm die Obligation von 300 Talern aus ihrer Schublade, die er ihr einst für die Beerdigung geliehen hatte. Dann nahm er ihr das Tuch wieder ab und zerriss vor ihren Augen feierlich und langsam den Schuldschein mit den Worten: »Solange Sie Witwe sind, sollen Sie mir keine Zinsen geben!« Im gleichen Atemzug schwor er ihr feierlich: »Sie werden nie wieder Not leiden, wenn Sie mir versprechen, solange unsere Verbindung anhält, nicht zu heiraten.«

Vor Freude umarmte sie ihn. Dann zog sie ihn kokett hinter sich her zum Sekretär, öffnete eine Schublade und entnahm ihr ein Blatt Papier. Rasch griff sie zur Feder, schrieb etwas darauf und las mit ernster Miene:

»Herr Xaver,

Sie sind Familienvater, und ich stehe ganz allein da. Da Sie von mir keine Zinsen haben wollen, so möchte ich doch, dass dies schriftlich festgehalten wird. Aber vergessen Sie nie zu vermerken, dass ich Ihnen Zinsen bezahlt habe. Denn wenn Sie eines Tages stürben und ich müsste diese an alle Ihre Erben bezahlen, dann wäre ich zutiefst unglücklich.«

David Xaver schmunzelte geschmeichelt. Seine Augen lockten: »Komm zu mir.« Doch hinter der hohen Stirn arbeitete es. Sie ist klug und berechnend …, wenn sie nur nicht so hübsch wäre, ihre Wangen beim Lächeln nicht Grübchen bekämen, ihre Zähne nicht so weiß wären … »Komm«, forderte er sie auf, »besiegeln wir das Papier mit einem Kuss.« Er zog sie an seine Brust, griff ihr in die Haare und bog ihren Kopf nach hinten. Sein Gesicht kam ihr näher, und als seine Augen sich in ihre versenkten, dachte er, entweder werde ich an ihr kleben bleiben wie eine Fliege am Leim, oder wir werden uns wie Hunde im Kampf zerreißen. Dann bedeckte er ihr Gesicht mit wilden Küssen. Es ist ein Handel, dachte er, Geld gegen Ware.

Von diesem Moment an hielt sich Gesche für die glücklichste Frau auf der Welt. Durch David Xavers reichlichen Zufluss an Geld lernte sie wieder neu zu leben, erweiterte ihren Bekannten- und Freundinnenkreis, zeigte sich auf Gesellschaften und hielt sich an ihr Versprechen, das sie David gegeben hatte: nicht zu heiraten. Trotzdem blieb es nicht aus, dass sich für die in der Gesellschaft für wohlhabend gehaltene schöne Witwe schnell wieder heiratswillige Freier einfanden. Dieses nutzte David Xaver, um ihr Versprechen zu testen.

Einmal kam er mit den Worten zu ihr: »Ein vortrefflicher Mann wünscht Sie zu heiraten, ein sehr schöner Mann!«

Als sie seufzend ablehnte, nicht einmal nach dem Namen des Mannes fragte, machte er ihr den Vorschlag, diesen Herrn mit ihm und seiner Frau zu besuchen, um sich von dessen schöner Umgebung zu überzeugen. Sie jedoch seufzte nur, faltete die Hände vor der Brust und antwortete: »Wie gern würde ich das wohl tun, aber …« Er lehnte ab.

Einige Zeit später sprach er das Thema bei einem seiner Besuche wieder an und sagte: »Der vortreffliche Mann schickt mich erneut zu Ihnen und bittet um Ihr Herz und Ihre Hand.« Diesmal verriet er ihr seinen Namen und beobachtete sie dabei sehr genau. Sie erinnerte sich, den Herrn schon öfter an ihrem Haus vorbeiflanieren gesehen zu haben.

»Ich habe hier auch ein Kästchen mit Brillantohrringen und einem Brillantring, das ich Ihnen in seinem Auftrag überreichen soll, wenn Sie sich entschließen, ihn zu heiraten«, lockte er.

Doch Gesche durchschaute ihn. Der Verzicht schmerzte sie. Dennoch blieb sie standhaft und zeigte kein Interesse für den Schmuck. Stattdessen antwortete sie ihm: »Nein, mein lieber Herr Xaver, diesen Mann kann ich nicht glücklich machen. Ich habe Ihnen mein Versprechen gegeben, nicht zu heiraten. Sie werden meinen Sinn nicht ändern.«

Abermals stellte David Xaver ihre Treue auf die Probe. Diesmal war es ein junger Mann, ebenfalls ein Witwer, und auch sehr reich. Während er ihr die Vermögensverhältnisse in höchst lobenden Tönen schilderte, meinte er: »Sie haben mir doch einst von dem seligen Gottfried erzählt, dass er gern musizierte und sang. Genau diese Eigenschaften besitzt dieser junge Herr. Ich habe ihn schon so manchen Abend wunderschön singen hören.« Dabei belauerte er ihre Reaktion mit den Augen eines Falken.

Aber auch dieses Mal blieb Gesche ihrem Versprechen treu, was ihr durch die glückliche Beziehung zu ihm nicht allzu schwerfiel. Von da an ließ David Xaver ihr in der Wahl ihres männlichen Umgangs freie Hand. Doch gewisse Dinge begannen ihr Glück bald erheblich zu trüben.

Der Magister war ein schlauer Mann, ein guter Finanzier und sehr scharfsichtig, was Geldangelegenheiten betraf. So war er auch der Erste, der ihre Aufrichtigkeit ernsthaft in Zweifel zog. Deshalb empfand sie in seiner Nähe stets Furcht vor seinem Scharfblick. Diese Angst wuchs, je länger ihr Verhältnis sich hinzog, und begann, das vergnügliche Leben mit ihm zu beeinträchtigen. Vor allem ihre ungeheuerliche Verschwendungssucht blieb ihm nicht lange verborgen, auch wenn er dabei nicht durchschaute, wozu sie die von ihm erhaltenen Gelder verwendete. Zunächst mahnte er sie noch liebevoll zu mehr Sparsamkeit. Später ersuchte er sie hartnäckig um Aufklärung, wohin die Gelder flossen.

Einmal fragte er sie geradeheraus: »Madame, vermerken Sie auch alles, was Sie von mir erhalten?«

Als sie die Frage schweren Herzens mit Nein beantwortete, bohrte er sogleich weiter: »Dann sagen Sie mir, wen Sie bezahlt haben.«

Eine solche Frage brauchte Überlegung. Sie überraschte Gesche in einem Moment, als sie das Geld längst für Putz und Empfänge ausgegeben hatte. Verlegen suchte sie nach einer Ausrede. Gleich darauf log sie, ohne dabei zu erröten: »Ich habe 1.000 Taler an Herrn Winzer, Gottfrieds Prinzipal, bezahlt.«

Doch dieses Mal gab sich David Xaver nicht zufrieden. Am nächsten Morgen stand er plötzlich mit besagtem Herrn in ihrer Stube. Als Herr Winzer sie fragte, ob sie an ihn Gelder bezahlt habe, wurde sie vor Schreck ganz rot und versuchte sich sogleich mit viel Tränen und der Ausrede, sie hätte Ehrenschulden abgegolten, aus dieser misslichen Lage zu befreien.

Der Herr Winzer hatte ein Einsehen, klopfte ihr väterlich auf die Schultern und sagte: »Mehr müssen Sie mir nicht erzählen, von Ehrenschulden will ich nichts wissen, Madame«, und verließ sie freundlich lächelnd. Als sie jedoch den Blick des Magisters spürte, der enttäuscht auf ihr ruhte, fühlte sie, dass sie in seinen Augen an Achtung verloren hatte. Später, im Speisekeller, ließ sie ihren Tränen freien Lauf und weinte sich an der Brust ihrer Magd Beta aus.

Am Nachmittag kam David Xaver wieder. Er wirkte zerknirscht, wusste nicht recht, wohin mit seinen Händen, und bat sie reumütig um Entschuldigung. Überglücklich vor Freude, dass er zu ihr zurückgekommen war, flog sie ihm um den Hals und bedeckte sein Gesicht mit Freudenküssen. Bevor er sich wieder von ihr verabschiedete, schenkte er ihr zur Wiedergutmachung einen Brillantring mit seinem eingravierten Namen. Zu gern hätte sie den Ring behalten, doch aus Furcht, ihre Freundin Marie könnte den Namen im Ring entdecken, gab sie ihm den Schmuck zurück. Zugleich steckte sie ihm ein Papier aus ihrem elterlichen Haus von 1.250 Reichstalern zu, als Tilgung einiger ihrer Schulden bei ihm, und bat ihn unter Küssen, ihr doch die Zinsen für die anderen Schuldscheine für die nächsten Jahre zu erlassen. David Xaver weigerte sich eine Weile hartnäckig, gab dann aber, wieder einmal überwältigt von ihrem Liebreiz, nach.

Das ständige Misstrauen David Xavers und ihr eigenes mahnendes Gewissen bereiteten ihr immer mehr Unbehagen. Sie musste sich schützen. So verwendete sie den Teil des Geldes, den sie nicht unbedingt für ihren ausschweifenden Lebensstil benötigte, scheinheilig für eine gesteigerte Wohltätigkeit an Armen und Kranken, was sie bei den Betroffenen rasch zum Vorbild mildtätiger Liebe machte. Oft wurde sie mit aufrichtiger Anteilnahme gefragt, wie sie all das Unglück ertragen und so ruhig dabei bleiben könne. Für gewöhnlich antwortete sie dann: »Ach ja, der liebe Gott legt mir ein schweres Joch auf, aber er macht mich auch stark.«

Wie weit ihre Heuchelei und Lügen gingen, erfuhr ihre Freundin Marie, als sie sich von ihr einmal einen Band von Dräsekes Predigten ausleihen wollte. Marie musste lange darum bitten. Nur unter Vorbehalt und mit ausdrücklicher Warnung, das Buch ja nicht zu verlieren, es wäre das Einzige, was sie aufrechterhalte, lieh sie es ihr letztendlich. Dabei hatte die Heuchlerin selbst noch nie darin gelesen. Aber je mehr sie mit sich selbst haderte, desto eifriger strebte sie danach, sich Liebesbeweise von anderen zu erkaufen.

Einmal bot ihr der Geburtstag die Gelegenheit dazu. Zum ersten Mal gab sie selbst ein rauschendes Fest für alle ihre Freunde. Doch die vielen Geschenke, die sie erhielt, genügten ihr nicht. Sie ließ sich die rauschende Festlichkeit von David Xaver im Voraus finanzieren. Was ihr noch fehlte, ganze 200 Reichstaler, lieh sie sich von einem Nachbarn, dem damals gerade neu hinzugezogenen Herrn Leber. Diesem Herrn Leber, einem wohlhabenden Witwer, wurde sie ihres vermuteten Reichtums und ihres Rufes wegen, ein wohltätiger Engel zu sein, von den Damen der Gesellschaft bald als künftige Ehefrau empfohlen.

Durch die geliehenen 200 Reichstaler gewann er ihre Zuneigung und erschien eines Tages ganz unerwartet bei ihr. Verlegen überreichte er ihr einen Brief und verabschiedete sich rasch wieder.

Etwas überrascht von diesem seltsamen Auftreten, schnupperte sie zunächst interessiert an dem parfümierten Brief und erbrach rasch das Siegel. Dann setzte sie sich an den Sekretär, an dem einst der selige Miltenberg den Liebesbrief an ihren Geliebten Kassow geschrieben hatte, zog sich eine Lampe heran, um die Augen zu schonen, und vertiefte sich in die wie von einer Künstlerhand verfassten Zeilen. Dabei ließ es sich nicht verhindern, dass ihr eigensüchtiges Herz beim Lesen höher schlug als bei den vorausgegangenen Bewerbungen:

Liebe Madame!
Entschuldigen Sie gütigst, dass ich so frei bin, Ihnen eine Veranlassung zu geben, mich zu sehen; mein angelegentlichster, sehnlichster Wunsch ist es, Ihnen nicht zu missfallen. Die Liebe ist die freundlichste Lebensblume; ihr verdanke ich meine schönsten Freuden und Erinnerungen, sodass ich gerne wieder an der Hand eines geliebten Weibes in das Heim einzöge, wo mir so wohl war.
Überlegen Sie, meine Gute, ob Sie meinen innigsten Wunsch mit mir teilen können.
Ich will es Ihnen ganz leicht machen: Darf ich einige Hoffnung haben, so nehmen Sie mich morgen Nachmittag um drei Uhr (ich werde vorbeikommen und vorsprechen) gütigst auf, eine nähere Bekanntschaft mag dann entscheiden, ob ich Ihrer Liebe wert bin, ob Sie glücklich mit mir sein können.
Darf ich gar keine Hoffnung haben, so lassen Sie sich verleugnen. Denn sehen Sie, ich könnte selbst nicht glücklich sein, wenn Sie nicht so recht glücklich wären. So schwer es denn auch meinem Herzen werden mag, will ich Sie in keine weitere Verlegenheit bringen …
Bei dieser Ungewissheit werden Sie mein Gefühl

ermessen. Wir Menschen hoffen gar zu gern auf die Erfüllung unserer angenehmsten Wünsche, und so wage ich es denn auch, mich der süßen Hoffnung zu überlassen, Sie werden mich wieder in mein verlorenes Paradies einführen.
Auf alle Fälle aber bitte ich, Sie wollen überzeugt sein, dass ich nie aufhören werde, Sie hoch zu schätzen.

Ihr Sie verehrender
*Freund Leber**

Als der Freier am Tag darauf bei ihr vorsprach, teilte sie ihm zunächst ihren Entschluss mit, nie wieder zu heiraten. Sie bat ihn herzlich, ihr Handeln zu verstehen, aber tief in ihrem Herzen wurde sie doch wankelmütig. Sie dachte an die schönen Zeilen, die ihr Herz so ergriffen hatten, und verbarg ihre Ablehnung hinter der Lüge: »Lieber Herr Leber, Sie sind für mich viel zu gut.«

Doch das Gegenteil von dem, was sie erwartet hatte, trat ein. Ihre Antwort hinterließ bei dem Abgewiesenen einen Hoffnungsschimmer. Er ließ sich nicht entmutigen und offenbarte sich seiner 16-jährigen Tochter, die ihm darauf antwortete: »Vater, ich denke mir, dass die abschlägige Antwort eher mit mir zu tun hat. Ich will selbst mit ihr sprechen.«

Aber auch das junge Mädchen, welches noch am gleichen Tag gemeinsam mit dem Vater bei Gesche vorsprach, erhielt eine weitere Absage. Die Tochter bat sie: »Madame, ich verspreche Ihnen, Sie als meine Mutter stets zu ehren und zu lieben. Ich bin schon fast erwachsen und werde auch gern das Haus verlassen, wenn Madame sich an meinem Anblick stößt.«

Tief im Inneren tat es Gesche herzlich leid, den Antrag auf so viele Bemühungen hin erneut abzuweisen. Scharfsinnig erkannte sie in Leber einen wirklich guten Menschen, den man gernhaben musste und vor dem sie große Achtung hatte. Er war nicht unbedingt schön zu nennen. Eine viel zu breite Nase zierte sein Gesicht. Von recht kleiner Statur, neigte er zu einer beachtlichen Fülle. Als sie ihm sagte, dass er viel zu gut für sie wäre, meinte sie das ehrlich. Dennoch gab es einen gewichtigeren Grund, die Heirat mit dem wohlhabenden Freier auszuschlagen.

Am nächsten Tag, als der Herr Leber für mehrere Stunden bei ihr vorsprach, kam David Xaver zu Besuch. Als er hörte, dass der Herr Leber anwesend war, verließ er wütend das Haus. Bereits einige Tage zuvor hatte er Gesche heftige Vorwürfe gemacht und sehr schlecht über besagten Herrn geredet. Nach einer Stunde etwa kehrte er zurück, und als die Magd ihm mitteilte, dass der Herr Leber noch immer anwesend sei, äußerte er sich ziemlich ungehalten: »Sagen Sie zu Madame, wenn sie Leber heiratet, dann beraube sie neun Kinder ihres Vaters.«

Dann verließ er erneut, ohne sich noch einmal umzusehen, mit raschen Schritten das Haus. Später erzählte die Magd ihrer Herrin, was der Magister ihr aufgetragen hatte. Flehentlich bat sie Gesche, nicht zu heiraten. Sie weinte und schluchzte: »Ach Gott, Madame, Herr Xaver hat sich so aufgeregt, er wird sich doch nichts antun?«

Gesche kämpfte lange mit sich, strich dann der Magd über die Wange und fasste den festen Entschluss, nicht zu heiraten. Später bereute sie ihre Entscheidung wieder.

Bei einem Treffen mit ihrem Geliebten fragte sie diesen deshalb: »Wenn ich einmal alt werde und Sie keinen Gefallen mehr an mir haben, werden Sie mich dann auch verlassen?«

David Xaver, besitzergreifend und frohlockend, dass sie ihm nun völlig gehörte, zog sie daraufhin in seine Arme, überschüttete sie mit Zärtlichkeiten und schmeichelte ihr: »Nein, Madame, und Sie sind noch lange nicht alt.«

Am nächsten Morgen schickte er seinen Lehrburschen mit einer Obligation von 1.500 Reichstalern zu ihr, die sie unterzeichnen sollte. Traurig und mit zitternder Hand kam sie diesem Ansinnen nach. Gleichzeitig dachte sie, dass es an der Zeit wäre, diese Verbindung zu beenden. David Xaver war ihr zu klug und griff zu sehr in ihr Leben ein, sodass ihre Furcht vor ihm sich allmählich zur panischen Angst ausweitete. Dem Entschluss, sich von ihm zu lösen, ging eine Hypothek von 2.800 Reichstalern voraus, die der Vater kurz vor seinem Tod einem Herrn Kramer für sein Haus gegeben hatte. Unlängst nun kam besagter Herr Kramer zu ihr und teilte ihr mit, sie sei ihm nichts mehr schuldig. Daraufhin bat sie ihn um 600 Reichstaler für eine alte Ehrenschuld. Tags darauf kam David Xaver zu ihr und sagte, er hätte die 600 Taler bei Herrn Kramer bezahlt und die Hypothek auf sich genommen. Er war sehr ungehalten und schalt: »Wie können Sie solche Papiere bei dem Mann lassen! Er ist alt, könnte sterben. Haben Sie mal an die Erben gedacht? So etwas ist gefährlich.«

Nach diesem Vorfall wurden seine Besuche in ihrem Haus spärlicher. Dafür wurde ihr neuer Untermieter, ein Herr Moses, von ihrer Schönheit in den Bann gezogen. Wenn er sie ansah, musste sie immer an die Zeit zurückdenken, als sie Gottfried kennenlernte. Zugleich erinnerte er sie an ihren Sohn Heinrich. Ach ja, der gute Heinrich, er wäre jetzt auch so alt, dachte sie dann wehmütig und hoffte so sehr, dass er ihr im Himmel verzeihen möge.

Der Herr Moses war ein schöner Mann mit einer Haut wie Milch und Honig, rabenschwarzen Haaren und azurblauen Augen. Er war ein junger Kommissionär, schrieb viel, spielte manchmal leise am Flügel auf seinem Zimmer und pflegte wie Gottfried mit viel Liebe ihr Blumengärtchen. Sie hatte ihm nach dem Auszug einer ihrer Mieter das Zimmer unter dem Dach mit Blick auf ihren Garten überlassen. Wenn sie mit ihrer Magd Beta an Samstagen das Haus in Ordnung brachte, arbeitete Moses im Garten. Wenn er ein interessantes Buch hatte, gesellte er sich zu ihr, und sie lasen gemeinsam. An sonnigen Sonntagen fuhr er mit ihr auf das Land. Er war sehr religiös und schenkte ihr einmal ein Stammblatt, das beste in ihrem Stammbuch, das sie oft betrachtete und dachte: Was für einen guten Charakter hat der junge Herr Moses. Trotz des beträchtlichen Altersunterschieds verliebte sie sich in den jungen Mann und verbrachte eine lange und glückliche Zeit mit ihm.

Das nahende Alter ängstigte sie. Noch, mahnte sie ihr Innerstes, hast du Freunde und Freundinnen, weil du jung bist. Du musst dafür sorgen, dass du im Alter nicht allein bist. Schließe Bündnisse mit jungen Mädchen, die dich, wenn es so weit ist, nicht verlassen. Ihre Angst, dem Wahnsinn zu verfallen, wuchs ebenso stark wie ihre Sucht nach Zerstreuung, und so verlebte sie immer öfter ihre Tage in der Gesellschaft junger Mädchen von zehn bis zwölf Jahren, meistens Nachbarkinder, zu denen sie dann oft sagte: »Wenn ihr nun groß seid und ich alt bin, dann erinnert euch dieser frohen Tage und vergesst mich nicht!« Wenn sie dann an schönen Sommerabenden nach einer lustigen Landpartie mit den Mädchen zurückfuhr und sie auf ihrem Weg am Kirchhof vorbeikamen, dann dachte sie oft an ihre eigenen Kinder, die mit Recht diesen Tag feiern sollten und jetzt im Grabe ruhten.

Ihr Schuldverhältnis zu David Xaver und ihr fortdauerndes und unabsehbares Geldbedürfnis brachten sie im Herbst 1821 auf die Idee, ihr Haus zu verlassen und sich an einer der schönsten und lebhaftesten Straßen der Stadt, der Obernstraße, einzumieten. Sie hoffte, mit diesem Entschluss aus der Nähe ihres reichen Liebhabers wegzukommen. Vielleicht war es auch das Bedürfnis nach mehr Zerstreuung, nach einer lebhafteren und freundlicheren Wohnung. Umso mehr, da unlängst ihre treue Magd Beta sich mit einem Mann, dem Matrosen Friedrich Schmidt, verlobt hatte. Die gewohnten Liebesbeweise und Lobpreisungen der ehrlichen Seele vermisste sie bereits, waren sie ihr doch zur Beschwichtigung ihres unseligen Inneren so unentbehrlich geworden. Sie zog in das Haus eines gewissen Herrn Eckerlien, dessen freundliche mittlere Etage ihrem Drang nach Aufheiterung sehr zusagte. Doch sie sollte auch hier keine Ruhe finden; immerwährende Furcht zehrte, wenn sie allein war, an ihren Körperkräften. Ihren Bekannten, denen ihr Zustand nicht verborgen blieb, erklärte sie, dies sei die Folge der Erduldung schwerer göttlicher Prüfungen.

Nun ergab es sich, dass sie sich mit einem der Mädchen besonders anfreundete, der Jungfer Rosalie, die später den Regierungsschreiber Holger zu Stade heiratete. Eines Morgens kam David Xaver zu ihr und überreichte ihr einen ihrer Briefe. Gesche stand seit der reichen Heirat der Freundin in regem Briefwechsel mit ihr. Da der Advokat aber besser schreiben konnte und ihr Augenlicht immer schwächer wurde, gab sie ihm die Briefe zur Beantwortung, die sie dann wiederum von ihm abschrieb.

Er hatte wie immer ein Lächeln auf dem Gesicht und ergriff Gesches Hände, nachdem er sie gründlich in Augenschein genommen hatte. »Madame, ich habe Angst um Ihre Schönheit. Sie sehen leidend aus. Ihnen bekommt die Luft hier nicht. Ein wenig Zerstreuung täte Ihnen gut. Aber nicht diese hier«, sagte er im gleichen Atemzug und übergab ihr den Brief. »Ich habe mir erlaubt, der Rosalie zu Stade eine Absage in Ihrem Sinne zu übermitteln.«

Nicht zum ersten Mal verschlug es Gesche die Sprache über seine Eigenmächtigkeit. Sie öffnete das Antwortschreiben, überflog es kurz und sagte dann mit unterdrückter Wut: »Wie können Sie es wagen, David! Meine Freundin hat mich zu einer Erholungsreise nach Stade eingeladen, und Sie teilen ihr meine Bedenken mit und dass ich unpässlich sei und mir eine solche Reise nicht zumuten könne? Mit welchem Recht mischen Sie sich fortwährend in meine Angelegenheiten?« Sie stampfte wütend mit dem Fuß auf und entzog sich ihm brüsk, als er sie an den Schultern berührte.

»Madame, ich bin um Ihr Wohl besorgt«, rechtfertigte er sich ruhig. »Dieser Brief enthielt einiges, was mir nicht gefiel, besonders die herzliche Einladung Ihrer Freundin und ihres Gatten nach Stade. Außerdem gefällt es mir nicht, dass sie dort mit Ihnen gemeinsam einen Garten in der Vorstadt bewohnen sollen, wo Stader jeden Standes täglich verkehren.«

»Sie sind nur eifersüchtig, David. Sie wollen mich immer in Ihrer Nähe haben, das ist der wahre Grund. Dabei denke ich, dass ich Sie nicht mehr fasziniere, sondern meine Schulden.«

»Was reden Sie da, Madame? Ich finanziere Ihnen jede Zerstreuung, möchte Sie aber vor dieser Reise warnen.«

Er hatte sich im Lehnstuhl am Fenster niedergelassen, die Beine übereinandergeschlagen, und spielte gelangweilt mit einem kleinen Stöckchen aus Elfenbein. Er war elegant, sein Rock aus feinstem Leder, ebenso wie sein Zylinder, den er auf seinen Knien abgelegt hatte. Vor Monaten noch hätte sie sein Anblick in wilde Leidenschaft versetzt. Doch jetzt verspürte sie nur noch quälende Sorge um ihre Zukunft und Angst vor einer Kündigung seiner Freundschaft. Hatte er ihr doch erst kürzlich ganz unmissverständlich gesagt, niemand gebe ihr noch 100 Reichstaler für ihr Haus.

»Aber Sie haben kein Recht, so zu reden, Madame«, fuhr er fort. »Sie schulden mir mehrere Tausend Taler, Ihre Immobilie von 2.500 Reichstalern ist mittlerweile durch meine finanziellen Vorschüsse für Ihre Zerstreuungen auf 3.000 Taler tief verschuldet. Sie wissen doch, dass sich die Hypothek noch immer in meinen Händen befindet.«

»Ich werde Ihnen das Geld zurückzahlen. Sie müssen mich nur nach Stade lassen!«, flehte sie nun. »Dort werde ich in höchsten Kreisen verkehren. Sicher wird sich dort auch eine Lösung finden.«

»Sie bleiben mir verpflichtet, Madame. Aber Sie wissen auch, dass es mir nicht um das Geld geht.« Er hatte sich erhoben, nahm seinen Zylinder und verbeugte sich vor ihr.

Rasch nahm sie den Brief vom Sekretär.

Er erriet, was sie vorhatte, und lächelte. »Sie wollen mir den Brief zurückgeben, Madame? Dann wird Ihre Freundin keine Antwort erhalten.«

»Ich schreibe ihr selbst die Antwort. Heute noch. Und am Samstag fahre ich nach Stade. Sie werden mich nicht daran hindern.« Herausfordernd sah sie ihm in die Augen. »Aber ich werde Sie in meinen Gedanken mit auf meine Reise nehmen, Herr Xaver«, fügte sie leiser hinzu, um ihn zu besänftigen.

»Nun gut, Madame. Ich kann Ihnen nichts befehlen. Ich bin Ihr gehorsamster Diener. Meine besten Wünsche werden Sie auf die Reise begleiten.«

Vier Wochen später, im Sommer 1822, saß Gesche in der Kutsche aus Stade kommend und fuhr zurück nach Bremen. Sie saß ganz allein in der gepolsterten Kutsche und blickte schon eine geraume Weile gelangweilt auf den breiten Rücken des Kutschers. Der Wagen war bepackt mit Koffern, Hutschachteln und Kästchen. Völlig überladen, schaukelte der Wagen auf der einsamen Heerstraße von einer Seite auf die andere wie ein führerloses Schiff auf den Wellen. Der Kutscher hielt die Zügel der vier Rappen fest in den Händen. Auf der Kruppe der hintersten Pferde lag dicker Straßenstaub. Mit hängenden Köpfen trabten sie über das Pflaster. Der Kopf des Kutschers war auf die Brust gesunken. Er wackelte sanft im Takt hin und her.

Gesche erging es nicht anders. Müde stierte sie auf das kleine Fenster und gähnte herzhaft, bis ihr Interesse plötzlich von einem vorbeiziehenden Handwerksburschen geweckt wurde. Einen langen Stock als Gehstütze benutzend, einen breiten schwarzen Hut und einen Rucksack auf dem Rücken, kam er auf sie zu und lüftete artig den Hut. Er war noch jung und ganz allein. Sein Gesicht und seine Kleidung waren wie die Kruppe der Pferde mit Straßenstaub bedeckt. Neugierig blickte sie dem Burschen hinterher, bis er hinter der nächsten Einbiegung verschwunden war. Dann ließ sie sich seufzend zurück in die Polster sinken. Leise murmelte sie dabei vor sich hin: »Ach, Christoph, so einsam kamst du aus der Fremde zurück.« Trotz des Frohsinns, den sie in den letzten Wochen erlebt hatte, traf das Erlebnis auf eine wunde Stelle. Um sich von den trüben Gedanken abzulenken, erinnerte sie sich an die schöne Zeit in Stade und grinste vergnügt, in Gedanken bei Marie, die am Ostertor auf ihre Ankunft wartete.

»Ach, Marie«, murmelte sie vor sich hin, »wenn du wüsstest, in was für einem wunderschönen Garten ich mich vergnügt habe.«

Sie träumte sich in den Garten nach Stade zurück, an die mit prachtvollen Fischen besetzten Weiher, die riesigen Wasserfontänen, die nackten Marmorskulpturen und die bunten Blumenmeere. Sie war in den letzten drei Wochen in Stade mehr ausgegangen als in Bremen während eines Jahres. Die Herzlichkeit Rosalies und ihres Gatten ließen sie rasch ihre bitteren Leiden vergessen. Jeden Tag wurde sie von ihnen mit einer neuen Zerstreuung überrascht. Einmal waren sie beim Regierungsrat eingeladen, ein andermal wurde in dem schönen Garten eine große Hochzeit gefeiert. Von all den schönen Dingen hatte sie Marie geschrieben, die in der Zwischenzeit ihre Blumen und ihre Vögel versorgte. Auch von dem Heimweh, das sie bedrückte, und von den Unannehmlichkeiten des ungewohnten reichlichen Essens, weswegen sie tagelang Bitterwasser trinken musste.

Die Kutsche bog in eine Kurve ein. Sie musste sich festhalten und runzelte plötzlich die Stirn. Es gab auch unangenehme Erinnerungen, an die sie nur ungern zurückdachte. Das war beispielsweise der Tag, an dem ihre Kasse leer war. So angenehm der Aufenthalt in Stade für sie auch gewesen war, äußerlich zur Schau getragener Reichtum und Freigebigkeit kosteten eben Geld.

Sie bewegte die Lippen. Ohne es zu bemerken, begann sie, mit sich selbst zu sprechen.

»Wem sollte ich es anvertrauen, dass ich mich in Verlegenheit befand? David Xaver hätte ich ohne eine Begründung auch nicht um ein Darlehen bitten können.«

Sogleich begann sie wieder zu zittern, als sie an die viele Polizei im Haus des Regierungsschreibers dachte. Zum Glück war Rosalie ohnehin mit ihrem Dienstmädchen unzufrieden gewesen, als dieses in falschen Verdacht geriet. So kam niemand auf den Gedanken, dass sie es war, die den Schlüsselbund ihrer gastlichen Familie gestohlen hatte, einen Schlüssel davon in ihre Kommode steckte, den Bart abbrach und ihn dann wegwarf. Lediglich der Blick der Dienstmagd wollte ihr nicht aus dem Sinn, als diese daraufhin beschuldigt wurde, ihr gesamtes Geld gestohlen zu haben.

Es war eine Notlüge, rechtfertigte sie sich vor ihrem Gewissen. Was hätte ich denn tun sollen, als der Polizeikommissar von mir einen Eid verlangte. Er hatte mich durchschaut und glaubte mir den Diebstahl meines Geldes nicht. Hätte ich mich von meinen Gastgebern und dem Gericht etwa beschimpfen lassen sollen? Die Herren kamen so plötzlich zu mir mit ihren Büchern. Wenn sie wüssten, wie sehr ich mich geschämt habe, als ich schwören sollte, die Wahrheit zu bekennen.

Die schlimme Erinnerung ließ sie erschaudern. Sie fror in ihrem dünnen Reisemantel und zog sich eine Decke über die Schultern. Wo wird das arme beschuldigte Mädchen bei ihrer Flucht wohl hingelaufen sein, dachte sie und wurde sogleich wieder froh bei dem Gedanken, dass ja alles gut ausgegangen war. Rosalie und ihr Gatte hatten danach versucht, mit noch mehr Vergnügungen das Unangenehme des Diebstahls zu verwischen. Ihre Kasse wurde wieder gefüllt. Man verehrte sie wie nie zuvor und sah in ihr die große Dame, sodass es ihr letztendlich schwergefallen war, wieder abzureisen.

Eine tödliche Verlobung

Einige Monate später beim Tee
in Gesches Wohnung in der Obernstraße

Entspannt lehnte sich Marie im Lehnstuhl zurück und sah der Freundin interessiert bei der Toilette zu. Schweigsam hörte Gesche ihrem Geplapper zu, während sie im Unterrock vor einem der Spiegel im Erker nervös an ihren Haaren zupfte.

»Du bist immer noch eine wohlhabende Witwe, Gesche, und schön genug, um einen Herrn wie den Modewarenhändler Zimmermann zu heiraten. Sieh es als ein Geschenk Gottes, dass der Herr Eckerlien dir gleich nach deinem Besuch in Stade den Antrag mit seinem Stiefsohn gemacht hat. Der Modewarenhändler ist wohlhabend und in den besten Jahren.«

»Wir sind schon viel zu lange Freundinnen, als dass du mich anlügen musst, Marie«, antwortete Gesche mit einer Haarnadel zwischen den Lippen. »Sieh mich doch nur an, kann ich diesen Körper noch einem Mann anbieten?«

Hilflos warf sie ihrem Spiegelbild eine Grimasse zu und starrte dann sekundenlang auf die grellrot übertünchten Wangen, den falschen Busen und die durch zehnfache Kleidung erschwindelte Wohlbeleibtheit.

Ich bin alt und dürr, dachte sie. Ängstlich kniff sie die Augen zu. Sie konnte den Verfall ihres Körpers nicht ertragen. Nie werde ich wieder die vertrauten Beobachtungen eines Ehegatten ertragen können. Die Leiden meines Schicksals haben an meinem Körper gezehrt, haben mein Innerstes nach außen gekehrt. Wie, in Gottes Namen soll ich das alles vor ihm verbergen?

»Er ist ein recht braver Mann. In unserem Alter sieht man über gewisse Dinge hinweg«, tröstete sie Marie, nahm sich eine Tasse Tee von dem kleinen Tisch und nippte daran.

»Aber er möchte sicher mit mir verkehren, meinen Körper anfassen und nicht meine Kleiderhülle«, antwortete Gesche. Sie drehte Marie ihr Gesicht zu und versteckte ihre Locken unter einem Hut mit aufwendigem Federschmuck.

»Hilfst du mir, die Verschnürung festzuziehen, Marie?«, fragte sie und legte ein weiteres Mieder an. Es war das sechste.

Marie stellte die Tasse ab und eilte hilfreich herbei. Sie stemmte ihr Knie in Gesches Rücken und zog so kräftig an den Bändern, bis sie außer Puste geriet. »Aber, aber«, keuchte sie. »Freu dich doch, Gesche. Wenn der Herr Zimmermann dich heiratet, bist du endlich David Xaver los.«

Gesche stützte sich vornüber gebeugt mit den Händen an der Stuhllehne ab. Sie neigte den Kopf zur Seite und lächelte krampfhaft. »Oh, ja, dann ist endlich mein guter Ruf wiederhergestellt, und du machst mir keine Vorwürfe mehr wegen meines Umgangs mit Herrn Xaver«, presste sie zwischen den Zähnen hervor.

»Du weißt, ich kann den Herrn Xaver nicht leiden. Fast hätte er unsere Freundschaft kaputt gemacht. Er ist mir ein viel zu glatter Mann, und ich habe es nie verstanden, wie du dich in seine Abhängigkeit begeben konntest. Der Herr Zimmermann dagegen ist nicht nur sympathisch, er ist die Frömmigkeit in Person.«

»Stimmt«, pflichtete ihr Gesche ein wenig ironisch bei. »Seine liebste Zeit sind die Stunden der Andacht. Stell dir vor, Marie, neulich, bei seinem Besuch, hat er mir ein religiöses Stammblatt gegeben mit dem tröstlichen Vers …« Gesche richtete sich auf, spitzte die Lippen und zitierte: »Die Güte, die mich werden hieß, die den Bedrängten nie verließ, die wird mich nie verlassen.«

»Bück dich«, befahl ihr Marie ungeduldig, »sonst bekomme ich die Schnüre nie fest.«

»Wenn ich auf sein Werben eingehe und ihn heirate, wird mich David Xaver vielleicht nicht mehr besuchen. Durch die Heirat bin ich in der Lage, meine Schulden bei ihm zurückzuzahlen.«

»Die müssen ja schon ganz schön hoch sein, bei seiner Freigebigkeit. Wie hat er es denn aufgenommen? Er will doch nicht, dass du dir einen Ehemann suchst?« Marie schwitzte und stemmte erneut das Knie in ihren Rücken.

»Bei seinem letzten Besuch habe ich ihm von dem Heiratsgesuch erzählt. Eigentlich hatte ich wie immer eine schmeichelhafte Abmahnung erwartet. Doch diesmal hat er nur ganz ruhig geäußert, dass der Zimmermann ein braver Mann sei.«

»Er ist vielleicht doch ein besserer Mensch, als ich dachte.« Die letzte Verschnürung war angezogen. Erschöpft ließ Marie sich in den Stuhl fallen.

Gesche prüfte den Sitz ihrer Taille mit ihren Händen. Die schlechte Stimmung war verflogen. Selbstgefällig betrachtete sie sich wieder. Dann lächelte sie. Ein Lächeln, das an ihre frühere Schönheit erinnerte. Ich werde mich von ihm trennen, zur gegebenen Zeit, dachte sie und erinnerte sich an das Gespräch mit ihm, wovon sie der Freundin lieber nichts erzählen wollte. Um seine Zustimmung zu erhalten, hatte sie David Xaver nämlich angeboten, wenn er der Heirat zustimme, alle seine Zinsen zurückzuzahlen. Im gleichen Atemzug hatte sie die Gunst der Stunde listig zu nutzen gewusst und David Xaver mit den Worten umschmeichelt: »Aber Herr Xaver, mein Leinenzeug ist nicht ganz besonders, und ich möchte es doch gern ordentlich am Hochzeitstag beisammenhaben. Wollen Sie mir wohl 300 Reichstaler dafür geben?« Wie immer hatte ihr David Xaver diese Bitte nicht abgeschlagen und das Geld geliehen. Daraufhin hatte sie ihm eine Obligation von 600 Reichstalern unterzeichnet. Das Geld brauchte sie, um sich in den Augen der Eltern Zimmermanns einen Schein von Wohlhabenheit und Reichtum zu erkaufen.

Sie verlegte sich aufs Schwärmen. »Liebste Marie. Mit der

Verheiratung würde ich wieder so gütige, alte Eltern bekommen, mit denen ich gemeinsam das Abendmahl besuchen könnte. Schon so lange bin ich dem nicht mehr nachgegangen.«

»Du kannst aber nur glücklich werden, Gesche, wenn du dem Xaver den Laufpass gibst. Versprichst du mir das?«, wandte Marie erneut besorgt ein.

Sie half Gesche in den Umhang und reichte ihr den Seidenschirm mit den bunten Spitzen. Die Sonne stand hoch am Himmel, und die Kutsche vor dem Tor wartete auf sie; sie wollten zu den Wallpromenaden fahren.

Rasch schlang Gesche den Arm um Maries Hüfte und zog sie zur Tür. Dort flüsterte sie ihr ins Ohr: »Ich verspreche es dir hier hoch und heilig. Gott soll mich strafen, wenn ich das Versprechen nicht einlösen sollte.« Bei sich dachte sie genervt: Was sie nur immer gegen Herrn Xaver einzuwenden hat. Es gefällt mir überhaupt nicht, dass sie mir den Umgang mit ihm verbietet. Sie hat sich nicht einzumischen.

Inzwischen promenierte der Modewarenhändler Zimmermann mit seinem Vetter Hieronymus Miller, ebenfalls aus dem Modegeschäft, an den Villen in der Contrescarpe entlang. Sie gingen zu Fuß, um die ersten warmen Sonnenstrahlen zu genießen. Seit Tagen hatte es nur geregnet. Jetzt brachen sich die hellen Strahlen auf dem nassen Boden und ließen sie in der Sonne in bunten Farben flimmern. Zimmermann war ein Mann im mittleren Alter mit Geheimratsecken, einer sehr hellen Haut und einem Kneifer über der etwas starken Nase. Alles in allem hatte er ein sympathisches Gesicht mit grauen Augen, wirkte aber etwas bieder. Der kleinere, etwas dickliche Vetter an seiner Seite versuchte, mit ihm Schritt zu halten. Als sie vor einer der prächtigen Häuserfassaden anhielten, fragte er überrascht: »Du hast vor, wieder zu heiraten, Thomas?«

»Ja, und ich würde gern deine Meinung dazu hören. Es ist mir sehr wichtig, Hieronymus«, antwortete ihm Zimmermann.

»Wer ist denn die Glückliche?«, fragte Hieronymus neugierig, klemmte seinen Zylinder unter den Arm und entnahm einer kleinen Tabakdose etwas Schnupftabak.

»Die Gottfried«, antwortete Zimmermann. Erwartungsvoll schaute er dem Vetter ins Gesicht. Miller schnupfte aus der Dose. Als er hörte, um wen es sich handelte, verschluckte er sich und nieste mehrmals heftig.

»Madame Gottfried …? Man hört nichts Gutes über die Frau«, sagte er nach einer kleinen Pause, puterrot im Gesicht. »Ich weiß nicht, ob ich dir da Glück wünschen soll, mein Freund. Du solltest wissen, dass dein Leben in Gefahr schwebt, wenn du die Frau heiratest. Männer und Kinder sind ihr gestorben, und man behauptet, dass sie etwas an sich habe, das ihrer näheren Umgebung schädlich sei. Auch wenn du nichts auf das Geschwätz der Leute gibst, es wäre trotzdem zu bedenken. Der angesehene und reiche Dr. Xaver soll einen Umgang mit ihr haben, der ihm als Ehemann nicht zusteht. Man erzählt sich, dass er alle Geschäfte der Gottfried besorgt habe und mit ihr in Geldangelegenheiten so verwickelt sei, dass es schwierig wird, ihn des Hauses zu verweisen. Sein häufiges Kommen und langes Verweilen wird dir nicht angenehm sein, mein Freund.«

Nach diesem Gespräch stahl Zimmermann sich tagelang heimlich an ihren Zimmern vorbei, um seine Eltern zu besuchen. Die Warnung des Vetters hatte ihn verunsichert. Gesche vermochte sich nicht zu erklären, warum seine Besuche bei ihr plötzlich ausblieben, und überraschte ihn auf der Treppe, als er wieder einmal wie ein Dieb schnellen Fußes an ihrer Tür vorbeischlüpfte.

Verärgert fragte sie ihn direkt nach der Ursache seines Verhaltens. Thomas Zimmermann stammelte etwas von Geschäften, bis er endlich mit der Wahrheit herausrückte, Nachteiliges von Herrn Xaver und ihr gehört zu haben. Zum Schluss eröffnete er ihr hastig, er habe es seinem Vetter erzählt, und der würde ihm von der Heirat abraten. Dann ließ er sie überrascht stehen und verschwand, ohne ihre Antwort abzuwarten, eilig in der elterlichen Wohnung.

Der drohenden Gefahr, den Verlobten wieder zu verlieren, ehe sie gehörig Beute bei ihm gemacht hatte, forderte nun von Gesche alles an meisterlicher Verstellungskunst. Noch ehe Zimmermann sich versah, stürzte sie hinter ihm her in die Stube des Herrn Eckerlien, warf sich dem Modewarenhändler in Tränen aufgelöst zu Füßen und spielte die zutiefst Verletzte. Weinend erklärte sie sich für ein Opfer dunkler, unerforschter Wege. Dabei schluchzte sie herzergreifend: »Oh, mein Freund, Ihre Worte haben mich so tief getroffen, dass ich beschlossen habe, keinen Mann mehr mit meinem traurigen Los zu verknüpfen. Einem Los, das noch nicht traurig genug ist, um nicht noch mehr schändlicher Verleumdung Raum zu geben.«

Dann benetzte sie seine Hände mit ihren Tränen, schwor ihm, dass sie nun keinen anderen mehr lieben könne, zog den Verlobungsring vom Finger und legte ihn zurück in seine Hände. Äußerlich gebrochen, verließ sie mit gesenktem Kopf Eckerliens Wohnung.

Wie sie erwartet hatte, verfehlte ihr heuchlerischer Auftritt bei dem arglosen, biederen Zimmermann nicht seine Wirkung. Sprachlos hatte er Madames Ausbruch über sich ergehen lassen. Doch kaum krachte die Tür hinter ihr ins Schloss, stürmte er ihr nach in ihre Wohnung, wo er sie in seine Arme schloss, herzte und küsste und ihr versprach, sie nie zu verlassen. Der glückliche Mann steckte ihr den Ring zurück an den Finger und gab ihr noch ein Geschenk obendrauf. Gesche nutzte wieder einmal die Gunst der Stunde, trocknete sich die Tränen und heuchelte verlogen: »Das Einzige, mein Geliebter, was an den Verleumdungen stimmt und ein Hindernis unserer Heirat ist, ist eine alte Schuld Gottfrieds, ein Betrag von 600 Reichstalern bei einem Herrn Weber. Ich habe den Herrn gebeten, mit der Bezahlung bis nach der Hochzeit zu warten, aber er drängt mich, das Geld vorher zu entrichten.«

Zimmermann sah dies, wie sie es erwartet hatte, als einen Prüfstein seiner Liebe zu ihr. In dem Glauben, es sei nur eine vorübergehende Verlegenheit, Madame galt ja als sehr vermögend, zeigte er sich sofort bereit, die 600 Taler vorzustrecken. Darauf flog sie ihm um den Hals und gelobte ihm ewige Liebe.

Nachdem sie das Darlehen von Zimmermann erhalten hatte, wollte es der Zufall, dass ihr beim Lesen der wöchentlichen Nachrichten ein Gift auffiel, welches beim Krämer Larsen auf dem Markt angeboten wurde. Die sogenannte Mäusebutter. Sogleich dachte sie darüber nach, ob das Gift beim Menschen wohl auch so gut wirke wie das Arsenik. Dann fiel ihr der Zimmermann ein, der jederzeit von ihrem ungeheuren Schuldverhältnis zu Xaver erfahren könnte. Dass er dann unwiderruflich zurücktreten und das Darlehen einfordern würde, jagte ihr solche Ängste ein, dass sie daraus schlussfolgerte: »Zimmermann betreibt zwar ein Modewarengeschäft mit glücklichem Erfolg. Allein, große Reichtümer kann er damit nicht erworben haben. Gottfried hatte mir durch die Heirat nur Schulden hinterlassen. So etwas darf mir nicht noch einmal passieren. Ich werde die Beta, wenn sie mich besuchen kommt, zum Markt schicken und eine Kruke von der Mäusebutter holen lassen. Denn es ist vorteilhafter für mich, wenn ich die Gelder jetzt von ihm erhalte und er vor der Hochzeit stirbt.«

Als die treue Beta am Nachmittag das Gewünschte für sie vom Markt holte, empfing Gesche ihre ehemalige Magd mit doppelter Freude. Die Kruke Mäusebutter war wie Balsam für ihr unruhiges Innerstes, und sie freute sich, dass der Verkäufer nicht einmal nach Betas Namen gefragt hatte.

Gleichwohl wurde ihr jetzt klar, dass sie mit der Ausführung ihres schrecklichen Vorsatzes nicht mehr warten konnte; zumal sie das Gift unbedingt ausprobieren wollte. Scheinheilig umschmeichelte sie ihr Opfer noch ein paar Tage lang, bis sie sich ganz sicher war, dass ihre Liebe und ihr Verlöbnis unumstößlich fest waren, und suchte sich dann für ihr schauerliches Verbrechen den Sonntag aus. Am Abend, als sie in traulicher Zweisamkeit auf dem Sofa Zukunftspläne schmiedeten und die Verabredung für die Verlobungsvisiten am nächsten Tag trafen, reichte sie ihm auf einem Zwieback die erste Gabe Mäusebutter. Doch das Schicksal wollte es vorerst anders. Zimmermann erkrankte plötzlich an einer schweren Erkältung, und so bewies sie ihm zunächst ihre Treue, indem sie ihn am Krankenbett unter unzähligen Liebesbeweisen pflegte, bis er allmählich wieder gesundete. Darüber verärgert, entwickelte sich in ihrem kranken Hirn eine noch viel grauenvollere Idee. Schon lange ärgerten sie die Gerüchte über David Xaver, mit denen ihr ständig die Freundin Marie in den Ohren lag. Außerdem musste sie verhindern, dass Marie sie während ihrer Pflege bei Zimmermann besuchen kam. Sie, die Einzige, die sie von Kindesbeinen an kannte, konnte ihren Seelenzustand deuten, ihre innerliche Freude über die Wirkung der Mäusebutter. Aber auch hier kam ihr der Zufall zu Hilfe.

Als nämlich eines Abends Marie, in Tränen aufgelöst und in einem elenden Zustand, sich an ihrem Hals mit den Worten ausweinte: »Ach, Gesche, wie grausam versündigt sich das Leben an mir. Mein alter Vater wird immer kränker. Ich kann das Geld für seine Pflege nicht mehr aufbringen. Meine Finger werden immer steifer. Niemand will mehr bei mir Klavierunterricht nehmen. Gesche, wie soll das nur weitergehen?«

Gesche ließ die Freundin ausweinen und hörte ihr lange geduldig zu. Dabei sparte sie nicht mit tröstenden Worten und erquickte sie mit einem köstlichen Essen, unter welches sie eine starke Dosis von dem Gift mischte.

Marie erbrach sich unmittelbar nach dem Genuss und bekam heftigen Durchfall. Drei Tage und drei Nächte hielt die Marter an, bis sie Blut erbrach und ihre Füße und Hände anschwollen. Durch die Vergiftungserscheinungen ans Krankenlager gefesselt, blieb sie der Wohnung der Freundin fern, was ihr Glück war. Denn Gesche, mit der Pflege ihres Verlobten beschäftigt, war vorerst verhindert, ihr weitere Gaben zu verabreichen, sodass ihre kräftige Natur den Sieg davontrug und sie zunächst wieder genas.

Zimmermann hütete acht Tage krank das Bett, dann erholte auch er sich wieder. Doch die Sehnsucht ließ ihn noch in derselben Woche, in der er sich besser fühlte, bei der Verlobten vorsprechen.

Kaum, dass er wieder gehen konnte, erschien er an einem Freitag ganz unverhofft bei seiner Verlobten und machte ihr mit einem funkelnden Diamanthalsband und einem riesigen Rosenstrauß im Arm artig seine Aufwartung. Nach dem anfänglichen Schreck über die plötzliche Genesung brachte Gesche all ihre noch verbliebenen weiblichen Reize ins Spiel und heuchelte freudige Überraschung. Glücklich warf sie sich ihm an die Brust, schmiegte sich an ihn und benetzte sein Hemd mit ihren Tränen. Dabei schluchzte sie bei ihren Dankesgebeten: »Oh Thomas, welches Glück ist mir mit deiner Genesung widerfahren. Fühle nur, wie mein Herz vor Freude schlägt. Zu viel Leid musste ich in meinem Leben schon erfahren. Alle haben sie mich alleingelassen. Aber du, mein Geliebter, du bleibst bei mir und wirst mich lieben und beschützen. Wie viele Tränen habe ich an deinem Krankenlager vergossen und zu Gott gebetet, er möge mir nicht auch noch meinen geliebten Thomas nehmen.«

Eng umschlungen ließen sie sich auf dem Sofa nieder, wo er ihr, gerührt durch ihre liebevolle Anteilnahme, über den Kopf strich und ihr sanft die Tränen von den Augen küsste.

»Ich verstehe nicht, meine liebste Gesche, womit ich Gottes Zorn heraufbeschworen habe, dass er mich so kurz vor unserer Hochzeit mit einer Krankheit strafte, die uns fast für immer getrennt hätte. Dabei tut es mir besonders um deine Freundin Marie leid. Ich habe gehört, dass auch sie erkrankt sei. Sie ist eine so liebe Person, so zart und zerbrechlich. Ich werde sie in meine Gebete mit einschließen.«

Als wollte er Gesche vor den Unbilden dieser Welt beschützen, umschloss er sie mit seinen starken Armen. Doch sie befreite sich und sah mit tränennassem Gesicht zu ihm hinauf. In ihren Augen standen Zweifel. Lächelnd beruhigte er sie: »Jetzt geht es mir ja, dem Herrgott sei Dank, schon wieder besser. Ich fühle mich fast wieder so stark wie vorher. Nur die Beine ...« Hier schob er den Unterschenkel vor und lüftete ein wenig die Hose über dem Knie. »Sieh nur, Geliebte, sie sind noch immer sehr angeschwollen, und sie schmerzen gelegentlich. Ich muss mich deswegen öfter einmal ausruhen und meide lange Spaziergänge. Aber da ich dich ja jetzt wieder in meinen Armen halten darf, werden auch sie bald wieder in Ordnung sein.«

Trunken vor Liebe zu ihr, hätte er ihr in diesem Augenblick die Sterne vom Himmel geholt, hätte er es gekonnt. Doch da die Sonne hoch am Himmel stand und die Uhr zwölf schlug, ließ er es nur geschehen, dass sie sich sanft aus seinen Armen löste und mit weicher Stimme heuchelte: »Ach mein Liebster, diese wundervolle Genesung müssen wir unbedingt gemeinsam feiern. Ich werde von meinem Koch, Herrn Dorje, ein paar Küken braten lassen. Wir werden uns diese mit Pflaumen munden lassen und dazu einen schönen Rotwein aus des seligen Gottfrieds Weinkeller trinken. Das wird dich wieder zu Kräften bringen.«

Geschmeichelt von ihrer Liebe und Fürsorge, gefangen von der zauberartigen Gewalt des lügenhaften Weibes, ließ er es geschehen, dass sie rasch über die Straße in das Nachbarhaus zum Koch lief. Als sie mit den gebratenen Küken zurückkehrte, kochte sie in seinem Beisein die Pflaumen auf ihrem Teecomfoir in ihrer Stube. Zur abschließenden Krönung des von ihr so klug eingefädelten Planes streute sie in einem unbeobachteten Augenblick eine Messerspitze von der Mäusebutter auf die Pflaumen, die sie abschließend mit Zucker bestreute.

Einen Tag nach dem tödlichen Dinner ließ Zimmermann sie an sein Bett rufen. Sie sah sofort, dass er wieder erbrochen hatte. Blass, mit eingefallenen Gesichtszügen, empfing er sie und überraschte sie ohne Umschweife mit der Frage: »Meine geliebte Gesche, willst du die Erbin meines Vermögens sein?«

Er machte es ihr leicht. Lange hatte sie überlegt, wie sie es wohl anstellen wollte, dass er ihr sein Vermögen überschrieb. Doch so direkt darauf angesprochen, zeigte sie sich geschmeichelt, vergoss Tränen der Rührung, zog es aber vor, sein Anliegen abzulehnen, um keinen Verdacht aufkommen zu lassen. Schlau genug, keinen Fehler zu begehen, erinnerte sie ihn stattdessen an seinen Bruder, dem diese Erbschaft eher zustände.

Heimlich triumphierend, spürte sie, dass ihre Vorgehensweise richtig war. Denn gerührt von ihrem Ansinnen und zugleich besorgt um sie, schüttelte er schwach den Kopf und antwortete: »So sollst du, was ich dir geliehen habe, von mir als Geschenk annehmen. Aber versprich mir, dass du nach meinem Tod gleich nach Hannover reisen wirst, zu meinem Cousin, denn wenn ich tot bin, werden die Leute über dich herfallen. Ich darf nicht daran denken, was dann mit dir geschieht. Es lässt mich nicht ruhig sterben.«

Liebevoll hing sein Blick an ihrer Gestalt, während seine Hände die ihren umschlossen, als wollte er sie nie wieder loslassen. Gesche verspürte kein Mitleid. Lediglich die große Güte und Arglosigkeit dieses Mannes, der sich über alle Gerüchte hinwegsetzte, in ihnen nur pure Verleumdungen sah und voller liebender Besorgnis war, die Braut möge durch seinen Tod aufs Neue gekränkt werden, verdutzten sie.

Wie auch bei den vorausgegangenen Todesfällen, blieb Gesche die Zeit bis zu seinem Tod bei ihm und wich nicht von seinem Bett. Er litt an Erbrechen und Durchfall, und besonders in den Nächten begann er, stark zu fantasieren. Oft griff er mit den Händen ziellos umher und flog mit seinem Körper in schweren Krämpfen schreiend in die Höhe. Am ersten Juni gab er seinen Geist auf, und ihr geheuchelter Schmerz schien grenzenlos. Um ihn ertragen zu können, ließ sie diejenigen Prediger ihres Kirchspiels, welche die meisten Zuhörer hatten, für ihn in einer öffentlichen Predigt um Trost von oben ersuchen.

Auch diesmal wurde daraufhin kein Verdacht laut. Stattdessen hatte man wieder nur Mitleid mit der armen, vom Schicksal geplagten Witwe. Niemandem fiel es ein, die Gültigkeit des Vermächtnisses des Toten zu bestreiten oder gar zu überprüfen. Stattdessen ließ man es geschehen, dass sie gleich nach der Beerdigung, um sich zu zerstreuen, mit Eifer den Ausverkauf des Modewarenlagers ihres verstorbenen Geliebten übernahm. Nie hätte sie damit gerechnet, dass alles so leicht vonstattenging, nicht in ihren kühnsten Träumen. Deshalb ließ sie die Gelegenheit auch nicht ungenutzt verstreichen. In tiefschwarzer Trauerkleidung, aber innerlich mit bunten Träumen ausgestattet, machte sie sich daran, gemeinsam mit ein paar Mädchen, die ihr sehr nahestanden, die Waren zu verkaufen. Sie setzte die Preise stark herab, sodass sie schon nach wenigen Tagen das Lager veräußert hatte. Ihre Kasse war nach dieser Unterschlagung prall gefüllt, und in ihren nun noch einsameren Nächten malte sie sich mit Freuden die Lustbarkeiten des kommenden Sommers in Hannover aus.

Vergangene Sünden rächen sich

Gespannt, fast ängstlich heftete Marie ihre Blicke auf die mit Teppich bespannten Wände, bevor sie ihren Fuß auf die Stufen hinauf zur Balustrade setzte. Doktor David Xaver stand am oberen Geländer und winkte ihr aufmunternd zu: »Kommen Sie. Nur keine Scheu!«

Langsam, Stufe für Stufe stieg sie die Treppe hinauf, vorbei an der Ahnengalerie des Magisters. Je höher sie kam, umso mehr staunte sie über den Luxus, mit dem der Magister sich umgab. Dagegen lebte sie in sehr bescheidenen Verhältnissen, und sie versuchte, sich ihre Freundin Gesche, die nun schon zum zweiten Mal eine längere Zeit in Hannover bei ihrem Cousin zu Montbrillant im herzoglichen Hause verbracht hatte, zwischen all diesem Prunk vorzustellen. Sie erinnerte sich, wie Gesche, einer großen Dame gleich, in den schönen neuen Kleidern aus Zimmermanns Lager in die Kutsche stieg. Wie sie ihr aus Hannover schrieb, von den vielen freundschaftlichen Beziehungen, den Empfängen und Festlichkeiten und den zahllosen Beweisen rührender Sorgfalt und Liebe für sie. Sie gönnte ihr diese Abwechslung in der feinen Gesellschaft, nach all den furchtbaren Heimsuchungen des Schicksals. Aber jedes Mal, wenn sie nach Bremen zurückkehrte, befand sie sich wieder in großen Geldverlegenheiten. Gewöhnlich hatte sie dann den letzten Louisdor ausgegeben und war wieder gezwungen, sich Geld zu leihen. Diesmal hatte die Hoffnung sie betrogen, dass ihr langjähriger Freund, der Magister, ihr das Geld vorstrecken würde. Gesche hatte sich so rührend um sie gesorgt, als sie krank im Bett lag, und ihr neben den wunderschönen Versen für ihr Stammbuch viele liebevolle Briefe aus Hannover geschrieben. Diese Liebe wollte sie ihr nun vergelten, indem sie der völlig Verzweifelten angeboten hatte, in ihrem Namen bei dem ihr so verhassten Menschen um Geld zu bitten.

David Xaver empfing sie steif und wies höflich auf die offene Tür. Mit dem ihm eigenen, stets wie eingefrorenen Lächeln auf den Lippen reichte er ihr die Hand und führte sie in sein Zimmer. Der Magister blieb neben dem Schreibtisch vor ihr stehen. Es handelte sich um ein barockes Möbelstück, das einen großen Teil des Raumes einnahm. An seinen unbeweglichen Zügen konnte sie erkennen, dass er auf eine schnelle Abwicklung hoffte. Er ist aalglatt und undurchsichtig, dachte sie. Gleichzeitig wurde es ihr unbehaglich unter dem kalten, abschätzenden Blick. Unruhig rutschte sie auf dem Stuhl hin und her. Doch David Xaver hatte längst erkannt, was sie von ihm wünschte, und fragte nun mit aufgesetzter Höflichkeit: »Was verschafft mir die Ehre, Madame, Sie in meinem bescheidenen Haus begrüßen zu können?«

Rasch wollte sie es hinter sich bringen und antwortete leise: »Ich komme zu Ihnen als eine Bittstellerin, Herr Xaver. Der Weg hierher ist mir nicht leichtgefallen. Trotzdem appelliere ich an Ihr großes Herz und verwende mich für meine geliebte Freundin Gesche Gottfried. Ich bitte für sie inständig um ein so unbedeutendes Darlehen von nur drei Louisdors. Madame Gottfried kränkelt, es geht ihr sehr schlecht«, log sie, um sein Herz zu erweichen.

David Xaver sah ruhig auf sie herab. Sie ist bettelarm, das sieht man schon an der Kleidung, dachte er. Die lächerlichen drei Louisdors könnte sie eher gebrauchen. Sein Blick verlor sich in dem kleinen Spitzentuch zwischen ihren nervösen Fingern. Es trug Madame Gesches Initialen. Sie zerknüllte es immer stärker, bis er den Blick von ihr abwandte und hinter dem Schreibtisch in einer Schublade nach etwas suchte. Es raschelte leise. Dann legte er einen Stapel Briefe vor ihr ab. »Wissen Sie, was das ist, Madame?«, fragte er sie lauernd und stützte sich dabei, den Oberkörper nach vorn geneigt, mit den Händen ab.

Marie schüttelte den Kopf und griff zögernd mit spitzen Fingern nach einem der geöffneten Umschläge. »Ja, lesen Sie nur, Madame. Sie sind ihre engste Freundin. Ihnen gestatte ich es. Lesen Sie, was sie mir schreibt, nachdem ein gewisser Herr Kassow an mich herangetreten ist, weil Madame ihrem Buhlen 500 Reichstaler schuldet. Sie betteln für dieses Weib um drei schäbige Louisdors und erniedrigen sich vor mir. Ist Ihnen diese Frau das wirklich wert? Madame Gottfried lebt ständig auf zu großem Fuß und schickt Sie wegen einer so lächerlichen Summe zu mir.«

»Nein, nein«, wehrte Marie heftig ab, während sie die Zeilen überflog. »Es war meine Idee. Ich konnte nicht mehr mit ansehen, wie Madame leidet. Sie hat immer so gut von Ihnen gesprochen. Nur deshalb bitte ich Sie um Hilfe.«

»Da muss ich Sie enttäuschen. Auch wenn Ihr großes Herz mich rührt. Ich habe Madame immer geholfen, war immer für sie da. Sie war meine beste Freundin. Aber in meinen Augen ist Madame nichts anderes als eine heuchlerische und verschwenderische Hure. Mit den Briefen, die Herr Kassow mir großzügigerweise überließ, hat sie mich zutiefst getroffen. Da Madame sich weigert, Herrn Kassow das geforderte Geld zurückzuzahlen, und frech behauptet, es wären Geschenke, ehemalige Liebesbeweise, sehe ich mich gezwungen, die Angelegenheit dem Gericht zu übergeben. Kennen Sie diesen Herrn Kassow?«

Marie nickte schwach und erinnerte sich an die zurückliegenden Tage ihrer Jugendzeit. Gesche hatte immer gut von Kassow gesprochen, ja sogar regelrecht von ihm geschwärmt. Sie hatte immer vermutet, dass mehr hinter dieser Freundschaft steckte, aber dazu geschwiegen. Was sie nun las, verblüffte sie, tat ihrer Liebe zu Gesche aber keinen Abbruch, sondern bewies ihr nur, wie recht sie mit ihrer Einschätzung über David Xaver gehabt hatte.

Oh, bedenken Sie mal, wie weh Sie meinem Herzen taten, das Sie nie kränkte, sondern Ihnen immer mit bitteren Tränen mein Schicksal klagte. Nie, nie bin ich so beleidigt, so tief gekränkt worden als durch Sie! Gott mag es Ihnen vergeben! Aber wehe dem, der einer Witwe Ruf und Ruhe nimmt: Dieses haben Sie getan! Ja, ich gestehe es unter Tränen: Zu einer der schlechtesten Frauen haben Sie mich gemacht; verbieten mir sogar, jemals Ihre Schwelle wieder zu betreten! Ich will es verhindern, zu Ihnen zu kommen; ehe aber die Sache ganz in Ordnung ist, müssen Sie beide mit mir sprechen. Meine Sache nennen Sie ekelhaft: oh! Herr Doktor, für mich wird sie jetzt wichtig. Lange ertrug ich Ihre kränkenden Briefe. Jetzt habe ich an meinen Onkel in Hannover geschrieben, ihn um Gelder zu dieser Sache gebeten. Allein dessen Antwort entscheidet.

Sie schreiben mir, Herr Kassow habe meine Briefe an Sie gegeben. Die verlange ich durchaus zurück! Denn dieses ist eine unedle Handlung. Sie haben mir selbst deren Inhalt geschrieben. Noch vor drei Jahren kam Herr Kassow an der Obernstraße auf mein Zimmer und bat mich um ein Andenken. Ich gab ihm einen Ring von drei Louisdors und gab ihn gern. Und was sprach sein Mund zu mir! Oh, Gott, wenn ich sprechen dürfte – errötend stände er vor mir! Und wer trägt jetzt den Ring? – Doch nein, ich will noch schweigen, bis ich meiner Ehre wegen sprechen muss und werde. Alles, was Sie in der Sache tun, stelle ich Gott anheim; handeln Sie, damit Sie sich beruhigen können! Bewahren Sie aber ja die Briefe, die Ihnen Ihr Freund gegeben hat, auf; ich habe auch einen Brief von Kassow,

welchen ich mit dem Porträt erhielt, er sagt vieles und alles.
Was er wünschte, habe ich ihm geschenkt. Wie er aber eine andere Freundin fand, galt ich nichts mehr. Ich bin ganz ruhig bei seiner Handlung, und wenn ich auch arm durch Sie beide werde; frei kann ich mein Auge aufschlagen. Ich war damals jung, ließ mich blenden und glaubte seinen glatten Worten und wurde so schrecklich betrogen.
In Ihrem Willen steht alles.

*Eine unglückliche Witwe.«**

»Ich habe noch einen Brief an diesen Herrn Kassow, den Madame gestern an ihn schrieb, den ich Ihnen leider nicht zum Lesen geben darf.«

Marie sah, dass er nur mühsam seine Erregung unterdrückte.

»In ihm erinnert Madame diesen Herrn an ihre Liebe und ihre Vertraulichkeiten. Sie spart dabei nicht mit Einzelheiten und bittet ihn zum Schluss, dass er sich zuweilen an den kleinen Heinrich erinnert. Wie finden Sie das, Madame? Dieser Heinrich, Gott sei seiner kleinen Seele gnädig, war sein Kind, die Frucht ihrer buhlerischen Liebe. Und Sie verlangen von mir für Madame ein Darlehen?« Wütend schlug er mit der Faust auf den Tisch. »Nichts werden Sie von mir bekommen!«

Marie erhob sich und schritt rückwärts zur Tür. Sein Auftreten verwirrte sie. Jetzt bereute sie zutiefst, ihn aufgesucht zu haben, und fragte sich, wieso Gesche sich so viele Jahre von diesem Mann hatte aushalten lassen.

David Xaver schien die Beherrschung zu verlieren. Seine Augen funkelten wild, während er mit den Fingern nervös auf der Schreibtischplatte trommelte. »Wissen Sie überhaupt, was Madame mir schuldet?«, schrie er. »Das könnte sie ihr Lebtag nicht mehr bei mir abbezahlen! Gehen Sie, bevor ich Sie hinauswerfe!«

Ohne noch groß zu überlegen, kam Marie der Aufforderung nach und beeilte sich, das Haus des Magisters zu verlassen. Sie rannte förmlich zur Treppe hin, stolperte über ihren Rock, verfing sich in dem Stoff und atmete erst wieder befreit auf, als sie sich auf der Straße befand. Auf dem Weg zu Gesche dachte sie viel über die Freundin nach, und viel Erlebtes mit ihr erschien ihr plötzlich in einem ganz anderen Licht. Doch so, wie sie Gesche von Kindesbeinen an kannte, sanftmütig und freundlich, immer bereit, die Schmerzen anderer mitzutragen, siegten letztendlich die freundschaftlichen Gefühle über ihre Bedenken. Sie erinnerte sich an die Briefe, die Gesche ihr aus Hannover geschrieben hatte, wie viel Gutes sie über ihren Cousin und ihre Cousine zu berichten wusste. Wie herzlich sie sich über die Familie Kleine äußerte, die sich ihrer so fürsorglich angenommen hatte. Dieser Herr Kleine, wohl ein sehr reicher und glücklicher Mann, soll sie immer nur seine Tochter genannt haben, dachte sie. Sogar die Rückfahrt hatte sie in seiner Kutsche antreten müssen, in der er sie dann, als ihr ritterlicher Beschützer, bis nach Bremen begleitet hat. Ach, wie gern hätte sie diesen Mann einmal kennengelernt. Doch die Last, ohne die erhoffte Nachricht zu ihr zurückzukommen, lastete schwer auf ihrer Seele.

Als sie der Freundin dann von ihren fruchtlosen Bemühungen bei dem Herrn Magister erzählte, wusste sie bereits, wie sie ihr helfen könnte. »Gesche, du musst nicht weinen«, tröstete sie die Frau, die mit hängenden Schultern am Fenster stand und mit Tränen in der Stimme antwortete: »Dann muss ich wohl meine Mieder enger nähen.«

»Gesche, hör mir zu. Seit vielen Jahren lege ich jeden Louisdor für Vaters Beerdigung weg, und auch die nächste fällige Hausmiete habe ich mir bereits zusammengespart. Diese Gelder könnte ich dir für eine kurze Zeit, bis du wieder zu Geld kommst, leihen …?«

Marie hatte das letzte Wort noch nicht ausgesprochen, da stammelte Gesche bereits vor Freude: »Das würdest du für mich tun, meine Liebe?«

Wie ausgewechselt legte sie ihr die Hände um die Hüften und wirbelte ausgelassen mit ihr durch das Zimmer.

»Du bist die beste Freundin der Welt. Oh, liebste Marie, wie kann ich dir das nur jemals vergelten!«, jauchzte sie und schwor ihr: »Ganz bestimmt bekommst du das Geld von mir zurück. Der alte Herr Kleine aus Hannover wird mir bestimmt das Geld vorschießen.« Für einen Augenblick dachte sie daran, dass ihr der gute alte Herr ja erst 800 Taler, die sie für Kassows Schuldforderungen so nötig brauchte, bei ihrer Abreise geliehen hatte, verwarf dann aber den Gedanken rasch wieder.

In Wirklichkeit begann sich bei Maries Vorschlag ihre schwarze Seele zu regen, und sie überlegte sogleich, welche Vorteile ihr der Tod der Freundin bringen würde. Außerdem gaukelte ihre Fantasie ihr vor, David Xavers Reden könnten auf die Freundin Eindruck gemacht haben und sie irgendwann gegen sie einnehmen. In Hannover hatte sie sich von Kleine eine Kruke Mäusebutter besorgen lassen. Bis jetzt hatte sie es ängstlich vermieden, sich an dem Gift zu bedienen. Doch seitdem, sie auf der ständigen Flucht vor David Xaver, wieder in ihr altes Haus gezogen war, hatte sie diese Mäusebutter bereits einige Male heimlich ausprobiert. Einmal an der sechsjährigen Tochter ihres neuen Mieters, eines Lehrers, mit dessen Frau sie sich öfter um Kleinigkeiten stritt und die sie nicht leiden konnte, und einmal an ihrem heimlichen Geliebten Moses, der, als er gehört hatte, dass sie wieder in ihrem Haus wohnte, sich sofort wieder bei ihr eingemietet hatte. Als ihr wieder einmal der letzte Louisdor ausgegangen war, hatte sie eine Flasche Wein entkorkt, war damit auf sein Zimmer gegangen und hatte ihm ein wenig von der Mäusebutter in den Wein gemischt. Moses erkrankte daraufhin schwer, wodurch es ihr gelang, dessen Schlüsselbund zu ergaunern, um an seine Vorräte heranzukommen. Sie war vorsichtig mit dem Gift umgegangen, sodass Moses von seinem Leiden rasch wieder genas. Das Vergiften hatte längst seinen Schrecken für sie verloren. Sie freute sich sogar bei dem Gedanken, brachte er ihr doch etwas prickelnde Abwechslung. Mittlerweile empfand sie so etwas wie eine Lust am Töten.

»Marie, gehen wir heute Abend gemeinsam in die Komödie? Es wird der Freischütz aufgeführt. Ich möchte unsere eng verbundene Freundschaft feiern. Und welcher Rahmen wäre da geeigneter als die Theaterkulisse?«, fragte sie Marie, frohlockend, bald im Besitz ihrer Ersparnisse zu sein.

Marie zeigte sich einverstanden und versprach ihr, sie zwischen vier und fünf abzuholen. Als sie zur Verabredung bei ihr erschien, zog Gesche ihre Toilette bewusst hinaus und bat sie, während sie noch vor dem Spiegel saß und sich sorgfältig schminkte: »Nimm dir inzwischen einen Zwieback. Wein dazu steht auch auf dem Tisch. Ich bin gleich fertig!«

Kurz zuvor hatte sie einen der Zwiebäcke durchgeschnitten, mit Mäusebutter bestrichen und dann die Butter darüber geschmiert. Die beiden Hälften schlug sie zusammen, sodass Marie keinen Argwohn schöpfen konnte. Während sie mit flinken Fingern ihre Haare ordnete und noch etwas Rouge auflegte, beobachtete sie die Freundin durch den Spiegel. Marie saß auf dem Sofa, biss in den Zwieback, kaute ihn mit langsam mahlenden Bewegungen, verzog das Gesicht und roch dann an dem Zwieback, griff nach dem anderen und beschnupperte ihn eingehend.

Gesche stockte das Herz. Ihre Finger begannen, leicht zu zittern. Der Daumen mit der schwarzen Farbe am Auge rutschte ab. Der Strich entgleiste und zog sich bis zum Wangenknochen. Dann atmete sie erleichtert auf. Marie knabberte weiter an dem Zwieback und trank dazu einen Schluck Wein.

»Schmeckt es dir?«, fragte sie, und Marie antwortete kauend: »Ich glaube, deine Zwiebäcke werden alt. Oder du hast Mäuse im Haus. Sie riechen muffig.«

»Ja, ja, die Mäuse. Sie sind eine Plage«, seufzte sie, sprang fertig geputzt auf und drehte sich kokett vor Marie. »Na, wie gefalle ich dir, liebste Freundin? Würde ich so noch einen Ehemann abbekommen?«

»Jeden«, lächelte Marie, schob sich den Rest Zwieback in den Mund und hakte sich bei der Freundin unter. »Wollen wir zu Fuß gehen? Es ist der erste Sonnentag im März. Die Sonne scheint so warm, und die Vögel singen so lieblich.«

»Nichts lieber als das, meine beste Marie«, flötete Gesche, öffnete den Sonnenschirm und lachte, »es sind viele Leute unterwegs. So werden wir zwei alten Grazien von den Herren viel besser gesehen als in der dunklen Kutsche.«

Marie stimmte in ihr herzhaftes Lachen ein und ließ sich von ihr die Pelzerstraße hinabführen. Als sie die Wallpromenade erreichten, blieb Marie plötzlich ruckartig stehen und krümmte sich. Gesche stützte sie und fragte besorgt: »Was hast du? Kann ich dir irgendwie helfen?«

»Oh, Gesche, ich weiß nicht, was das ist. Ich verspüre plötzlich einen heftigen Stuhlzwang. Ich glaube, ich muss mich entleeren.«

Sie stieß Gesche hastig von sich und verschwand in einem der üppigen Ginsterbüsche. Peinlich berührt, blickte Gesche um sich. Doch niemand der hier lustwandelnden Leute nahm von ihr eine Notiz.

Plötzlich klangen gurgelnde Geräusche aus dem Gebüsch. Marie übergab sich. Als sie wieder hinaus auf den Weg trat, war ihr Gesicht stark verändert. Leichenblass schaute sie Gesche in das Gesicht. Als diese Besorgnis heuchelte, wollte sie etwas sagen, wurde aber von einem heftigen Würgen unterbrochen und griff sich an den Hals. Gleichzeitig spritzten Erbrochenes und Blut aus ihrem Mund und beschmutzten Gesches Schuhe. Neugierige eilten herbei und versuchten zu helfen. Doch Marie bekam plötzlich die Kräfte eines Mannes. Vor wütender Pein griff sie die Leute an, schrie unkalkulierte Worte und krallte sich letztendlich an Gesche fest.

»Du!«, stöhnte sie einmal zwischen einem heftigen Brechanfall. Der Blick ihrer Augen war eine einzige Anklage. Sie hatte begriffen, und Gesche musste rasch handeln. Hastig rief sie eine Kutsche herbei und ließ die Freundin, als sie etwas ruhiger wurde, in die nahe gelegene Wohnung fahren. Zu Hause in dem ärmlich eingerichteten Zimmer stieg Maries Angst erneut, ihre Hände schwollen an, und sie jammerte über heftige Leibschmerzen. »Ein Schwert durchschneidet mich, Gesche, was hast du mir angetan?«

Als Gesche sich, Sorge heuchelnd, über sie beugte und ihr mit einem feuchten Tuch den Schweiß von der Stirn tupfen wollte, trat Marie nach ihr und bespuckte sie. Den von ihr eilig herbeigerufenen Doktor schlug sie ins Gesicht und schleuderte ihn, als er sie bändigen wollte, mit der Kraft einer Besessenen von sich.

Gesche blieb die Nacht hindurch bis zum frühen Morgen bei ihr. Nachdem Marie unter heftigen Krämpfen, furchtbar entstellt bei Sonnenaufgang gestorben war, wickelte sie die Tote hastig in ein Bettlaken, um sie vor neugierigen Blicken zu schützen. Gerade als sie dabei war, die Tote in den eilig gezimmerten Holzsarg zu legen, erschien in der Tür eine entfernte Freundin Maries. Sie kam, um die Totenwache zu halten. Erschrocken über das unerwartete Auftauchen einer Zeugin, mimte Gesche rasch die Trauernde, begann wie auf Kommando zu weinen und sank schluchzend vor das Bett.

Die Eintretende warf einen Blick auf Maries Gesicht und rief entsetzt: »Herr Jesus! Die hat gewiss etwas eingekriegt. Sie muss untersucht werden.«

Nur einen Augenblick dauerte es, um ihr Erschrecken vor der Frau zu verbergen. Dann hatte Gesche die Antwort gefunden, mit der sie sich reinwaschen konnte. Ruhig sah sie ihr in das erschrockene Gesicht. »Madame! Ihr lebhaftes Gefühl reißt Sie wieder mit. Möchten Sie wirklich dem alten Vater diesen Schmerz antun?«

Dann lächelte sie geringschätzig und erinnerte sie kalt an frühere, bisweilen heftige Kopfschmerzen der Seligen. Gleichfalls zählte sie ihr alle bisherigen Unpässlichkeiten Maries auf und hob sie bedeutsam hervor.

Nachdem die Frau sie daraufhin verließ, verschloss sie eilig den Sarg mit ein paar Nägeln. Ein paar Stunden später fanden sich weitere Bekannte der Verstorbenen ein. Sie zeigten sich höchst erstaunt, als sie den verschlossenen Sarg vorfanden, und verlangten, die Tote zu reinigen und anzukleiden.

Gesche war entrüstet, sah ihr Zartgefühl verletzt und erklärte ihnen wie auch dem Arzt, der nun ebenfalls in der Tür auftauchte und die Öffnung der Leiche verlangte: »Meine Damen und Herren, Sie kommen zu spät. Die Leiche war so furchtbar aufgetrieben, dass sie bersten wollte. Deshalb habe ich mir erlaubt, sie noch vorher schleunigst einzusargen.«

So glücklich über jeden Verdacht erhaben, nahm sie sich daraufhin des Haushalts von Maries Vater an. Das Mitleid, das sie dem alten, erblindeten Greis entgegenbrachte, den sie nun seiner einzigen Stütze beraubt hatte, ermöglichte ihr, nicht nur das mühsam ersparte Geld an sich zu bringen, sondern auch verschiedenes Leinen und noch so manche Kleinigkeiten. Als bekannt wurde, dass der Nachlass geplündert wurde, rechtfertigte sich die Mörderin dreist, dass sie der verstorbenen Freundin unlängst drei Louisdors geliehen und diese noch nicht zurückerhalten habe.

Nach dem Tod der Freundin gedachte sie in einem Anflug von Selbstmitleid und Gewissensnot, in der Kirche Erlösung zu finden. Wie sie nun, nach längerem Fernbleiben, an diesem Karfreitag das Gotteshaus betrat und sich auf ihren alten Platz setzte, waren die Bretter schwarz, ohne eine Gesangnummer. Sie erschrak sofort heftig und erschauerte. Als sie die neben ihr sitzende Frau fragte, welches Lied gesungen würde, rückte diese erschrocken von ihr ab, als hätte sie den Leibhaftigen gesehen. So gedemütigt, wollte Gesche die Kirche rasch wieder verlassen. Doch, welcher Schreck! In diesem Moment predigte der Pastor laut: »Besucht die Denkmäler, wo eure Verstorbenen ruhen.«

Da wurden ihr plötzlich alle ihre Taten bewusst, und sie dachte mit Schaudern an die Toten, die nun allesamt auf sie herabsahen. In panischer Angst rannte sie zur Kirchtür hinaus.

Ohne auf den Weg zu achten, vorbei an erstaunten Gesichtern, lief sie nach Hause, wo sie völlig außer Atem rasch sämtliche Türen verschloss und, obwohl es noch helllichter Tag war, die Lichter anzündete. Dann begann es sie aus einer innerlichen Unruhe heraus, ruhelos durch die Zimmer zu treiben, bis sie vor Erschöpfung stille Tränen weinte. Die Worte des Pastors hatten sich tief in ihre Seele eingegraben. Unentwegt mahnten sie: »Herr Doktor Kottmeier weiß gewiss von deinen Sünden«, und unter Tränen bedauerte sie: »Ach, hätte ich mich ihm nur anvertraut.« Zum ersten Mal dachte sie nicht an Unsterblichkeit, sondern wünschte sich den Tod, mit dem alles vorbei sein würde. Doch Gott anzurufen und zu beten, hatte sie längst vergessen.

Die Verhaftung

Die Unruhe ließ die Mörderin nicht wieder los. Mittlerweile in ein menschliches Wrack verwandelt, ohne eine Beschäftigung, ohne jeglichen Lebenssinn, trieb sie wie ein ruderloses Schiff umher und bestahl ihre Mietsleute. Oftmals nur, um ihnen Schaden zuzufügen, um Unfrieden zu stiften oder einfach nur aus Langeweile. Sie wurde unachtsam gegen sich selbst, unordentlich in ihrer Kleidung, nachlässig, was ihr Äußeres betraf. Sonntags verspürte sie keine Lust mehr, sich gesellschaftsfähig anzukleiden. Schien die Sonne, verspürte sie Traurigkeit, und je heftiger es regnete und stürmte, umso heiterer wurde sie. Sie verspürte kein Verlangen mehr, mit Freundinnen auszugehen, schloss sich in ihrem Zimmer ein und zog sich völlig aus dem Leben zurück. Immer öfter flehte sie Gott an, ihr eine tödliche Krankheit zu schicken, getraute sich aber nicht, selbst Hand an sich zu legen. In ihrer Seele war nur noch Traurigkeit. Von allem, wovon sie einmal geträumt hatte, worauf sie ihre Erwartungen und Hoffnungen gesetzt hatte, war als Einziges das Gift übrig geblieben. Dieses Letzte in ihrem armseligen Leben gab ihr so etwas wie eine prickelnde Spannung, ähnlich wie bei einem Spieler, und entwickelte sich zu einer unstillbaren Sucht, das Gift so oft wie möglich zu benutzen. So begann sie nach und nach, alle Bewohner ihres Hauses mit dem Gift zu traktieren. Selbst Leute, die der Zufall zu ihr führte, bekamen die fürchterlichen Auswirkungen des Giftes zu spüren. Sie machte keine Unterschiede mehr.

Noch einmal erschien in dieser Zeit David Xaver in ihrem Haus. Da er sie länger nicht gesehen hatte, war er zutiefst betroffen über ihren Zustand und fand zunächst keine Worte.

Er erkannte sie nicht wieder und fragte sich, ob er sie je geliebt hatte. Aber er verbarg seine Gefühle vor ihr, reichte ihr das Schulddokument von Kassow und forderte sie auf, die Schuld von 500 Reichstalern zu unterzeichnen. Zugleich verlangte er kühl von ihr, dass sie ihm die 600 Reichstaler, die sie ihm schuldete, sofort ausbezahle.

»Sie haben sich vergeblich vor mir zu verstecken versucht, Madame. Ich finde Sie überall, wohin Sie auch gehen werden«, sagte er steif. »Sie haben den seligen Herrn Zimmermann beerbt. Ich fordere Sie jetzt zum letzten Mal auf, mir diese Obligation, die Sie mir als Braut ausgestellt haben, zu begleichen.«

Sie stand vor ihm, ungekämmt, in einem unordentlich geschnürten Kleid und versuchte fahrig, ihre Unsicherheit vor ihm zu verbergen. Obwohl sie ihn innerlich zum Teufel wünschte, wehrte sie sich wieder einmal vergeblich gegen die seltsame Macht, die er auf sie ausübte.

Eine Weile standen sie sich schweigend gegenüber und waren sich über ihre Gefühle nicht im Klaren. Ein letztes bisschen Hoffnung keimte auf, doch dann lachte Gesche plötzlich laut auf und antwortete böse: »Herr Magister, was verlangen Sie da von mir? Ich bin nicht mehr reich, aber gehe redlich und ehrlich durch das Leben. Sie haben mich beleidigt und beschämt. Eines Tages, wenn ich inbrünstig zum Himmel gebetet habe, wird sich der Lenker der Welten und Herzen meiner erbarmen, und Sie werden alles bereuen, was Sie und Kassow mir angetan haben. Ich werde mein Haus verkaufen, das Letzte, was mir geblieben ist. Das Haus des seligen Miltenberg. So weit haben Sie mich gebracht. Ich schwöre Ihnen, Sie werden Ihr Geld bekommen. Jetzt aber möchte ich, dass Sie mich für immer verlassen, bevor auch ich Sie aus meinem Haus hinauswerfen lasse.«

Einen Moment lang verwirrte ihn ihre Heftigkeit. Wäre sie ein Mann gewesen, hätte er sie für die dreiste Lüge geohrfeigt. Aber er hatte sie längst durchschaut. Sein Blick aus Verwunderung und Abscheu lag noch auf ihr, als er sich zur Ordnung rief. Sie ist eben nur eine Frau, es hat keinen Sinn, sich mit ihr auf einen Streit einzulassen, dachte er. Dann verbeugte er sich steif. »Ich komme wieder«, betonte er, und ließ sie stehen.

Gesche lauschte noch eine Weile, bis die Kutsche polternd die Diele verlassen hatte. Als das Geklapper der Pferdehufe langsam verebbte, kam plötzlich Bewegung in ihren Körper. Hastig lief sie zum Fenster und riss es weit auf. Mit einem letzten Anflug von Wehmut beugte sie sich hinaus und sah dem Gefährt nach, bis am Ende der Straße nur noch ein schwarzer Punkt zu erkennen war. Dann riss sie sich zusammen und dachte, während sie das Fenster wieder schloss, wir haben uns doch einmal geliebt. Er hat mir gesagt, dass ich in seinen Augen niemals alt werde.

Seltsamerweise kam sie nie auf die Idee, ihn zu vergiften. Stattdessen suchte sie fieberhaft nach einer neuen Geldquelle, um ihre Schulden zu begleichen, und fand, dass es jetzt Zeit war für einen weiteren Mord. Schon einige Male hatte sie dem jungen Moses etwas von dem Gift unter die Speisen gemischt. Nicht etwa, weil sie sich von ihm große Reichtümer erhoffte – nein, sie fand einfach Spaß daran, ihn hinterher, wenn es ihm schlecht erging, wieder gesund zu pflegen. Dies war ihre Art, sich für die anbetungswürdige Liebe des Moses erkenntlich zu zeigen.

So manche Nacht, wenn sie an seinem Bett wachte, ihm den Schweiß von der Stirn tupfte und ihm beruhigend über das fein geschnittene Gesicht strich, wünschte sie sich die Zeit zurück, als sie noch jung und schön gewesen war. Dann weinte sie still in sich hinein, während sie ihm aus einer Novelle vorlas, die von Liebe und Leidenschaft handelte. Das Feuer in ihr war noch nicht versiegt. Der junge, kräftige Körper erregte sie und rief Erinnerungen in ihr wach. Doch gefangen in ihrem alternden Körper, schämte sie sich für ihre Gedanken und überhäufte den Mann mit Geschenken, um so den Mangel an Leidenschaft auszugleichen.

Moses nun, durch die vielen kleinen Liebesbeweise seiner Pflegerin ihr immer mehr zugetan, trug sich mit dem Gedanken, sie zu heiraten. Als er ihr seinen Wunsch offenbarte, war der Zeitpunkt für seine Ermordung gekommen. Von diesem Augenblick an las sie ihm jeden Wunsch von den Augen ab und umgarnte ihn mit ihren Verführungskünsten. Sie beschwor ihn, ihr ein bedeutendes Legat zu hinterlassen, sorgte dann für die Errichtung eines Testamentes und gab ihm nachher unter vielen Tränen und Küssen eine so hohe Dosis Gift, dass er gleich darauf, rasend vor Schmerzen, in ihren Armen verschied.

Wie groß aber war die Enttäuschung nach seinem Tod, als sie feststellen musste, dass sie außer ein paar Betttüchern, ihren eigenen, ihm einst geschenkten Möbeln und ein paar unbezahlten Rechnungen nichts weiter geerbt hatte. Die Enttäuschung war so groß, dass sie alle Vorsicht vergaß und sich auf seiner Beerdigung keinerlei Mühe gab, ihre Gleichgültigkeit zu verbergen. Ja, sie ging sogar so weit, die Leichenrede mit der gehässigen Bemerkung zu stören: »Das ist nun die 21. oder 22. Leiche, die ich begraben lasse, ich komme mir vor wie auf einer Hochzeit.« Über die entsetzten Blicke, die man ihr zuwarf, zeigte sie sich erhaben. Lediglich wunderte sie sich darüber, dass ihre Taten unentdeckt blieben.

Am nächsten Tag saß sie in ihrer Stube am Tisch, die Schuldscheine vor sich geordnet, und überlegte, wie sie ihre Schuld bei David Xaver, die Bürgschaft bei Herrn Eckerlien und die geliehenen 800 Reichstaler bei ihrem väterlichen Freund, dem Beschlagmeister Kleine in Hannover, begleichen sollte. Letztendlich kam sie nach langem Grübeln über das Geschäftliche zu dem Entschluss, das Haus zu verkaufen. Die zwei Hinterhäuser, die zum Haus gehörten und die sie vortrefflich vermietet hatte, gedachte sie, vorläufig noch zu behalten. Gleichzeitig überlegte sie, einen Käufer zu finden, der sie weiter in ihrem Haus wohnen ließ, und dachte an den jungen Herrn Rumpf, der seit Längerem mit seiner Frau bei ihr zur Miete wohnte und sich nicht abgeneigt zeigte. Zugleich machte sie sich wieder Sorgen um ihre Zukunft. Denn sollte Rumpf ihr Haus einmal weiterverkaufen, dann würde sie die zwei Hinterhäuser verlieren, und das bereitete ihr schon jetzt Kopfzerbrechen.

»Ach«, seufzte sie, »dann bist du ganz unglücklich. Deine Augen sind schwach, außer Wollnähen hast du nichts gelernt«, und dachte, ich werde noch heute, am Sonntagabend, zu Rumpfs Anwalt gehen und den Kaufkontrakt konzipieren. Ich werde erst wieder ruhig schlafen, wenn ich mir sicher sein kann, dass das Rumpf'sche Erbe dann nicht in dritte Hände übergeht. Die beiden Hinterhäuser müssen in meinem Besitz bleiben. Wenn ich zu Geld komme, muss mir Rumpf mein Haus zurückgeben.

Mit solchen gewichtigen Gedanken beschäftigt, bemerkte sie nicht, wie sich leise die Tür hinter ihr öffnete und ihre ehemalige Magd Beta im Zimmer stand.

Sie erschrak, als Beta leise hüstelte, und fuhr aufgrund ihrer schwachen Nerven erschrocken herum. Einen Moment starrte sie die Freundin an wie eine böse Erscheinung. Dann freute sie sich herzlich über die willkommene Abwechslung. Sie lächelte der Besucherin entgegen, öffnete ihre Arme, zog sie erfreut an ihre Brust und sagte: »Oh, liebste Beta, wie schön, dass du mich besuchen kommst! Und wen hast du mir denn da mitgebracht?« Sie erhob sich rasch, neigte den Oberkörper schief zur Seite, blinzelte schelmisch und schnitt eine lustige Grimasse.

Flugs trat hinter Betas Rock ein kleines Mädchen hervor und stürmte mit ausgebreiteten Ärmchen jauchzend auf Gesche zu.

»Taante Gottfried!«, rief es und schlang die weichen Ärmchen um ihren Hals. In überschwänglicher kindlicher Freude herzte und küsste es ihr das Gesicht.

Atemlos, zwischen Küssen und Lachen, drohte sie Beta scherzhaft mit dem Finger und äußerte besorgt, auf ihren vorgewölbten Bauch weisend: »Du kommst mich heute auf den Sonntag besuchen, liebste Beta, ohne dass ich nach dir verlangt habe? Eine Frau in deinem Zustand sollte den heiligen Sonntag lieber bei ihrem Mann verbringen.«

»Liebste Madame Gottfried, ich wollte nur noch einmal nach Ihnen sehen, nachdem der selige Herr Moses Sie nun auch verlassen hat. Vielleicht steht Ihnen der Sinn ja nach etwas Zerstreuung. Oder Sie können meine Hilfe gebrauchen? Mit Ihrer Gesundheit soll es nicht so gut stehen, habe ich gehört. Es ist einfach die Sorge um Sie, Madame, die mich nicht ruhen lässt.«

Gerührt über die Treue der Magd, küsste sie Beta auf die Stirn und gab der kleinen Elise einen Zucker. Immer wenn sie in das pausbäckige Kindergesicht sah, musste sie daran denken, dass es an zweiter Stelle ihren Namen trug. Dann war sie gerührt. Das Mädchen nahm scheu den Zucker und dankte ihr artig mit einem Knicks. Gesche strich ihm wohlwollend über das blonde Haar und betrachtete dann besorgt Betas blasses Gesicht.

»Nicht mir sollte deine Sorge gelten. Du solltest jetzt etwas mehr auf dich achten. Siehst blass aus, Beta. Komm, setz dich erst einmal hin.« Sie nahm ihren Arm und führte sie rasch zum Sofa.

»Wann ist es denn so weit?«, fragte sie, während sie geschäftig in der Vitrine kramte und zwei Tassen mit einer kleinen Porzellankanne neben sie auf den Tisch stellte.

»In einer Woche, Madame«, lächelte Beta glücklich und strich sich mit den Händen über den Bauch.

»Oh, so weit schon?«, entschlüpfte es Gesche, und sie fügte rasch hinzu: »Du weißt, ich wäre jederzeit auch zu dir gekommen, meine Liebe. Wo ist denn dein lieber Ehemann?«

»Mein Mann ist nach Grönland gereist. Es wird eine Zeit vergehen, bis er wieder zu Hause bei seiner kleinen Familie ist. Für die Auslagen der Geburt hat er mir einige 50 Reichstaler dagelassen. Damit müsste ich, bis er zurückkommt, mit allem versorgt sein.«

Augenblicklich fuhr es wie ein Blitz aus heiterem Himmel auf Gesche herab. Vergessen waren alle die Jahre, in denen ihr die Magd Beta treu zur Seite gestanden hatte. Nie hatte die treue Seele einmal etwas nachgefragt, nicht einmal, als sie ihr vom Markt die Kruke mit der Mäusebutter besorgen musste. Die durch nichts zu erschütternde Treue der einzigen Person, auf die sie sich hatte immer verlassen können, rückte vor der Geldgier in ihrem Kopf in den Hintergrund. In ihren Augen war Beta bereits gestorben. Die ersehnten 50 Taler in greifbarer Nähe, tastete sie sich mit geheuchelter Sorge an das Objekt ihrer Begierde heran.

»So viel Geld! Hast du die Taler auch gut versteckt? Bedenke, meine Liebe, wie viel Diebe es auf der Welt gibt«, stellte sie beunruhigt fest und erinnerte Beta listig an die Magd und ihren Buhlen, die einst den Herrn Gottfried bestohlen hatten.

Dabei war sie in Gedanken längst bei dem Rest Mäusebutter in der Kruke. Rasch überschlug sie die Summe und überlegte, wo Beta das Geld wohl versteckt haben könnte. Aber die einfältige Magd kam ihr bereits entgegen.

»Ich habe es in der Schublade von meinem Sekretär. Sehen Sie, Madame, den Schlüssel trage ich am Hals. Man müsste mich schon umbringen, um an ihn heranzukommen.«

Betas scherzende Worte jagten Gesche einen gehörigen Schrecken ein. Doch wie immer hatte sie sich schnell wieder gefasst, sah es als eine Vorsehung und sagte: »Na gut, lassen wir das leidige Geld und widmen uns angenehmeren Gesprächen. Ich habe noch etwas Gebäck zum Tee in der Küche. Das wird dir munden. Es ist mit Hafer gebacken. Gut für den Kleinen«, lächelte sie und fragte in der Tür: »Es wird doch ein Junge?«

Rasch kehrte sie mit dem Gebäck auf einem Tablett zurück und ermunterte Beta, nur ordentlich zuzugreifen.

Als Beta sich dann am frühen Abend verabschiedete, wirkte sie seltsam blass und klagte über Übelkeit. Doch Gesche frohlockte zu früh, als sie sich erbot, sie nach Hause zu bringen. Es war zu wenig Mäusebutter in der Kruke gewesen, um der kräftigen Natur ernsthaft zu schaden. Erst eine Woche später, an Betas Wochenbett, nach der Geburt eines gesunden Knaben, reichte sie ihr eine weitere Gabe von dem Gift in einer Hafersuppe. Dafür war sie selbst zum Markt gegangen, um ihren

Vorrat an Mäusebutter aufzufüllen. Aber auch diesmal erholte sich die Mutter wieder, und Gesche konnte ihren Versuch erst vier Tage später wiederholen. Ungeduldig reichte sie ihr jetzt eine doppelte Dosis in einer von ihr zubereiteten Kirschsuppe. Um sicherzugehen, dass das Gift auch wirkte, gab sie auch der kleinen Elise etwas davon. Dem Kind wurde sofort nach dem Genuss der Suppe übel. Es erbrach sich und klammerte sich in seiner Angst an die Mutter. Kalt sah sie zu, wie das Kind noch am selbigen Abend unter grässlichsten Qualen auf dem Bett in Betas Armen verstarb. Dabei berührte es sie ebenso wenig, dass die bereits im Sterben liegende Magd den Tod ihres Kindes mit ansehen musste. Stattdessen starb ihr Beta viel zu langsam. Die Verlockung des Geldes war so mächtig, dass sie, ungeachtet der qualvollen Hilfeschreie der Sterbenden, versuchte, die verschlossene Lade in ihrem Schrank mit einem Dietrich zu öffnen. In dem Moment, als das Schloss endlich nachgab, erhob sich Beta im Todeskampf. Maßlose Enttäuschung in den brechenden Augen, breitete sie die zitternden Hände aus und öffnete die vor Schmerz zusammengepressten Lippen. Letztendlich entrang sich ihr nur ein qualvoller Seufzer, und sie verstarb, während Gesche bedenkenlos und kalt lächelnd in die Kasse griff.

Doch der erhoffte Geldsegen blieb aus. So oft sie auch die Taler zählte; letztendlich kam sie zu der furchtbaren Erkenntnis, die Magd für 25 Taler vergiftet zu haben. Sie war verzweifelt und zugleich wütend auf sich und auf die Magd, die sie belogen hatte. Blind vor Enttäuschung und Wut, warf sie die Kasse auf den Boden, beschimpfte die Magd für ihre Treulosigkeit, durchwühlte ihre wenigen Habseligkeiten in der Hoffnung, noch ein paar Louisdors zu finden, und hinterließ in dem Zimmer ein heilloses Durcheinander. Zum Schluss setzte sie die fehlenden 15 Taler für ihre Pflege am Wochenbett mit auf die Beerdigungsrechnung, obwohl die Magd ihr bereits nach der Entbindung zehn Taler für die Auslagen gezahlt hatte. Später, vor ihren Freundinnen, spielte sie die Schmerzgebeugte, weinte über den Tod ihrer Beta und heuchelte in grenzenloser Besorgnis: »Der arme Witwer, wie wird es ihn treffen, wenn er von Grönland zurückkehrt und Frau und Kind im Grab vorfindet.«

Zu einer von Betas engsten Freundinnen sagte sie einmal: »Sie glauben nicht, wie sehr ich den Verlust der Seligen fühle. Sie war eine so treue und gute Seele. Doch der liebe Gott will auch etwas Gutes haben. Verlassen Sie ja den Witwer nicht und pflegen Sie ihn, so gut Sie können, bis ich Ihnen zur Seite stehen kann. Sie können sich dann in jeder Hinsicht auf mich verlassen.«

Im Juni des gleichen Jahres knisterte die Luft vor Wärme. Doch Gesche fröstelte unter dem warmen Umhang. Auf der blassen Stirn perlten winzige Schweißperlen, während es in ihrem Kopf zum Zerspringen hämmerte. Um die Kopfschmerzen etwas zu lindern, hatte sie den Schutenhut aus Stroh mit dem aufwendigen Blumenschmuck neben sich auf der Bank abgelegt. Bei dem Gedanken, wie Luise sie um das teure Stück beneidet hatte, lächelte sie gequält. Dabei hielt sie die Lider halb geschlossen. Lediglich wenn die schweren Holzräder einmal ungeschickt in einem der zahlreichen Löcher versanken, schreckte sie hoch, rieb sich mit den Händen die geschwollenen Knie und bewegte mit schmerzverzerrtem Gesicht die steifen Zehen auf dem Samtkissen unter ihren Füßen. Einmal öffnete sie die Augen, seufzte und betrachtete nachdenklich die Bänder an den Schuhen in ihren Händen.

Plötzlich wurde sie unsanft in die Polster gedrückt. Der Kutscher auf dem Bock rief »Hoh!«, und die schweren Räder quietschten. Sie erhielt einen Stoß, sodass der Umhang von ihren Schultern rutschte und der Hut auf den Boden rollte. Erschrocken schob sie den Kopf durch das Fenster. Vorsichtig und mit steifem Hals blickte sie neugierig die Straße hinunter. Luise, die Tochter des seligen Herrn Kleine aus Hannover, hatte ihr einen griechischen Knoten frisiert. Das liebevolle Abschiedsgeschenk aus echten und falschen Haaren war ihr jetzt hinderlich. Sie hoffte, die Türme von Bremen zu sehen. Doch der Kutscher hatte den Wagen auf einsamer Straße inmitten von bunten Blumenwiesen und Äckern zum Stehen gebracht. Erstaunt über den ungewöhnlichen Aufenthalt, gedachte sie, diesem gerade ihr Missfallen auszudrücken, als sie die 30 Gefangenen in brauner Gefängniskleidung und ihre schwer bewaffneten Wärter bei den Pferden erblickte. Die Männer saßen in Ketten seitlich am Straßenrand, während einer der Wärter die Weiterfahrt blockierte und den Kutscher zwang, sich auszuweisen. Die Gefangenen, aus Hannover kommend und zur Straßenarbeit herangezogen, erhielten eben ihre Speisen. Aus einem riesigen eisernen Bottich schöpfte ein Wärter mit einem Schöpflöffel einen dünnen Brei und füllte ihn in die Schalen, die sich ihm aus schmutzigen Händen entgegenreckten. Immer wenn die Reihe wieder aufrückte, rasselten die Fußfesseln. Gesche starrte auf die nackten Füße mit dem klappernden Metall, bis sie stöhnend die Hände auf die Ohren presste und sich verängstigt in die Polster zurückzog. Ihr Herz schlug plötzlich wie rasend, und sie dachte: Was in Gottes Namen wird sein, wenn mich einmal ein solches Los trifft? Vor ein paar Monaten noch wäre sie niemals auf einen solchen Gedanken gekommen. Aber jetzt schauderte sie bei der Vorstellung, dass man sie entlarven könnte. Als die Kutsche zögernd anfuhr und die Pferde langsam an der Schlange vorbeizogen, zitterte sie noch immer. Einer der Gefangenen saß zu weit an der Straße, sodass ihn die Räder der Kutsche streiften. Erschrocken sprang er auf. Dabei kam er dem Kutschenfenster etwas zu nahe, und Gesche glaubte plötzlich, in das gutmütige Gesicht des seligen Herrn Kleine zu schauen. In Panik schlug sie die Hände vor das Gesicht und bettelte hastig um Vergebung. »Oh Herr im Himmel, verzeih einer Sünderin.«

Einen Moment später verspürte sie das Bedürfnis, das Versäumte nachzuholen und sich vor Gott von ihren Sünden zu erleichtern. Sie war allein in der Kutsche, allein mit sich und Gott. Und so begann sie lautlos, sich die Zeit in Hannover noch einmal vor Augen zu führen. Mit bebenden Lippen und ineinander verschlungenen Händen beichtete sie nun mit leiser Stimme:

»Mit 300 Reichstalern und einer Kruke Mäusebutter im Gepäck fuhr ich im Juni nach Hannover. Die Kleines haben mich liebevoll aufgenommen. Ich fand so viel Herzlichkeit, dass ich sie ungemein lieb gewann. Der alte Herr Kleine war wie ein Vater für mich. Bereits am Morgen war sein erstes Wort: Heute sollen Sie wieder ein Vergnügen haben. Er war dabei so lebensfroh, wusste mich so aufzuheitern, dass er mir ganz unentbehrlich wurde. Der gute Herr Kleine, er diente gern seinen Mitmenschen. Und an mir hat der Selige den schönsten Beweis davon gegeben. Gott segne seine Kinder dafür! Aber er wollte den Rest des Geldes ausbezahlt haben, und ich dachte, ich kann aus seinem Tod einen Vorteil ziehen. Am Morgen des 17. Juli, an dem wie gewöhnlich dem Vater Kleine das Frühstück bereitet wurde, schritt ich zur Tat. Ach, hätte er mich doch nie an die 800 Taler Schulden erinnert. Woher sollte ich denn das Geld nehmen? Es war mir zwar gelungen, noch einige 100 Taler durch allerlei Lügen zusammenzukratzen, doch den größten Teil der Schuld aufzutreiben, war mir nicht vergönnt gewesen. Da kam ich auf die Idee, von den 800 Talern, die ich den Kleines schulde, zunächst nur 300 zu bezahlen. Mit einer kleinen Notlüge wollte ich einen Aufschub erreichen. Gut, es war vielleicht nicht ganz richtig, dass ich für das Misslingen meines Planes vorgesorgt hatte und für den Herrn Kleine und, wenn es erforderlich war, auch für seine Kinder die Kruke Mäusebutter mitnahm. So etwas verleitet rasch dazu, Böses zu tun. Aber sie zu vergiften, war für mich der einzige Ausweg, mich von den Schulden zu befreien.«

Nach diesem Geständnis von einem Teil ihrer Last befreit, stülpte sie sich erleichtert den Hut auf den Knoten, nestelte an den Schleifen und rückte die Blumen zurecht.

Mit einem nun reinen Gewissen lächelte sie wie erlöst in sich hinein und dachte bei sich: Unter dem Pfeffer und dem Salz auf dem geschnittenen Schinken war ja von dem Geschmack der Mäusebutter nichts zu spüren. Kleine hat ihn bestimmt mit Genuss verspeist. Vielleicht gerade deshalb, weil ich ihm den Schinken zubereitet hatte. Aber er war eben schon alt und nicht mehr so bei Kräften wie die Beta. Es war gut, dass er nicht lange leiden musste und sich gleich nach dem Genuss der ersten Hälfte unwohl fühlte. Als wollte sie sich vor Gott noch einmal rechtfertigen, murmelte sie leise: »Ich habe sogar noch nach dem Arzt geschickt, aber nach vier Tagen gab er letztendlich ziemlich rasch seinen Geist auf.«

Danach neigte sie den Kopf kokett zur Seite, zog einen kleinen goldenen Spiegel hervor, nahm aus einem Töpfchen ein rotes Pulver und trug es mit der Fingerspitze in kreisrunden Bewegungen auf die Wangen auf. Dann prüfte sie wohlgefällig ihr Äußeres im Spiegel, während sie nachdenklich zu sich sprach: »Dass der jüngste Sohn gerade aus Paris zurückkam und Zeuge der Vergiftung wurde, hat mich schon sehr erschreckt. Aber vor dessen Tod, lieber Gott, hast du mich und ihn ja bewahrt. Gott sei Dank wollte der junge Mann sich nicht an den metallischen Geschmack der Hafersuppe gewöhnen und aß nur wenige Löffel davon, so wie auch die anderen im Haus. Sie haben alle die Suppe gleich wieder erbrochen. Das war ihre Rettung.«

Zur gleichen Zeit las der Radmacher Johann Christoph Rumpf einen Brief von Madame aus Hannover. Er stand im Salon seines neu erworbenen Hauses am Fenster und vertiefte sich kopfschüttelnd in die seltsamen Zeilen. Einen Teil davon las er laut vor:

> *Mein Aufenthalt allhier würde bis jetzt der angenehmste gewesen sein, wenn der Tod unseres guten Vaters uns nicht alle in so große Betrübnis versetzt hätte. Denken Sie! Am Montag waren wir in Gesellschaft, bei der der Selige tanzte und so seelenfroh war*

und spaßig bemerkte, ich sei seine Braut. Am Dienstag wurde er krank und starb an einer Lungenentzündung. Ach, wenn Sie es doch gesehen hätten, wie der Selige mich mit seinen Kindern vor sein Sterbebett kommen ließ, mich bat, bei seinen Kindern zu bleiben und Luise, die Tochter, nie zu vergessen! Wir haben uns in seiner Gegenwart ewige Freundschaft gelobt. Ich kann sagen, an ihm wohl einen zweiten Vater verloren zu haben. Wen habe ich jetzt noch? Es ist schrecklich, mein Los auf dieser Welt! Alles, was ich liebe, wird mir genommen. Gebe Gott, dass Sie recht glücklich sind, dies wünscht von Herzen

*Ihre betrübte G. Gottfried.**

Rumpf ließ die Hand mit dem Brief sinken und starrte zum Fenster hinaus. Eine graue Wolke hatte sich vor die Sonne geschoben. Staub wirbelte auf. Es wird Regen geben, dachte er. Dann drehte er sich langsam um und hielt David Xaver den Brief hin. »Was halten Sie davon, Herr Magister?«

David Xaver betrachtete den jungen Mann mit einem wohlwollenden Blick. Der Radmacher war kräftig und von breiter Statur. Trotzdem kam er ihm seit dem Tod der Frau Rumpf schmal und verletzlich vor. Mit der Trauerkleidung brachte er dies noch stärker zum Ausdruck. Doch der tiefschwarze Hut auf dem roten Haar und der ebenso dunkle Rock über der schwarzen Hose waren nichts gegen die Trauer, die in seiner Brust tobte. Vor ihrem Tod war er der jungen Ehefrau einmal in Madames Haus begegnet. Sie war ihm als eine zarte und stille Frau aufgefallen. Wie alle diese jungen Frauen, mit denen sich Madame umgab, hatte sie schnell Vertrauen zu ihr gefasst, sodass ihr die mütterliche Sorge Madames auch im Wochenbett zugutekam. So war Madame Gottfried dann auch zugegen, als die gesunde Frau plötzlich, für den Ehemann unfassbar, unter heftigsten Leibschmerzen und Erbrechen am 15. Tag nach der Entbindung starb. Fast wäre Madame vor teilnehmendem Schmerz ebenfalls gestorben. Sie lag danach fiebernd im Bett und ergab sich ihrem Schmerz. Seltsamerweise ließ Xaver Madames geheuchelter Schmerz unberührt. Selbst als sie den Versuch unternahm, sich mit ihm zu versöhnen. Stattdessen war sie ihm schon längst nicht mehr geheuer, und der Verdacht, dass etwas mit ihr nicht stimmen konnte, erhärtete sich, als auch die Amme und die Magd der Wöchnerin an den gleichen Symptomen erkrankten. Aber er war nun mal mit Leib und Seele Advokat, und ohne einen begründeten Verdacht wollte er den Witwer nicht beunruhigen. Er hatte sich aber vorgenommen, Madame im Auge zu behalten. Ihre Reise nach Hannover und die tödlichen Folgen für den Beschlagmeister hatten ihn deshalb in aller Eile zu Rumpf geführt. Jetzt drängte es ihn, dem Radmacher seine Beobachtungen mitzuteilen. Aber der Zustand Rumpfs erforderte Zeit und Einfühlungsvermögen.

»Der Brief steckt voller Lügen wie alles bei Madame«, antwortete er und ließ ihn, gespannt auf seine Reaktion, nicht aus den Augen. »Auch mir hat sie einen Brief geschrieben, hat mir von dem ältesten Sohn des Beschlagmeisters berichtet, der am Abend ein heftiges Gallenerbrechen bekam, und von dessen Tochter Luise, die sich ebenfalls drei Tage mit heftigem Erbrechen ins Bett gelegt hat. Madame spielte wohl mit dem Schreiben auf mein Mitleid für ihren eigenen Zustand an. Schrieb mir, dass sie das alles mit ansehen musste, die zarte Seele. Als Folge sind ihr angeblich die Beine dick angeschwollen. Seitdem braucht sie einen Arzt und muss ihre Füße immer auf Kissen ruhen lassen.«

Der Magister hatte höhnisch gesprochen. Verachtung für die einstige Geliebte schwang in seinen Worten mit. »Ich habe herausgefunden, dass Madame die 500 Taler Schulden von den Erben erlassen wurden. Dafür hat sie ihnen vorgelogen, sie hätte dem Beschlagmeister Kleine fünf Louisdors zur Aufbewahrung gegeben. Diese Summe haben ihr die ahnungslosen Leute sofort ausgezahlt. Ferner bestahl sie im Kleine'schen

Haus eine sich dort aufhaltende Mamsell Stockhausen. Sie entwendete aus einem Strickkorb einen Doppel-Louisdor und der Mamsell Kleine Wäsche, ein Handtuch, eine Serviette und sonstige Kleinigkeiten.«

»Aber warum tut Madame so etwas? Sie ist doch vermögend?«

»Eben deshalb bin ich zu Ihnen gekommen, Herr Rumpf. Madame ist nicht vermögend. Sie ist hoch verschuldet, und ich bin einer ihrer erbittertsten Gläubiger. Deshalb wollte ich auch, dass Madame bei der Unterzeichnung des Hausverkaufes an Sie alle fremden Gelder darlegt. Aber sie hat, so wie sie es immer hält, gelogen und gesagt, die offenen 800 Reichstaler wären Familiengelder. Stattdessen war es das Geld von dem Herrn Kleine zu Hannover. Herr Rumpf, ich möchte Sie vor dieser Frau warnen. Ich habe Briefe von Madame, die würden Ihnen die Augen öffnen. Aber meine Schweigepflicht gestattet es mir nicht, Ihnen Einblick zu geben. Vielleicht ist es Ihnen schon aufgefallen, dass alle Leute, die mit Madame verkehren, an diesem seltsamen Erbrechen leiden. Mir ist bekannt, dass Madame sich mit ihrer Liebenswürdigkeit in Ihr Herz geschlichen hat und seit Kurzem Ihrem Hauswesen vorsteht. Dass sie überall von einer Wiederverheiratung mit Ihnen spricht. Aber denken Sie einmal darüber nach: Hat nicht Madame bereits auch in Ihrem Haushalt, ähnlich einem bösen Geist, ihr Unwesen getrieben? Sind nicht auch in Ihrem Haus auf mysteriöse Weise Dinge verschwunden? Hat Madame nicht unberechtigterweise Verdächtigungen ausgesprochen, sodass einer Ihrer Lehrburschen bereits die Flucht ergreifen musste?«

Rumpf hatte ihm ruhig zugehört. Nun öffnete er die Vitrine, reichte ihm ein holzvertäfeltes Kästchen aus einer Schublade, öffnete es und entnahm ihm eine Zigarre. »Ein echter Import aus Havanna!«, lobte er den Tabak und ermutigte den Magister zuzugreifen. Mit einem Messer kappte er das eine Ende, hielt das andere in die Flamme einer Kerze und sog tief den Rauch ein. Runde, durchsichtige bläuliche Rauchschwaden zogen aus seiner Nase, während er mit Genuss langsam den Rauch ausatmete. Die Worte des Advokaten hatten ihn zum Nachdenken gebracht. Er brauchte Zeit.

»Ja, etwas seltsam ist die Gottfried schon«, bemerkte er nach einer kurzen Pause. Sein Blick ruhte versonnen auf dem Magister, der genüsslich an der Zigarre roch und sie gleichfalls anerkennend lobte. »Tatsächlich eine echte Havanna.«

»Sie hat mir vor der Abreise ein Briefchen mit einer Tuchnadel und vier Louisdors als ein besonderes Zeichen ihrer Zuneigung hinterlassen. Aber ich habe ihr ganz deutlich zu verstehen gegeben, dass ich nie wieder heiraten werde. Madame ist auch nicht mehr ganz nach meinem Geschmack, Herr Magister. Außerdem empfinde ich ihr Ansinnen, welches sie mir in Briefen und selbst gedichteten Stammbuchversen zu verstehen gibt, als nicht sehr zartfühlend, eher taktlos so kurz nach dem Tod meiner seligen Gemahlin. Ja, ich muss bekennen, dass ich trotz ihrer mütterlichen Liebe und Sorge um mein Wohlergehen, ähnlich wie Sie, Herr Magister, eher Widerwillen empfinde.«

*

Einige Wochen später.

Den ganzen Tag schon hatte es heftig gestürmt und geregnet. Der Deich war an der Stelle zum Norden hin durchgebrochen und drohte auch am östlichen Flügel zu brechen. Das Wasser flutete die Straßen, und der Himmel zeigte sich noch immer dunkelgrau und wolkenverhangen. Während die Leute in Angst vor einer neuerlichen Wassernot lebten, zählte Gesche die Jahreszeiten nur nach Sommer und Winter. In den Wetterunbilden sah sie in ihrer Furcht den ausgestreckten Arm des Himmels. Gefangen in ihrer grauenvollen geisterhaften Welt, sah sie sich selbst im Kampf mit derselben und schritt nun zu ihrer letzten Tat.

In den vergangenen Tagen hatte sie alles darangesetzt, Rumpf für sich zu gewinnen. Aber statt Liebe brachte er ihr nur Widerwillen entgegen, je aufdringlicher sie wurde. Am Vortag hatte sie ihm unter Tränen ein letztes Mal auf seiner Stube ihre Liebe offenbart. Für ihre Spekulationen war sie bereit gewesen, alles zu wagen. Doch angeekelt hatte Rumpf sich von ihr zurückgezogen, als sie sich ihm näherte und ihm unter Küssen schwor, auch immer für ihn und seinen Knaben zu sorgen, so wie sie es Madame Rumpf auf dem Totenbett versprochen hatte. Zur Antwort bekam sie nur ein bitteres Lachen von ihm, und als es plötzlich heftig klingelte, sagte er mit Ironie in der Stimme: *»Was meinen Sie, Madame, wenn man bei Ihnen einmal so klingelt? Ich bin mir sicher, dass Sie noch einmal dienen werden.« Das erfüllte die an Fehlschläge ihrer Spekulationen wenig gewöhnte Mörderin mit solchem Hass, dass sie im Stillen, ohne Furcht vor Entdeckung, beschloss, auch ihn zu vergiften. Zur nächsten Mittagsmahlzeit besorgte sie frischen Salat, den sie gemeinsam mit der Magd in der Küche zubereitete. Nachdem die Magd ihn sauber gespült hatte, legte sie ihn in eine Schüssel und begoss ihn mit Essig und Öl. Sie ließ einige der Blätter trocknen, und in einem unbeobachteten Augenblick beschmierte sie diese mit der Mäusebutter, die sie sich zuvor auf Papier aus ihrem Zimmer geholt hatte.

Doch als sie den vergifteten Salat für ihn auf einen gesonderten Teller legte, wäre ihr Vorhaben fast entdeckt worden. Sie bekam einen tödlichen Schreck, als plötzlich Rumpf hinter ihr in der Küche stand. Ganz in Gedanken, gefangen von ihrem grauenvollen Tun, hatte sie sein Eintreten überhört. Als er nun mit einem Löffel in dem Salat herumstocherte, während sie kreidebleich danebenstand, entdeckte er plötzlich mit scharfem Blick die weißen Körnchen auf den Blättern und richtete sogleich die Frage an sie: »Warum, Madame, befindet sich dieser Salat auf einem anderen Teller? Haben Sie etwa Zucker daran gegeben? Sie wissen doch, dass ich keinen Zucker esse.«

Er wendete sich der Magd zu und fragte sie ärgerlich: »Dorothee, hast du Zucker an den Salat gegeben?« Das verstörte Mädchen schüttelte den Kopf und kämpfte mit den Tränen. Da beugte er sich abermals über den Salat, nahm ein Blatt zwischen die Finger, roch daran und sagte: »Dann wird er wohl heruntergefallen sein.«

Schnell hatte Gesche ihre Ruhe wiedergewonnen und rechtfertigte sich mit der ihr eigenen sanften Stimme: »Nichts liegt mir mehr am Herzen als Ihr Wohl. Sicher ist es das Wasser, das ich jetzt durch den Mangel mehrfach benutzen muss. Niemals würde ich Ihnen Zucker über den Salat streuen. Ich weiß, dass Sie den Salat nur mit Essig und Öl essen, genauso wie Sie Speckbrei verabscheuen.«*

Mit einer liebenswürdigen Geste nahm sie ihm den Löffel aus der Hand, nicht ohne noch vorher unbeabsichtigt seine Hand zu berühren. Doch ungehalten nahm er den Salat und warf ihn vor ihren Augen in den Bottich unter dem Tisch. »Holen Sie frischen Salat und bereiten Sie ihn in einer Schüssel nur mit Essig und Öl zu«, herrschte er sie an und verließ sie.

Seine Worte hatten sie nicht entmutigen können. Sie bückte sich und sammelte den Salat Blatt für Blatt aus der Tonne. Dabei lachte sie böse in sich hinein und dachte, warte nur ab, du brauchst bald keinen frischen Salat mehr.

In diesem Augenblick klingelte es in der Diele. Sie lief zum Geländer und blieb abwartend an der Treppe stehen. Rumpf öffnete gerade gemeinsam mit einem seiner Gesellen das Dielentor, während die Kutsche des Magisters polternd einfuhr. Als der Hausherr noch mit dem schweren Holztor gegen den Sturm ankämpfte, stieg David Xaver aus der Kutsche und kam ihr, lächelnd den Hut lüftend, auf der Treppe entgegen.

»Meine Verehrung, Madame«, begrüßte er sie mit süßlicher Stimme. »Sie sehen heute wieder bezaubernd aus!«

Gesche wusste, dass er log, lächelte mühsam und fragte höflich: »Was verschafft mir die Ehre Ihres Besuches, Herr Magister?« Zugleich schwebte sie in größter Unruhe.

»Heute bin ich in geschäftlichen Dingen mit dem Herrn des Hauses verabredet, meine Liebe«, antwortete er und küsste ihre Fingerspitzen. »Aber ich habe Sie nicht vergessen, meine Freundin«, hauchte er über ihren Fingerspitzen und beobachtete ihr Gesicht. »Ich habe Ihnen etwas mitgebracht, betrachten Sie es als ein Versöhnungsgeschenk meinerseits. Sie müssen es unbedingt heute noch essen. Meine Frau hat es für Sie zubereitet.«

Lauernd reichte er ihr einen Weidenkorb mit Geschirr. Gesche nahm das Geschenk mit Erstaunen entgegen, und da sie sich nicht erklären konnte, was er damit bezweckte, ließ sie den Korb von der Magd in die Küche tragen, um ihn dort auszupacken. Doch als die Magd eine Schale aus Porzellan zutage holte, auf der ein frisch gebratener Schellfisch lag mit einem hohen Berg geriebenen Zuckers daneben, erschrak sie bis auf den Grund ihrer toten Seele und dachte zitternd, er weiß es, er weiß, dass ich meinen Bruder mit Schellfisch getötet habe. Zugleich schickte sie hastig die Magd aus der Küche, um ihr letztes tödliches Werk zu vollenden, was nun noch größerer Eile bedurfte.

Am Abend herrschte im Hause heftige Aufregung. Der Hausherr, der Geselle, der Bursche und die Magd lagen nach dem gemeinsamen Mittagstisch mit heftigen Leibschmerzen krank in ihren Stuben. Um zwölf hatten sie von dem Salat gegessen, den Madame nun in einer gemeinsamen Schüssel zubereitet hatte, und um sechs zeigten sich erste Vergiftungserscheinungen. Gesche selbst hatte das Mittagessen an einem anderen Tisch eingenommen, weil nicht alle im Hause an dem großen Tisch Platz fanden. Als Rumpf nach dem Genuss des Giftes würgte, zeigte sie sich äußerst besorgt. Stützend hielt sie ihm das kranke Haupt, wischte ihm mit ihrem Tuch den Angstschweiß ab und vergoss heuchlerische Tränen, dass sie nicht an seiner Stelle leiden könne. Rumpf musste ihre Liebesbeweise über sich ergehen lassen. Lediglich als er einmal besonders heftig erbrach, machte er ihr bittere Vorwürfe. In der Angst, er könnte etwas ahnen, legte sie ihm in seinen Tabakkasten ein von ihr heimlich geschriebenes Stammblatt mit den Worten:

*Schuldlos sein ist des Leidenden höchste Würde, und der Edle, welcher mit heiterem Antlitz unter das Geschick sich beugt, ist ein Anblick, über welchen der Himmel sich freut.«**

Am nächsten Tag stand er wieder auf und begab sich wortlos und offensichtlich erholt an seine Arbeit. Einen halben Tag lang dachte Gesche darüber nach, warum das Gift, das sie in doppelter Portion dem Salat untergemischt hatte, keine weitere Wirkung zeigte. Aber der Zufall kam ihr zu Hilfe. David Xaver hatte von den Unpässlichkeiten im Rumpf'schen Hause gehört und, da er selbst verhindert war vorbeizuschauen, ihr durch seinen Diener eine Bouillon zur Genesung geschickt. In der Bouillon war Sauerkraut als Gemüse untergemischt. Gesche machte sich dies sofort zunutze und setzte der Bouillon eine kräftige Messerspitze Mäusebutter zu. Aber das Gift setzte sich als weißer Bodensatz ab und wurde von Rumpf nicht ausgetrunken. Vor Enttäuschung und Wut legte sie sich selbst am nächsten Tag krank ins Bett. Doch ihre Angst wuchs mit jedem Tag, dass Rumpf etwas ahnen konnte. Ebenso wuchs ihr Wille, ihn zu vergiften, um das Haus wiederzubekommen. Ja, in ihrer krankhaften Fantasie malte sie sich sogar aus, wie alle im Haus unter unsäglichen Qualen starben und sie allein zurückblieb. Als in der Nacht darauf die Nachbarwohnung des Malers Menken plötzlich hoch in Flammen stand und, durch den Sturm von Neuem entfacht, die Gemälde erst hoch zum Dach und dann auf die Straße geschleudert wurden, versteckte sie sich in heilloser Angst unter ihrem Bett. Dort erinnerte sie sich an das einst in jungen Jahren entwendete Gemälde, und es schien ihr, als lechzten die Flammen nun auch nach ihr. Der grelle Schein und die Angst raubten ihr für eine Viertelstunde das Augenlicht. Ihre Nase begann zu bluten. Angstvoll erbebte sie am ganzen Körper. Am nächsten Morgen trieb sie die Unruhe zu den Gräbern ihrer Ermordeten, doch der Regen wurde heftiger, und der Sturm riss so stark an ihren

Kleidern, dass sie eilig zurück nach Hause lief. Voller Angst und Zweifel, aber noch immer mit dem festen Willen, Rumpf zu töten, gab sie mittags einen Teelöffel mit Mäusebutter unter den Sauerkohl auf seinen Teller. Diesmal achtete sie genau darauf, dass nur Rumpfs Teller das Gift enthielt. Einige Stunden später wirkte das Gift.

Von der Straße klangen laute Stimmen, Musik und Schalmeienklang bis in den Saal herauf. Es war Fastnacht. Diesen Tag hatte Rumpf vorgehabt, mit den Handwerkern zu feiern. Als er zu erbrechen begann, legte er sich auf das Sofa und dachte, dass es in ein paar Stunden wieder vorbei sei. Doch am Abend begab er sich mit Leibschmerzen in sein Bett und blieb 14 Tage krank liegen. Gesche blieb in dieser Zeit bei ihm. Als er auf dem Höhepunkt der Schmerzen mit den Händen nach ihr griff und verwirrt schrie: »Ich muss sterben. Oh Gott, sorgen Sie für meinen Sohn!«, versprach sie ihm, diesen Wunsch zu erfüllen, wenn er sie nur ehelichte, und bedauerte zugleich unter heftigen Tränen, dass Gott ihn so leiden ließ, und schluchzte an seiner Brust: »Oh Herrgott, warum gibst du mir nicht einen Teil von seiner Krankheit ab, damit es ihm wieder besser geht?«

An einem Montag, es war der 3. März, schien er zu Gesches Erstaunen plötzlich wieder wohlauf und schlachtete in der Diele zur Feier seiner Gesundung ein Schwein. Er war recht lustig und ließ sich gemeinsam mit dem Schlächter ein Stück von dem frischen Speck munden. Den Rest trug er hinauf in seine Stube, wo er den Speck in seinem Schrank mit den Worten ablegte: »Das ist ein guter Happen für mich für das Frühstück.«

Nichts ahnend und ärgerlich über den neuerlichen Misserfolg ihres Planes, rief Gesche am Morgen vor dem Frühstück nach der Magd und befahl ihr, den Schrank abzuseifen. Während die Magd in die Küche lief, um das Wasser zu holen, lief sie rasch in sein Zimmer, räumte hastig seinen Schrank aus, tat so, als reinigte sie ihn, und beschmierte eine Seite vom Speck mit der Mäusebutter. Dann räumte sie die Sachen wieder ein, und als die Magd mit dem Wasser kam, stieg sie, innerlich zufrieden, die Stufen zur Diele hinab.

Der Magd rief sie zu: »Dorothee, du brauchst den Schrank nur von außen zu reinigen.« In der Küche warf sie das leere Papier in das Feuer und wartete ab.

Am darauffolgenden Morgen befand sie sich auf dem Boden mit einem Wäschekorb unter dem Arm. David Xavers Kutsche war schon am frühen Morgen vorgefahren. Nun saß er schon seit geraumer Zeit bei Rumpf in der Vorstube. Aus einer seltsamen innerlichen Angst heraus hatte sie sich vor ihm auf den Boden zurückgezogen, wo sie, das Ohr an der Bodentür, ängstlich nach unten lauschte. Dabei gingen ihr die merkwürdigsten Gedanken durch den Kopf. Kein Laut von dem, was zwischen den beiden gesprochen wurde, war bis jetzt bis zu ihr hinauf gedrungen. Ihr Gewissen jedoch sagte ihr, dass sie verraten sei, und sie überlegte, was sie tun sollte. Gehst du hinunter, fällst du dem Herrn Magister und dem Herrn Rumpf zu Füßen und bittest sie, dass sie dich nicht verraten? Zugleich aber beruhigte sie sich wieder und erinnerte sich daran, dass der Herr Magister ihr einmal anvertraut hatte, dass er unter Eid stehe und sein Gewissen ihm verbiete, Geheimnisse preiszugeben. Trotzdem kämpfte sie weiter mit sich und blieb auf dem Boden, bis David Xaver wieder abgefahren war.

Inzwischen rief Rumpf nach seinem Burschen und übergab ihm im Beisein des Magisters einen Korb, in welchen er den Schinken legte und mit einem Tuch zudeckte. Auf den Rat des Magisters sagte er laut zu ihm, damit Madame es hören musste: »Bringe den Korb mit den Würsten zu Herrn Doktor H. Du weißt schon, was wir besprochen haben«, und zwinkerte ihm mit einem Blick auf Madames Stubentür vertraulich zu. Zu David Xaver, der sich Handschuhe über die Hände gezogen hatte und mit einem Glas vor dem Auge aufmerksam den geöffneten Schrank nach Spuren absuchte, sagte er: »Jetzt wird es Zeit, dass wir Madame ihrer Taten überführen, Herr Doktor. Seit ihrem letzten Besuch bei mir habe ich sie beobachtet, und es sind mir mehrmals Dinge aufgefallen, die mir äußerst merkwürdig erschienen. Eventuell stehen sie sogar mit dem seltsamen Erbrechen in Verbindung, das seit einigen Tagen auch in meinem Hause umhergeht. Erst heute Morgen wollte ich mir eine Scheibe Speck abschneiden, als mir auffiel, dass der Schinken anders im Schrank lag, als ich ihn hineingelegt hatte, nämlich mit der Schwarte nach oben. Ich hatte am Tag zuvor ein Schwein geschlachtet und dem Nachbarn und einem Bauern etwas davon abgegeben. Beide sind wohlauf. Nun sah ich diesen seltsamen weißen Belag, und ich dachte zunächst, der Schinken ist frisch, der kann doch nicht schon so schlecht aussehen. Ich habe Madame gleich zur Rede gestellt und gefragt, ob sie etwas mit dem Speck gemacht hätte. Aber Madame hat behauptet, das wäre Fett, das sich absetze. Danach habe ich in ihrem Beisein so getan, als esse ich etwas davon, und als sie aus dem Haus ging, rasch den Herrn Doktor H. durch meinen Burschen informiert.«

»Sie haben recht getan, den Speck sofort zu Doktor H. zu schicken«, antwortete David Xaver, fuhr mit dem Finger über das Holz und roch prüfend an ihm. »Der Doktor wird die Substanz untersuchen. Er ist ein Fachmann auf diesem Gebiet. Ich denke, noch heute Abend werden wir Gewissheit erhalten, was es mit dem Speck auf sich hat.«

Am Morgen, nach einer unruhigen Nacht voller Ängste und Gewissensbisse, erwachte Gesche um sieben Uhr mit heftigen Seitenschmerzen. Im Haus war es noch still. Rumpf schien ausgegangen zu sein, und so kroch sie, in der Hoffnung, dass die Schmerzen wieder nachlassen würden, zurück ins Bett und dachte mehrmals: Wenn Rumpf zurückkommt, ob er mir wohl zu meinem Geburtstag gratuliert? Darüber fiel sie in einen Wachschlaf, aus dem sie um neun Uhr durch das Poltern der

Kutsche auf der Diele wieder geweckt wurde. Mit klopfendem Herzen hörte sie Rumpf jetzt bei den Pferden rumoren und mit dem Burschen sprechen. Dann war es plötzlich wieder still. Schnell krabbelte sie aus dem Bett, lief zur Tür und lauschte. Nur bekleidet mit dem Nachthemd und auf nackten Füßen, wurde ihr rasch kalt. Am ganzen Körper zitternd, wartete sie, bis Schritte die Treppe heraufkamen. Doch vor ihrer Stube verklangen sie, und ihre Hoffnung erfüllte sich nicht. Er kam nicht, um zu gratulieren. Um zehn Uhr hielt sie es nicht mehr aus, rief nach der Magd und ließ ihn zu sich heraufbitten.

Nur widerwillig kam der so schmerzlich Ersehnte der Aufforderung nach, grüßte höflich beim Eintreten und blieb abwartend in der Tür stehen. Er befand sich in Straßenkleidung, in vom Regen verschmutzten Stiefeln und knetete den Zylinder nervös zwischen den Händen. Seine roten Haare waren zerwühlt, und seine Haut wirkte etwas fleckig. Mehr hatte ihm das Gift nicht anhaben können.

»Was ist Ihr Begehren, Madame?«, fragte er kühl, gab sich ziemlich unbeteiligt und sah an ihr vorbei, um ihr nicht in die Augen sehen zu müssen. Gesche hielt ihre Enttäuschung nicht zurück, hing umso mehr an seinem Gesicht und suchte nach irgendeiner Erklärung. Als er den Blick nicht von dem Bild über ihrem Bett lassen wollte, wendete sie eine List an, ließ ihre Augen in Tränen schwimmen und fragte: »Herr Rumpf, wenn ich mir weit entfernt von Ihnen ein kleines Zimmer mieten würde, wäre Ihnen das angenehm?«*

Aber so sehr sie auch auf eine Gefühlsregung von ihm zu ihren Gunsten gehofft hatte, so unbeweglich und höflich antwortete er ihr: »Gerne, ich bin schon so oft um Ihre Stube gefragt worden. Wenn Sie morgen ausziehen möchten, können Sie mir heute noch Bescheid geben. Sie können dann in Gottes Namen ziehen!«*, und verließ sie augenblicklich wieder, ohne ein weiteres Wort zu verlieren.

Nachdem die Tür hinter ihm ins Schloss gefallen war, zog sie das Federbett über den Kopf und weinte leise in sich hinein.

Dabei wünschte sie sich mit ihrer seltsamen kindlichen Vorstellung, Rumpf würde sie noch immer heiraten. »Ach hätte er mir doch gratuliert. Ich wäre ihm um den Hals gefallen und hätte ihn gebeten, mich glücklich zu machen.«

Bereits eine Stunde später schrieb sie dem Magister einen langen Brief, in dem sie ihn an ihre Liebe und die gemeinsam verbrachten Stunden erinnerte. Sie appellierte an sein Herz und hoffte inständig, ihn damit umzustimmen, um zugleich zu erfahren, wie er ihr gesonnen war. Die Antwort erfolgte postwendend. David Xavers Tochter brachte ihr eine Mundtasse als Geschenk mit einem Antwortbrief, der ihr auch die letzte Hoffnung nehmen sollte. Doch bevor sie ihn öffnete, trug sie dem Kind auf, sie solle den Vater fragen, ob er ihr wohl sein Hinterhaus vermieten würde. Dann faltete sie mit flatterndem Herzen den Brief auseinander und las:

»Meine liebe Madame G. Berufen Sie sich nicht mehr auf meine Liebe zu Ihnen. Es war eine sehr schöne Zeit, die wir gemeinsam genossen und die ich jetzt zu vergessen versuche. Die Umstände zwingen mich, Ihnen meine Freundschaft zu entsagen. Hoffen Sie auf keine weitere Hilfe mehr von mir!

*Ergebenst, Ihr Dr. D. Xaver«**

Sie hatte noch nicht zu Ende gelesen, da sank die Hand mit dem Brief kraftlos an ihr hinab. Der Brief flatterte auf den Boden, während sie auf das Bett sank und eine Weile blicklos vor sich hinstarrte. Doch die Furcht vor dem, was ohne ihr Wissen im Hause vorging, war stärker. Hastig bückte sie sich nach dem Schreiben und warf es ins Feuer. Dann lief sie zur Kommode, entnahm ihr die noch halb volle Kruke mit Mäusebutter, versteckte sie in aller Eile in ihrem Mieder auf der Brust und warf das Papier, in welches die Kruke eingewickelt war, hinter das Bett. Dann setzte sie ihre letzte Hoffnung auf die Dienerschaft.

Den Mägden blieb selten etwas im Hause verborgen. Sie schob die Beine wieder zurück in das Bett und rief nach der Magd Dorothee, sie solle ihr den Tee bringen.

Die Magd brachte den Tee in einer kleinen Kanne auf einem Tablett. Gehorsam stellte sie es auf den Nierentisch neben Madames Bett, goss ihr eine Tasse voll und reichte sie ihr. Der Tee dampfte und roch nach Pfefferminze. Gesche sah ihr in das sommersprossige Gesicht. Züchtig hielt die Magd die Augen gesenkt. Sie hat ein schönes Gesicht mit einer hübschen kleinen Nase, dachte Gesche und musste plötzlich an Beta denken. Gleich wurde ihr wieder traurig ums Herz, und sie dachte, ach wäre die gute Seele nur jetzt bei mir, sie hätte mich bestimmt nicht alleingelassen in meinem Unglück.

Die Magd wunderte sich nur ein wenig darüber, dass Madame schon den ganzen Tag im Bett lag und nicht herunterkam. Voll brennender Neugierde, was Madame wohl sagen würde, wenn sie ihr von dem Speck erzählte, antwortete sie ihr auf ihre Frage, was es so Geheimnisvolles im Hause gebe: »Ich weiß nicht recht, Madame, was plötzlich im Hause vor sich geht. Alle tun sehr geheimnisvoll. Der Herr Rumpf hat sich heute Morgen fein angezogen und hat gesagt, ich solle nicht mit dem Essen auf ihn warten. Und der Herr Doktor«, ergänzte sie, »ist heute schon zwei Mal da gewesen. Er hat immer lange mit Herrn Rumpf geredet. Der Diedrich, unser Geselle, ist vorhin mit dem Korb zurückgekommen und hat sehr leise mit dem Herrn gesprochen. Sie haben zu mir gesagt, er hat Würste weggebracht. Aber ich habe wohl gesehen, dass es nicht wahr ist. Ich glaube, er hat den Speck im Korb gehabt. Ist das nicht seltsam? Immer wenn ich in den Saal komme, sind die beiden sofort still.«

Gesche hatte ihr aufmerksam zugehört, bis sie von dem Speck zu reden begann. Da begann ihr Herz, wieder wild zu pochen, so wild, dass sie den Tee verschüttete und das Federbett beschmutzte. Mit letzter Kraft schickte sie die Magd hinaus. Dann glaubte sie, erbrechen zu müssen. Sie sprang aus dem Bett, hielt den Kopf über den Nachtstuhl und dachte, während sie heftig würgte: Jetzt ist alles aus. Dein Unglück steht bereits vor der Tür!*

Zur gleichen Zeit empfing Rumpf den Doktor in Begleitung des Polizeidieners Bergmann in seinem Salon. Doktor Heiser, ein langjähriger Freund und der behandelnde Arzt der Rumpf'schen Familie, schwitzte vom raschen Laufen und wischte sich mit einem Tuch den Schweiß von der Stirn, bevor er auf den Speck im Korb zu sprechen kam. Zunächst äußerte er höflich sein Bedauern darüber, dass der Bursche ihn am Abend nicht angetroffen hatte und mit dem Speck noch einmal wiederkommen musste. Dann tauschte der kleine, untersetzte Doktor mit dem Polizeidiener einen vielsagenden Blick und begann zögernd: »Herr Rumpf, nachdem ich mir den Speck angesehen hatte, stellte ich zunächst fest, dass er gut durchwachsen ist und durchaus genießbar. Als ich ihn mir aber näher betrachtete, entdeckte ich äußerlich eine feine weißliche Substanz. Ich begab mich mit dem Speck sofort zum Apotheker, und gemeinsam nahmen wir von der weißen Masse eine geringe Quantität und untersuchten sie chemisch. Dabei fanden wir eine bedeutende Menge Arsenik auf der Schwarte. Da Sie nun, Herr Rumpf, ein sonst blühender und gesunder Mensch sind und seit einem Jahr an einem rätselhaften Erbrechen leiden und an demselben mehrere Ihrer Hausgenossen erkrankten und Sie mir erst bei meinem letzten Besuch bei Ihnen versicherten, dass Sie schon mehrmals eine ähnliche Substanz auf dem Essen vorgefunden haben, sah ich mich genötigt, diese Sache anzuzeigen. Um Sie nicht zu kompromittieren, hat das Gericht den Polizeidiener Bergmann beauftragt, den Speck vom Apotheker abzuholen, und Sie in dieser Angelegenheit gebeten, noch heute vor dem Richter zu erscheinen.«*

Unauffällig und in aller Eile begleitete Rumpf die Herren zum Stadthaus, wo er noch zur gleichen Stunde vor dem Richter aussagte:* »Meine Herren Richter, wahrheitsgemäß habe ich das Haus der Witwe Gottfried im Jahr 1826 für

8.520 Reichstaler gekauft. Die Witwe Gottfried hat sich die Miete der Nebenhäuser auf Lebenszeit ausbedungen. Sie bewohnte bei mir einen Saal zur Miete. Am Freimarkt im Jahre 1826 zog ich mit meiner Familie in das Haus. Meine Frau kam am 6. Dezember ins Kindbett und bekam Milchfieber. Sie wurde wieder gesund. Erbrach aber plötzlich eines Nachts, bekam Durchfall und lebte noch ein paar Tage, worauf sie am 21. Dezember verstarb. Als sie das Erbrechen bekam, lief ich in der Nacht zu Doktor Heiser, der mir ein Rezept verschrieb und am Morgen meine Frau besuchte. Die Amme, welche ich in Dienst nahm, erklärte mir, dass meine Frau in diesem Haus doch nicht gesund werden könnte. Sie ging in ihren Heimatort zurück.

Zu meinem Unglück muss ich gestehen, dass das Haus der Witwe Gottfried schon seit Langem in einem besonderen Ruf steht. Als ich vorhatte, es zu kaufen, riet man mir händeringend davon ab. Man sagte mir, dass dies ein Unglückshaus sei, in welchem die Männer wie Fliegen stürben und ich darin auch nicht lange gesund bleiben würde. Zudem legte man mir ans Herz, von der Gottfried Abstand zu halten und sie nicht in mein Haus zu lassen. Da ich nicht abergläubisch bin, habe ich die Warnungen in den Wind geschlagen. Den Tod meiner Frau schrieb ich dem Ärgernis zu, den wir in einem zweijährigen Prozess mit dem Radmacheramt gehabt haben. Meine Frau wurde im Kindbett von der Witwe Gottfried, einer Sechswochenfrau und unserer Magd gepflegt. Die Magd Dorothee dient noch bei mir. Sie bekam damals auch das Erbrechen und wurde von mir in das Krankenhaus geschickt, wo sie ärztlich behandelt und wiederhergestellt wurde. Als ich die Amme fortschickte, ließ ich sie von der Magd begleiten. Auch sie bekam noch in der Kutsche das Erbrechen und musste rasch ins Krankenhaus gebracht werden. Dort hat man ihr gesagt, sie möge das Haus meiden, denn in meinem Haus wären schon vor ihr die Bewohner an diesem seltsamen Übel behandelt worden. Vor einiger Zeit bekam auch ich das Erbrechen. Zunächst dachte ich, ich hätte mir den Magen verdorben. Ich quälte mich wohl acht Wochen hin, nahm mich mit Essen in Acht und trank reichlich Milch. Dadurch fühlte ich mich wieder besser. Bekam dann aber bald wieder das Erbrechen, worauf ich mich von dem anwesenden Doktor Heiser ärztlich behandeln ließ.« Das Gericht beschloss, keine Zeit mehr verstreichen zu lassen, und begab sich sofort zu der Witwe Gottfried.

Am späten Nachmittag fuhr die Kutsche der Gerichtsbehörde vor dem Haus vor, um die erforderliche Hausdurchsuchung vorzunehmen.

Innerlich voller Angst, aber äußerlich seltsam gefasst, empfing Gesche den Polizeikommissar, den Magister David Xaver, den Polizeidiener Bergmann und den gerichtlichen Direktorius, den Advokaten Neus. Rumpf erschien als Letzter in ihrer Stube.

Sie blieb im Bett liegen, und als der Polizeikommissar sie artig fragte, warum sie im Bett läge, sie sehe doch wohl aus und hätte eine gesunde Gesichtsfarbe, redete sie sich mit Seitenstechen heraus, eines ihrer alten Übel.

David Xaver fing ihren Blick ein und war überzeugt, dass sie log. Er konnte sich nicht enthalten, spitz einzuwenden: »Sie wirken aber nicht, als seien Sie über unseren Besuch bestürzt, Madame.« Doch der Direktorius unterbrach jede weitere Konversation. Er fand es angebracht, Madame jetzt aufzuklären. Höflich verbeugte er sich vor ihr und sagte: »Madame, in diesem Haus sind Dinge vorgefallen, die eine genauere Untersuchung erforderlich machen.«*

Verwirrt über das kühle Auftreten des Magisters und die ernsten Gesichter der Herren, gedachte sie, die Herren für sich milde zu stimmen. Rasch antwortete sie, ohne zu ahnen, dass sie mit ihrer Aussage den Verdacht gegen sich nur noch erhärtete: »Ja, meine Herren. Es verlangte mich längst danach, eine genauere Untersuchung über mich ergehen zu lassen. Es ist mir sehr lieb.«*

Der Direktorius war überrascht, räusperte sich und verständigte sich mit den Augen mit den anderen Herren. Dann fragte er sie: »Madame, wie kommen Sie zu diesem Wunsch?«

Darauf erwiderte sie, und bedachte Rumpf mit einem Blick voller Verachtung: »Weil Rumpf immer das Haus verwünscht und meint, es müsse an diesem Ort liegen, dass seine Frau hier gestorben ist. Auch hat der Doktor dem Rumpf gesagt, wenn seine Frau in die Wochen käme, würde sie es nicht überleben. Schon beim Tod meines siebten Kindes ging das Gerücht in der Stadt um, es sei vergiftet worden. Als es dann geöffnet wurde, waren seine Därme verschlungen.«

»Ist ein solches Gerede nicht auffällig?«, fragte der Direktorius nun und beugte sich tiefer zu ihr hinab. Er trug eine Brille auf der großen, gebogenen Nase. Gesche starrte immerzu auf die Augen hinter den Gläsern, die groß und ernst blickten und keinen Widerspruch duldeten.

»Ich weiß nicht, woher das Gerede kam. Die Mägde brachten es mit ins Haus. Später ist dann nicht mehr von Vergiftung gesprochen worden, wohl aber davon, dass es im Haus spukt«, erklärte sie und schaute danach jeden einzelnen der Herren an, als hoffte sie, dass noch immer alles ein großes Missverständnis sei.

Der Direktorius sah einen Moment schweigend auf sie herab. Schmerzlich lange Sekunden für die Mörderin. Dann forderte er sie höflich, aber sehr bestimmt auf: »Würden Sie wohl das Bett verlassen und sich anziehen, Madame? Wir müssen Sie mit zum Stadthaus nehmen.«

Spätestens jetzt schien sie zu begreifen. Alles um sie herum begann sich plötzlich wie in einem Karussell zu drehen. Die Gesichter wurden plötzlich unscharf und schemenhaft. Der Schreck und die Bestürzung drohten ihr die Glieder zu lähmen. Nur sehr langsam und unsicher vermochte sie der Aufforderung Folge zu leisten. Mit hängenden Schultern, den Kopf auf die Brust gesenkt, erhob sie sich. Als die Magd ihr in die Kleider half, vernahm sie die Worte des Kommissars wie aus weiter Ferne: »Madame, löschen Sie das Feuer im Ofen, bevor Sie gehen.«

Da spürte sie einen schweren Druck auf dem Herzen, und im Stillen dachte sie, lege dein Schicksal in Gottes Hände. Du bist für diese Welt verloren und wirst dein Haus nicht wieder betreten.

Fertig angezogen, in einem schwarzen Kleid, einem Mantel, der ihr lose über den Schultern hing, ohne Schminke und mit eilig gestecktem Haar, wartete sie unschlüssig und sah sich ein letztes Mal im Zimmer um. Letztendlich glitt ihr Blick suchend über das Bett, bis sie die Nachthaube entdeckte. Mit einem erlösenden Seufzer nahm sie die Haube an sich, drückte ihr Gesicht in die weiße Spitze und fragte leise: »Gestatten Sie mir, meine Nachthaube mit zum Stadthaus zu nehmen? Ich werde sie wohl dort brauchen.«

Beim Hinausgehen, als sie an Rumpf vorbeimusste, blieb sie plötzlich vor ihm stehen und blickte ihm lange in das unbewegliche Gesicht. Ihr Blick irrte dabei unruhig umher wie der eines Raubvogels. Zu gern hätte sie ihm zum Abschied noch etwas gesagt. Aber es gelang ihr nicht. Sie dachte nur, er hat es von Anfang an geahnt, und reichte ihm nur stumm die Hand. Rumpf schlug die dargebotene Hand aus und sah durch sie hindurch. Da murmelte sie leise: »Adieu«, und ließ sich von den Herren mit gesenktem Kopf hinausführen.

Auf der Straße verspürte der Kommissar Mitgefühl mit ihr und fragte sie: »Der Weg zum Stadthaus ist nicht weit, Madame. Wir können ihn zu Fuß zurücklegen, wenn es Ihr Wunsch ist?«

Die Sonne war hinter den Wolken hervorgebrochen. Die Luft war lau, die ersten Vorboten des Frühlings, ein paar Schneeglöckchen, säumten die Straßenränder, und ein Vogel zwitscherte laut sein Lied. Der Kommissar dachte, es ist das letzte Mal, dass sie den Frühling erwachen sieht, sie wird schon nicht weglaufen. Dann fragte er sie, warum sie so ängstlich sei und so zittere. Zu Antwort schaute sie ihn mit erstaunten Augen an, drückte kaum merklich seinen Arm und sagte:

»Ach, Herr Kommissar, das sind nur meine Beine. Sie wollen mich nicht mehr tragen.«*

Das auf dem Domhof gelegene, eben fertiggestellte Zuchthaus, wohin sie, nach einem kurzen Aufenthalt im Stadthaus, überführt wurde, befand sich mit seiner Hinterseite dem Kirchhof zugewandt. Dort hatte man zunächst eilig ein Zimmer im Obergeschoss, mit dem Blick auf den Kirchhof, für die Giftmörderin vorbereitet. All ihrer Kräfte beraubt, mehr tot als lebendig, war sie in Begleitung einer kleinen Eskorte dort angekommen. In der Kanzlei, beim Aufnehmen ihrer Angaben, wurde ihr übel. Bevor sie jedoch ohnmächtig zu Boden sinken konnte, reichte ihr der Gerichtsdiener ein Glas mit Zuckerwasser. Aber sie wurde nur noch blasser und sackte immer mehr in sich zusammen, ohne dass man ein Wort aus ihr herausbekam. Letztendlich musste sie auf ihr Zimmer gebracht werden, wo zwei Wärterinnen zum Entkleiden auf sie warteten. Als eine der Frauen die Verschnürungen an ihrem Mieder zu lösen begann, kam die Gefangene wieder zu sich und begann, sich sogleich heftig zu sträuben. Doch die Frauen waren darauf vorbereitet. Während eine der beiden Wärterinnen Gesche festhielt und beruhigte, entfernte die andere 13 Korsetts von ihrem Körper. Mit schauderhaftem Erstaunen blickten sie von dem Berg unbrauchbaren Stoffes auf das verzerrte Gerippe, das nun anstelle der rotwangigen, wohlbeleibten Dame vor ihnen stand. Gesche nutzte diesen Moment, um die Kruke mit Mäusebutter hastig unter ihrem Arm zu verstecken, den sie dann fest an ihren Leib presste.

Später, als die Frauen die Tür hinter ihr schlossen, sah sie sich ängstlich in dem kleinen Zimmer um. Ihr neues Zuhause empfing sie nicht unfreundlich. Die Wände und die Decke waren sehr reinlich geweißt, der Fußboden rotbräunlich gestrichen. Nach draußen führte eine starke Tür mit einer Klappe und dicken Eisenbeschlägen. Über der Tür war in die Mauer eine ovale Öffnung eingelassen von etwa vier bis sechs Zoll, durch die beständig Luft zirkulierte. Der Tür am nächsten stand ein kleiner Ofen. Das Mobiliar, eine Bettstelle mit Stuhl und Tisch, war mit hellgrauer Ölfarbe gestrichen. Doch in ihrer Angst nahm sie alles um sich herum nur schemenhaft wahr. Vor allem vermied sie es, durch das mit starken Eisenstangen vergitterte Fenster zum Kirchhof zu sehen, vor dem nun langsam die Sonne unterging. Sie tupfte ihr Taschentuch in das Wasser in der weißen Fayenceschale und begab sich auf den Nachtstuhl, als sie die kleine Bibel auf der Bettstelle entdeckte. Mit ihr in der Hand saß sie auf dem Bett, bis es dunkel wurde, und grübelte vor sich hin. Aber mit zunehmender Dunkelheit geriet sie immer mehr in einen Zustand, der fast an Wahnsinn grenzte. Unruhig warf sie sich von einer Seite auf die andere, verkroch sich ängstlich unter der Decke, zog sie bis über den Kopf und vermochte die grässlichen Visionen, die sie quälten, nicht abzuschütteln. Jetzt wurde ihr eigenes Gewissen zu ihrem schlimmsten Feind. Halb wach, mit weit aufgerissenen Augen, sah sie, wie sich das Fenster zum Kirchhof öffnete und Rumpf plötzlich durch das Zimmer schwebte, in der einen Hand einen Sargdeckel und an der anderen Hand seine Schwiegermutter, die ihn vor ihr küsste, bevor sie wieder hinausflogen. Dann näherte sich ihrem Bett der Herr Kleine in der königlichen Kutsche, mit sechs weißen Pferden. Fahrig griff sie mit weit vorgestreckten Händen nach ihnen, um sie abzuwehren. Da zogen sie sich von ihr zurück. Jetzt wurde das Zimmer über ihr plötzlich riesengroß, und aus den Ecken schossen überall Flammen, die gierig nach ihr griffen. Bis ein Uhr kamen der Reihe nach alle ihre Verstorbenen an ihr Bett, und sie dachte rasend vor Angst, der liebe Gott will es so, dass du sie noch einmal siehst und sie dich an deine Sünden erinnern.

Maries Vater, der alte Herr Meyerholz, und der Herr Schmidt, Betas Ehemann, haben zwei Nächte lang still, in Gedanken versunken, auf dem Kirchhof gesessen. Der

Schmidt hielt dabei sein Kind auf dem Arm. Die selige kleine Elise spielte im Grase hinter ihm. Einmal erschien ihr Herr Kleine im Schlaf und rief sie. Sie hörte deutlich, wie er sein Pferd vor den Wagen spannte und ein hässliches Tier darauf warf. Gleichzeitig fühlte sie sich angehoben und hinterhergeworfen. Dann fuhr der Wagen, es war ein zweirädriger Wagen, mehrere Stunden mit ihr umher. Bis zum Morgen verfolgte sie das unheimliche Klappern. Nur wenn die Wärterinnen auf ihren Wunsch das Licht nicht löschten, bekam sie etwas Ruhe und konnte ein paar Stunden schlafen.

In dieser furchtbaren Zeit reifte in ihr der vergebliche Versuch, sich zu vergiften. Jedes Mal, am nächsten Morgen, wenn sie wieder, von grauenvollen Albträumen heimgesucht, erwachte, versuchte sie, sich heimlich ein wenig von der Mäusebutter in den Mund zu schieben. Doch so sehr es sie auch danach verlangte, sich zu vergiften, umso mehr schauderte sie davor zurück, diesen letzten Schritt zu gehen. Die ewige panische Angst, an denselben qualvollen Schmerzen zu sterben wie ihre Angehörigen, hielt sie letztendlich ganz davon ab. Aus Furcht, dass die Kruke mit Mäusebutter bei ihr gefunden werden könnte, riss sie eines Abends ein Loch in das Federbett und versteckte sie darin. Nachdem sie einmal vom Verhör zurückkam, überfiel sie die schreckliche Ahnung, die Mäusebutter könnte gefunden worden sein. Beim Untersuchen des Federbettes dachte sie dann aber wieder ganz ruhig, gottlob, einmal musst du sie doch hergeben, und während sie vergeblich die Federn durchwühlte, wusste sie, dass sie sich nicht geirrt hatte.

Nun folgten fast täglich Verhöre, wo, getrieben von ihrer innerlichen Angst, Bekenntnis auf Bekenntnis von ihr folgte. Geistesgegenwärtig erkannte sie die Unmöglichkeit, durch Leugnen freizukommen. Hatte sie zuvor auch versucht, durch Verdrehen der Tatsachen ein milderes Urteil zu erreichen, waren am Ende eines halben Jahres alle Vergiftungen eingestanden. Bei der Nachuntersuchung in ihrem Haus wurden ein mit Mäusebutter beschmierter Zwieback, ein Stück von einem kürzlich erschienenen Wochenblatt mit ähnlicher Substanz und noch manches andere Verdächtige gefunden. Als das Gericht sie damit im Verhör konfrontierte, bekam sie Angst, blieb aber äußerlich gelassen und fragte lediglich erstaunt: »Wie? In meinem Hause Gift?« Erst viel später, als ihr sämtliche Verdachtsgründe vorgehalten wurden, bekannte sie: »Ja, ich habe einigen etwas gegeben.« Aber unwillkürlich widersetzte sie sich noch einmal und fügte schnell hinzu: »Aber nichts Schlimmes.«

Mehr als 30 Leichen wurden in den nächsten zwei Jahren aus ihren Gräbern geholt und untersucht, um mehr oder weniger Spuren einer Vergiftung zu entdecken. Aufgrund dieser Tatsachen brach die Giftmörderin völlig in sich zusammen. In einem ihrer Anfälle sank sie vor dem Richtertisch nieder, kroch auf Händen und Füßen auf dem Boden umher, bis sie sich selbst am Tisch wieder hochzog. Ein anderes Mal, es war bereits am Abend, starrte sie im Verhörsaal, völlig abwesend, unentwegt in ihr Taschentuch, das von Blut getränkt war. Doch um nicht albern zu erscheinen, sagte sie dem Gericht nichts davon. Zumal das Tuch am nächsten Tag wieder ganz weiß war. Als beim nächsten Verhör der Saal in ihrer kranken Fantasie in Rauch aufging und sie vor Angst einen solchen Schwindel bekam, dass sie sich am Stuhl festhalten musste, bat sie den Senator, sie mit dem Verhör zu verschonen. Sie klagte ihm ihr Befinden, bis er sie hinaufbringen ließ, als sie plötzlich wieder zurückwollte, weil sie glaubte, alle Ermordeten im Zimmer versammelt zu sehen. Der Senator öffnete daraufhin selbst die Tür und überzeugte sie vom Gegenteil. Letztendlich lief sie in ihrer Zelle auf und ab, rang die Hände und dachte, jetzt verlierst du deinen Verstand!

Mit den Frauen mochte sie am Abend nicht sprechen. Zu Bett legte sie sich nie vor zwölf Uhr. Aus Furcht, nicht fertig zu sein, wenn man sie zur Hinrichtung abholte, ließ sie sich nicht entkleiden und ging immer angezogen ins Bett. Einmal nachmittags, nachdem sie ein wenig geruht hatte, hörte sie mit Schaudern die Leute vor der Tür schreien: »Der Kopf soll ihr abgehauen werden und die rechte Hand!« Später klang das Geräusch eines zuschlagenden Sargdeckels bis in ihr Zimmer, und die Leute schrien wieder: »Lebendig soll sie begraben werden!«

In einer besonders düsteren Nacht hatte sie plötzlich das Gefühl, auf Stroh in eisernen Ketten zu liegen. Beim Erwachen am Morgen schaute sie dann verwirrt in das gütige Gesicht des Gefängniswärters, der mit einer Handleuchte vor ihr stand und ihr einen guten Morgen wünschte. Als er fragte, ob sie gut geschlafen hätte, brannte ihr Körper wie Feuer.

Eines Morgens wurde der wichtigste Zeuge, der Tierarzt Kleine aus Hannover, zum Verhör gebeten. Da ihr bisher noch nie jemand von den Überlebenden gegenübergestellt wurde, war das Gericht gespannt, wie sie reagieren würde. Es beauftragte den Sekretär und den Polizeikommissar, mit dem Herrn Kleine auf ihrem Zimmer eine Gegenüberstellung zu arrangieren.

Gesche saß auf dem Bett am Tisch, auf welchem das Lutherische Gesangbuch lag. Der Polizeikommissar trat als Erster ins Zimmer, damit sie den Überlebenden nicht gleich sehen sollte. Höflich fragte er, wie es ihr gehe, und trat dann mit gespanntem Gesicht zur Seite. Mit dem Finger auf Kleine weisend, fragte er: »Madame, kennen Sie diesen Mann?«

Gesche schoss das Blut ins Gesicht. Sie stand auf und fasste, nach einer Stütze suchend, an den Tisch, schlug erschrocken die Augen nieder, öffnete sie wieder mit dem ihr eigenen sanften Blick, begann, wie wild zu atmen, und war ein Bild der Verwirrung. Ihr Körper schien dabei fahrig unruhig, irgendwie immer in Bewegung. Sie wurde abwechselnd blass und wieder rot im Gesicht, fasste sich an die Seite und pendelte mit dem Kopf hin und her. All dies dauerte nur eine halbe Minute.

Der junge Herr Kleine warf einen verächtlichen Blick auf sie, bevor er sagte: »Es ist eine Zumutung, dass ich die Mörderin meines Vaters doch noch einmal sehen muss«, im gleichen Moment spie er vor ihr aus und schrie ihr ins Gesicht: »Scheusal!«

Gesche hob die Hände, wie um zu bitten, ohne eine Silbe zu sprechen oder eine Träne zu vergießen.

Da sagte der Polizeikommissar: »Mein Gott, haben Sie denn kein einziges Wort für den Menschen?«*

Reuig, wie aus einem bösen Traum zurück, brach sie jetzt in Tränen aus und wollte auf Kleine zugehen. Dabei heftete sie den Blick auf den Boden. Die Knie schlotterten, und es sah aus, als wollte sie vor ihm knien. Doch Kleine hatte sich von ihr abgewandt.

Der Polizeikommissar war für seinen Schutz verantwortlich. Er glaubte, dass der Mann eine Berührung von ihr scheute, und wies sie heftig an: »Bleiben Sie da stehen, Madame!«

Aber ungeachtet dessen, weinte sie jetzt nur noch heftiger und eilte auf Kleine zu. Sie fasste ihn an der Hand, drückte seinen Arm, bog sich darüber und schluchzte laut.

Kleine verstand sie auch ohne Worte. Langsam wandte er sich ihr zu und fragte: »Ich soll Ihnen vergeben, Madame?« Gleichzeitig sah er den Polizeikommissar fragend an. Der trat von einem Fuß auf den anderen, wurde verlegen und sagte leise: »Der Allbarmherzige vergibt uns ja auch unsere Sünden.«

Da reichte ihr Kleine die Hand mit den Worten: »Nun gut, ich vergebe Ihnen.« Im selben Augenblick fiel sie vor ihm auf die Knie, küsste das schwarze Tuch an seinem Arm und weinte laut und heftig, ohne den Arm wieder loszulassen. Doch Kleines Abscheu vor ihr saß zu tief, und mit einem entsetzten Blick auf die Mörderin seines Vaters forderte er den Polizeikommissar auf: »Bringen Sie mich hier weg! Ich will das Weib nie wieder sehen.« Eine Stunde nach diesem Ereignis weinte sie immer noch.

Ein anderes Mal wurde sie nach dem Grund ihrer seltsamen Kleidung befragt. Der Richter fragte sie, warum sie so viele Leibchen trüge? Ob sie damit einen Aberglauben verbinde?

Dazu sagte sie, dass sie dies von ihren Eltern her so gewohnt sei. Auch ihr Vater habe ein wattiertes Kamisol getragen, und sie habe geglaubt, durch die vielen Leibchen sitze die Kleidung besser. Schon als Mädchen habe sie bei den Eltern stets sechs Leibchen getragen.

Dann kam das letzte Verhör. Die Beweise waren bereits so erdrückend, dass sie für ein Todesurteil ausreichten und vom Oberlandesgericht zu Lübeck bereits bestätigt worden waren. In dem Verhör zur Vergiftung ihres Ehemannes Miltenberg hatte die Giftmörderin am Vortag frech behauptet, sie habe ihm nach der Aufforderung ihres Vaters das Gift gereicht. So sah sie während des gesamten Verhörs unsicher in die abweisenden Mienen des Richters und ihres Verteidigers. Zunächst reagierte sie ziemlich wortkarg, dann begann sie sich in Widersprüche zu verwickeln, bis sie sich am Ende des Verhörs einen Stuhl nahm, dichter an den Sekretär heranrückte und unter heftigem Weinen hervorbrachte: »Ich wünsche, dass Sie mir eine Frage beantworten; denn ich freue mich, dass ich die Gelegenheit habe, etwas dem Gericht darzustellen. Wenn man dem Vater auf dem Totenbett etwas verspricht, muss man das halten?«*

Der Instruktionsrichter bemerkte darauf, dass sie dem Gericht die Wahrheit schulden würde, und so erzählte sie leise: »Als meine Mutter krank war, verlangte sie, dass ich sie zu mir hinübernehmen möchte. Ich tat ihr den Gefallen. Doch sie wurde immer schwächer, empfing das heilige Abendmahl und zeigte mir ein Gesangbuch mit den Worten, dies solle ich dem Vater geben und ihm sagen: Hier solle er nur Trost suchen, wenn sie tot sei.

Als nun darauf mein Vater krank wurde und ich ihn besuchte, sagte er mir: ›Ich sterbe an derselben Krankheit, woran dein Mann und deine Kinder gestorben sind. Ich will es dir gestehen, ich habe sie alle und mich selbst umgebracht. Sollten sie dir einmal die zehn Korsetts, die du anhast, ausziehen, so bete für deinen Vater.‹ Zugleich aber gestand er mir: Als meine Mutter noch eine Tochter fünf Vierteljahre nach meiner Geburt geboren habe, habe er derselben, drei Tage später, mit den Fingern den Kopf eingedrückt. Er sagte auch noch, er habe die Mäusebutter von den Butterbroten geschabt, welche die Mutter auf die Kammer in unserem Haus gelegt hatte. Weiterhin sei er während Miltenbergs Krankheit oft auf den Boden mit den heiligen Bildern an den Wänden gegangen und habe dort gebetet.

Den Bruder, meine Herren«, gestand sie gleich darauf mit zum Schwur erhobener Hand, »Heinrich, Gottfried, Moses, den Vater Kleine und die Schmidt habe ich vergiftet.«*

Dem Gericht war es nicht möglich, anhand solcher unsagbaren Verleumdungen sein Erstaunen und seine Abscheu zurückzuhalten.

Der Sekretär erhob sich entrüstet und sagte laut in den Saal hinein: »Nein! Jetzt habe ich alle Achtung vor Ihnen verloren! Ihren alten braven Vater so zu beleidigen!«*

Darauf wurde das Verhör unterbrochen. Auf ihrem Zimmer bekam sie Zeit, um über einen Widerruf ihrer Gräuel nachzudenken. Als sie noch am gleichen Tag zurückgeführt wurde, fragte sie der Inquirent noch einmal, ob sie bei ihrer Aussage bleibe. Zur Antwort richtete sie die Augen zum Himmel und schwor hoch und heilig: »Der liebe Gott ist mein Zeuge.«

Endlich, am 17. September 1830, wurde der Verbrecherin ihr Urteil eröffnet. Die Delinquentin wurde damit völlig unvorbereitet in aller Frühe überrascht. Bereits beim Eintreten in das Gerichtslokal fiel ihr ein Gefäß auf, dessen Inhalt sie zum Schutz gegen Ohnmachten glaubte, und schloss daraus, noch ehe ein Wort gesagt wurde, was ihr bevorstand. Es war der Tag, an dem sie sich an ihrem kleinen Heinrich versündigt hatte. Drei Mal hatte sie diesen Tag nun schon in ihrer Gefangenschaft unter Tränen beweint. Als ihr nun das umfangreiche Urteil vom Defensor vorgelesen wurde, bekam sie keinen Schreck, begann aber, innerlich stark zu frieren. Fast dankbar nahm sie ihr Todesurteil entgegen. Selbst der Zusatz des Richters, dass sie noch weit mehr verdient hätte als dieses Urteil, entlockte ihr lediglich einen tiefen Seufzer. Erst in ihrer Zelle begann sie, wieder heftig zu weinen. Den Kopf auf der Brust, die Hände zum Gebet gefaltet, sank sie vor dem Bett in die Knie und betete mit geschlossenen Lippen. Lange verharrte sie in dieser Stellung. Dann plötzlich begann sie, wie erlöst zu lachen, sprang auf, lief zum Fenster, drückte das Gesicht an die Gitterstäbe und zitierte einen Vers aus ihrer Kinderzeit, mit dem sie den Aufruhr in ihrer schwarzen Seele beruhigte: *»Tag des Danks! Der Freudentränen Tag! Du, meines Gottes Tag! Wenn ich im Grabe geschlummert habe, erweckst du mich. Wie den Träumenden wird's dann uns sein. Mit Jesu geh ich ein, zu seinen Freuden. Der müden Pilger Leiden sind dann nicht mehr.«*[*]

Tod durch das Schwert

»Nun brecht auf, zum Richtplatz sie zu führen.
Die elend, tierisch, war kein Engel.
Den Kopf vom Rumpf soll schuldig dir gebühren.
Bei deiner Rachsucht großer Mängel.
Du warst die ausgezeichnetste Vergifterin,
die je die Welt nur hat gesehn.
Drum richtet man dich mit dem Schwerte hin,
wodurch du von der Welt sollst gehen.«

Aufrecht schweigend, bisweilen ängstlich um sich blickend, saß die Giftmörderin neben dem Polizeidiener Bergmann auf dem Rücksitz des Karrens. Gleich zu Beginn der Fahrt hatte sie mühelos ihre der Form wegen nur locker gebundenen Hände befreit und angstvoll die Hand ihres Begleiters ergriffen. In einer Seitenstraße, nahe dem Markt, wurde der Leiterwagen durch das Gedränge der Zuschauer einige Minuten aufgehalten. Während das Militär mit Stöcken und Gewehren die Schaulustigen vom Wagen zurückdrängte, hob Madame die bisher gesenkten Lider und blickte hinauf zu dem Haus ihrer einstigen Freundin Marie. Polizeidiener Bergmann, dessen Gesichtsausdruck nur schwer zu deuten war, da dieses von dem ein wenig zu tief sitzenden Zweispitz fast völlig eingerahmt wurde, drückte wie beruhigend ihre Hand, als er in den auf das Haus gerichteten Augen so etwas wie Tränen gewahrte.

»Es ist kein Sünder so groß, dass der keine Gnade findet, der vor Gott seine Sünden bekennt und bereut«, versuchte er, Gesche die Furcht vor dem nahenden Tode etwas zu erleichtern, wobei er sie kritisch beobachtete. Als sein Blick an den stark hervorstehenden Wangenknochen hängen blieb, dachte er darüber nach, wie seltsam sich zum Tode Verurteilte oft in ihren letzten Minuten auf Erden benahmen. Denn Madame betete, schlug das Kreuz mit der freien Hand und seufzte leise: »Bergmann, gebt jedem dieser Menschen hier einen Stein und lasset ihn von dem, der ohne Sünden sei, zuerst auf mich werfen. Ihr werdet sehen, es wird keiner den Stein heben und werfen, denn ganz ohne Sünde ist kein Mensch. So können wir durch unsere Gerechtigkeit nicht selig werden, sondern nur durch Gottes Barmherzigkeit.«

»So glauben Sie, für Ihre Taten vor dem Herrn selig zu werden?«, fragte der so Angesprochene leise und spürte, wie die schweißnassen Finger in seiner Hand beim Anblick der schwarz verkleideten, sechs Fuß hohen Tribüne über dem Portal des Stadthauses zu zittern begannen.

»Ja, das gedenke ich«, antwortete sie fest und besah sich nachdenklich ihre geschwollenen Füße, die in für ihre Füße viel zu zierlichen Schuhen steckten. Vergeblich versuchte sie, die eingezwängten Zehen auszurollen. Die groben Gefangenenschuhe hatte sie sich so lange geweigert überzustreifen, bis eine der Wärterinnen die klobigen gegen diese Schuhe ausgetauscht hatte. Bergmann beobachtete sie und runzelte die Stirn. Bis zu dieser Stunde verstand er nicht, warum Madame getötet hatte und für ihre Taten keine Buße tat. Noch weniger aber verstand er, warum sie selbst jetzt noch, im Angesicht des Todes, Wert auf so belanglose Kleinigkeiten wie ihr Äußeres legte.

»Schließlich bin ich bereit, mein Leben zu geben, für diejenigen, denen ich es genommen habe«, fuhr sie mit einer fast irren Heiterkeit fort. »Meine Kinder, die ich vergiftet habe, beten schon lange für mich. Die Engel im Himmel freuen sich, wenn ein Sünder Buße tut.« Zum Entsetzen Bergmanns frohlockte sie: »Ach, wie kann ich mich freuen, Bergmann. Mir ist so leicht! Wenn ich Gnade fände, ich verlangte nicht wieder unter Menschen.« Auf den ungeschminkten Gesichtszügen zeigte sich wieder jener falsche sanftmütige Zug, mit dem sie es geschafft hatte, 20 Jahre lang die Leute in ihrer Umgebung zu täuschen.

Bergmann zog eine Grimasse. Je länger er Madame zuhörte, umso unwohler wurde ihm unter der Uniformjacke. Der hochgestellte, frisch gestärkte Hemdkragen drückte. Welch Mangel an bußfertiger demütiger Gesinnung, dachte er schaudernd.

Angelangt beim hochnotpeinlichen Blutgericht, hob sie Bergmann, weil ihr die Beine schwach wurden, vom Wagen und geleitete sie behutsam die Treppe hinauf.

Mit ängstlicher Miene, aber ohne Tränen zu vergießen, nahm sie ihre Stellung vor dem mit schwarzem Tuch verhängten Tisch ein, um das Urteil, wie es das Gesetz verlangte, stehend zu empfangen. Ihr gegenüber befanden sich vier Stühle. Am Kopf des Tisches jeweils ein Stuhl für den Richter und den Sekretär.

Bergmann sah besorgt, wie aus dem herben, von ständigem Essenverweigern abgemagerten Gesicht sämtliches Blut gewichen war. Madame Gesches einst schönes Gesicht glich einer Totenmaske. Im selben Augenblick musste sie sich, einer Ohnmacht nahe, auf den für sie bestimmten dreibeinigen Bock setzen. Als Senator Droste das Pergament entrollte und das Todesurteil zu verlesen begann, blickte sie scheu und unstet bald die Richter an, bald schlug sie die Augen nieder und wischte sich mit einem weißen Tuch den Angstschweiß vom Gesicht. Vor Angst zitternd, aber gefasst, vernahm sie ihr Todesurteil und verfolgte mit irrem Blick, wie der Senator einen ungehobelten Holzstab vom Tisch nahm und ihn hoch über dem Kopf feierlich in der Mitte zerbrach. »Der Stab ist gebrochen, das Urteil ist gesprochen, Mensch, du musst sterben!«

Bei diesen Worten eilte Bergmann herbei, um Madame zu stützen, weil ihr, als der Herr Senator sie nun an den Scharfrichter übergab, vor Schwäche die Beine wegzuknicken drohten. Als sie sich wieder gefasst hatte, reichte sie mit sichtlich mühsam gehaltener Fassung zuerst dem Richter und dann den Herren vom Gericht nacheinander die Hand, bevor sie sich von Bergmann den für sie bereitstehenden Wein vom Tisch reichen ließ. Mit beiden Händen umfasste sie den Krug und führte ihn fast feierlich zu den Lippen. Sie nahm einen ordentlichen Schluck und stellte das Gefäß zurück auf den Tisch. Dann suchten ihre Augen plötzlich Bergmann, und fast wie ein Hilfeschrei drang es aus ihr heraus: »Bergmann, geh nicht weg! Bitte bleib bei mir!« Der Polizeidiener reichte ihr den Arm und schlug kaum hörbar die Hacken zusammen. Seine Augen versprachen: »Madame, ich werde Sie nicht verlassen.«

Darauf klammerte sie sich wie ein ängstliches Kind an seinen Arm. Jeder Schritt, den sie jetzt vor den anderen setzte, war ein Schritt qualvollen Zeitschindens. Niedergeschlagenen Blickes wankte sie, von ihm gestützt, zum Schafott. Vor der schwarz ausgelegten Treppe zum Blutgerüst entwand sie sich ihm plötzlich, sodass er dem den Transport begleitenden Polizeikommissar einen Wink geben musste, weil er befürchtete, Madame könnte es sich anders überlegen und Schwierigkeiten machen. Aber sie wollte nur ihre Hände freihaben, um das weiße Totenkleid über den Füßen leicht anzuheben, um beim Hinaufsteigen nicht über den Saum zu stolpern. Gleich darauf spürte er abermals ihre Hand auf seinem Arm. Ihre Finger wirkten wie eine Klammer, und er spürte die Nägel durch den groben Uniformstoff. Schweigend begleitete er sie auf die Treppe. Am oberen Treppenrand nahmen die beiden Knechte des Scharfrichters sie in Empfang. In diesem Moment verklang auch der letzte Ruf aus der Menge. Es herrschte Totenstille. 35.000 Augenpaare beobachteten Madame Gesche, deren Augen plötzlich für Sekunden wie irrsinnig auf den für sie bestimmten hölzernen Lehnstuhl blickten. Dann fuhr der Teufel in Madames Leib. Auf einmal verdrehte sie die Augen, begann wild umherzustieren, und ihr magerer Körper entwickelte teuflische Kräfte. Sie drehte und wand sich, spuckte und stieß wüste, unartikulierte Worte aus. Doch der Lehnstuhl erwartete sie. Augenblicklich wurde sie gebändigt. Grobe Hände verbanden ihr die Augen und entblößten ihren Hals.

Durch ihr verzweifeltes Sträuben verrutschte immer wieder der Riemen zum Aufrechthalten des Kopfes. Minuten vergingen bis zum Schwertstreich, die Menge hielt den Atem an. Doch Madame entzog sich abermals und presste mit der Kraft eines Ochsen das Gesicht auf die Brust. Die Knechte stießen sie roh in die Rippen und unter das Kinn, bis ein kräftig gezielter Hieb ihren Kopf vom Rumpf trennte. Unter Beifallsrufen ergriff der Scharfrichter erst den abgeschlagenen Kopf an den Haaren und schwenkte ihn, für alle weithin sichtbar, ein paar Mal hin und her, bevor er mit dem Taschentuch, welches Madame auf ihrem Schoß ausgebreitet hatte, zum Jubel der Menge das Blut vom Schwert wischte.

Noch am selben Abend saß der Polizeidiener Bergmann in der Stube am Tisch, und die älteste Tochter füllte ihm aus einer Suppenterrine heiße Rinderbouillon in die Tasse. Die Jungfrau Bergmann trug unter der weißen, frisch gestärkten Schürze noch das dunkle Kleid der Wärterinnen vom Detentionshaus. Nachdenklich setzte sie die Terrine auf dem Tisch ab. Dabei strich sie sich mit dem Handrücken eine Locke aus der Stirn, die sich vorwitzig unter der Haube hervorgestohlen hatte. »Nun ist's mit ihr vorbei, und die Leute sterben nicht mehr am bösen Erbrechen. Sicher ist sie jetzt vereint mit ihren Kindern. Sie mögen der Sünderin verzeihen«, stellte sie fest und bekräftigte ihre Worte mit einem langen Blick zur gewölbten Decke, wobei sie sich rasch bekreuzigte.

»Eine reuige Sünderin dürfte sie trotz der vielen Tränen, die sie vor der Hinrichtung vergossen hat, nicht gewesen sein«, murmelte Bergmann ungerührt, während er die heiße Suppe mit geschürzten Lippen vom Silberlöffel schlürfte. »Madame hat es den Wärterinnen in ihren letzten Stunden nicht leicht gemacht.«

»Sie hat ganz schön heftig reagiert, nachdem sie erfuhr, dass sie durch das Schwert hingerichtet werden sollte«, beeilte sich die Jungfer Bergmann hinzuzufügen, während es in den braunen Augen erwartungsvoll aufleuchtete. Das junge Mädchen sprühte vor Mitteilungsbedarf. Deshalb wartete sie die Aufforderung des Vaters nicht ab, am Tisch Platz zu nehmen. Unaufgefordert ließ sie sich auf einem der Stühle zu seiner Rechten nieder. Mit vor Aufregung roten Wangen sprudelte es aus ihr heraus: »Vielleicht hat Madame Gesche auf ein lebenslanges Zuchthausurteil gehofft. Ich glaube, die Leute fanden es auch nicht schicklich, dass sie geköpft wurde. Schließlich wird im freien Bremen nicht jeden Tag ein derartiges abschreckendes Spektakel inszeniert.«

Bergmann, von ruhiger Art und der Redegewandtheit seiner temperamentvollen Tochter nicht gewachsen, schmunzelte verhalten und nahm sich eine Scheibe Brot zur Bouillon. Als denke er über etwas sehr Gewichtiges nach, wischte er den Rest vom Tassenboden sauber und ließ das eingetunkte Brot langsam und genussvoll auf der Zunge zergehen. Er schluckte mehrmals, bevor er ihre Neugierde mit vollem Mund beantwortete: »Madame hat das Todesurteil bereitwillig angenommen.«

»Aber in jeder Weise dagegen protestiert. Stell dir vor, sie verbrachte ihre letzte halbe Stunde vor der Hinrichtung auf dem Nachtstuhl sitzend, nur um dem Pastor eins auszuwischen.« Vor Eifer bekam die Jungfrau feuchte Hände.

»Das stimmt nicht ganz. Madame hat letztendlich sogar das Abendmahl genommen«, brummte Bergmann undeutlich zwischen mahlenden Kaubewegungen.

»Das ist wahr. Trotzdem wurde Madame immer galliger. Zwei Tage vor der Hinrichtung musste ich ihr ein reines weißes Taschentuch leihen. Ein buntes gefiel Madame nicht. Danach hatte ich ihr gleich zwei frisch gestärkte Hauben zu bringen. Sie bat mich, eine davon in unserem Gärtchen bleichen zu lassen. Madame wollte schön aussehen, wenn sie zu Gericht geführt würde. Für das eitle Weib musste ich die Hauben unter der Schürze in die Zelle schmuggeln. Stell dir vor, der Gefängnisaufseher hätte mich dabei entdeckt.«

»Wie hat sie denn das Urteil aufgenommen?« Gesättigt lehnte Bergmann sich zurück und blickte seiner Tochter nun aufmerksam in das runde, frische Gesicht. So ein Weib war doch ein seltsames Geschöpf. In ihrer Seele wohnten Mitgefühl und bissige Schadenfreude gar dicht beieinander.

»Anfangs hat sie getan, als verstände sie nicht, was der Herr Senator in der Zelle zu ihr geredet hat, und bat ihn, ein zweites Mal vorzulesen. Dann zeigte sie sich plötzlich bewegt und vergoss Tränen. Hochmütig verzichtete sie jedoch auf ein Gnadengesuch und meinte, sie gebe gern ihr Leben hin. Am nächsten Tag stellte sie sich wieder störrisch an wie ein alter Ziegenbock. Denn Madame war sehr zuversichtlich, noch vor der Hinrichtung einen Hungertod zu sterben. Deshalb nahm sie keinerlei Nahrung mehr zu sich und goss die Medizin, die man ihr verabreichte, in den Nachtstuhl. Nachdem man ihr auf die Schliche gekommen war, zeigte sie sich stumpfsinnig und ergab sich in das Unvermeidliche. Vom Lesen und Beten hielt sie gar nichts. Einmal hat sie sich von mir einen kleinen, runden Spiegel geliehen. Als sie in ihn hineinschaute, hat sie sich erschrocken abgewendet und entsetzt gerufen: ›Ach Bergmann. Wie sehe ich nur aus. Wie habe ich mich doch verändert. Nein, ich mag mich doch beinahe nicht ansehen!‹ Daraufhin hat sie zu fast jeder vollen Stunde in den Spiegel geschaut. Besonders ihre schwarz verfärbte Zunge hatte es ihr angetan. Sie versicherte uns Frauen mehrmals, dass sie so wie ihre Zunge auch innerlich aussehen müsste. Eigentlich beschäftigten Madame nur zwei Gedanken: die Hoffnung, vor der Hinrichtung zu verhungern, und, wenn das nicht glücken sollte, die Sorge um alle ihre Äußerlichkeiten bei der Hinrichtung. Allerdings ließ es sich nicht verhindern, dass Madames Kräfte durch den ständigen Mangel an Nahrung zusehends schwanden. Sie selbst sagte oft von sich, dass ihr Ende nahe sei. Deshalb nahm sie letztendlich doch noch das anfangs verweigerte Abendmahl zu sich. Aber selbst nach dessen Genuss stand ihr der Sinn weder nach einem Gebet noch sonstiger Erbauung.

Vielmehr beschäftigte sie sich ausschließlich mit ihrem Äußeren und reagierte sehr widersprüchlich. Mich hat sie einmal gefragt, ob ich bei ihrer Hinrichtung zugegen wäre. Um sie zu beruhigen, habe ich ihre Frage mit Ja beantwortet.«

Zur Bekräftigung ihrer Worte deutete die Jungfrau mit der linken Hand rasch ein Kreuz vor der Brust. »Sofort wollte Madame wissen, was sie wohl tragen würde. Sie habe früher einmal gehört, dass die Delinquenten einen weißen Kittel bekämen, und ob ihr wohl so ein Kittel zu Gesicht stünde. Ein anderes Mal verlangte sie plötzlich nach Zitronenwasser. Dann wieder stöhnte sie wiederholt ängstlich: ›Bald, bald bin ich dahin!‹, und spielte uns in ihren Gebärden Todessehnsucht vor. Ich habe Madame natürlich sofort durchschaut und ihr scherzhaft geantwortet: ›Ach was, bald, bald! Sie freien ja noch mit Christian!‹ Madame hat daraufhin mit Christian, unserem Knecht, sehr frivol getan. Ein andermal verlangte ihr nach Johannisbeeren und Apfelsinen. Obwohl Madame sehr selbstgefällig war, bekam sie manchmal, was nicht sehr oft geschah, Anwandlungen, als quäle sie ihr Gewissen. Dann seufzte sie laut: ›Oh Bergmann, es schmerzt hier drinnen.‹ Doch je näher aber ihre Todesstunde rückte, desto mehr verlor sie ihre äußere Leutseligkeit. Sie sprach plötzlich nur noch, wenn es sich erforderlich machte. Wechselte mit keinem mehr ein Wort und wurde immer unleidlicher. Nebenher trieb sie ihr Ziel, hungers zu sterben, auf die Spitze. Fast stündlich begann sie nun unter Galle-Erbrechen zu leiden und täuschte immer häufiger Ohnmachten vor, nach denen sie immer angstvoll ausrief: ›Oh, ich sterbe! Ich sterbe!‹ Abends vor der Hinrichtung jammerte und stöhnte sie bis zur Unerträglichkeit. Ich versuchte, sie abermals zu beruhigen, und sagte: ›Beten Sie, Madame. Geben Sie Gott in Ihren Gedanken einen Platz.‹ Darauf seufzte sie: ›Ach! – Ja.‹

Manchmal, in lichten Augenblicken, erinnerte sie mich an das weiße Taschentuch, das ich ja nicht vergessen sollte, und verlangte ein weißes Hemd für die Hinrichtung. Das bekam sie natürlich nicht, was wiederum einen Tobsuchtsanfall hervorrief. Als ich ihr sagte, sie bekomme ein wollenes Unterkleid, schrie sie, vor Zorn ganz fleckig im Gesicht: ›Wat krieg ick?‹

In der letzten Nacht vor der Hinrichtung verlangte sie nach einem Glas Wein. Ich versuchte, sie zu stärken, und wusch ihr damit Stirn und Hände. Allerdings hätte ich mir diesen Dienst ersparen können. Madame hat sehr ruhig geschlafen. So ruhig, dass sie der Geistliche um fünf Uhr noch schlafend vorfand. Als sie nach seinen wiederholten Rufen endlich aufwachte, war sie gar nicht erfreut über die Störung. Sogleich begann sie zu quengeln, sie fühlte sich so zerschlagen, und bat mich wiederum um ein Glas Wein. Den Geistlichen hat sie nach einem halben Stündchen weggeschickt. Als er pünktlich um sieben Uhr wiederkam, verhinderte sie dessen Eintreten dadurch, dass sie nach dem Nachtstuhl verlangte und dort bis halb acht sitzen blieb. Sie jammerte über Leibschmerzen und rief immerfort: ›Ach Gott, liebe Bergmann, jetzt sterbe ich auf dem Nachtstuhl. Wie unwürdig!‹«

Die Vorstellung, Madame Gesche im Gefängnishemd auf dem Nachtstuhl, erheiterte Bergmann, und er grinste schadenfroh. Erheitert unterbrach er den Redeschwall seiner Tochter: »Muss ein recht peinlicher Anblick für den Herrn Polizeikommissar gewesen sein. Der hohe Herr war doch sicher auch anwesend? Er war ja mit der Leitung des Transports beauftragt.«

»Aber Herr Vater«, fiel ihm die Jungfrau ins Wort. »Ihr wisst doch am besten, dass er sich nicht von Madames Schauspielereien beeindrucken ließ. Der Kommissar ist über die scheußliche Seele der Verbrecherin bestens im Bilde gewesen. Anfangs schien es sogar, als wäre Madame erfreut über sein Eintreten. Begrüßte sie ihn doch gleich listig, um sich zu profilieren, sie habe den Herrn in ihrer Gefangenschaft recht oftmals grüßen lassen.«

»Und, was hat er darauf geantwortet?« Interessiert hing Bergmann jetzt an ihren Lippen. »Der Herr Kommissar verzog keine Miene und erwiderte ungerührt: ›So? Ich habe keinen Gruß bekommen.‹ Madame hat daraufhin versucht, bei dem Polizeikommissar Mitleid zu erregen.«

Bergmanns Interesse verführte die Tochter, in ein mitleidvolles Stöhnen auszubrechen und Madames geheuchelte Worte mit einem ernsthaften, leidvollen Ausdruck auf dem hübschen Gesicht zu imitieren: Mit den zierlichen Füßen Madames Trippelschritt nachahmend, flötete sie: »Ach Herr Kommissar, wenn Sie wüssten, was ich hier in den drei Jahren gelitten habe!« Im gleichen Moment zog sie die Stirn in Falten, und die gespitzten Lippen brummten die Antwort des Kommissars. »Die ganze Stadt spricht davon, wie Sie die Menschen haben leiden lassen!«

Bergmann brach daraufhin in ein lautes Gewieher aus: »Und Madame, was hat sie geantwortet?«

»Es verschlug ihr die Sprache«, grinste das Mädchen und wiegte nun kokett die Hüften vor dem Vater. »Ach Herr Vater, wenn Ihr wüsstet, wie Madame Gesche unter den Kleidern aussah, als man sie in das Zuchthaus überführte«, fuhr sie lachend fort. »16 geschnürte Mieder hat sie unter dem Kleid getragen.«

»Sag bloß?« Bergmann staunte. Er schlug die breite Stirn in Falten und musterte mit sachkritischem Blick die Wespentaille seiner Tochter. Die Jungfrau bemerkte es und kämpfte gegen die Röte der Verlegenheit an, die ihr heiß in die rosigen Wangen schoss. »Wenn ich meine Kleider ablege, kann ich mich noch mit Wohlgefallen im Spiegel betrachten«, äußerte sie und suchte in den Augen des Vaters nach einer Bestätigung ihrer Worte. Zugleich strich sie sich mit beiden Händen selbstgefällig über das Mieder. »Madame aber war unter dem letzten Mieder klapperdürr, und die beiden älteren Wärterinnen, die ihr beim Auskleiden halfen, staunten nicht schlecht über die Verwandlung der hübschen runden Frau in das blasse, alte, abgemagerte Weib mit den stark deformierten Rippenbögen.«

»Wie hat Madame sich denn beim Ankleiden vor der Hinrichtung verhalten?«

»Das war recht einfach. Madame hat es sehr gelassen genommen und selbst danach verlangt. Nachdem sie endlich vom Nachtstuhl zum Bett zurückgewankt war, besah sie sich im Spiegel und bemerkte: ›Ach Bergmann, es wird ja wohl Zeit zum Anziehen.‹ Ich wollte sogleich mit den gelieferten schwarzen Strümpfen beginnen. Doch sie verweigerte jede Hilfe und legte selbst Hand an. Seltsam still zog sie erst die grauen Hausstrümpfe an und dann die neuen schwarzen darüber. Ebenso legte sie selbst das ihr hierauf dargereichte wollene Unterbeinkleid an, alle Bänder eigenhändig zubindend. Dabei meinte sie wiederum seltsam gelassen: ›Ach, der Kragen am Hals um meine Jacke herum muss wohl weggeschnitten werden.‹ Als die Frauen mit zitternden Händen die Prozedur ausführten, gab Madame ruhig selbst die Anleitung dazu. Nur beim Anlegen eines der grauen Unterröcke wurde sie wieder bissig und fragte ziemlich ungehalten, wo denn ihr weißer Piqué-Rock sei. Zum Schluss wehrte sich Madame noch einmal mit Händen und Füßen gegen die groben Gefängnisschuhe: ›Nein, mein Gott! Die will ich nicht anhaben. Dann will ich lieber meine Hausschuhe anziehen.‹ Von hier ab, mein Vater, sind Euch die Vorgänge nicht unbekannt. Seid Ihr doch selbst, zusammen mit dem Knecht, beim Anlegen des herbeigebrachten Totenkleides zugegen gewesen.«

»Stimmt!« Bergmann stopfte nachdenklich seine Pfeife und versuchte, sich zu erinnern. »Wir mussten sie etwas barsch unter die Arme fassen, um ihr das weite weiße Gewand überzustreifen. Dabei hat sie ganz furchtbar die Augen verdreht und gestöhnt. Zupfte hierauf aber selbst die beiden Ärmel zurecht und überblickte dann von oben herab ihren Anzug. Danach hat sie merkwürdig ruhig, mit viel Anstand Abschied vom Leben genommen. Madame hat jedem noch einmal die Hand gereicht und nach den tröstenden Worten des Geistlichen leise angefangen, in ihr Taschentuch zu weinen.«

»Dabei hatte sie bis dahin keine Träne vergossen«, bemerkte das Mädchen, während sie geschäftig das leere Geschirr ergriff und es auf dem Tablett abstellte. Die letzten Worte des Vaters stimmten sie nachdenklich. Leise fragte sie, während sie das Tablett mit beiden Händen anhob: »Was denkt Ihr, Herr Vater, ob es wahrhaftige Tränen der Reue waren?«

Bergmann schüttelte den Kopf: »Gott lehrt uns Barmherzigkeit, um auch die Sünder zu verstehen. Aber du darfst kein Mitleid mit der Mörderin haben, mein Kind. Es waren nur Tränen, mit denen die Sünderin die tote Öde ihres Inneren vor uns zu verbergen suchte. Ich hoffe, dass ihre sündige Seele Ruhe und Frieden gefunden hat und dass ihr nun vergeben wurde. Ihr abgeschlagener Kopf wird auf ewig ein Mahnmal für das Böse im Menschen bleiben. Schließlich hatte sie nur die Äußerlichkeiten des Lebens gekannt, das Gute, längst in ihr Gestorbene, vermochte gegen das so unbestreitbar Böse in ihrem Leben auch in den Stunden der bevorstehenden Hinrichtung nicht zu erwachen.«

ENDE

Schlusswort der Verfasserin

Die Hinrichtung der Gesche Gottfried am 18. April 1831 sollte die letzte dieser Art in Bremen gewesen sein. Jahrzehntelang hat die wohl berühmteste Giftmörderin mit ihrer sanften Art, ihrem Liebreiz und ihrer Wohltätigkeit verstanden, ihre Mitmenschen zu täuschen. 15 Morde konnten ihr nachgewiesen werden, abgesehen von den vielen Menschen aus ihrer Umgebung, die ihre Giftanschläge überlebten. Gesche Gottfried war ein geschätztes Mitglied ihrer gesellschaftlichen Sphäre. Sie pflegte ihre Opfer hingebungsvoll bis zum Tode und wurde danach ihrer Verluste wegen mit besonderer herzlicher Anteilnahme bedacht. Das Arsen, welches sie, vermischt in der Mäusebutter, für ihre Taten verwendete, zählte schon in jener Zeit zu dem tückischsten aller Gifte, weil es geruchlos und geschmacklos war, fast keine Spuren in den Toten hinterließ und selbst bei einem Verdacht nur schwer nachzuweisen war. Hinzu kam, dass es der damals wütenden Cholera sehr ähnlich war und demnach gern mit der Krankheit verwechselt wurde. Während ihres Prozesses konnte die Gottfried ein gutes Verhältnis zu dem ihr zugewiesenen Verteidiger Doktor F. L. Voget aufbauen. Ihm gelang es, ihr Vertrauen so weit zu erringen, dass sie ihm ihre Lebensgeschichte erzählte, die er während ihres Aufenthaltes im Detentionshaus aufschrieb. Es liegt mir fern, hier aufzuführen, welche Gründe einen Advokaten bewegten, mit einer solchen Aufgabe aus dem juristischen Kreis herauszutreten. Ich habe versucht, anhand dieser wertvollen Aufzeichnungen ein Bild der Zeit zu zeichnen, in der diese Frau gelebt und getötet hat. Weder möchte ich mit dem vorliegenden Roman eine Mörderin beschönigen noch nach irgendwelchen psychologischen Hintergründen suchen. Die Frage wird immer offenbleiben, welche Beweggründe diese Frau zu derartigen abscheulichen Verbrechen trieb oder ob sie nur einfach abgrundtief schlecht war. Eine reuige Sünderin war sie jedenfalls nicht. Selbstsucht und Eigenliebe, stark an einer überdimensionalen Religiosität festhaltend, durchziehen aber auch die Beweggründe in meinem Roman. Dürfte ich einen Ausdruck dafür wählen, würde ich sagen – sie war schizophren.

Ich möchte mit vorliegendem Roman, einer Kriminalgeschichte vor dem historischen Hintergrund der napoleonischen Annektierung Bremens, lediglich unterhalten und wünsche meinen Lesern aufregende Spannung. Einige der Namen, Aussprüche und Briefe in dem vorliegenden Buch habe ich aus dem Original übernommen, andere wurden von mir für die Handlung des Romans geändert. Die beiden Freundinnen, Anna Lucia Meyerholz und Marie H., habe ich, um die Spannung im Roman voranzutreiben, als einen Protagonisten dargestellt. Das Dienstmädchen Beta tritt in dieser Handlung früher in ihre Dienste als im Original.

Zum besseren Verständnis die zeitlichen Abläufe der Vergiftungen

Ihr Ehemann, Johann Gerhard Miltenberg,
gestorben am 01. Oktober 1813

Ihre Mutter, Gesche Margarethe Timm,
gestorben am 02. Mai 1815

Ihre Tochter, Johanna Miltenberg,
gestorben am 10. Mai 1815

Ihre Tochter, Adeline Miltenberg,
gestorben am 18. Mai 1815

Ihr Vater, Johann Timm,
gestorben am 22. September 1815

Ihr Zwillingsbruder, Christoph Timm,
gestorben am 01. Juni 1816

Ihr zweiter Ehemann, Michael Christoph Gottfried,
gestorben am 05. Juli 1817

Ihr Verlobter, Paul Thomas Zimmermann,
gestorben am 01. Juni 1823

Ihre Freundin, die unverehelichte Anna Lucia Meyerholz,
gestorben am 21. März 1825

Ihr Freund, Johann Moses,
gestorben am 05. Dezember 1825

Die Ehefrau des Johann Christoph Rumpf,
gestorben am 22. Dezember 1826

Ihr früheres Dienstmädchen Beta, Ehefrau von Friedrich Schmidt, gestorben am 15. Mai 1827

Herr Friedrich Kleine zu Hannover,
gestorben am 24. Juli 1827

Elisabeth, das Kind der Beta Schmidt,
gestorben am 13. Mai 1827

Und noch ungefähr 15 weitere Personen, deren Gesundheit durch das Gift geschädigt wurde, die aber überlebten.

Recherchen zu diesem Buch

* Original übernommen aus der Lebensgeschichte der Giftmörderin Gesche Margarethe Gottfried, geborene Timm, von dem Defensor derselben Dr. F. L. Voget, Bremen 1831. Bei Wilhelm Kaiser, aus der gekürzten Fassung von Eckart Oehlenschläger.

Internet:
http://www-user.uni-bremen.de/~bremhist/Bremen-19Jahrhundert.html.
Wikipedia, die freie Enzyklopädie.
http://home.arcor.de/moonlight-shadowcastle/fashion/19.jhgeschi.htm.
www.marquise.de.

Damals Zeitschrift für Geschichtliches Wissen

Weitere Titel finden Sie auf den folgenden Seiten und im Internet:

WWW.GMEINER-VERLAG.DE

Historische Romane von Bettina Szrama:

Die Giftmischerin

ISBN 978-3-89977-791-8

ISBN 978-3-8392-0858-8

Die Konkubine des Mörders

ISBN 978-3-8392-1040-6

Die Hure und der Meisterdieb

ISBN 978-3-8392-1214-1